岩　波　文　庫

32-548-1

マ　ラ　ル　メ　詩　集

渡　辺　守　章　訳

岩　波　書　店

LES POÉSIES

DE

S. MALLARMÉ

底本について

本書には、大別して三種類のテクストが収録されている。

第Ⅰ部には、マラルメ唯一の個人詩集であり、しかし生前には刊行を見なかった、ベルギーの書肆エドモン・ドマン刊の『ステファヌ・マラルメ詩集』(一八九九年二月二十日印刷)を収めた。

第Ⅱ部には、ドマン版『詩集』には採られなかったものを「拾遺詩篇」として収めた。詩人マラルメを考える際に無視できない、詩人個人の人間関係を偲ばせる詩篇――特にメリー・ローランに関するもの――と、自筆写真石版刷り版には入っていたもののドマン版『詩集』では削除された『新編十九世紀猟奇高踏詩集』掲載の「(黒人女が一人、悪霊に　衝き動かされ……)」の詩篇である。これは一九一三年刊のNRF《エヌ・エル・エフ》版『詩集』(マラルメの娘ジュヌヴィエーヴとその夫エドモン・ボニオの編集)の選択を、その配置などは別として、考慮することが多いことに拠る。

本書では、それに加えて第Ⅲ部として、二系列の重要な未定稿を補遺に加えた。ドマン版『詩集』の中央に、その頂点をなすかのように配された、「エロディアード——舞台」と「半獣神の午後」に関わる未定稿である。二作はこれまで、時間軸の上でも「同時期」の詩篇として受け止められ、『詩集』を編纂したマラルメの意図は、そのような印象を生成させることにあったと推測されるが、テクストの成立過程を追えば、ことはそれほど単純ではない。

「半獣神」についていえば、コメディ゠フランセーズ上演用の「古代英雄詩風幕間劇」と「半獣神の午後」のあいだには一〇年という時間差がある。その軌跡の一端を偲ぶために、上記「幕間劇」から「半獣神独白」を、また一八七五年に第三次『現代高踏詩集』に送って掲載を拒否された「半獣神即興」を訳出した。

詩人マラルメの後半生を捉えて離さなかった〈エロディアード詩群〉についても、二篇を訳出した。一つは、通常「古序曲」と呼ばれる、「エロディアード」の「序曲」となるべき「乳母の独り語り」である。これは、一八六〇年代中葉から完成を目指して苦心し、ついに放棄されたものだが、手稿からの近年の「読み起こし」を参照し、最も完成に近い形での読みを訳出した。もう一つは、『エロディアードの婚姻——聖史劇』である。版元のドマンに完成すると繰り返し伝え、九八年九月に、ヴァルヴァンの別荘で喉頭痙攣の発作に襲われた時もそれに没頭していたと思われるこの未完の作も、詩句の冒険と演劇構造の異様さから、やはり可能な限りでの訳文を掲載した。バレエに強い関心を抱き、それを「象形文字」に譬えたマラルメ――アルトーはそこからヒントを得たと想定できる――、その書き残した『婚姻』の詩句の異常な〈強度〉は、ほとんどこの「象形文字」の比喩によってしか語れない。未完の『婚姻』はその意味でも翻訳不可能であるが、マラルメ最晩年の「詩の境域」を偲ぶために、ともかくも訳出してみた。

本書の第Ⅲ部からは、詩人の好んで引く比喩で言えば、彼の「キマイラ」の一端を偲ぶことができようかと思う。

＊

本書の第Ⅰ部、すなわちドマン版『ステファヌ・マラルメ詩集』については、マラルメの最終チェックを経ていないことから、決定稿とは見做せないと考える者と、あくまでもマラルメ生前の最終稿として絶対視する者とがいた。だが一九七三年に、旧モンドール文庫がパリ大学付属ジャック・ドゥーセ文学図書館に寄贈され公開されるに至って、雑誌等に発表されたテクストを単行本に編集する際のマラルメ独自の作業――『詩集』も当然そこに入る――が検証できるようになった。つまり、雑誌から該当部分を切り抜いて台紙に貼り付け、それを校正し、出版者に渡すという、「貼付帖(maquette)」の操作が、少なくともドマン版『詩集』と、それに先立つ散文集『パージュ』（当初の標題は『漆塗りの抽斗』）、ならびに普及版『詩と散文』については、実際に検証できるようになったのである。併せて、マラルメとエドモン・ドマンとの往復書簡なども読めるようになったおかげで、ドマン版『詩集』が、どのような局面でマラルメの最終意思を反映していないのか、ドマンの単純な誤植にどのようなものがあるのかなどが明らかになった。『詩集』のレイアウト等に対する詩人の側からの詳しい注文と、それを無視したドマンの「本造り」の落差についても同様である。

現在の研究上のコンセンサスとしては、それらの要素を勘案しつつ、「ドマン版」を基に、可能な『ステファヌ・マラルメ詩集』を構想することになる。その代表的な校訂版は、左に掲げるマルシャル版とバルビエ／ミラン版であり、ドマン版『詩集』ならびに貼付帖《マケット》とともに、本書の底本とした。

Poésies de Stéphane Mallarmé, Bruxelles, chez Edmond Deman, 1899, MDCCCIC（『ステファヌ・マラルメ詩集』エドモン・ドマン書店、ブリュッセル、一八九九年、一五〇部限定の六〇番）〔「ドマン版『詩集』」と略記〕

La maquette des *Poésies* remise à Deman, MNR Ms 1171 (Bibliothèque littéraire Jacques Doucet)（ドマン版『詩集』校正のための貼付帖《マケット》、パリ大学付属ジャック・

ドゥーセ文学図書館蔵）

Mallarmé: Œuvres complètes I, édition présentée, établie et annotée par Bertrand Marchal, Bibliothèque de la Pléiade, Gallimard, 1998（ベルトラン・マルシャル校注、プレイヤード叢書『マラルメ全集Ⅰ』ガリマール、一九九八年）〔「『プレイヤード新版Ⅰ』」と略記〕

Ibid. II, 2003　（同Ⅱ）〔「『プレイヤード新版Ⅱ』」と略記〕

Stéphane Mallarmé: Œuvres complètes, t. I, Poésies, édition critique présentée par Carl Paul Barbier et Charles Gordon Millan, Flammarion, 1983（カール・ポール・バルビエ／チャールズ・ゴードン・ミラン校注『マラルメ全集1　詩集』フラマリオン、一九八三年）〔「バルビエ／ミラン版」と略記〕

マルシャルは、『プレイヤード新版』に先立ち、ガリマール社のポケットブックも更新していて、縮約版として重宝である。

Stéphane Mallarmé: Poésies, Préface d'Yves Bonnefoy, édition établie et annotée par Bertrand Marchal, Collection Poésie, Gallimard, 1992（ベルトラン・マルシャル校注、イヴ・ボンヌフォワ序、ポエジー叢書『マラルメ詩集』ガリマール、一九九二年）〔「ポケットブック版」と略記〕

ドマン版『詩集』に先立って、一八八七年にマラルメの自筆原稿を写真石版刷りにした『詩集』が九分冊で刊行され、そこには初期の詩篇を含む三五篇が収められている（その構成については、本書の解題五三五頁を参照。なお、以下では「自筆版『詩集』」と略記する）。その読み起こし版は、『プレイヤード新版Ⅰ』にも掲載されている（*LES POÉSIES de Stéphane Mallarmé*, Photolithographiées du manuscrit définitif à 40 exemplaires numérotés, plus 7 exemplaires (A à G) non mis en vente, et une épreuve justificative de la radiation des planches, avec un ex-libris gravé par Félicien Rops, Paris, 1887, Éditions de la Revue Indépendante）。獨協大学図書館には、鈴木信太郎蔵書のその一点が寄贈されてあり、鈴木道彦氏のご厚意で、調査することができた。それを復刻した「ラムゼー版」もあり、出版の事情などについても詳しい（*Le manuscrit autographe des Poésies de Stéphane Mallarmé*, Éditions Ramsay, 1981）。この自筆版『詩集』には、個人蔵の手稿がある。

本書第Ⅱ部「拾遺詩篇」は、右に掲げたマルシャルの『プレイヤード新版Ⅰ』とポケットブック版、バルビエ／ミラン版とに拠る。

その他に参照した版は以下である。

Mallarmé: Œuvres, éd. Yves-Alain Favre, Garnier, 1985（イヴ＝アラン・ファーヴル校注『マラルメ選集』ガルニエ、一九八五年）

Stéphane Mallarmé: Poésies, éd. Pierre Citron, Imprimerie nationale, 1987（ピエール・シトロン校注『マラルメ詩集』国立印刷局、一九八七年）

Mallarmé: Poésies, éd. Lloyd James Austin, GF-Flammarion, 1989（ロイド・ジェイムズ・オースティン校注『マラルメ詩集』フラマリオン、一九八九年）

以上のテクストに加えて、すでに触れたボニオ夫妻による版がある。

Stéphane Mallarmé・Poésies, édition complète, Éditions de la Nouvelle Revue Française, 1913（『マラルメ詩集（完全版）』新フランス評論社、一九一三年）（「NRF版」と略記）

本書第Ⅲ部のうち「半獣神変容」は、原則として、右のマルシャル『プレイヤード新版Ⅰ』と、バルビエ／ミラン版に拠る。

同じく第Ⅲ部の「エロディアード詩群」は、左記のガードナー・デイヴィスの著作で初めて全体像が公表された。「古序曲」も『婚姻』も、手稿の現物は個人蔵で今もって公開されていないから、デイヴィスが一九五〇年代の後半に撮った写真版だけが根拠である。私自身もデイヴィス氏のもとを訪ねて、その写真版を見せていただいたが、まだマイクロフィルムなど普及していない時代に、接写レンズで通常のフィルムに写したものを、通常の印画紙に焼いてあるという、今では想像できない劣悪な条件のもとで得られたデータである。

Stéphane Mallarmé, Les Noces d'Hérodiade. Mystère, éd. Gardner Davies, Gallimard, 1959(ガードナー・デイヴィス校注『エロディアードの婚姻——聖史劇』ガリマール、一九五九年)

この他に、マルシャルの二つの版、バルビエ／ミラン版、オースティン版に掲載の、それぞれ固有の読み起こしも参照した。(マルシャル版は、明記してはいないが、実物を見ているのではないかとも思われる。)

なお、原文の普通名詞が特別の意味あるいはニュアンスをもって大文字始まりとなっている語は、訳文では、**太字**とした(例 “Azur” 「**蒼穹**」)。

目次

Ⅱ

拾遺詩篇

Ⅲ

半獣神変容

エロディアード詩群

マラルメ詩集

鈴木信太郎先生に献げる

I

『ステファヌ・マラルメ詩集』(ドマン版)

祝盃

無なり、この泡、処女なる詩句、
務めは　ただ　盃を示す、
さながら　はるかに　沈む群れは
セイレーンの姿、数多《あまた》　腹翻《ひるがえ》しつつ。

船で行く、おお、我がさまざまなる
友たち、我ははや　艫《とも》にあり、
君たちこそは、船を飾る豪奢、切って進む
荒海は、雷《いかずち》と　冬の嵐、

美酒《うまさけ》の　酔いの誘えば　抗《あらが》えず
酔いの船足　それも　恐れず
高々と　献げる　この祝盃は

孤独　暗礁　天なる星
何にてもあれ、他ならぬ　その値《あたい》とは
我らが布《きぬ》の　白き苦しみ。

不遇の魔

人間たちなる　茫然自失の　家畜の上を
光のなかに　飛び跳ねていた　野蛮な　鬣《たてがみ》、
蒼穹を　物乞いする者　その足が　我らの道に。

黒々しい風の　行く手に拡げる　軍旗と言おう、
鞭打《むちう》つ寒気は　貫け肉をと　手をも休めず
穿《うが》って行った、そこに、引き裂く轍《わだち》を。

海に出会うという　希望は　ついに捨てず、
旅する彼ら、パンもなし、杖もなし、甕《かめ》もなし、ひたすらに齧《かじ》る、苦い理想の味のする　黄金《おうごん》のレモンを。
多くの者の　喘《あえ》いだ、夜に歩む　長い道程《みちのり》、
己が血の　流れるを見る　その幸運に　酔い痴《し》れて、
おお　死よ、物言わぬ唇に　接吻の一つも！
彼らの敗北、いとも力ある　それは　天使の御業《みわざ》、
地平線に　すっくと立つ、抜き身の剣を　振りかざして。
紅《くれない》の血が、凍てついてしまう、感謝のあまり　胸のなかで。
苦痛の乳を吸う彼ら、夢の乳を　かつては　吸った如くに
そして今や　官能の涙を、拍子に合わせて　進んで行けば
民衆は　跪《ひざまず》き、彼らの母は　立ち上がる。
この連中は　慰められ、確信に満ちて、荘厳無比。

だがその後に引き連れる　夥《おびただ》しい兄弟たちは、愚弄・嘲笑の的、
曲がりくねった　偶然の　埒《らち》もない　殉教者たち。

つねに変わらぬ　涙の塩が　柔らかいその頰を　蝕《むしば》み、
灰を喰らうにも　同じ愛情をもってする　そんな奴らだ、
俗悪か、道化師か、運命は　車裂きにする、彼らを。

彼らとても　できたのだ、太鼓並みには　掻き立てることが、
民衆の　声に張りも失った　奴隷根性の　憐憫を、
プロメーテウスにも等しいが、欠けているのだ、禿げ鷹が！

違うのだ、卑しくも　通う砂漠に　雨水《あまみず》溜める池もない、
ひたすらに駆ける、猛《たけ》り狂った　王者の　鞭の下を、
まさしき不遇の魔だ、前代未聞の　その笑いが、彼らを跪かせる。

恋人たちよ、跨《また》るぞ馬の尻に、三人だ、ぬかるみに足を取られた！
それで　滝を飛び越えたらな、お二人さんは　放り出す、沼に、
後に残すは　泥まみれ、一塊の白い泡立て　泳ぐ二人だ。

奴のおかげだ、男のほうが　奇態なラッパを吹き鳴らせば、
子供たちは　腹の皮が捩《よじ》れるほどに　笑わせてくれる
拳《こぶし》を尻《けつ》に、お兄《あにい》さんの　勝利のラッパの物真似だ。

奴のおかげだ、女のほうが、お誂《あつら》えむき　萎《しぼ》んだ胸も
薔薇の一輪　飾って見せれば　胸も若さに蘇り、
呪われたる花束も　涎《よだれ》に一際《ひときわ》　光るべし。

かくて　侏儒《こびと》の骸骨野郎も、羽根で飾りしフェルト帽、
長靴《ちょうか》を履くが、脇の下には　本物の毛の代わりに　虱虫《うじむし》が、
彼らには　この骸骨野郎こそ　無限に拡がる切なさなのだ。

腹は立つ、だがこの変態を　決闘へと　挑発もしない、
決闘用の　細身の剣は　軋《きし》んで　月の光を追うばかり
その骸骨の上　月の光は雪と降り　貫いてくれる　骨の髄まで。

惨めだ、この不運こそ　神聖なりと　高めてくれる　傲慢もなくて、
落ち込むばかり、復讐の種も、たかだか骨を　嘴《くちばし》で突かれた程度、
彼らの渇望するのは　憎悪であって、恨む心などではない。

三弦琴を掻き鳴らす　ご連中の笑い物、
そこらの餓鬼や淫売や、齢ばかりとって　鼻持ちならぬ
お乞食様の、ジョッキが空《から》なら、踊るだけよ。

詩人にしても、施し物や復讐を、真に受ける善良なご連中は、
知りもしない、こうして　抹殺された神々の　その苦しみを、

54 うんざりだな、そんな連中、知性もないぞと　公言する。
「彼らにだって　逃げることもできる、分相応の勲《いさおし》を立て、
若い駿馬が、嵐に向かって　口に泡吹く如くに、
57 甲冑鎧《よろ》って　颯爽と駆りだすだけが　能ではない。」
「我らは　勝利者を　香に酔わせる、祝宴の席で。
したが奴らは　なぜ　纏《まと》わぬのか、あのへぼ役者ども
60 真紅の襤褸《ぼろ》を、叫べるではないか、もうやめにしろと。」
面と向かって人々が、揃って侮蔑の唾を　吐きかける、その時、
無である彼ら、髭《ひげ》が　呟《つぶや》く如く雷《いかずち》に　縋《すが》っているが、
63 これら英雄たちは　風狂な　居心地悪さに、ついに耐えかね
滑稽な姿のまま　首を　括《くく》りにゆく、街灯に。

あらわれ

月　悲しめり。涙に暮るる　熾天使《してんし》は
夢見つつ、指には弓を、静まり返る　花々の
靄《もや》と沈む　そのなかに、息絶えんとする　ヴィオルから
引き出《いだ》す　白き忍び音《ね》を、花冠峙《そばだ》つ　蒼穹へと散らし
——あれは　初めての君の　接吻の　祝福された日。
我が夢想は　好んで我が身を　苦しめつ
手の込んだ陶酔を　悲しみの薫りに　仕掛けていた、
夢を　摘み取った心に、摘み取った　夢の残す
後悔も　苦い後味さえも　ないようにと。
かくてわたしは　彷徨《さまよ》っていた、古びた舗石に　眼は釘付けのまま、

その時、髪の毛に　太陽を受け、通りのなかに
夕暮れの光のなかを、あらわれた、君が、笑いながら、わたしの前に、
見た　と思ってしまった、明るい帽子を被《かぶ》る　妖精を、
かつての　甘やかされた　少年の　美しい夢の上を
通って行った、いつも決まって、軽く握ったその手からは
雪と降らしてくれた、よい薫りのする　星々の　白い花束。

あだな願い

姫君よ！　エベーたるお方様、その幸運を　羨むのあまり、
そのお唇《くち》の　接吻《くちづけ》に、姿を茶碗に　見せます故に、
恋の炎《ほむら》を　こちらも用い、さりとて身分は　たかだか坊主、
セーヴル焼きに、裸を見せて　焼かれも　致しますまい。

あなた様の、髭《ひげ》を生やした　仔犬でもなし、
いわんやボンボン、口の紅《べに》、気取ったチェスの　駒でもなく、
さりとてお目を　閉じられて、我が身の上に　落とされる、
そのブロンドの、神にもまごう　髪結いは、黄金《こがね》の細工　その匠《たくみ》！

名付け給えや……木苺の　笑うお声の　華やかな、
手懐《てなず》けた　仔羊たちの　群れに混じって、誰かれ
構わず　恋の誓いを食い荒らし、恍惚として　鳴き立てる、
名付け給えや……扇を翼に　飛び交う　アモール、
そこにこの身を　描《か》くべしと、指には笛を、羊の小屋は眠らせて、
姫君よ、名付け給えや、我らこそ、君が微笑みの　羊飼いと。

道化懲戒

眼よ、湖よ、俺様　たんに逆上《のぼせあが》って、生まれ変わって
やろうじゃないか、道化以外の何者かに、身振りよろしく
羽根飾りよと　思わせていた、カンケ灯りの　おぞましい煤《すす》を、
テントの壁に　開けてやったぜ、窓を一つ。

俺様の　脚と腕とをもってすりゃ、澄みきった泳ぎ手よ、裏切るさ、
何度も何度も　跳び上がり、お断りだぜ、下手糞な
ハムレットなんぞは！　それはあたかも　俺様が　波の底に
作り変える　幾千の墓だ、穢《けが》れなき身で　そこに消えなん。

笑いさざめく黄金《おうごん》は　シンバル、両の拳《こぶし》に　苛立っている、
突然のこと、太陽が　裸体をまともに照らし出す、と
11 純粋なまま　蒸発した、俺様の　真珠母色した爽やかさから、
饐《す》えた臭いの肌の夜、俺様の上を　通った時だ、お前が、
知らなかったと、恩知らずめが！　俺を神聖にした　全てはな、
14 氷河の流す不敬の水に　溺れて消えた　化粧であったと。

窓

寂寞《せきばく》たる病棟に　飽き、むかつく香の臭いは　殊《こと》に、
それは立ち昇る、カーテンの　味気ない白さとなって
巨大なキリスト磔《はりつけ》像へと、むき出しの壁に　倦怠の像だ、
瀕死の　ずる賢い男は、そこで　老けこんだ　背骨を伸ばし、

足引きずりながら　動く、我が腐肉を温めに、というか
幾ばくか、陽の光を　見るためだ、舗石の上に、
やせ細った顔面《かおつら》の　白髪《しらが》と骨とを　密着させる、
窓に、美しく　明るい光が　焼こうとしている　窓に、

それと唇だ、熱を帯びて　貪《むさぼ》りたい、蒼穹の蒼さを、
さながら　かつて若かりし時、己が宝を　吸いに行った
処女の肌を、今は昔か！　穢《けが》れに穢れを　塗りつける
長くも　苦い接吻を、生ぬるい金色《こんじき》の　焼き絵ガラスに。
酔った如くに　彼は生きる、聖油の秘蹟の　恐怖も忘れ、
煎じ薬も、柱時計も、否応なしに寝かされる　ベッドも、
咳も。かくて夕べが　屋根瓦の合間合間に　血を流す時、
彼の眼《まなこ》は　光に　満ち溢れる、彼方の地平に
見ている、金色《こんじき》のガレー船を、美しい、さながら白鳥の群れの
紅《くれない》に燃え　薫り立ち、大河の上に　眠り込む姿、
その輪郭の　鹿毛《かげ》色に輝いて　豊かに　たゆたう
壮麗な　無為の姿に、重いのは　ただ追憶！

かくて、おぞましいと嫌悪する　冷酷な魂の　人間という奴、
幸福とやらに　ひたすら溺れ、腹が減るから　ただ
食らう、そしてこの　穢らわしい食い物を　ひたすら探して
乳飲み子に　乳くれている女房に　渡せばすむと、

俺は逃げた、格子窓という窓には全て、縋《すが》りつく、そこは
人生などに背を向けた　ご連中の住処《すみか》、そこで祝福されて、
永遠の　露の滴《しずく》に　洗われた　奴らのグラスに、
それを金色《こんじき》に輝かすのは　無限という　純潔な曙《あけぼの》、

姿を映すと、天使に見える、この俺が！　もう死んでしまう、望むのは
——焼き絵ガラスが芸術であれ、よしまたそれが　神秘であれ——
生まれ変わることだ、俺の夢を　王冠と戴き、
美というものが　まさしく花咲く　前世の空に！

だが　疎《うと》ましい！　支配するのは　現世だ、全てを。この考えは付き纏《まと》い
安全なこの隠れ家にいても、時には襲って、吐き気のもとだ、
それ故、馬鹿げた思考の　穢らわしい　吐き気のために
自分の鼻を、蒼穹を前に、塞《ふさ》いでおかねばならなくなる。

あるのか、方法は、嫌というほど苦渋を知った　わたしに聞く、
あの　怪物に穢された　水晶の屋根を　打ち破り
羽根もない二つの翼で　遁《のが》れ去る　その方法は？
——永劫のあいだ墜《お》ちてゆく、その危険を冒してまでも。

花々

古き蒼穹の　黄金《こがね》なす　大雪崩《おおなだれ》から、天地創造の
日には、すなわち　星々の戴く　永劫の雪から、
かつて御身《おんみ》は　切り離された、広大なる花弁を　未だ
若くして、天地壊滅の禍《わざわい》も知らぬ　大地に、

グラジオラスは　鹿毛《かげ》色に、群れいる白鳥、たおやかな頸《くび》、
また流謫《るたく》の魂を　飾る　あの高貴な月桂樹は
真紅に輝く　熾天使《してんし》の　浄《きよ》らかな足の指先、
暁《あかつき》を踏みしめた　その羞《はじら》いが　染める　紅《くれない》、

ヒヤシンス、讃《たた》うべき　煌《きら》めきを発する　天人花《てんにんか》、
さらには、女人の肉にも等しい、薔薇は
残酷な花、エロディアード、明るい庭に咲き乱れ、
獰猛にして、煌めく血潮が、濡らす　紅《くれない》。

また御身は　作り給うた、百合の花の　すすり泣く白さを、
吐息の海を　彷徨《さまよ》いつ、微かに　触れて、
色蒼ざめた　水平線の　蒼く漂う　薫りを過《よぎ》り、
立ち昇って行く、夢見心地に、涙に曇る　月の彼方に。

歓喜の歌よ、三弦琴に乗り、揺り香炉に　籠められて、
我らが女神《にょしん》よ、我が周縁の庭に、歓喜の歌を！
かくて届けよ、木霊《こだま》は高く　天上界の　黄昏《たそがれ》を過《よぎ》って、
眼差しを　恍惚たらしめ、光背を燦然と　煌めかす！

大いなる御母《おんはは》、御身の　正しく強き　胎内に、
未来を籠めたる　香の器《うつわ》を　静かに揺らす　花弁と言おうか、
馨《かぐわ》しい死を孕《はら》む　大いなる花々を創り給うた　お方様、
24 それも　人生に倦《う》み疲れ、生きる甲斐なき　詩人のために。

再び春に

患《わずら》いがちの春は　追い払った、恨めしげな
冬を、澄みきった芸術の季節たる　明晰な冬を、
かくて　我が存在の内部では、陰鬱なる　血の支配、
不能力が　伸びをして　長々と欠伸《あくび》をする。

白い黄昏《たそがれ》が　生ぬるく　我が頭蓋骨の下にあり
鉄の環が　締めつける、古びた墓さながらに、
かくて鬱々と彷徨《さまよ》うのだ、漠とした　美しい夢を追い求め、
野面《のづら》を行くが、漲《みなぎ》るのは　広大な樹液、これ見よがしに、

それから倒れる、木々の薫りに狂わされ　倦《う》み果てて、
しかも己が顔で　掘り進める、我が夢のための　墓穴を、
11 リラ萌え出ずる　熱い大地を　噛みしめながら、

わたしは待つ、我が身を痛め　ひたすらに　我が倦怠の立ち昇るのを……
――その間《ま》にも蒼穹は　生け垣の上に笑い、数知れぬ
14 鳥たちの目覚めは　花盛り、太陽に　囀《さえず》りやまず。

不　安

今夜は　征服しに来たのではない、お前の体を、おお　獣《けもの》よ
民衆たちの全ての罪の　集まるところ、また　掘り進むつもりもない、
お前の穢《けが》れた　髪の毛のなか　陰鬱な嵐を、
わたしの接吻《くちづけ》が流し込む　癒しがたい　倦怠の下で。

お前のベッドに求めるのは、夢など見ない　重い眠りだ、
後悔なんぞ　知るよしもない　カーテンの下に　漂う眠り、
そいつはお前も、陰惨な　嘘八百のその後で　味わうやつ、
虚無ならば　お前のほうが、死者たちよりも　遥かに知る。

けだし　悪徳ともなれば、我が生来の高貴さを　蝕《むしば》み、
わたしにも、お前と等しく、その不毛性の　刻印を押した、
だがお前の　石の乳房に　棲みついている　その
心臓は、いかなる犯罪の歯をもってしても　傷つかないが、
わたしは逃げる、色を失い、窶《やつ》れ果て、経帷子《きょうかたびら》に取り憑《つ》かれ、
死の恐怖は　付き纏《まと》って離れない、もしも独りで　寝るとしたなら。

〔苦い休息にも 飽きて……〕

苦い休息にも 飽きて、いや我が怠惰が 傷つけていた
栄光は、それを目指して かつての日、愛すべき 少年期を
遁《のが》れたもの、自然のままの 蒼穹の下《もと》、薔薇たちの茂みに
囲まれていた、それが今や 七倍も 倦《う》み果てている、
固い契約に、夜《よ》を徹して 新しい墓穴を また掘るという、
場所は、わたしの脳味噌なる 貪婪《どんらん》 かつ冷酷な土地、
仮借なき墓掘り人の 目指すのは ひたすらなる 不毛性だ、
——何と答える、この曙《あけぼの》に、おお 数多《あまた》の夢よ、薔薇たちに
訪《おとな》われたなら、己が鈍色《にびいろ》の 薔薇を羞《は》じて、広大な墓地が
虚ろな 穴という穴を 平らかに するでもあろう時に——

放棄したい、わたしは、残忍な国の、獲物を貪《むさぼ》る
芸術などは、そしてあの　手垢の付いた批判には　にっこり
笑って、相手はわたしの友人たち、過去だ、天才だ、それに
ともかく　死の苦しみを知っている　我がランプまで、
そう、真似るのだ、あの中国人を、心は澄んで　細やかに、
その穢《けが》れなき恍惚とは、描くこと、最後の一筆《ひとふで》を、
彼の茶碗の、月の光から奪《と》ってきた　雪の白さ、その上に、
異形《いぎょう》の花の　最後の線を、その花こそは、澄みきった
その人生を　薫りで包み、幼い彼の　知る薫り、
その魂の接《つ》ぎ木された　蒼い　透かし模様に他ならぬ。
そして死は、かくの如く、賢者の　唯一の夢とともに、
心は澄んで、わたしは選ぼう、若々しい風景を
それを再び　茶碗に　描きもしよう、心を空《くう》にして。
一筋の　細く淡い　蒼穹の線、あれは湖
であろう、地のままの　白磁の　空のあわいに懸かる、

鮮やかな　三日月は　白い雲間に　隠されて、
その穏やかな　角《つの》を浸す、湖の　鏡の面《おもて》、
ほど遠からぬ　エメラルドは　太い睫《まつげ》毛が三筋、葦《あし》である。

鐘つき男

鐘が　その澄みきった声を　目覚めさせる、
朝の清らかに　澄み渡る　深い空に、
そして少年の上に鳴り渡る、鐘の心に適《かな》おうと　彼は叫ぶ、
ラヴェンダーやタイムの畑で、「お告げの祈り」を、

鐘つき男は、彼の明りに照らされて　逃げ去る鳥に掠められ、
陰鬱に跨《またが》るのだ、ラテン語の祈りを　呟《つぶや》きながら、
幾星霜を経た綱を　しっかと留める　石の上に、
遥か遠くに鳴る鐘の音《ね》が　落ちて来るのが　聞こえるばかり。

わたしは　この男だ。浅ましい！　欲望の戦う夜にいて
理想を響かせようと　綱を引く、しかし無駄だ、
冷たい罪を　忠実なる鳥が、触れて回る、それが落ちだ、

そして鐘の声は　わたしには　ただ切れ切れに、虚ろな響きだ！
だがしかし、いつかはついに、綱を引くことに倦《う》み果てて、
サタンよ、いいか、俺は重しの石を除け、首を吊って　死んでやる。

夏の悲しみ

太陽は　砂の上の、おお　眠りこけた闘う女《ひと》よ、
君の髪の毛の黄金《おうごん》に、沸かしている、物憂げな　湯浴みの水を、
そして、君の敵意ある　頬の上に、香を　焚《た》き尽くしては
涙とともに　混ぜ合わす、恋の飲み物を。

この白熱に炎上する　そよとも動かぬ凪《なぎ》こそは、言わしめて
しまった、悲しみに塞《ふさ》ぐ君をして、恐れ戦《おのの》く　我が接吻《くちづけ》よ
「ついに一体のミイラとは　わたくしたち、なりますまい、
古代からの砂漠、幸せな　棕櫚《しゅろ》の木陰に　おりましょうとも！」

だが髪の毛は　一筋の　生暖かい　流れであり、
怯えることなく　溺れさせるのだ、我らに取り憑《つ》く　魂を、
11 そして見出す、この虚無という、君の知らない代物《しろもの》を。

味わうだろう、わたしは　君の睫毛《まつげ》から　涙に流れる白粉《おしろい》を、
知ろうがためだ、君が突き刺す心臓に　与えてくれるのか、
14 蒼穹と　石たちの　あの　感覚停止の状態を。

蒼　穹

永劫変わらぬ　蒼穹の　晴朗なる　皮肉は
打ちのめす、花々の如く　美しく　無頓着に、
無力な詩人を、己が天才を　呪いつつ
苦悩の　不毛なる砂漠を　横切っている男。
遁《のが》れつつ、眼《まなこ》を閉じても、感じている、見ているのだ、
打ちのめさんばかりの　後悔の　激しさで、
虚ろな　わたしの魂を。どこへ　遁れる？　いかなる
凶暴な夜を　千切《ちぎ》っては　投げる、胸を抉《えぐ》るこの侮蔑に？

霧よ、立ち昇れ！　撒き散らせ、単調なお前の灰を
棚引く襤褸《らんる》の　靄《もや》もろともに、空に注げ
秋の　鈍色《にびいろ》の沼が、溺れさせようと言う、
だから造れ、広大なる沈黙の　天井を！

それと、お前、忘却の河の　沼地を出でて、拾うべし、
来がてらに　水底《みなそこ》の泥と　色褪《あ》せた　葦《あし》とを、
親愛なる倦怠よ、塞《ふさ》ぐのだ、疲れを知らぬ　その手によって
鳥たちが　悪意を籠めて穿《うが》った　巨大なる　蒼い穴を。

またか！　倦《う》むこと知らず　陰鬱な　煙突は屋根に
煙を吐き、かくして　煤《すす》の牢獄が　宙に漂い、
消してくれるように、その棚引く黒い　煙の恐怖に、
地平線上、黄ばみつつ、死なんとする　太陽を！

——空は、死んだ。——お前の方へ、わたしは駆け寄る！　おお、物質よ
与えてくれ、残酷な理想と　罪の忘却とを、
人間どもという　幸せな　家畜どもが　眠っている
寝《ね》藁《わら》を　分かつべく　やって来た　この殉教者に、

いかにも　わたしは望む、つまり結局　この脳味噌は
壁際に転がっている　白粉《おしろい》瓶《びん》さながらに、空っぽで、
飾り立てる術《すべ》もない、涙にくれる　詩想でさえも、
暗い死の方角に、不吉極まる　欠伸《あくび》をする　それだけだ……

無駄なのだ！　蒼穹は勝ち誇り、聞こえてくるのは、その凱歌、
鐘楼の鐘の響きに。我が魂よ、蒼穹は　さらに我らを
恐怖せしめんものと、悪意に満ちた　勝鬨《かちどき》を挙げる、そして
活き活きとした　金属からは　響く、蒼い色の　お告げの鐘が！

それは昔と変わらずに、霧を渡り、刺し通す、
お前の　生まれながらの苦悩を、短剣のごとくに。
いずくへ遁れる、無益かつ倒錯した　反抗のなかを?
[36]取り憑《つ》かれている、わたしは。蒼穹に！　蒼穹！　蒼穹！　蒼穹に！

海のそよ風

肉体は悲しい、ああ、読んだぞ　わたしは、万巻の書を。
遁《のが》れ去る！　彼方へと遁れる！　その海に　百千《ももち》鳥《どり》の　酔う
様《さま》は、砕け散る　見知らぬ波と、天空の　あわいに懸かり！
引き止めはせぬ、もはや何も、眼《まなこ》に映る　見慣れた庭、
それさえも　引き止めはせぬ、海に心が　浸るのを。
夜に夜を重ねて、我が灯火の　人気《ひとけ》なき不毛の明りも
白々《しらじら》と拒む　虚ろな紙を　照らしつつ、いや
乳飲み子に　乳含ませる　若き妻にも　できはせぬ。
出発する！　蒸気船は　マストを揺らし　さあ　いざ
錨を！　目指すはただ　異郷の果ての　大自然よ！

倦怠は　酷《むご》い希望に　打ちひしがれて　なおも頼むか
打ち振る　絹の　今を限りと　別れのしるしを！
さらばだ、マストも、違いはない、嵐を呼んで
猛《たけ》り狂う　遭難の海の　風に傾く　帆柱か、
跡形もない　マストもなくて、マストも豊かな　島影もなく……
我が心よ、されど聞け、水夫たちの　歌声を聞け！

ためいき

ぼくの魂は　君の額のほうへと、おお　穏やかな妹よ、
そこに夢見るのは、紅《くれない》の　落ち葉散り敷く　秋、
それから　君の瞳の　天使のような　揺らめく空へと
昇ってゆく、憂愁に閉ざされた　庭園にあって
いつも変わらぬ一筋の　噴水《ふきあげ》が白く、憧《あくが》れてゆく、蒼穹へと！
——蒼穹は、仄白《ほのじろ》く澄んだ　十月の　せつない空、
広い泉水に　映すのは　己が果てしない　悩ましさ、
すでにして、淀む水面《みなも》に　鹿毛《かげ》色の　枯葉が
悩み、風の向くまま　彷徨《さまよ》っては、冷たい水脈《みお》を穿《うが》つ、

そこに　黄色い太陽は　這《は》うに任せている、光線を　長々と。

施し物

この袋を取れ、乞食よ！　世辞はいらぬぞ、
老いぼれた乳飲み子よ、ただ乳房が欲しいのか、
一枚一枚大事に使い、貴様の　葬式の鐘は　水時計だ。

引き出せ、この貴重な金貨から、なにか異形《いぎょう》なる　罪を、
そう、広大な奴だ、俺たちが　拳《こぶし》に一杯、そいつに接吻してやる、
奴が身を捩《よじ》るほど、吹きならせ！　熱烈なる　ファンファーレを！

教会堂は　香の煙だ、ああした家のことごとく
塀の上には　青い空き地の　揺り籠か

タバコの煙が　言葉もなしに　お説教を揺らす時、

そして強力なる　阿片が　ぶち壊す、薬局なんぞは！
ドレスも肌も、サテンはもちろん、引き裂きたくはないか、
呑み干すのだ、満足して　唾液となった　無気力を、

王侯貴族もお出ましになる　豪華なキャフェで　朝を待つ？
天井を見れば、ナンフやヴェールが　豪奢を引き立て、
投げてやるのだ、窓のところに来る乞食にも、祝宴を。

そして貴様が、老残の神よ、梱包用の布　引き被《かぶ》り、
震えながら出てくると、暁《あかつき》こそは黄金の　美酒《うまさけ》の湖《うみ》、
そして貴様は断言する、おれの喉《のど》には　星々が棲むと！

貴様のお宝の輝きを　勘定するにも及ばない、

ともあれ　身を飾るのは　一筋の羽根、終課に連なり
21 今でも頼む　聖人様には　お灯明もあげられる。
勘違いしないでもらいたい、俺が戯言《たわごと》を言っていると。
大地は裂けるのだ、太古から、飢えに死なんとする者には。
24 これ以外の施しは真っ平だ、貴様も俺を　忘れて欲しい
なかんずく、行くなよ、友よ、絶対に　パンなど買いには。

詩の贈り物

君に届けるのは　イデュメアの夜の　産み落とした子！
黒々と、翼は血にまみれ　色褪《あ》せて、羽根も毟《むし》られ、
香《こう》と金色《こんじき》に　焼かれた　ガラスを通して、
凍てついた窓ガラスを、浅ましい！　まだ朦朧《もうろう》たるままに　通して、
暁《あかつき》は　身を投げてきた、天使の如きランプめがけて。
棕櫚《しゅろ》の葉よ！　そうだ、暁が　この形見を見せた時、
敵意ある微笑みを　無理にも繕おうとしている　この父親に、
孤独は　蒼く　不毛のまま、震え戦《おのの》いていた。
おお、揺り籠を揺らす女《ひと》よ、君の娘と　清浄無垢な　君の
冷え切った足とをもって、受け取ってくれ、身の毛もよだつ誕生を。

そして君の声が　ヴィオルと　クラヴサンとを　呼び覚まし、
色褪せた指に　絞ってはくれまいか　乳房を、
迸《ほとばし》り出るのは　シビュラの巫女《みこ》の白さとなった　女性《にょしょう》、
この唇に、処女なる蒼穹の空気は　搔き立ててやまないから、飢えを。

エロディアード

舞台

乳母〔N.〕――エロディアード〔H.〕

N.

生きている！　それともこれは　姫君の亡霊か。
あなたの指を、指輪を　この唇に、ええ、おやめ下さい、
何とも知れぬ齢《よわい》のままに　歩むのは……

H.

お退がり。

穢《けが》れなき我が髪の　黄金《こがね》なす滝津瀬《たきつせ》は
孤独の体を浸すとき、逆毛《さかげ》立つ
恐怖に　五体を凍らせる、そう、光の纏《まと》わる
この髪は　不死のもの。女よ、接吻などと、死ぬであろうよ、
美というものが　死でないと　したなら……
　　　　　　　　　　　　　　いかなる魅惑に
惹かれてか、いや　預言者たちに忘れられた　いかなる
朝が、遥か瀕死の地平に　悲しみの　宴《うたげ》を注ぐ、それを知る
わたしか？　見ましたね、お前は、冬の乳母よ、
石と鉄の　重々しい　牢獄の底に、我が
獅子たちが　朽ち葉色した幾星霜を　後に引く　そのなかに
入るのを、いかにも歩んだよ、わたしは、宿命の如く、

手も汚さず、王者たりし獣《けもの》たちの　人気《ひとけ》ない　薫りのなかを。
でも、はっきりと　見ましたか、身も凍る　恐怖が何か。
流《る》謫《たく》を思って　立ち止まり、わたしは　毟《むし》った、
吹き上げの　迎えてくれる　泉水の　傍らかなんぞのように、
わたしのなかの　蒼ざめた　百合の花を、すると獅子たちは
遣《や》る瀬《せ》ない残骸の　我が夢想のなかを　音もなく
散りゆく様《さま》を　目で追って、もう
うっとりと、物憂げに垂れる　裳《も》裾《すそ》を開き、
海をも鎮めるわたしの足を　じっと　見つめる。
鎮めるがよい、お前も、老いた肉体の戦慄を、
来なさい、そしてこの髪の毛が、お前たち、世の常の女たちが
獅子の鬣《たてがみ》を怖れるいわれ、あの逆髪《さかがみ》に　似るというなら、
手をお貸し、こんな姿は見たくもないと　お言いなのだ、
鏡の中で　みずからが　なに厭うことなく　梳《くしけず》るのを。

N.

壺に　籠めました　陽気な没薬《もつやく》は　お厭としても、
枯れてゆく　薔薇の花から　盗《と》りました　香《こう》の
死者も敬う　その力を、お前様、お試しに
なられましたら？

H.

　捨てておおき、香水などは！　知らないとでも
お言いか、わたしは　嫌いです、香水は。そもそも香りの
陶酔に、疲れた頭が　溺れてしまえばよいとでも？
この髪の毛は、世の苦しみの　忘却を
撒き散らす　花ではない、黄金なのだ、
香りに　穢《けが》されたことなど　ついになく、

仮借なき　鋭い光、漠として　淡く耀《かがよ》い、
ともあれ　金属の　不毛なる冷気を　保つ、
お前たち、我が館の壁を飾る　宝石を映して、
武器、甲冑、壺の数々、孤独な少女であった時から。

N.

お詫びします。寄る年波に、女王よ、御禁制《ごきんぜい》も
消え失せて、古い書物か　色褪《あ》せた、それとも黒い……

H.

もうよい！　お持ち、この鏡を、わたしの前に。
　　　　　　　　　　　　　　　　おお、鏡よ！
冷たい水よ、そなたを囲む縁《ふち》のなか、倦怠《けだい》によって　凍れる水よ、

数多度《あまたたび》、いや長い時の間《ま》、夢想に　打ちひしがれ、
ただ独り、我が追憶を、さながら　深い筒井の底、
そなたの氷の下に沈む　枯れ葉のように、追い求めつつ、
遥か彼方の亡霊か、そなたの内に　現したのだ、この姿を。
だが　おぞましい！　幾夜かは、そなたの　畏るべき泉水のうちに
知ってしまった、散乱する我が夢の　裸形《らぎょう》の姿を！

N.

乳母や、わたしは　美しいか？

H.

まこと天上の星、
でもお髪《ぐし》が　落ちかかります……

お止め、そこで、罪深い、
全身の血も　源へ　逆巻いて凍る！　押し留めよ、
その仕草、名にし負う　不敬の業《わざ》は！　ああ、語るがよい、
何たる不敵な悪霊に　唆《そその》かされてか、不吉な恐れに身を任す、
あの接吻といい、香水の強要といい、いいや、口に出すのか、
おお、我が心よ、さらなる瀆神《とくしん》の業《わざ》をなす　この手、
つまりお前は、わたしに触りたかった、そうだね？　それも
これも、不吉な事件なくしては　塔の上に　終わるまいと思う一日……
おお、身を凍らせ、エロディアードが　見つめる　塔よ！

N.

まこと　奇怪《きっかい》な空の気配、天も守り給わんことを！
あなた様は　あてどもない、孤独な亡霊、猛《たけ》り狂う新たな怒り、

早熟な内側ばかり、身を震わせて　見つめている。
でも　変わらずにお美しい、不死の神々にも　似たお人、
お前様、恐ろしくて　胸締め付けられる、それほどにお美しい、
さながら……

H.

でも　触ろうとしたではないか?

N.

わたくしとて
運命が　お前様の秘密を定めた　お方のものとなりたい。

H.

まあ、お黙り！

N.

時には、お越しに？

H.

浄《きよ》らかな星たち、

耳を塞《ふさ》いで！

N.

得体の知れぬ　恐怖に身を任す、そうでなければ、どうしてできます、これほどまでに　傲慢な夢想が？
いいえ、お前様の　色香の宝が待ちかねる
神にお縋《すが》りするようにして！　そう、どなたのために、
ひたすら不安に　蝕《むしば》まれつつ、取っておこうと仰るのか、
お命の　未知なる輝き、虚しい神秘を？

H.

わたしのために。

N.

独り身のまま　生い育つ　虚しい花、心動かされるものとては
水鏡に映して見る　無気力のお姿、ご自身の影ばかり。

H.

もうよい、その憐れみも、取っておおき、皮肉とともに。

N.

せめてお聞かせ下さい。いえ、まあ、初《うぶ》なお子様、
いつの日か、その勝ち誇る軽蔑も　衰えましょうに……

H.

でも、誰《たれ》が触れるという、獅子も畏れる　このわたしに？
そもそも、人間などというものは　要らない、彫像の如き
わたしの眼が、楽園を思って虚ろになる　その時は、
かつて飲んだ　お前の乳を　思い出しているから。

N.

嘆くべき生贄《いけにえ》よ、己が運命に　捧げられた！

H.

そうとも、わたしは、わたしのために　花開く、不毛の花！
知っているね、澄みきった　紫水晶の　庭よ、果てしなく
目も眩む　知の深淵に　埋《うず》もれた　者たち、
未知の　黄金の群れよ、始原の大地の　暗い眠りに
己が太古の　光を守る　黄金たちよ、
お前たち、わたしの瞳が　浄らかな　宝石の如くに
その音楽の輝きを　借りる　尊い石たち、そしてまた
我が髪の毛の　精気溢れる金色《こんじき》に、宿命の

輝きを、重く膨らむ勢いを　与える　金《きん》よ！
お前はといえば、預言の巫女《みこ》の洞窟の　口さがない
言葉を言わんと、邪《よこしま》な人の世に　生まれた女、
死すべき人間のことなど言う！　人間ならば、我が衣裳の
花の盃、猛り立つ官能を誘《よ》ぶ　匂いの中から、
あくまで白く　戦《おのの》く裸身は、姿を見せる　とでも言うであろう、
預言するがよい、夏の　暖かい　澄んだ空、
女ならば、その夏の空に、自ら衣裳を　脱ぎもしようが、
このわたしは、星の如くに震える　姿を見られたならば、
死んでしまうと！

　　　　処女であることの恐怖を　わたしは　愛する、
願いは、この髪の毛の　身を凍らす恐怖のうちに　生きること、そして
夜ともなれば、我が臥所《ふしど》に　引き籠もり、犯される
ことなき蛇体、無用なる　肉体の内に、仄かに白い

御身《おんみ》の光の　冷えきった　煌《きら》めきを　感じてみたい、
今、息絶えなんとして、純潔の願いに　燃える御身、
氷河と　仮借なき雪に閉ざされた　白い　夜よ！

そして御身の　孤独なる妹はといえば、おお　永遠の姉様
わたしの夢は　立ち昇る、あなたのほうへと。このようにして　すでに、
ありえぬほどに　澄みきっている、それを夢想した心は、
わたしは　単調な祖国にいて、ただ独りであると思い、
取り囲むすべてのものは、一つの鏡を　神と
崇めて生きている、その　眠るが如く穏やかな　面《おもて》に映すのは、
エロディアード、眼差しは　ダイヤモンド、澄み渡る光……
おお、最後の魅惑にして　秘法、わたしには分かる、独りだと……

N.

姫様、どうでも死なれますのか！

H.

いいや、歳老いた女《ひと》、
心を鎮めて、去り際に、赦しておくれ、頑な心を、
でもその前に、よければ閉めて、あの鎧戸を、熾天使《してんし》の
天上界まで突き抜ける　蒼い空が笑っている、深いガラスの中で、
大嫌いだもの、わたしは　美しい蒼空などは！

波は
揺れ、彼方には、知っていますか、不吉な空が、
美の女神・宵の明星に　嫌われた眼差しを　もつ国があると、
夕べともなれば、木々の葉末《はずえ》に　その星は、恋に身を焼く。
発ちたい、そこへ！

点けておくれ、子供じみているとお言いか、

そこにある　燭台の火を、軽やかな炎に　その蠟は、
虚ろな　黄金の最中《さなか》にあって、怪しい涙を　流している、
そして……

N.　今は？

H.　さらば。

嘘をついてくれましたね、唇の中の
裸形《らぎょう》の花よ！
わたしは待つ、何か、未知なることを、
それとも、ひょっと、その神秘も、叫ぶ声も、知らぬままに、

お前は、今わの際の　押し殺した　嗚咽《おえつ》を挙げる、
夢想の最中《さなか》、ついに少女が、体から　離れて　ゆく
煌《きら》めき凍る　宝石を　感じて挙げる　その嗚咽か。

半獣神の午後

田園詩

半獣神

あのナンフたち、永遠に続けていたい。

なんと明るい
軽やかなあの肉色、今も空中を　舞い踊る、
生い茂る　眠りに沈む　大気の　なかを。

　　　　　　愛したのは、夢か　あれは？

疑いは、降り積もる　古《いにしえ》の夢、その端は
細やかに枝分かれして葉叢《はむら》となり、まことの
立木、そこで証《あか》すのは、ああ　何ということ、独り
勝利と思ったのは、観念の内に　薔薇たちの犯す　過ち——

考えてみなくては……

　　　　もしも　お前のあげつらう　女たちが、
虚構を好む感覚の　願望の姿に　すぎないとしたら！
半獣神よ、幻想が　遁《のが》れるように消えたのは、青く
冷たい、あれは涙の泉、清らかなほうの　女の眼から。
だがもう一人の、喘《あえ》ぐばかりの　女のほうは、お前の
深い毛のなかの、昼間の風の熱気はどこにも　違うのだと。

いいや違う！ そよとも動かず 気だるいままに 生気も失せて、
爽やかな朝も、熱気に 抗《あらが》おうにも息は詰まり、
せせらぎもなく、呟《つぶや》くものは、音の調べの 露に濡れた
草むらに、わたしの笛の 注いだ水。風は
二つの管《くだ》より立ち昇り、音をたちまち
乾いた雨と 撒き散らす この風ばかり、
一筋の皺も 動きはせぬ 水平線に、
まざまざと見える 澄みきった 霊感の 巧みの
息が 今再び、天上界へと 昇ってゆく。

おお、シチリアの岸辺、太陽をも 羨望せしめんものと
我が傲慢の踏みしだく 穏やかな沼地よ、
火花と散る花々の下にあって、物言わぬ 岸辺よ、語れ、
「ここでわたしは 虚ろな葦《あし》を切っていた、才能によって

しなやかにされた　葦を、と、遥かに遠く、緑の枝の
吹き上げに　葡萄の房を捧げる辺り、金色《こんじき》の　水も暗く、
何か白い生き物の　休らう姿が　揺れている。
やがて緩やかな前奏に、草笛が生まれるやたちまちに、
飛び立つ群れは白鳥の、と思う間もなく、水の精たち、
一斉に遁れ、水に潜《くぐ》って……」
　　　　　　　　　　　生気なく万物は　褐色の　時刻を
燃えて、教えてはくれぬ、いかなる技《わざ》を　用いて逃げたのか、
はじめの音を　探す男の願う　夥《おびただ》しい　婚姻の誘いは。
ならば原始の熱情に、わたしは　目覚めればよいのか、
ただ一人　屹立し、古代の光の波と注ぐ　その下に、
百合の花だ！　そう、純潔というなら、お前たち　すべてのなかの一人。

その唇の音立てる、あの甘美なる　微かな　跡、

酷《むご》い女の存在を　密《ひそ》かな声で証《あか》してくれる　接吻とは違い、
証拠となる傷もない　清らかな我が胸は、何者か
神にもまごう、神秘なる　歯の　嚙み跡を知るばかり。
もう、よい！　かかる秘法の　打ち明けのためにと　選ぶ相手は
末広がりに対をなす葦、それを　蒼空のもとに　吹き鳴らす。
頰の孕《はら》む惑乱を　自分のほうへと引き取って、
長い独奏のうちに　夢見るのは、美しい景色と
我らの信じやすい歌と、二つながら　偽りのうちに
溶け合わせては、風景を　楽しませること。
そして　愛が転調する、それと等しく　高い虚空に
消えてゆくのは、背中と　そして清らかな　腹と、
わたしの閉じた眼差しの　追いかけていた　その月並みな夢の、
音高く　虚しく　単調な　一筋の糸。

やってみるがよい、遁れ去る楽器よ、おお、心悪しき
シランクス、わたしを待つ湖へ行って、再び　花開け！
己が噂を誇るわたしは、長々と　語るであろう、
女神たちのことを。そして、女神を崇める絵姿のなかで、
その影から　取り去ってやる、もう一度　女神の帯を。
こうして、葡萄の房の　澄んで明るい　中身を吸って、
ただ見せかけにより遠ざけた　後悔などは振り払おうと、
夏の天空に笑いながら、高々と掲げる、虚ろな　房を、
光り輝くその皮に　息吹き込んでは　陶酔に
飽くこと知らず　夕べまで、わたしはそれを　透かして見る。

おお、ナンフたち、もう一度膨らませよう、さまざまに見える　追憶を。
「俺の視線が　葦を穿《うが》って、不滅の女の　襟足をすべて
射抜くや、女たちは波に　焼けつく傷を鎮めつつ、

森の上なる天空に　届けとばかり、怒りの叫びを挙げる。
と見る間に、波に浸った一面の　豪華に輝く髪の毛は
消えてゆく、冷たい光と戦慄のうちに、おお、煌《きら》めく宝石か！
駆けつけた　俺の　足元に、結ぼれあって（二人で
あるという苦痛に味わう、悩ましい快楽　に息も絶え絶え）
眠る女は、見境もなく絡ませた、ただ腕と腕とに守られて。
二人を奪うや、結び目は解《ほど》きもせずに　飛んで行った、
移り気な木陰には疎《うと》まれて、薔薇たちが
その香りのことごとく　太陽の絞るに任す　あの茂みまで。
我らの愛の葛藤も、燃え尽きる　白日の熱気に　等しくあれと。」
お見事だ、清らかな乙女の怒りは、おお、神聖なる
裸の重荷の、滑り落ちなんとして呼び覚ます、猛々しい　快感よ、
火と燃える我が唇を　遁れようと、震え戦《おのの》く
稲妻か、肉の密かな戦慄を　飲もうとする　この唇を。
心なき娘の足から、怯えている　娘の心の臓まで、

どちらも　清浄無垢は見捨てている、狂ったような
涙に濡れ、もっと嬉しい湯気にも　しとど　濡れて。
「俺の罪は、油断のならない戦《おのの》きを
破ってやったと有頂天、接吻のうちに髪振り乱し
もつれ合う、かくも見事に　神々の結んだものを　引き離したこと。
一つになった幸運に、身をくねらす体の下に、
火と燃える笑いを　押し隠してやろうとするや、（率直な
指一本に捉えておくのは、紅《くれない》に染まる　姉のほうの
乱れた姿に、白い翼の純潔にも　紅《べに》が差すかと、
幼いほうの、純情で、顔赤らめることも　ない少女）
と、体を痺らす　死の力に、腕は解《ほど》かれ、
あの獲物、これを限りと、情け知らずめ、逃げ去った、
後まで俺がそれに酔う、嗚咽《おえつ》のことなど　容赦もせずに。」

諦めよう！　幸せへと、別の女が　髪の毛を
額の角《つの》に　しっかと結んで、浚《さら》ってくれる。
我が情念よ、知っているはず、潮紫《しおむらさき》に熟れきった
柘榴《ざくろ》の実も　今や裂けて、群がる蜜蜂の羽音に唸る。
我らの血は、捉えようと来る者に取り憑《つ》かれて、流れる
ひたすらに、欲望の蜜蜂の　終わることなき巣立ちのために。
彼方の森が、金色《こんじき》と　灰の色とに　染め変わる時刻、
一つの祭が、光の消えた葉叢の内に　燃え上がる。
エトナよ、火の山よ！　ヴェニュスの女神が　無邪気にも、その
溶岩を　踵《かかと》に踏んで訪れる、お前の中で、
暗い眠りが　鳴り轟き、炎の熱が　尽きる時刻に。
俺は女王を　抱いた！

　　　　おお、遁れえぬ罰……

いいや、違う、魂は
言葉を抜かれ、この体は　重く、ようやくに
倒れ込む、有無を言わさぬ　正午の　沈黙の　下《もと》に。
今はこれまで、瀆神《とくしん》の業《わざ》も　忘れて、眠るのだ、
水を求める　渇いた砂に　身を横たえて、俺は口を
開きたい、葡萄酒を生む力ある　天体に向かって！
番《つがい》のナンフよ、さらば。お前のなった幻を、俺は見に行く。

〔髪の毛は　炎となって翔び……〕

髪の毛は　炎となって翔《と》び　向かう先は　極《きょく》
西《せい》の彼方　欲望の果て　ことごとく　拡げんものと
留まるのは　（わたしなら言う　王冠が　息絶えると）
4 冠《かんむり》　戴く額の方《かた》　はじめに炎搔き立てた　まさにその場所

だが　黄金として吐き出すのは　この生きている　雲ばかり
燃える炎は　つねに変わらず　内側にあり
始原において　ただそれだけが　続けている
8 宝石の瞳のなかに　真顔にもせよ　笑い振りまくものにもせよ

裸形《らぎょう》のまま　恋に夢中の英雄などは　穢《けが》すものだ
この女《ひと》は　指を飾る　星も炎も　揺らめかすことなく
栄光に溢れる　女性《にょしょう》の姿を　単純明快に　表すべく
雷《いかずち》を発する　かの女《ひと》の　頭《こうべ》が見事　為し遂げている
勲《いさおし》とは　かの女《ひと》が　疑いの皮を剝いで　鏤《ちりば》めること　ルビーを
さながら陽気に　かつはまた　守護神たるべき　松明《たいまつ》として

聖　女

窓辺にあって、かすかに見える
古き白檀《びゃくだん》の　金《きん》も　薄れて
かの人のヴィオル、煌《きら》めくは
過ぎし日の、フルートか　マンドール、

そこにまします、蒼ざめた　聖女の拡げる
古き書物、折り畳まれて　開いたページは
聖母讃歌　荘厳《しょうごん》なる　煌めきの、
過ぎし日　晩禱《ばんとう》ならびに　終課の折に、

聖体顕示台か　あの窓ガラスを
かすめて行くは　天使の竪琴《たてごと》
夕べの飛翔の折に　作られて
ほっそりとした　指の　関節の
技《わざ》、かの人は今　古い白檀もなく
古い書物もないままに　それを揺らす、
楽器となった　翼の上に、
沈黙の　演奏家である。

喪の乾盃

おお、我らが幸運の　汝、宿命たるべき紋章よ！
狂気の乾盃にして　色蒼ざめたる灌奠《かんてん》、されど
思い給うな、生死をつなぐ回廊の　魔法の希望に
虚ろなる我が盃の　のたうつ黄金の怪獣を　捧ぐとは。
君が姿の　たとい今　現わるるとも、我には足らじ。
我自ら　君を、斑岩《ポルフィール》の　緋の色籠もる床《ゆか》に　沈めたればなり。
典礼の定めには、両の手の勤めとして、墓穴の
厚き鉄《くろがね》の　扉を打ちて、炎を消せよと。
しかも　知らぬ人あらじ、詩人の　消え去りしことを

歌うべく、我らが　世にもつましき祝宴の　席に選ばれて、
この美しき記念碑こそ、余さずに彼を　納むることを。
さあれ　物書きの大職の　火と燃ゆる　栄光のみは、
すべて灰燼《かいじん》に帰す　卑しき刻限の至るまでは、
夕映えの　誇らかに降りゆき、燃え立たす　玻璃《はり》ガラスを、
純粋に死すべき太陽の　炎へと　回帰するばかり。

壮麗にして、全き姿、ただ一人、かくの如く
人間たちの　見せかけの傲慢は　震えながらに　立ち昇る。
あれら、狼狽した群衆は！　彼らは言う、我らこそは
我らが未来の亡霊の　うそ寒き　不透明な影にすぎぬと。
されど、喪のため　散乱する紋章の、むなしく壁を飾るとも、
軽蔑したのだ、わたしは、涙の　澄みきった恐怖をも、
我らが神聖なる詩句の、嘆く声には　耳貸さずして、
あれら過ぎゆく者たちの一人、意気軒昂と　盲目のまま、声もなく、

漠とした経帷子《きょうかたびら》の主人たる者、変貌せんとしていた、
後世の　待望しきりなる　清らかな　英雄の姿へと。
広大なる深淵を　折り重なる霧の中に　もたらすのは、
彼が発しもしなかった言葉の、怒りに満ちた風の仕業《しわざ》、
この、かつては存在したが　今や　廃絶された人間の　虚無こそは——
「様々の地平線の記憶とは、なんであったか、ただ汝には、地上であろうが？」
吠えるのだ、この夢は。すると、声はたちまちに、晴朗さを失って、
空間は、玩《もてあそ》ばるる如くに、ただ叫ぶ、「わたしは知らぬ！」と。

師なる人は、深く読みとく眼《まなこ》もて、その行く道に
鎮めたのだ、エデンの園の　心騒がす魅惑の数を、
その終焉の旋律は、ただ彼の声に残り、呼び覚ますのだ、
薔薇と　百合のために　その名の神秘を。
この運命からは、残らなかったと言うのか、何も？
おお、君たち全てに告ぐ！　忘れるがよい、暗き信仰などは。

輝かしき、永遠なる天才は、持ちはしない、亡霊などは。
わたしは、君たちの欲望を慮《おもんぱか》って、わたしは見たい、
誰のもとで、昨日、息絶えたのか、義務は、
この天体の庭が課す、理念でもあるべきもの、
生き永らえるのは、音立てぬ　天地壊滅に他ならぬ
名誉にかけて、空気を揺るがし、壮麗に　鳴り響く
言葉の、それは　酔《え》い痴《し》れた緋の色と、広大なる明るい花弁と、
それらを、雨の滴《しずく》かダイヤモンド、澄みきった眼差しが、
これら花々の上に留まって、その輪たりとも　枯れはせぬ、
くっきりと　際立たせているのだ、昼の時刻と　光線の中に。

それは、我らが真実の植え込みの、すでにして　住処《すみか》の全て、
そこに　純粋なる詩人は、慎ましくも鷹揚なる　仕草によって、
夢にはそれを　禁じると言う、彼の引き受けた　敵なのだから。
それというのも、傲然として彼の安らう　朝まだきに、

古き死などは　ゴーティエにとり　しかある如く、
聖なる眼《まなこ》は開かずして、ただ　沈黙する時、見事に
立ち上がるのだ、この径《みち》を　行かんとすれば　避けえぬもの、
まさしき堅牢なる墓が、そこに眠るのは　黒々しき禍《わざわい》の全て、
すなわち貪婪《どんらん》なる沈黙と、圧《あっ》し懸かる夜とが　そこに。

続　誦

（デ・ゼサントのために）

天翔る詩法《イペルボル》よ！　我が記憶から
勝ち誇って　立ち上がる
それができないという、今は呪文だ
鉄を纏《まと》った　書物のなかで。

けだし住まわせている、わたしは
知識により　霊を育《はぐく》む　心の頌歌《しょうか》を、
我が　忍耐の作品のうちに、
地図、植物図鑑、典礼書である。

わたしたちは　顔をめぐらしていた
（二人であった、はっきり　言っておく）
さまざまなる　魅惑の　風景に、
おお、妹よ、君の魅惑を比べつつ。

権威の時代は　惑乱する
特別の動機もなしに　人が言う時、
この南の地、我ら二重の
無意識の　深く没入する所

花菖蒲の　百花繚乱《ひゃっかりょうらん》、この風景が
現に存在したかは、人も知る、
ただ名をもたぬのだ、夏のトランペットの
黄金の響きが　呼び出《いだ》す　その名を。

いかにも島は、大気が　現実の視覚で
見せている、そう　幻想ではない、
花はすべて、いよいよ　大きくなり勝《まさ》る、
我らが議論する　余地もないままに、

かくの如く　巨大なる　その花の
一輪ごとに　常の如く　身を飾る
鮮やかな輪郭、それは　間隙《かんげき》となって
庭園から　切り離す、その花を。

長きにわたる欲望　その栄光たる　観念よ
全てが体のなかで　昂揚し　見ようとする、
菖蒲の類の花々が　ことごとく　新たなる
務めに応え　湧出《ゆうしゅつ》し　屹立する様《さま》を、

だが　分別あり　心動かされやすい　妹は
その眼差しを　微笑みの　先までは
送らなかった、常の如くに　声を聞こうと
わたしは　昔からの　務めに戻った。

おお　知るべし、論争好む精神こそは、
今この時刻に　我ら口を閉ざすその間《ま》にも、
さまざまなる百合の茎は　ひたすらに
延び拡がり　我らの理性を　凌《しの》いでいたと、

そう、違うのだ、岸辺の嘆く如くに
その単調な戯れが　偽りを告げて、
望むのだと言う、広大な花の世界の　到来を、
我が青春の驚きの　最中《さなか》に、そう

聞かされるが、全ての天も　地図も
我が進むところ　絶えず確かめられて、
行く先に　砕け散る　波もしかり、
この国が　存在しなかったなどとは。

少女は　退位する王者、放棄する　恍惚を、
そして、道すがらすでに　知恵に通じた
彼女は　発する、一言、アナスターズと！
永遠の犢皮紙《とくひし》のために　生まれた言葉を、

一つの墓が、笑うよりも先にである、
いずれ　見たこともない土地に、祖先のものと
この名が刻まれていて、ピュルケリーと！
隠してくれている、なんとも巨大な　グラジオラスが。

扇

マラルメ夫人の

言葉に対して　するに　等しく
空に向かって　ただ煽ぐ　翼《はね》
来たるべき　詩句の　姿を現す
いとも優美な　住処《すみか》　から
翼《はね》は　声をひそめて　伝令の
この扇こそは　もし　それが
同じものなら　君の　姿の
後ろに何か　鏡は　煌《きら》めき

澄みきった面《おもて》　（そこに再び　降りて行く
一粒ごとに　追い　求められ
僅かな　目には見えない　灰の粒子
それだけが　惜しい　わたしには）

いつもながらに　かく　現れたし
君の手の間《ま》に　倦《う》むこと知らぬ　この扇

もう一面の扇

マラルメ嬢の

おお　夢見る乙女よ　わたしが沈み込むなら
道もなき　純粋な　甘美の境に、
知っておいておくれ、細やかな　偽りによって、
君の手のなか　わたしの翼を　捉えていると。

夕暮れの　爽やかさが　君に
立ち戻る、君が　扇を煽ぐたびに、
虜《とりこ》となったその羽ばたきは　遠ざけてくれる
地平線を　いとも濃《こま》やかな思いやりで。

目の眩《ま》うような！　ほら　もう戦《おのの》いている
辺り一面空間が、深い接吻《くちづけ》をされた如くに
そう、産まれ出ようとするが　誰のためでもない、
迸《ほとばし》り出ることも　鎮まることも　できずにいる。

感じているのか、荒々しい天国を、
さながら　押し殺した　笑いの
その唇の端から　流れ出て
一つに閉じられた　襞《ひだ》の底へと！

薔薇色の岸辺を　治める笏《しゃく》か、
黄金《おうごん》の夕べを重ね　微動だにせぬ、そう
この閉ざされた白い飛翔　それを君は置く、
ブレスレットの燃える火に　凭《もた》せかけて。

アルバムの一葉

出し抜けに　いや　おふざけなのか
お嬢様は望まれた　たって聞きたい
少しでもいい　姿を現すその響き
わたくしの数ある笛も　木の笛の音《ね》が

どうやらかかる試みの　なされた所が
さる風景を前にして　でありましたのは
良かったと　吹くのを止めて
そのお顔　まじまじ　拝見できました故

さよう　虚しいこの息は　わたくしなりに
極限までも　出してみたもの
不器用なこの指も　どうにか操り
しかし　真似るには　到底　及ばぬ
いとも自然に　明るく澄んだ　あなたのその
空気をも魅了する　子供の笑う　お声には

ベルギーの友たちの想い出

時が経ち　また　吹く風の　揺り動かす　故ではないが
古びた情景の　ことごとく　ほとんど　香の灰の色
己が姿を　見せまいと　しても見える　それをわたしは
独り身の石が　衣裳を脱ぐ　襞《ひだ》にそって襞を　その姿と観る故に

漂う如く　はたまた証拠《しるし》を　みずから　もたらしはせぬかに見えて
ただ古《いにしえ》の　薫りに代えようものと　時間《とき》を蒔《ま》く
我ら遥かの古より　ここにいる幾人《いくたり》か　いかにも心足りたはず
忽然と生まれたる　我らの新たなる　友情に　思いを馳せて

おお　いとも親愛なる出会いよ　ついに月並みに　陥ることなき
ブリュージュのこと　曙《あけぼの》を重ねてゆくは　生気なき運河
11 数多《あまた》　白鳥の　散乱するが如く　行き交う水面《みなも》

その時　いとも荘厳に　教えてくれた　この町は
その息子らのうち　白鳥ならぬ　飛翔へと定められて
14 羽ばたく如く　たちまちに　精神の光を　輝かす者は誰かを。

下世話の唄

I

(靴直し)

タールが切れては　どうにもならぬ、
百合は生まれながらに白くして、香りは
単純に言って　こっちが　好きだ
この善良なる　靴直しより。

問題の革は　いま履いている靴を

補強するため、だが　これまでついぞ
見たこともない厚さ、絶望だ
裸足の踵《かかと》でも　歩きたい　客には。

手元も狂わぬ　その金槌が、
お手並み拝見、からかう釘で
踵にがっちり釘付けだ、とにかく
どこかへ歩きたい　その欲望を。

靴を全く別物に　彼はするかも知れぬ、
おお両足よ、それを君らが望むというなら。

II

（香草売り）

君の束は　空の色した　ラヴェンダー、
勘違いはいけないよ　その睫毛《まつげ》を
ぱっちりと、それでお買い上げ下さろう、
どうせ偽善者様のこと、それで

秘密の場所の　壁を飾る
秘密も秘密、絶対の場所だ
愚弄してやまぬ下腹《したっぱら》が　すっきりと

8 した気分に生まれ変わる　そのために。

もっとも　伸び放題の　その
髪の毛に　ここだよ　挿したらどうかね
体にもいい　葉末《はずえ》もそこで　匂い立つ、
12 ゼフィリーヌだか、パメラだか、

さもなきゃご亭主のほうへ　運んで
14 くれるさ、君の虱《しらみ》の初物を。

短信

違う、突風となって、くだらぬ
話題が　通りを占めて、
黒く帽子の飛び交う様《さま》とは。
そう、踊り子が一人　出現して、

モスリンの裾は　渦巻き上がる、
いや狂乱の、散乱する　水の泡、
膝でそれを　掲げているのは
まさしく彼女　我らの生きてきた糧、

それを除けば、すべて生気はないが、
精霊に憑《つ》かれ、酔い痴《し》れて、不動の姿で、
雷《いかずち》の如く　チュチュで撃つ、
心にかけるのは　ただ一つ

笑いのうちに、スカートの
風が煽ろうとする、ホイスラーを。

小曲

Ⅰ

月並みのほかは　何もない孤独
白鳥もなく　河岸《かし》もない
映すは　ただその廃《すた》れた様《さま》
4 我が放棄した　眼差しに

ここに　虚栄の火から
高みにあって　触れること叶わぬ
数多《あまた》の空を　飾り立てる

8 落日の　さまざまなる金《きん》が

とはいえ　悩ましげに　沿って漂う
白い肌着は　脱ぎ捨てた
束の間の鳥か　水潜《くぐ》る
12 歓喜の女性　が傍らに

君そのものと　化した波に
14 君の喜悦は　まさしき裸形《らぎょう》

小曲

II

抑える術《すべ》もないままに　おこなったはず
わが希望の　身を投じる　それに等しく
遥かの高みに姿を消して　裂けた
4 狂った如くに　そして沈黙、

茂みにあっては　異境の声
いかなる木霊《こだま》も　後には続かぬ、
その鳥こそは、鳴く音《ね》の二度とは

8 聞かれない、生きてある限りは。

錯乱狂気の　音楽家は、
ならば　疑いの内に　息絶える、
わが胸から、もしも、彼の胸ではなくて
12 呪わしい嗚咽《おえつ》の　迸《ほとばし》ったならば、

引き裂かれつつも、全き姿で　それは
14 横たわるはず、いずくか森の　小径《こみち》の脇に！

ソネをまとめて

〔闇が　宿命の掟によって……〕

闇が　宿命の掟によって　脅《おびや》かした　その時に、
かくも古《いにしえ》からの夢、我が脊椎の　欲望、痛みを、
葬儀の天蓋の下《もと》、ついには　破滅かと　苦しんだ挙句、
拡げたのだ　夢は、疑いの余地なき翼を　わたしのなかに。

豪奢よ、おお　黒檀の大広間、王者を幻惑せんものと
身を捩《よじ》っては絡み合う、あれは　すでに死んだ　名高い花草模様《ギルランド》、
お前たちなど、闇のたばかる　傲慢に　すぎぬ、

8 己が信念に　目も眩む　孤独な男の　眼《まなこ》には。
そうだとも、分かっている、この夜の　遥か彼方に、地球は
投げ掛けている、輝きも　強大な　異形《いぎょう》の神秘を、
11 おぞましい　世俗の支配する下でも、その光の　曇らされることはない。
空間は、拡大しようと、自らを　否認しようと、己白身に異ならず、
この倦怠《けだい》のうちに　展転せしめる、卑しい火を　まさに証人として、
14 そこに光を発するのは、祝祭の最中《さなか》、一天体の　天才であったと。

〔処女にして、生気あふれ……〕

処女にして、生気あふれ、美しい　今日という日
我らのために　打ち破ってくれようか　酔った翼の一撃で
この硬い　忘却の　湖を、その霧氷《むひょう》の下　棲みつく
透明な氷塊は　遁《のが》れそびれた　飛翔のもの！

かつての日　白鳥であった身は　思い起こす、彼である、
壮麗ながら　ただ希望もなしに　身を解き放とうとする、
歌わなかった　そのために、そこで生きるべき領地を、
不毛なる冬の　倦怠が　輝きを発した　あの時に。

その頸《くび》の力を限り　払おうとする、この白い　死の苦悶を
この空間が　拒否する鳥に　課しているもの、
11 だがそれは　翼を捕えたこの地への　恐怖ではない。

この所へと　その純粋な煌《きら》めきに　定められた　亡霊か、
身じろぎもせず　侮蔑の　凍てつく　夢に浸って
14 それを　益もない流《る》謫《たく》のうちに　纏《まと》うのは　この白鳥。

〔勝ち誇って　遁れたり……〕

勝ち誇って　遁《のが》れたり、美しい　自死を
栄光の残り火よ、血潮泡立ち、黄金《おうごん》、はた　嵐！
おお、笑うべし、彼方に　今しも　潮紫《しおむらさき》の紅《くれない》の雲、
王者にふさわしくと　拡げるのが、我が不在の墓というなら。

なんと！　あの輝きの全てから　端切《はぎ》れすらも
遅れて　残らぬとは、すでに深夜、我らを祝う影のなか
例外はただ、これ見よがしの宝が　頭《こうべ》を飾り、
愛撫された　しどけなさを　流し出す、灯火もなしに、

君のものだ、そう、つねに変わらず　甘美なる！　君のものが
そう、それのみが、息絶えた空から　引き留《と》めている、
11 いくばくか　子供じみた勝利を、君の髪を結い上げて

その輝きを　長椅子の枕に　君が　置く、
さながら戦士の兜、少女にまします女帝の飾り、そこから
14 君の　姿を象《かたど》るため、崩れて散りもしよう、薔薇の花びら。

〔浄らかなその爪は……〕

浄《きよ》らかなその爪は　縞瑪《しまめ》瑙《のう》を　高々と掲げ、
不安はいま　松明《たいまつ》かざす女か、深夜　捧げ持つ、
不死鳥に　西の地平の焼かれた夢、数多《あまた》の夢を、
その灰を納むべき　骨壺もなくて、あるのはただ

毒見の式台、空虚の間。プティックスもない、
殷々《いんいん》たる　無生気の　打ち捨てられたる　骨董か、
（けだし主人は　冥府の河に　涙を汲みに
携えたものは、虚無が誇る　唯一の品。）

だが北面、虚ろに開く　十字窓の辺り、一つの黄金の
今にも息絶えんとするは、あの飾りか
11 一角獣、一人の水の精《ナンフ》に挑んで　炎を吐く、

乙女は　鏡の底に　果てなんとして、裸形《らぎょう》、揺らめき
散る　と見る間に、縁《ふち》の内なる忘却に　繋《つな》ぎ留《と》まった
14 煌《きら》めきの　やがて鮮やかに　極北の　七重奏。

エドガー・ポーの墓

彼その人へと　ついに　永遠は　彼を変容せしめ、
詩人は　白刃を振るって　掻き立てる、
この異形《いぎょう》の声には　死が　勝ち誇っていたのだと
知らなかった故に　驚愕する　俗世の民を！

卑しくのたうつ　ヒュドラーか、かつて聞いたのだ、天使が
部族の言葉に　より純粋な意味を　与えるのを、
その彼らは、声を大に　宣告した、瀆神《とくしん》の業《わざ》の飲まれたのは
何か　黒々しい混沌の　名誉なき　流れに他ならぬと。

大地も雲も、二つながらに敵対する、おお、何たる闘い！
もしも我らの思考が、それをもって、浮き彫りを　刻まなければ、
ポーの墓が　目も眩む輝きに　身を飾るべく

混沌たる　宇宙の　壊滅から　地上に墜《お》ちた　身じろぎもせぬ　塊、
この花崗岩が　せめて永久に　その境界を　画すべしと
未来に散乱する　冒瀆《ぼうとく》の　黒々しい飛翔に対して。

シャルル・ボードレールの墓

神殿は　埋没し　今や暴露する　下水道の
墓穴の口　泥とルビーを　泡《あぶく》となって　吐き出すや
おぞましい限りの姿は　地獄の番犬　アニュビス
その鼻面《はなづら》は　一面に燃え盛り　凶暴な吠え声

あるいは　近年の瓦斯《ガス》灯《とう》が　怪しげな火口《ほくち》を捩《ね》じり
受けた恥辱を　世間周知だ　拭い浄《きよ》めてくれる
不滅の恥毛に　錯乱の態で　それは　火を灯し
飛びかう姿は　街灯に　沿って　連れ込む

いかなる枯葉が　夜なき　都会に　祈願を
籠めて　祝福できようか　かの女に倣い　腰おろす
11 空しくも　大理石の　ボードレールに　寄り添うが如く
戦《おのの》きつつも　不在なる　女人《にょにん》の額　飾るヴェールは
彼女　まさしき　彼の影こそ　守護の毒薬にして
14 たとい我ら　破滅となるも　つねに　吸っているべきもの

墓

一周忌——一八九七年一月

黒い巌《いわお》は　怒る　北北東の風に　転がされて
停《とど》まりはすまい　たとい　敬虔な手の下でも
人間の苦しみに　いかにも似ていると　撫でてみる
何か不吉な　似姿を　祝福するための　如くに。

ここは　いつ来てみても　森鳩が　悩ましげに鳴いている
この　物質の厚みを欠く　喪の営みは　押し潰す　夥《おびただ》しい
雲の襞《ひだ》で　これから日々　熟していくはずの　天体を

その煌《きら》めきこそ　群衆を　銀色に　染め変えるはず。

誰が探す、孤独なる　跳躍の　後を追って
時には　外へと向かう　我らが　放浪者――
ヴェルレーヌを？　隠れているのだ　草叢《くさむら》に、ヴェルレーヌは、

不意に捉えるとしても、むろん　素直なままに、
唇の　そこに飲むことも　その息を　涸らすこともなく、
さして深くもない流れ、その汚名を　死という　それを。

頌

音絶えてすでに　不吉なる沈黙の　縞目模様《モワレ》は
拡げている　一筋　ではなく襞《ひだ》を　調度の上に
太柱　己が重みに耐えかねて　崩れんとならば
奈落へと　転落させん　欠落せる記憶とともに。

我が古《いにしえ》の羽ばたきは　呪文の文字の　勝ち誇る姿、
象形文字は数知れず　恍惚と　舞い上がって
歌の翼に　散乱させる　耳近な戦慄をこそ！
仕舞っておけ、そんなものは、むしろ　戸棚の奥に。

始まりにあった　にこやかな喧騒、その中から、嫌われていた
勝ちを競う　明晰な女神たちには、それが今や　迸《ほとばし》り出た、
11 女神たちの　幻影《まやかし》のために　設《しつら》えられた　大聖堂前庭までも、
喨々《りょうりょう》たるトランペットの　黄金《おうごん》は　犢皮紙《とくひし》の上に　色を失い、
神リヒャルト・ワーグナーこそ、目も眩む　戴冠の盛儀は、
14 インクでさえも　黙するあたわず、巫女《みこ》の嗚咽《おえつ》の　痕を記す。

頌

暁《あかつき》の女神も　かじかむ寒さ
仄暗がりに　握る拳《こぶし》は
蒼穹《あおぞら》の　起床ラッパを
口にあてがう　耳しいたこの女神にも

牧童くらいはいる　瓢《ひさご》を
杖に結びつけ　ひしと打つ
己が未来の　足取りに沿って
尽きせぬ泉の　湧き出《いだ》す処まで

先立って湧く　そのように　生きる
おお　孤独なる　ピュヴィ・
11 ド・シャヴァンヌよ
　　　　　　独り　ではない
時代を導き　水　飲ませるところは
水の精　経帷子《きょうかたびら》の　薄布《うすぎぬ》はなくて
14 それを時代に　発見させる　君の栄光

〔ひたすらに　船を進める……〕

ひたすらに　船を進める　その決断に
輝かしくも　混沌たる　インドをも超えて
——この挨拶こそは　時間の使者
君の船尾が　今超えた　岬の地点

いずれか　低く　傾く帆桁《ほげた》は
広大なる　帆もろともに　沈み込み
波浪　揺れ騒ぐ様《さま》　つねに変わらず
一羽の鳥の　新たなる　報せを告げて

繰り返し　単調な　ひたすらに叫び続ける
されど　舵取りの向きは　変わらず
海図の示す　位置などは　無用
夜と　絶望と　かつはまた　宝石と

かの鳥の告げる　歌声こそは　その映る影
蒼ざめた　ヴァスコの　微笑の上までも。

三つ折りのソネ

I

傲慢は挙げて　煙と化す　夕べを
松明《たいまつ》　揺さぶり　押し殺した
永劫不滅の　烟《けむり》も　その放棄を
引き延ばすことは　ついに　叶わぬ！

部屋は　古めく　直系相続人のもの
夥《おびただ》しい豪奢　だが地に墜《お》ちた　勝利の飾り
暖炉の火の　温めることは　よもやない

忽然と　現れようとも　彼が　回廊から。

古《いにしえ》よりの　苦悶か　必然のものだ
ひしと摑む　爪立てて　するが如くに
否認の意思の　発する　墓を、

重い大理石の下に　それを　切り離しつつ
燃える火とて　ありはしない　ただ
雷《いかずち》を発するが如き　コンソールが。

Ⅱ

躍り出た、膨らみと　上昇から
あえかなる　ギヤマン細工、
苦渋の夜は　眠れぬまま　花も咲かせず、
知るよしもなく　その頸《くび》は　断たれる。

知っている　わたしは、二つの口は　ついに
飲んだことはない、愛する男も　我が母も、
同じ幻想獣《キマイラ》の　口を吸って、
冷えきった天井の　妖精《シルフ》たる　わたしは！

いかなる飲み物も　容れぬ　浄《きよ》らかな壺、
あるのはただ　汲み尽くしえぬ　独り身、
死の苦悶にあるが　同意はしない、

無邪気なる接吻よ、世にも不吉な　そのなかでも！
何かを　息に出すことはない、予告して、
闇のなかに開く　薔薇一輪を。

III

レース編みの　カーテンの　用もなさぬ、
崇高なる遊戯　その疑いのうちに
半ば開いて　見せるのが　冒瀆《ぼうとく》の如く
永遠に寝台の　不在である　光景。

この一面に白く　絡み合うのは
花草模様《ギルランド》が　同類とする　闘い、
色蒼ざめたガラス窓に　当たっては　遁《のが》れ
揺らめくばかり　埋《うず》めてしまう　と言うよりは。

だが夢が　金色《こんじき》に　色づくところは
悲しげに　眠る　マンドール
11 楽《がく》を産む　虚ろな　虚無を孕《はら》みつつ

そのままの姿で　いずれか　窓の方へと
楽器の　膨らみの他にはない　それに沿って
14 子は　産まれることも　できたであろうに。

〔時の香に染みた　いかなる絹も……〕

時の香《か》に染みた　いかなる絹も
幻想獣《キマイラ》の　絶えなんばかりの　絵柄であれ
及ぶまい、うねうねと　生来の渦巻く雲、
君が　鏡の外までも、拡げる雲には！

瞑想にふけるか　弾痕穿《うが》つ軍旗は
高々と掲げられる、並木道を。
わたしには　ある、君の　裸形《らぎょう》の髪の毛が
満ち足りたこの眼を　埋めるために。

違う！　口は　自信をもっては言えぬ
噛み傷を付け　何か味わったものが　あると、
11 君の王たる愛人が、ただ手を　つかねて、
夥《おびただ》しい髪の毛を　束ねたなかに　一粒の
ダイヤモンドか、唇に出す　のでなければ、
14 いまは押し殺す　勝利の　叫びを。

〔君の物語に　踏み込むとは……〕

君の物語に　踏み込むとは
さすが英雄も　怯えてすくむ
どこやら領地の　芝生の草に
裸足の踵《かかと》の　触れたと思えば

氷河をも　侵犯してやまぬ勢い
わたしも知らぬ　無邪気な罪だ
それをしも君は　禁じたろうか　高々と
勝利の笑いを　挙げることまで

これでもわたしが　嬉しくはないと
雷《いかずち》とルビーとを　車軸に鏤《ちりば》め
11 天空を　まさにこの火の　穿《うが》ちゆく
辺り一面　王国を　散乱させつ
潮紫《しおむらさき》の紅《くれない》に　息絶える　かの車輪こそは
14 唯一わたしの　黄昏《たそがれ》の　車駕《しゃが》

〔圧し懸かる　密雲の下……〕

圧《あっ》し懸かる　密雲の下　声押し殺したる
玄武岩　溶岩の　暗礁には　はや
隷属の　木霊《こだま》を返す　力となく
用もなき　霧笛の　虚しい声さえも

いかようなる　墓　遭難が　（お前は
知りつつも　水泡《みなわ》よ　そこに泡立ち）
至高なる　唯一の　漂流物のなかに
廃絶したのか　帆布も失せた　マストを

それともこうか　猛《たけ》り狂って　何か
崇高なる　遭難が　ないからと
深淵の限りを　虚しく　押し広げては
かくも白い髪の毛の　水泡《みなわ》引く
容赦もない　そこに　溺れさせたのか
人魚《セイレーン》の一人　その　幼い腹を

〔読み継いだ本も　パフォス　の名に閉じて……〕

読み継いだ本も　パフォス　の名に閉じて、
ただ楽しみに　選んでみる、頼りになるのは　精神ばかり、
廃墟を一つ、数限りない　水泡《みなわ》によって　祝福された、
ヒヤキントスは、彼方に遠く、栄光の日々の　空の色。

寒気よ走れ　走るなら　鎌の刃をした　沈黙とともに、
わたしはそこに歌いはしない、夜鳥《やちょう》の　虚ろに不吉な歌は、
この純白の狂い舞いが　地面を這《は》って　否認するなら
全て名所旧跡に　偽りの景勝などという　名誉は。

我が飢えは　この地の　いかなる果実をも　美味とは思えず、
高貴にも　現実の　欠けている故にこそ　劣らぬ美味を。
裂けんばかりに、人間の　薫り高き　肉の果実は！

足を乗せる、いずれ大蛇に、我らの恋が　火を掻き立てて、
想いを馳せる　わたしは永く　おそらくは　憑《つ》かれた如くに
別の胸へと、古《いにしえ》　アマゾン女族の　焼き切った乳房に。

書誌

この第一の冊子は、余白にむしろ一種の飾りのようにして書き込まれた少数の詩篇すなわち——

祝盃
扇　マラルメ夫人の
アルバムの一葉
ベルギーの友たちの想い出
下世話の唄ⅠおよびⅡ
短信　ホイスラーへ
小曲ⅠおよびⅡ

ならびにソネの
シャルル・ボードレールの墓

〔圧し懸かる　密雲の下……〕を除けば、作者の自筆原稿に基づいて作られた一八(八七)年刊のファクシミリ版エディションの示す順序に従って、ただしグループ分けはせずに、配列したものである。

アカデミック書店〔ペラン〕による選集『詩と散文』の再版に際して導入された幾つかの改訂を除けば、テクストは美しい予約販売の際のものと変わりはなく、この版は数多《あまた》の競売で飛ぶように消えて、テクストを決定することとなった。その稀覯《きこう》性を一層華やかなものにしていたのは、ロップスの傑作が、すでに、作品本来の大きさで、花を添えていたからである。

ここでは、異本として示されるべき、先行のヴァージョンはない。

これらの詩篇、というか、よりよいものを目指すための習作であり、作品に取り掛かる前にペン先を試してみるようなものだが、その多くは、刊行しなければならない号のために原稿を探している文芸誌の、友情溢れる性急さによって、それらが収まっている紙挟みから抜き取られたものである。つまり〔これらの詩篇あるいは習作は〕、さまざまな計画の覚え書きであり、作家自身が自ら分割する二重の観点に従って、少なすぎるか、あるいは多すぎるかという差はあるにもせよ、目印となる点であり、作家として、それらを保有しておくのは、若い読者層がそれらを重視して、その周囲に一つの群衆が形成されればよい、という理由からである。

「祝盃」(二〇頁(本文庫の頁数。貼付帖《マケット》は空欄。以下同様))――このソネは、最近『ラ・プリューム』誌主催の宴席で、その主賓たる名誉をもって、盃を挙げたさいのもの。

「あらわれ」(二八頁)は、作曲家の関心を惹いたが、その中でバイイー氏とアンドレ・ロシニョル氏が、この詩篇に魅惑的な楽曲を付けてくれた。

「道化懲戒」(三二頁)は、大分以前に書いたものだが、『独立評論』社の壮大なるエディションにおいて、初めて世に出た。

「窓」、「花々」、「再び春に」、「不安」(最初の題は「平然たる女《ひと》に」)、「鐘つき男」、「夏の悲しみ」、「蒼穹」、「海のそよ風」、「ためいき」、「施し物」(当初の題は「乞食」)、(苦い休息にも　飽きて、いや我が怠惰が　傷つけていた)(三四―六二頁)は、第一次『現代高踏詩集』と題されて、つねに引用されているこの刊行物のなかで連作を構成する。

「エロディアード」(六五頁)は、ここでは断章であり、対話体の部分だけであるが、聖ヨハネ頌歌と最後の独白による結びの他に、「序曲」と「終曲」をもち、これらは追って刊行される予定であり、全体で一つの詩篇を構成する。

「半獣神の午後」(八二頁)は、単独で刊行されたものであり、内側をマネの挿絵が飾っており、初期の高価な冊子の一つとなったが、ボンボン入れの袋のようなもので、中身は夢であり、いささか東洋風であるのは、その「日本の奉書紙に金箔押しで、中国製のピンクと黒の飾り紐で結ばれている」という、広告文の語るとおりであった。その後、デュジャルダン氏が、彼の作った写真石版刷りの版以外には読むことができなくなったこの詩篇を、一般向けの版に仕立てたが、これも品切れになった。

「喪の乾盃」〔ここからページの指示がなくなる〕は、合同詩集『テオフィル・ゴーティエの墓』から取ったもので、師であり影となってしまった人に捧げる祈りであり、その名前は、終わりに近いところで脚韻に現れる。

「続誦（デ・ゼサントのために）」、ひょっとして、我らが友ユイスマンスの『さかしまに』に、一〇一頁に読まれるような形で、挿入されたのかもしれない。

〔出し抜けに　いや　おふざけなのか〕〔「アルバムの一葉」〕は、我らが旧友の南仏詩人ルーマニーユのお嬢様のアルバムから、こっそり写し取ったものである。彼女が幼い頃に、わたしはいつも褒めあげたものだが、そのことを覚えておくために、お嬢様としては、詩を書いてくれと望まれたのだ。

「〔ベルギーの友たちの〕想い出」。エクセルシオール・クラブの記念署名帖にこのソネを送ることができて、人変嬉しい。以前に講演をした場所であり、幾人かの友人を得たからである。

「下世話の唄I、II」は、名風俗画家ラファエリの挿絵からなる『パリ、人さまざま』のための注釈である幾篇かの四行詩と同じく、巨匠はそれらの想を与えてくれ、かつ受け入れてくれた。

「短信」は、フランス語で書かれてはいるが、ホイスラーの主宰するイギリスの雑誌『つむじ風(*the Whirlwind*)』(*le Tourbillon*)の表紙を飾るために送ったもので、ホイスラーはそこでは王侯のようなものだ。

「小曲」。Iは一八九四年十一月に、素晴らしい刊行物『レプルーヴ』誌の創刊号のために。IIはドーデ氏のアルバムに帰属する。

「エドガー・ポーの墓」。祝典に組み込まれたもので、ボルティモアにおけるポーの記念碑の除幕式において朗読されたが、玄武岩の大きな塊は、アメリカが詩人の軽やかな影の上に据えようとしたものであり、そのような影が今後二度と現れないようにとの意思である。

「シャルル・ボードレールの墓」――この標題をもつ書物のために書かれたが、彫像か胸像かメダルかはともかく、そうした追悼記念物のための予約の書物である。

「頌」は、幾つかあるが、一フランス詩人が、讃えるべき『ワーグナー評論』誌に呼び出されたものがあり、〈天才〉の決定的な勝利の前に、消滅した雑誌である。

これほどまでのこまごまとした説明は、おそらく必要はないのだが、未来の注釈者たちに対するある種の謙虚さを表明しているものである。

Ⅱ 拾遺詩篇

〔黒人女が一人、悪霊に　衝き動かされ……〕

黒人女が一人、悪霊に　衝き動かされ
哀れな少女を　味わおうとする、新鮮な果実で
また罪深い、穴のあいた服を着せられていて、
食い意地のはった女は　狡猾な仕事にかかる。

その腹の上で　比べてみる　固くなった二つの乳首を
それから、手では摑めない高さにまで、彼女は
蹴り上げるのだ、その編み上げ靴の　暗い衝撃を
およそ快楽には不器用な　何かの舌の如くにして。

相手は目の前に　怯えきった羚羊《かもしか》の裸体、
震えているのに、彼女の方は仰向けに、狂った象だ
仰向けのまま　待ちかまえ、狂った如くに自分を愛撫し、
持ち前の白い歯をむき、笑いかける、少女に。

そしてようやく、両脚の間に　生贄《いけにえ》を横たわらせて
鬣《たてがみ》の下に開いた　黒い皮膚をめくりあげ、
その異形《いぎょう》な口の内側を　突き出してくる、
青白く　薔薇色の、さながらそれは　海の貝だ。

〔お目覚めの時には　その跡もなし……〕

お目覚めの時には　その跡もなし、
するおつもりもなかった　顰《しか》め面《つら》など、
それよりひどい、声出して笑い
枕に揺らす　あなたの翼を。

周りのことは気にも掛けず、お眠りあれ
心配御無用、息遣いが告白しはせぬか、
お目覚めの時には　その跡もなし、
するおつもりもなかった　顰め面など。

すべての夢の　あえかな姿、
美しきこの寝姿は　その裏をかく、
頬には花を　産みもせず
12 お眼にはダイヤの　値もつけられぬ、
お目覚めの時には　その跡もなし。

〔夫人よ……〕

夫人よ
　　　溢れ余る熱情は　なくとも　想いは燃えて
薔薇は残酷に　はたまた　引き裂かれつつ、飽いている
王者に紛《まご》う　白き衣裳にさえも、その紐を解き　己が
肉体のうち　しばし聴き入る　ダイヤモンド　泣くことやまず

いかにも、危うく朝露に　濡れることなく、優しさの限り
そよ風も　なく、ともに、嵐をはらむ空の　過ぎ渡り
言葉には　尽くしえぬ空間を　もたらすことに　こだわるは
変哲もなき　日ごと日ごとの　まこと真実極まりなき　想い

そうは思えないか、貴女にも、そう、年ごとに
その額に　生まれ変わる　いとも白然な　優美艶麗
11 見た目にも鮮やかに、かつまた　わたしにしてみれば

爽やかな扇の風の　一煽《あお》ぎ　部屋も扇に　驚くか
恍惚の境に　いま必要な　かそけくも　掻き立てる
14 我ら両名　生まれながらに　変わることなき　友情の全て。

〔愛し合おうと　お望みならば……〕

愛し合おうと　お望みならば
そのお口が　仰らずとも
この薔薇めが　邪魔をする
流す沈黙、ことさら　悪い

唄などあれば　たちまち投げる
微笑みは　煌《きら》めき煌めき
愛し合おうと　お望みならば
君の唇　うんとも言わない

黙って黙って　環のあいだ
シルフは　帝国の緋の色のなか、
燃ゆる接吻《くちづけ》　引き裂きあって
12 とがった翼の　先までも
愛し合おうと　お望みならば。

〔魂のすべてを　要約して……〕

魂のすべてを　要約して
ゆっくり　それを吐き出すと
煙の輪が　いくつも生まれ
次の輪のなかに　廃絶されて
証《あか》している　どこかで葉巻きが
燃えている　巧妙に　偶然
灰が　離れてくれればよい
明るいその　火の接吻から

かくの如く　恋歌のコーラスが
唇に　宙を舞いつつ　現れて来る
排除することだ　君が始めるなら
現実などは　浅ましいから

意味がはっきりしすぎては　帳消しになる
漠たる　君の文学のほうは

ソ　ネ〔人も通わぬ　森の上に……〕

一八七七年十一月二日

――「人も通わぬ　森の上に　暗い冬が　過《よぎ》る時
あなたの嘆きは、敷居に囚われた　おお　孤独な人よ、
この二人のための墓は、われら二人の誇り、なれど
4 浅ましいこと！　重いのは　花束の不在　それのみが満ち満ちて。

深夜が　むなしいその数を　投げた、それには耳も貸さずに、
夜を徹して　待つあなたの　心は高ぶり　目も閉ざしえぬ
懐かしい　あの古びた　肘掛椅子の　肘のところに

8 残り火の　最後の光が　わたくしの影を　照らさぬうちは。

訪れを　度重ねたいと　願われるなら、なさらぬことです、
あまりに多くの　花の重みを、墓石に　お掛けになるのは、
11 この指が　苦しみのあまり　死者の力で、押し上げましょう故に。

いとも明るい暖炉にいて、わたくしの坐るのを　震えながら　待つ魂、
蘇るには、あなたのお口に　お借りするだけ　それでよいのです
14 夜を徹して　わたくしの名を　呟《つぶや》いて下さる　その息を。」

（君の愛する　今は亡き女性に代わり、友として）

〔おお　遠くにありても　かく愛おしく……〕

おお　遠くにありても　かく愛《いと》おしく　近くにては　純白、かくも
甘美極まりない君、メリーよ、だからわたしは　想い描く
類稀《たぐいまれ》なる　香水の香りを、嘘ではないか、馥郁《ふくいく》と薫る
いずれか　クリスタルの翳《かげ》りある　花活けから。

それは君にも知られている、そうとも！　わたしにとっては幾星霜、
つねに変わらず　眩《まばゆ》いばかりのその微笑みが、保《も》たせている
同じ薔薇を、その麗しい夏は　沈めてくれる
昔日の時に、そしてまた　未来の時にも　同じように。

この心は夜になれば　時として　みずからの声を聴こうとする、
あるいは君を呼ぶ、こよなく愛しい言葉はなにか、それを
11 求めて昂揚する、ただひそかに囁かれる　妹という言葉に
それは　まことに大きな宝、しかもこれほど可愛いお頭《つむ》、
君が教えてくれるのは、確かに真実　別の愉悦、密やかに
14 君の髪の毛にする　接吻《くちづけ》だけが　口にすることのできるもの。

扇

メリー・ローランの

寒さに弱い薔薇たちは　生きるため
皆が揃って一様に　阻もうとするはず
白い花弁が　一輪開くや　たちまちに
貴女の息は　霧氷《むひょう》と化して

でも　わたくしの一煽《あお》ぎ　解き放たれる
花たちの群れ　衝撃は深く届いて
この冷却の塊も　たちまち溶けて
陶然と　花咲く笑《えま》いに　変わる絵姿

天空の気を　こまめに分けては　投げる
これこそは　まさしき　見事な扇
11 香水瓶より　遥かに適役の君

無理だ、封じ込めるのは、磨《す》りガラスの瓶に、
そこで失われるか　冒瀆《ぼうとく》でもしない限り
14 メリーから馥郁《ふくいく》と　この香りの拡がるのは。

Ⅲ

半獣神変容

エロディアード詩群

半獣神、古代英雄詩風幕間劇

半獣神独白

（暴君たるバーティーのために写す）

（半獣神が、腰を下ろして、その両腕に捉えていた、二人の水の精《ナンフ》に逃げられる。
彼は立ち上がる。）

俺は　捉えていた、ナンフを！
夢か？　違う。明るい
尖った乳房のルビーは　今もなお大気を燃やす、
動かぬ大気を、

（息を吸い込み）
こうして俺は　息を吸い込む。
（脚で床を叩いて）
どこへ行った？
（装置に呼びかけ）
おお、葉叢《はむら》よ、あれら　死すべき女たちを守るならば、
返してくれ、さかりのついたお前の梢を
膨らます　四月にかけて　（俺はまだ、その苦しみに身も世もない）
そうとも、薔薇たちの裸にかけて、おお、葉叢よ！
何も言わぬ。
（大股に歩き回り）
望むのだ、俺が！
（立ち止まり）
だが　盗まんとした麗しき二人が

俺の　作り話に酔う感覚の　幻想にすぎぬとしたら？
幻想は、森の住人よ、青く　緑の瞳をして
いたのか？　水中の花のように、清らかなほうのは？
そして、もう一人の……甘美な対照が魅惑であった、あれは
お前の深い毛のなかを吹いて行く　シチリアの凪か？
いいや、違う。海の凪は、喉が渇いて盃へと
引かれる唇の生気なき　その失神を撒き散らしつつ、
唇を爽やかにしてくれる、触《さわ》ればすべすべと心地よい
あの肌の輪郭も、爽やかな快楽を飲む　あの窪みの神秘をも、
もってはいない、森の茂みがついに与えてはくれぬ　あの爽やかさ。
そうは言うが！
　　（装置に向かって）
沼地の乾いたグラジオラスよ、

太陽に比肩せんものと　我が情念の踏みしだく沼、
火花と散る　震える葦《あし》よ、語れ
俺はそこで　折ろうとしていた、丈高い葦を、
我が唇の飼い馴らす葦だ。と、遥かに遠く　緑の影の、
吹き上げの大理石を浸す辺り、金色《こんじき》の水も暗く、
動物の群れの　散乱する　白い姿が波うっていた。
やがて草笛を整えた　笛の音《ね》に、
飛び立ったのは白鳥の……群れ　と思いきや、水の精たち、
遁《のが》れ、俺は後を追い……
　　　　　　だがお前たちは　褐色の　光に燃えて、
呟《つぶや》くこともせず　語りもしない、飛び去ったことを、
俺の笛に驚いた　あの群れが……
　　　　　　（額を両手に抱えて）
　　　　　　　　ええい！
こういうすべては　俺に　言葉を禁じる。ならば俺は

焼けつく欲望の　虜《とりこ》なのか、己が樹液の
陶酔を　信じるまでに錯乱して？
　　　　　　　　　　　浄《きよ》らかでいられる、俺が？
分からぬ、俺には！　地上万物はことごとく　曖昧だ、
この話は　なおさらのこと。というのも、女の口の
徴《しるし》を、胸よ、一体どこに　見つければよい？
せめて接吻が嚙み痕を　残していてくれたなら、知る
手だてもあろうに。
　　　　　　　　いや、知っているぞ、俺は！
　　　　　　　　　　　　　　　　　　　牧神よ、見るがよい
絡み合った　二人の証拠を　この指に、称えるのだ、
女の嚙み傷をこそ、それは歯のことを語ってくれる、
花と咲く歯のある口の幸せを　教えてくれる。
　　　　　　　（装置に向かって）
ならば、林にそよぐ親愛なる月桂樹、逃亡の

共犯者よ、そしてお前たち、百合も、慎ましやかに沈黙するが、
共謀していたのか、お前たちも？　いや　有難う。人攫《さら》う俺の手が
黄色に花開く睡蓮の　果てしも知らぬ眠りのなかに
石を投げれば、大きな花弁も散乱し、切れ切れに沈む。
同じく俺も、首うなだれる　緑の葡萄の若芽さえ
食い尽くすことも　できるのだし、明日、俺がいる場所は
草も生えぬ苔の上だ。
　　　　　　忘れよう、卑劣な裏切り者は！
　　　　　　　　　　　　　　　　　　　　　　　　心は澄み、
この彫像を欠く台座の上で、いつ果てるとも知らず語りたい、
酷《むご》い女たちのことを、そして彼女たちを崇める　絵姿によって
もう一度　その影から取り去ってやる、その帯を。
こうして、葡萄の房の　明るい　中身を吸って、
後悔などは、夢によって　遠ざけられてしまうがよいと、
夏の天空に笑いながら、高々と掲げる、虚ろな　房を、

光り輝くその皮に、息吹き込んで、陶酔に
飽くこと知らず、夕べまで、俺はそれを　透かして見る。
（彼は座る）
水の精たち、もう一度膨らませよう、さまざまに見える　追憶を！

俺の眼《まなこ》が　葦の茂みを穿《うが》って、不滅の女の
襟足を　追って行くと、女たちは波に　焼けつく傷を鎮めつつ、
森の上なる天空に届けとばかり、怒りの叫びを挙げる。
と見る間に、群れは　波に沈んで飛沫《ひまつ》を上げ、
消えてゆく、白鳥と戦慄のうちに、おお、煌《きら》めく宝石か！
俺が行く足元に、結ぼれあって入り混じり、この危ない
臥所《ふしど》に愛し合う　慎ましやかな花を咲かせて、
二人の眠る女が、二人でいる恍惚の　最《さ》中《なか》にいた。
二人をつかまえ、結び目は解《ほど》きもせずに、飛んで行った、
移り気な木陰には疎《うと》まれて、薔薇たちが

あられもなく太陽に、その香りを捧げている　庭の所まで、
我らの愛も、燃え尽きる大気の熱に等しくあれと。
　　　　　　　　　　　　　　　　　　　（立ち上がりつつ）
お見事だ、女の怒りは、おお、この白い
裸の重荷の　滑り落ちなんとして呼び覚ます　猛々しい快感よ、
火と燃える我が唇の下、憎しみの
稲妻のうちに、肉の密かな恐怖をこそ、飲み尽くそうと。
性悪なほうの両足から、怯えている娘の背まで、
酷たらしくも　香り立つその肌の上、しとど濡れたも
恐らくは、輝く靄《もや》の立ち込める　湖のため、
俺の罪は、この意地悪い惧《おそ》れをしかと
突き止めもせず、接吻のうちに髪振り乱し
もつれ合う、かくも見事に　神々の結んだものを引き離したこと。
一つになった幸運に、身をくねらせる体の下に、
火と燃える笑いを隠しに行こうと思うや、か細い

指一本に捉えておくのは、紅《くれない》に染まる姉のほうの、肌の
艶めく様子を見ては、さすが白い翼にも紅《べに》が差す、
幼いほうの、純情で、顔赤らめることもない娘を。
と、その時襲う戯れの死に　腕は解《ほど》けて、
あの獲物は、これを限りと　無情にも　遁《のが》れ去った、
後まで俺がそれに酔う、嗚咽《おえつ》のことなど容赦もせずに。

（立った姿で）

忘れよう！　他にいくらも　復讐してくれる、女が、
額の角《つの》に　しっかり絡めた　その髪の毛で！
満足だ、俺は。すべてが、ここでは身を任せてくる。実の
裂けた柘榴《ざくろ》から、裸のままで　目の前を流れて行く　水までも。
俺の体は幼い時に、愛の神に照らされたから、
発する炎は、歳経たエトナの　赤い火に　ほとんど等しい！
夕べには、灰色に染め変わる　あの森の彼方を
素裸のままの肉体が通り、光の消えた　葉叢のなかに　燃え上がる。

密かに人の言うことには、大いなるヴェニュスの女神、
裸足のままに、滝津瀬《たきつせ》も　干上がらせるとか、
薔薇と燃える唇に　夕べの地平は　血を流す。
（空中で両手を結んで）
そうとも！
（両手を解いて、空想の雷を避けようとするかの如く）
雷に打たれたのか、俺は？
違う。この閉じた
（おもむろに倒れつつ）
両の瞼も、快感に　重くなった　俺の体も、
古代の習い、真昼の眠りに　負けて　倒れる。
眠ろう……
（横になって）
眠ろう。俺が夢に　瀆神《とくしん》の業《わざ》を見ようとも、

罪にはならぬ。渇いた苔のなかではないか。俺は口を
開きたい、葡萄酒の父なる　偉大なる太陽に。
（最後の仕草をして）
さらば、女たち。俺が来た時の　あの二重唱の処女たちよ。

半獣神即興

あのナンフたち、恍惚とさせてやりたい！
　　　　　　　　　　　　　　　なんと明るい
その純情な肉色は　空中を漂っている、生い茂る
眠りの充満に　押しひしがれた　大気のなかを。
　　　　　　　　　　　　接吻していたあれは、夢か？
疑いは　ここに終わりもせずに、そのまま延びて
生気なき枝の葉叢《はむら》、黒々しい　まことの
木立となって、示すのは、ああ　何ということ、つい今し方

目を開いて見たのが、いつもながらの薔薇の恥じらいであったと。
考えてみなくては。

　　　　　そう、お前のあげつらう、結ぼれた
女たちが、虚構を好む感覚の　願望を証《あか》すものなら……
半獣神よ、幻想が遁《のが》れるように消えたのは、青く
冷たい、あれは涙の泉、清らかなほうの　女の眼から。
だがもう一人の、生温かい告白をする　女のほうは、お前の
深い毛のなかの、昼間の風の虚しさほどにも　違うのだと。
そうだとも！　不安なままに、気だるく生気も失せて、
爽やかな朝も、光に　抗《あらが》おうにも息は詰まり、
流れる水もなく、あるのはただ、歌の
濡らした草むらに、かの笛の　注いだ水。風は、
わたしの管《くだ》から立ち昇り、たちまちに声を
乾いた雨と撒き散らす、この風ばかり、

皺一筋も動きはせぬ　水平線に、
目には見えぬが　澄みさって、霊感の巧みの
息が、今再び　天上界へと昇ってゆく。

おお、シチリアの岸辺、夏に比肩せんものと
我が狂乱の踏みしだく　聖なる沼地よ、
火花と散らしつつも　物言わぬ岸辺よ、語れ
「わたしは二つに折っていた、歌い手によって
しなやかにされた葦《あし》の一筋を。と、遥かに遠く、緑の枝の、
吹き上げに　葡萄の房を捧げる辺り、金色《こんじき》の水も暗く、
何か息づく白い群れの　休らう姿が　揺れている。
やがて、草笛の出現する　前奏のうちに、
飛び立つ群れは白鳥の、と思う間もなく、水の精たち、
一斉に遁れ、水に潜《くぐ》って……」

　　　　　　　　　　　　　生気なく、万物は　褐色の時に
燃え上がり、挨拶もせず、語りもしない、我が技芸に逆上し、
飛び去ったあれら、夥《おびただ》しい婚姻の誘いのことは。なんという！
ならば始めの倦怠から、今こそ　目覚めてやろうか、
ただ一人、屹立し、皮肉な光の波と注ぐ　その下に、
百合の花だ！　お前たちすべてのなかで、純潔に輝いている。

口を歪めて音立てる、あの甘美なる　微かな跡とは違い、
ここには女たちが、確実な徴《しるし》を　もたないというなら、
その接吻の代わりに　わたしは求める、何者か
神にもまごう　神秘なる　歯の嚙み跡を。
いいや、違う！　かかる不安が、打ち明けのためにと選ぶ相手は
末広がりに対をなす葦、それを　蒼空に向かって吹き鳴らす。
頬の孕《はら》む惑乱を　自分のほうへと引き取って、葦は
二重奏とともに夢見ている、輝かしい景色と

我らの信じやすい愛と、この二つを偽って
溶け合わせては、辺りの輝きを　楽しませたいと。
そして木霊《こだま》が転調する、それと等しく　高い虚空に
消えてゆくのは、解《はど》けた腕と　その腹と、
わたしの閉じた眼《まなこ》の内で、朦朧《もうろう》たる胸が膨らむ光景の
清らかで　爽やかな、単調なる一筋の糸。

やってみよ、逃げて行く高貴な楽器、おお、心悪しき
シランクスよ、わたしを待つ湖へ行って、再び花開け！
己が噂に嬉々として、わたしは長々と語りたい、
酷《むご》い女たちのことを、そして、彼女らを崇める絵姿のなかで、
その影から取り去ってやる、もう一度　その帯を。
こうして、葡萄の房の　澄んで明るい　中身を吸って、
ただ見せかけによって遠ざけた　後悔などは騙してやると、
夏の天空に笑いながら　高々と掲げる、虚ろな　房を、

光り輝くその皮に　息吹き込んで、陶酔に
飽くこと知らず、夕べまで、わたしは　それを透かして見る。

おお、ナンフたち、もう一度膨らませよう、さまざまに見える追憶を。

「俺の眼《まなこ》が百合を穿《うが》って、不滅の女の襟足をすべて
射抜くや、女たちは波に　焼けつく傷を鎮めつつ、
森の上なる天空に届けとばかり、怒りの叫びを挙げる。
と見る間に、波に浸った一面の　豪華に輝く髪の毛は
消えてゆく、冷たい光と戦慄のうちに、おお、煌《きら》めく宝石か！
そこへ行った。足元に、結ぼれあって、二人で
あるという苦痛に味わう　悩ましい快楽　に息も絶え絶え、
眠る女は、危ない光線の　ただなかにいる。
二人を奪うや、結び目は解《ほど》きもせずに　飛んで行った、
移り気な木陰には疎《うと》まれて、薔薇たちが

その香りのことごとく、太陽の　紋るに任せる　あの滝のところまで。
我らの愛も、燃え尽きる白日の熱気に　等しくあれと！

お見事だ、清らかな乙女の怒り、おお、神聖なる
裸の重荷の、滑り落ちなんとして呼び覚ます、猛々しい快感よ、
火と燃える我が唇の下に、震え戦《おのの》く
稲妻か、肉の底なる　爽やかな　冷気をこそ　飲み尽くす。
心なきほうの　娘の足から、怯えている　娘の背中へ、
そのいずれをも　覆うものは、仄白《ほのじろ》い肌、しっとり濡れた、
川の水と、二人ながらの　汗の湯気に。

俺の罪は、狂ったように見せかけた　恐れをしっかり
突き止めもせず、接吻のうちに髪振り乱し
もつれ合う、かくも見事に　神々が結んだものを引き離したこと。
一つになった幸運に　身をくねらす体の下に、

火と燃える笑いを　押し隠してやろうとするや、素直な
指一本に捉えておくのは、紅《くれない》に染まる　姉のほうの
乱れた姿に、白い翼の純潔にも　紅《べに》が差すかと、
幼いほうの、穏やかで、顔赤らめることも　ない少女、
と、体を痺らす死の力に、腕は解《ほど》かれ、
あの獲物は、これを限りと、情け知らずめ、遁れ去った、
後まで俺がそれに酔った　嗚咽《おえつ》のことなど容赦もせずに。」

捨てておこう！　幾らも女が髪の毛を
額の角《つの》に絡ませて、俺を虜《とりこ》にしてくれよう。
我が情念よ、知っているはず、潮紫《しおむらさき》に熟れきった
いずれの柘榴《ざくろ》も実は裂けて、群がる蜜蜂の羽音に唸る。
我らの血は、己れを捉えに来る者を放すまいと、
欲望の古《いにしえ》からの飛翔はすべて、その渇きを掻き立ててやる。
灰色に染め変わる、あの暗い森の彼方に、

夕べの地平は、光の消えた葉叢のなかに、燃え上がるはず。
エトナの火山よ！　ヴェニュスの女神が　無邪気な腹に、
お前の祭りの支配を感じて　逃げてしまった、
お前のその静けさが鳴り渡り、炎も弱まる時刻だ。
もしも俺が……
　　　　　　　　俺は罰を受けなかった？

　　　　　　　　　　　〔以下欠落〕

エロディアード——古序曲

乳母

（降霊術）

朽《く》ちたり、まこと　おどろなる　翼を浸す、池の
涙に、池　また朽ちて、映すのは　悲嘆、
裸形《らぎょう》の金色《こんじき》に　鞭打《むちう》つは　真紅の虚空、
暁《あかつき》こそは　紋章の怪鳥《けちょう》、選んだり
我らが火葬の、生贄《いけにえ》の　塔をこそ、
重く塞《ふさ》がる墓ゆえに、美しい鳥はすでに去り、気紛れな
暁鳥《あかつきどり》の　孤独なる振る舞い、黒く虚しい翼した　鳥の……

ああ！　没落せる　悲嘆の国々、その城館よ！
水面《みなも》を揺らす　音もなく！　倦怠《けだい》の水は　今や諦め、
怪鳥と言わず　白鳥も、もはや訪れは　せぬ、
忘れがたき　あの白鳥も。水面に映す影はただ、身を
捨てた秋が　水の中に、己が炎を消す　姿。
白鳥こそは、色失せた　廟　と言おうか
翼のなかに　首を埋めて、悲嘆にくれる、
いずくか　別の星の　澄みきった　ダイヤモンド、
前《さき》の世にありながら、輝くことは　ついに　なかった。

恐るべき罪よ！　火刑の台よ！　古《いにしえ》の暁！　身を焼く業火！
空一面に　潮紫《しおむらさき》の紅《くれない》が！　その紅と共犯の　池の面《おもて》よ！
その肉色の紅を背に、惜しみなく開かれた、この焼き絵ガラス。
この寝室は、縁取《ふちど》る枠の奇怪《きっかい》な、戦《いくさ》に暮れた

時代の武器、はや艶も失せた　金銀細工、
歳月を経た色艶は、雪の覆うか　古《いにしえ》の記憶、
さらには綴れ織りの　壁掛けが、真珠母色した燭台に、襞《ひだ》も
無用な、埋もれた　眼《まなこ》は、古の　預言の巫女《みこ》の、
老いたる爪を　東方の博士に　いざとよ　差し出《いだ》すその姿。
そのうちの一人、今は昔、木々の茂みとともに
象牙の櫃《ひつ》に　仕舞いこまれた　白ずんだ　衣裳は、
黒い　銀地を散らして　飛びちがう　鳥たちのいる空、
あたかも　飛び立つ鳥たちを　身に纏《まと》った　亡霊か、
きつい香《こう》の薫りは　運ぶ、おお　薔薇たちよ！　薫りは
吹き消された燭台の　隠していた、人なき臥所《ふしど》を遠く、
冷えきった骨たちの　薫りは、徘徊する、掛け物の上を、
月をも蔑《なみ》する　花々の　束となって　一つあり、
（燃え尽きる　蠟燭に、また一ひらと　散ってゆく）
その花束の　長い怨みと、その茎たちの　一つとなって

ただ一つある　ギヤマンの　物憂げに　輝く器《うつわ》に浸す……
暁が一羽、己が翼を　重そうに　涙の内に　曳いていた！

魔法の影は　使う、象徴の呪法を！
あの声は、遥かなる過去を　長々と　呼び起こす
あれは、わたしの声か、降霊の呪法に　入ろうという？
今もなお、思考の　黄ばんだ　襞のなかを
徘徊している、古の　あたかも香に染みた　織物、
冷えきった香炉の　雑然と山をなす、その上を、
古に　穿《うが》たれた穴により、はたまた硬い　襞によって、
いずれも律動により　穿たれて、また　穢《けが》れなき　レース編みは
経帷子《きょうかたびら》、美しき浮き彫りと　見まがう　布《きぬ》を通して
立ち昇らせる、絶望のうちに、ヴェールに覆われた　古い輝き、
今　立ち昇るのは、（この呼び声に封印された、おお、遥かの地平、あれは何か！）
異形《いぎょう》なる真紅の、鈍色《にびいろ》に覆われた　輝き、

声は悩ましげに、何も語らず、傍らには　侍祭《じさい》もおらず、
その黄金を、最後の輝きとばかり、投げかけるのか、
またもあの声だ、問いかける　詩句を連ねた　答誦《とうしょう》にして、
断末魔の時、不吉なる　闘いの時に、またも聞こえる！
しこうして、沈黙と　黒々しい　闇の力と、
全ては等しく、太古の　過去へと　立ち帰り、
宿命の力に　ついに破れ、単調に、かつはまた　倦《う》み疲れて、
古よりの池の水の、諦念の　面《おもて》に変わる、その姿。

かの女《ひと》は歌った、時として　辻褄もあわず、徴《しるし》は
嘆かわしいということ！
　　　　　　　　　　　犢皮紙《とくひし》の　白いページの　臥所《ふしど》、
かくの如くに、無用かつ　閉じ込められた生地は、亜麻ではない！
夢の襞なる　懐かしい　呪文の文字は　もはやなく、
人気《ひとけ》なき　縞目模様《モワレ》の　墓穴の　天蓋とても、

眠りに落ちた髪の毛の　匂い立つ　薫り。それを彼は　手にいれたのか？
冷たい少女よ、己が秘かな楽しみに、取っていたのは、
花々も　寒さに凍える　朝まだきに、独りする　そのそぞろ歩き、
かくて　悪意ある夕暮れが、柘榴《ざくろ》の実を　割いた時に！
三日月は、そう、ただ一つ、鉄の文字盤にある、
時計塔の、重石《おもし》には　宵の明星を　吊るしつつ、
つねに切りつけ、つねにまた　新しい時刻を　刻む
水時計は、暗い水滴《しずく》を　受けては流す　涙、
それさえ　顧みようともせず　彷徨《さまよ》う　かの姫君、その影には
天使の一人たりと、ついては行かぬ、その絶妙の　足取りには！
かの人は　知らない、国王様は、すでに久しく
乳の絶えた　この胸を　雇っておられる　お方様。
父君は　ご存知ないのだ、このことを、いや、あの氷河も、
猛々しく聳え立ち、その武器の　鋼鉄の光を映しつつ、
山と積む　夥《おびただ》しい死体、それに向かい、松脂《まつやに》の　匂い立つ

棺桶もない、いかにも　謎に満ちて　王が　銀色に暗く
輝くトランペットを　老いた　樅《もみ》の木の群れに　捧げる時に！
いつの日　ご帰還遊ばすのか、アルプス手前の　あの地から。
間に合って早く？　いかにも全ては　予兆にして　悪夢！
爪が、焼き絵ガラスのなかを　立ち上がるのは
トランペットの　記憶に沿って、太古からの
空は燃えて、指を　変じてしまう、妬《ねた》み深い　蠟燭に。
そしてやがて、その悲しい夕暮れの　紅《くれない》の　色は
染み入るはず、体から、後へと退《ひ》く　蠟燭のなかへと！
夕暮れの、いいや違う、朝焼けの　紅、
最後の日となる太陽の　昇る姿、全てを　成就させるべく訪れる、
いかにも悲しげに　羽ばたきつ、はや刻限も　分かりはしない、
この預言の時の　紅の色、それが少女に　涙を注ぐ、
己が心の　宝石の内に　追放された　少女に、
白鳥が　己が翼に　我と我が眼《まなこ》を隠す、それにも似て、

己が眼を、年老いた白鳥が　己が翼に隠す、径《みち》は
悲嘆の羽根の内、己が希望の　永劫に続く
径と言おうか、まさに見るために　選ばれし　ダイヤモンドを、
死に絶えんとして、はや　光を発することもなき　一つの星の！

そして……

『エロディアードの婚姻』

聖史劇

エロディアード
乳母
聖ヨハネの首

序文

わたしがエロディアードの名を残すのは、言わば当節のサロメ、と言うか、その時代がかった三面記事的な事件とともに掘り起こされたもの——ダンスとか、諸々と、わが主人公とをはっきり区別するためであり、それは、孤立した絵画の数々が企てたように、恐るべく神秘的な事実そのものにおいて、彼女を切り離すためであり——おそらく取り憑《つ》いて離れなかったものを、多面鏡のごとく散乱させるためであり——、その付き物——すなわち聖者の首——とともに出現した女性としてだが、かかる令嬢が、実人生の通俗的恋人たちに、一個の怪物と映るにしてもである——

序曲

[I]

〔発語者は乳母〕

1 もしも……
　　膝折って礼拝す　目も眩まん
遥か彼方　光背こそは　まさしき栄光に輝く　円形

舌強張《こわば》らせた聖人は　不在のままに
その　　　いや　人棲まぬ業火
不動のものとされた　互いに　合体を遂げた　その外で
おお、それよ　いかにも　場違いな衝撃のため
さまざまなる　正体もなき怪獣たち　今や放棄され　荒廃した
凹凸のある　水差しも　身を捩《よじ》る　燭台もまた
永劫に　残しはしない、夜に向かって　想い出を
ただあるのは　食器戸棚の　この先祖伝来の　器《うつわ》のみ
使い古しの　重い金属の器　誰とも知れぬ計らいが　置く
不安のうちに　　　　　奇怪《きっかい》な栄光
誰とも知れぬ仮面の　苦しみに怒り　猛々しい　照らし出されて
勝利に酔うのあまり　有無も言わさぬ勢いに　もしも
幻想獣《キマイラ》が　名にし負う　皿の残骸にあって
今や　その光の　消えそびれた　　　それこそは
その爪に火灯す如き　火の下にあって　載せてはいない

婚礼の宴には　なくてはかなわぬ　美味の品を
あるいは　我らが　幼い女王様にも　客人にも
　　　　　　　　　　　　　　　　　　生き永らえる
いとも甘美な料理の　有り余るほどに
たとい　気の狂うまでに　激しい飢えが
二人を　口に口付け　抱きあわさせ　ついで満ち足らせる
互いにむさぼり喰らう　至高の　料理とは　これ。
ならば、言うがよい、おお　口閉ざす未来よ、何故なのか
ここに留まり、永劫に　変わらぬ姿で　いるのは、
その理由とて、豪奢な軌道が　ひたすらに　吸う
執拗なまでに　己が軌道を　完璧にせんがため
最後の輝きのうちに　死に絶える　地平に至るまで
この視線の合わぬ　声も出ぬ　空虚を載せた　皿の故か？

［Ⅱ］

〔聖ヨハネ頌歌〕

太陽は　超自然な
停止　昂揚し
たちまちに　落下する
　炎は灼熱の

感じる　脊髄に
広がる闇
ただ一声に　ことごとく
　共鳴して

首は　躍りあがる
孤独な　灯台

この鎌の　勝ち誇る
　飛翔のうちに
まぎれもなさ　断絶をこそ
押し拡げ　切り捨てるのは
肉体との　古き
　不一致
それは　断食に酔い痴《し》れ
執拗に　追い迫る
当てもない　跳躍にはあらず
　純粋な己が視線を
彼方の高み　永遠の
冷気の許さぬ　果て

汝ら全て　おお　氷河よ
　視線を超えることは
だが　洗礼に則り
照らすのは　わたしを
選んだ　同じ原理　今や
　地に注ぐのは　祝福。

〔Ⅲ〕
〔発語者は再び乳母〕

古《いにしえ》の　祈禱書にはついに　あるはずもなき　いかなる頌歌《しょうか》に
聞いたのか　ここに浮遊するのを　まさしき猛《たけ》り立つ　雄《おす》の雷《いかずち》
地下牢の内　閃光を　発し姿を消す　その先はいずく？

ひたすらに　激しくなり勝《まさ》りつつ　侵入する　開いた穴へと
一面に開かれたる　窓のガラスは　目も眩めよと　飛び散って
塊は塊と　激突し　撒き散らす　不吉な装置を、
そこに肘付く亡霊は　色蒼ざめて　目には定かに　見えぬ反響
ヴェールを纏《まと》い　立つ　さりとて　隠しもしない
いかにも高く垂れさがる　黒い襞《ひだ》こそ　預言者なりと
ともあれ　存続せしめんとはしない　天頂の
さまざまなる　煌《きら》めきの　結びつく　絶対を。
かくて、　　　　　　　　　　、いわんや
レースを留める　巨大なる宝石には　逆らいつつ
この黄昏《たそがれ》に花開く　宿命の　花飾りの
滔々《とうとう》と逆巻いて下る　滝津瀬《たきつせ》の　刺繡は
物言わぬ　寒冷紗《かんれいしゃ》　否とよ　徴《しるし》に揺らめいて、
虚しくも　悲嘆に暮れる　結び目、煌めきの　偽りを
いずれも　留め金こそは　宝石の火によって　引き立てつ、

さらにさらに　忌み嫌われつつも　平静なる　お使者
その場凌《しの》ぎの　皿は　載せる物もなく　ただ輝くに任せ、
曖昧さは　今やことごとく　この物言わぬ縁《ふち》からは　消え去って、
自らを磨き、言うなれば、埃を払い　磨き上げ
否認によって　まさしくも　狂った如く
遥かに遠く　　　触れて来るのは
影である　家事にはなおも　心奪われた者ではあるが。
皿は　　　皿は　誇張する
己が死相とも言おう　輪郭の　墓穴の　恐怖を。
とまれこの　時宜《じぎ》に適った　装置は　振り当てる
紋章として　正真正銘の　一人の乳母に、
死の恐怖は、その　鈍色《にびいろ》した肌にまで　逆毛《さかげ》立つ
そこに誘われ　老いた身も　恐怖に戦《おのの》き　硬直し
胴衣に沿って　あまつさえ　ついには　頭巾さえもが！
つねに変わらぬ　捨てられた身　痕跡さえも　残しはせぬ

すでに役立たずの　乳房を離れ　貪婪《どんらん》なる　無限の彼方と
一時《いっとき》に無数　散乱する　飛沫となって　迸《ほとばし》るのは
今は昔、純白の、　不吉なる　乳。

舞台

〔発語者はエロディアード、乳母〕

〔本書六五―八一頁〕

「繋ぎの場」または「間《あい》」

〔発語者はエロディアード〕

何者か　正当に　かつはまた　ふさわしき姿に
虚しい　闇の秘密の　今もなお　そこに立ち尽くし

気も失わずに　いられるとは　幾世紀をも経た　翼ある者の如く
　　　　　　　　　　　　　　　　　　　　　　　　　痛められつ
声も立てずに密やかに　だが　凍てついた如くにして
立ち去るべきか　虚しい　躊躇《ためら》いに惹かれ
その間《ま》にも　古びた布《きぬ》の　衣裳の周りを
徘徊し、旋回しては　　　　　やがて力尽きる
報せは　　　　　　　　　　　　　顔立ちに関わる
婚約者の　　　　ついにわたしの　しかとは知るまいもの

行くがよい　その刑罰へと
たとい彼の亡霊の　回廊に沿い　歩み来て　わたしに
見せようとも　斬られたその首を　黄金の皿に載せて

「終曲」

〔発語者はエロディアード〕

おお、絶望のうちに、髪振り乱す　翼の下《もと》
ひたすらに暗い　未来の夜の　侵すところ
生気なきそなた　その思考の　さらに高くには　達しえなかった時
凝固した硬い　額よ　その首は　躍りあがった
つい今しがた　熔解することをも　懼《おそ》れずに
追い迫った　ひたすらに　己が内なる雷《いかずち》を
己れの夢の　打ち砕かれた　衝撃か　突き当って
ついに　果たせなかった、生きたまま雷を　屹立させ君臨する
聳え立つ頂きか　その闇をも貫き　敵意に満ちて
ここにあるのは　回廊であり
夥《おびただ》しい果実の実る　庭園にして
雪を戴くかと思えば　琥珀に、血の色に。
だが意見は　分かれる、わたしが　彼を愛していると　知りたい

わたし自身の　豊満な　生け垣造りにあらずんば
果実の一つ　今や親しい予感によって　前代未聞
突如　助けもなくて　一斉に　花開くが
恐らくは　惹かれている　天地壊滅の誘惑に。
言うがよい、肉と星との境にあって　躊躇《ためら》う者よ
新たなる乳房の上に、まさにそなたの盲目は　目覚める、
この超自然の　停止に対し　これこそは違う
少女と　おぞましき天才との　冷たき婚礼にはあらず
後に残る　官能の味　断末魔の時までも
何者かに　虚無へと　覆《くつがえ》されたる　眼差しのもの。
語るべし　しかあらずんば　死者の口にはよらずして
口を利く　ふさわしからぬ　秘密により
　　　　　　　　　　　　借りて来る
一つの
　　　　　　浅ましき接吻《くちづけ》により
逆毛立つ　恐怖は
　　　　　　　　明確にしたい

そなたのものと　いずくか　遥かの高み　眩暈《げんうん》から落下し
ついで　わたしの茎に沿い　流れ降って
貶《おとし》められたる　我が命運を担いつつ　いずくか　天空を目指し
解き難い血の　飛沫こそは　百合の花弁《はなびら》を　穢《けが》しつつ
永劫に　仰《の》け反らされて　両の脚の　代わる代わるに
燃え上がる
殺人の
特にと造らせたる　大皿の　高貴なる金《かね》は　そこに
かつては　いかにも生気なき　亡骸の　憩わんがため
今なおわたしの　身振りによる　中断に沿って　できる
いかにも拘泥せぬ　ものに　変容させつ
滑らすことも　上に載せたる　重き形を　墜《お》ち行く前に
あれこそは　わたしも知らぬ　異形《いぎょう》の　殺戮の最中《さなか》
日輪こそは　かつて我が身を　熟せしめたるもの
舞踏を　照らし出すシャンデリア　それとてもなく、かるが故に

必要であった、わが生きてある　内部へと　抽象的なる侵入か、
一つの顔の　何にしもあれ　突如　取り憑《つ》き来たり
我が身をまさに　内より開き　女王なりと勝ち誇る　それが。

書誌

この詩篇の断片だけが刊行されていた――から――まで、である。それには序曲が付いていたが、これは、別の序曲で置き換えるが、意味的には同じものである――そして独白については――詩篇によって示されている危機の理由であるが――若い時期に書き続けるのをやめてしまったことを、告白しておこう。それを、つまりこのモチーフを、以後、立ち現れた形で提示するが、同じ精神でそれを扱うべく努力はしている。

注　解

I 『ステファヌ・マラルメ詩集』（ドマン版）

祝　盃 *SALUT*（一〇頁）

初出、『ラ・プリューム』誌、一八九三年二月十五日号。手稿、三種。

『ラ・プリューム』誌主催の宴会で、主賓として招かれたマラルメが、「乾盃」の発声をするに際して読んだソネ。当初は“Toast”（乾盃）と題されていた。透明なシャンパン・グラスにシャンパンが泡をたてている、それを掲げて挨拶をするという、まさに「状況の産物」として書かれているが、後にドマン版『詩集』の冒頭にこれを載せるに際しては、活字はイタリック体で文字も小さくし、『詩集』の「巻頭の辞」のようにしたいと考えた。しかしドマンは、『詩集』の全体をイタリック体で組むつもりであったから、マラルメの要求は無視された。マラルメが、この八音節のソネに、単なる「挨拶の句」以上の主題を見出し、『詩集』全体の方向性を暗示すると考えたのは、この一見、「気のきいた状況の詩句」が、マラルメの詩法のエッセンスを、きわめて祝祭的な音楽の中に読み込んでいるからである。フランソワ・ラスティエ（François Rastier）の論文、“Systématique des isotopies”(*Essais de sémiotique poétique*, Larousse, 1972) 以来、ほぼ通説となった「三つのトポス（話題）」を並行して読み込むというアクロバットは、マラルメの周到な語の配置からも正当化される。“Rien”(無＝取るに足らないもの＝シャンパンの泡）という、文芸用語としては鮮やかな過去を引きずっている単語——ラシーヌの『ベレニス』序文の、名高い「無に等しいもの（rien）」から、「なにか意味のあるものをつくりだすこと」——を、まずは投げ上げて、「揮発性」の語彙の系列を重ね、「シャンパンの泡」と、次いで「処女なる詩句」が呼び出される。そして、このシャンパン・グラスの泡を、「数多《あまた》　腹翻《ひるがえ》すセイレーン（人魚）」に見立てる。ちなみに「処女なる詩句（vierge vers）」の“vers”は、「シャンパンの泡」からは「グラス（verre）」を思わせるが、詩句の字面ではあくまでも「詩句」である。こうした音と綴りと意味を重ねる言語遊戯は、日本語の古文では珍しくないが、言語記号の意味作用の関係が厳密に決定されてしまった近代フランス語では、途方もないアクロバットである。

第二　聯《ストローフ》　は、「航海」の主題に絞って、同席する若い芸術家たちこそ、「船を飾る豪奢」として舳先《へさき》にあり、自分のような老人はすでに「艫《とも》」にあって、この航海の、「雷《いかずち》と　冬の嵐」を切って進む若い才能を見つめている。

第三聯は、「船酔い」と「シャンパンの酔い」と、その二つに掛けて、「乾盃」の仕草をここに嵌め込む。

最後の第四聯に暗示される「難船」は、「孤独、暗礁」を喚起するだけではなく、「天なる星」をも語ることにより、この「航海」の「報い」とは「我らが布《きぬ》の　白き苦しみ」であり、詩作の不毛性に苦しめられる詩人の「紋章」ともいうべき「帆」の「白さ」とその「苦しみ」だと締めくくる。

標題の“Salut”は、単なる「挨拶」ではなく、日本語では「乾盃＝祝盃」の意味を残した方が、『詩集』の導入の句には似合うと思う。

詩形は、各行八音節からなるソネ。脚韻はa-b-b-a/a-b-b-a/c-c-d/e-d-e/で、前半の四行詩二聯で繰り返されるb-b（“coupe”（盃）、“troupe”（群れ）、“poupe”（艫《とも》）、“coupe”（切って））が、このソネの三重に跨る意味を保証し、後半の最初の三行詩の脚韻で、“m'engage”（誘えば）と“tangage”（酔いの船足）という同じ二音節が繰り返される、いわゆる「バンヴィル風脚韻」の遊戯は、最初の三行詩から次の三行詩へと跨る“salut”（祝盃）と“valut”（値《あたい》〔した〕）でも繰り返されて、締めくくりとなる“étoile”（天なる星）と“notre toile”（我らが布《きぬ》）の相互反映を、効果的に出現させている。

不遇の魔　LE GUIGNON（二二頁）

初出、『芸術家』誌、一八六二年三月十五日号（最初の五聯まで）。初稿全文の初出、『リュテース』誌、八三年十一月十七—二十四日号（ヴェルレーヌの連載「呪われた詩人たち」の「ステファヌ・マラルメ1」に引用）。再録、同『呪われた詩人たち』八四年。第二稿全文の初出、自筆版『詩集1』八七年。手稿六種。

ドマン版『詩集』に収められた決定稿は、自筆版『詩集1』の校正刷り（五月二十三日の印刷所印有）に基づく（バルビエ／ミラン版、三四五頁）。同年四月二十七日付のデュジャルダン宛の手紙では、若書きの「不遇の魔」への不満を述べ、翌二十八日の書簡に、大々的に手を入れて今回の出版の「冒頭を飾るにふさわしい」ものに仕上げたとある。その言葉通り自筆版『詩集1』の冒頭を飾るにふさわしい詩篇。九一年三月十九、二十日には、ポール・フォール主宰の芸術座で朗読され、プログラムにテクストが印刷されたが、この版は誤植も多く、決定稿とは考えられない（バルビエ／ミラン版、三三四頁注他）。

「不遇の魔」の標題、芸術家は「必然的に、不遇の魔の犠牲者とされる」という主題とともに、ボードレールの『悪の華』XIの、同題のソネによる。たとえばその第二聯（プレイヤード叢書『ボードレール全集I』一七頁、注解は八五九頁以下）――

名だたる墓からは　遠く離れ
一つ寂しく　立つ墓へと
我が心は、布で覆った太鼓の如く、
葬送の行進曲を　鳴らして進む。

一八五五年六月一日号『両世界評論』誌掲載のこのソネは、マラルメの詩とは七年の隔たりしかないが、この時期に起きつつあった文学の地盤変化の大きさと速さを思わせるものだ。ここでボードレール自身は、「不遇の魔」を否定的な意味で使っているが、ポーの作品を論じた『パリ評論』の記事（五二年三月号）では、「宿命の定めというものはある。どの国の文学にも“guignon”という言葉が、大文字で額の皺に、神秘的な文字で書かれている人々はいる」と書いていた（同前）。

ヴェルレーヌの連載記事「呪われた詩人たち」の三人目に登場したマラルメの詩にも、ボードレールの影は明らかに濃い。ただ、マラルメの「不遇の魔」では、全ての芸術家がその犠牲になるのではなく、「不遇の魔」と芸術家が切り結ぶ関係は二つに分かれていく。タイトルの想像させる、「挫折した詩人が、街灯に首を吊って死ぬ」という、歴然とネルヴァルの悲劇的な最期を思わせる選択が結論となるのではなく、一八行目で「社会的に成功した偉大な詩人たち」の姿が喚起されるからだ。「近代性」の芸術家も——というか、芸術家が——しかも十九世紀前半のフランスの「大詩人たち」(ユゴー、ラマルティーヌ等)が、上流階級の出であり、公の重要な地位に就いてもいたという歴史的・社会的事実を捨象してしまうのは、二十代初めのマラルメには、「短絡的な視座」だと思われたのであろう。

より直接的なモデルとしては、ピエール・シトロンが、テオフィル・ゴーティエの「闇(Ténébres)」(一八三七年作、マラルメが十七歳で入手したゴーティエの『全詩集』に再録)を挙げ、「不遇の魔」と詩人には二通りの関係があること、いずれの詩篇もフランス語では珍しい三韻句法《テルツァ・リマ》(terza rima)で書かれていると指摘したのは、正鵠を射ている。もっとも、マラルメ自身は「不遇の魔」を書いた後に、カザリス宛六二年七月七日付書簡では、「僕の〈不遇の魔〉についての詩を覚えているだろう。僕は、残念ながら、二番目のほうだ」と告白しており、「不遇の魔」の強迫観念は、六〇年代の精神的な危機につきまとっていたには違いない。

八七年に全面的に手を入れるに際して、「〈不遇の魔〉に取り憑《つ》かれた、不運な詩人(芸術家)」についての書き方が、初稿よりずっと残酷でグロテスクになっているのは——初稿では、その代表的人物にハムレットを擬していた——、マラルメがボードレール＝ポーの「呪われた詩人」に対して取る距離、というか、その距離の謂れでもある、彼自身の「不可能な野心」を見据えることに、すでに関心が移っていたからであろう。

この詩篇については、上記のような主題論的な議論に事欠かず、その「両義性」が、『詩集』の冒頭の作品にふさわしいことは、マラルメ自身の意識していたところであり、計算であろうが――この点は、自筆版『詩集』と変わっていない――、それ以上に、この詩篇がドマン版『詩集』の冒頭に置かれる意味合いを考える必要があろう。『詩集』の中で二度しか用いられない、三韻句法《テルツァ・リマ》の詩形のことである。（もう一篇は「施し物」。）

三韻句法は、ダンテの用いた韻律だとされるが、その特徴の一つは、脚韻の構成にあり、a-b-a/b-c-b/c-d-c/d-e-d/e-f-e というように、聯に跨りつつ、交差して進む脚韻がそれである。詩句の一行の形は、アレクサンドラン（十二音節定型詩句）であり、アレクサンドラン詩句は、フランス古典主義悲劇の言語態となって以来、フランス詩の代表的な韻律となったが、劇詩人クローデルが、それを過ちだとし、ラシーヌだけはその例外とした特性、すなわち元来は「叙事詩」の韻律である。ボードレールのソネが、「逃避行」を喚起しても「孤独な墓」にとどまっていたのとは全く逆に、マラルメの「不遇の魔」は、その韻律によって、全篇がダイナミックな運動に貫かれ、特に最初の七聯は、打ち勝ち難い力に追い立てられてゆく「逃亡＝放浪」の、きわめて劇的な身体性を喚起する。さらに、「不遇の魔」が大文字で名指される三〇行目を含む第一〇聯を〈回転扉〉のようにして、「悲劇的逃避行」はグロテスクな「道化芝居」へと変じ、死臭に満ちたサーカスの演技を展開させる。同時に、主題も多重化し、同じく「不遇の魔」に取り憑かれてはいても、高貴な姿勢を守り通せる者と、脱落して破滅する者との対比が歌われることで、詩篇の進行がダイナミックかつ多重的になる。初稿にあった「ハムレット」への言及が決定稿では消え、ネルヴァルを思わせる詩人の縊死で終わるのも、この「不条理サーカス芝居」のパレードの、生理的・身体的ヴェクトルとそのダイナミズムを、「近代性の悲劇」の装置のなかで、受け止める仕掛けである。詩的言説の全体を貫くダイナミックで多様な言語態が、三韻句法によるアレクサンドラン詩句とその脚韻の操作によって、見事に活かされている。

ドマン版『詩集』の〈幕開き〉に選ばれたこの詩篇は、単に主題論やイメージの上で、フェリシアン・ロップスの描いた死とエロスの交合する挿絵（本書表紙カバー参照）を、「舞台の緞帳」として活かしているだけではない。読む者を、当時の劇場内表象では想像できなかったダイナミックな叙事詩へと引き込む、見事な「序曲」となっている。

以下に、初期マラルメを想像するためにも、初稿全文を、手稿から訳しておく。

人間たちなる　吐き気を催す　家畜の上を
時として　飛び跳ねていた　野蛮な　鬣《たてがみ》、
3 蒼穹を　物乞いする者、縛られて、我らの道に。
灰混じりの風が　彼らの軍旗を　逆上させ、
海の風が　神々しくも　それを膨らませて　通る、

そして穿《うが》って行った、辺りには、血まみれの　轍《わだち》を。

嵐の中に　頭をもたげ、怖れはしないぞ、地獄なんぞは。
旅する彼ら、パンもなし、杖もなし、甕《かめ》もなし、
ひたすらに齧《かじ》る、苦い理想の味のする　黄金のレモンを。

多くの者の　すでに喘《あえ》いだ、夜に進む　渓谷、
己が血の　流れるを見るという　幸運に酔い痴《し》れて、
死神こそは、物言わぬこれらの額に　賜《たまわ》る接吻。

息が詰まるとすれば、いとも力ある　それは　天使の御業《みわざ》
地平線を　紅《くれない》に染める、その剣の発する　稲妻に、
傲慢が　炸裂させてしまう　感謝のあまり　その心臓を。

苦痛の乳を吸う彼ら、夢の乳を　かつては　吸った如くに、
そして今や　官能の涙だ、拍子に合わせて　進んで行けば
民衆は　跪《ひざまず》き、彼らの母親は　立ち上がる。

この連中は　慰められる、荘厳無比の姿を取る故、
だがその足下《あしもと》に引き連れる　夥《おびただ》しい兄弟たちは、愚弄の的、
曲がりくねった　偶然の　埒《らち》もない　殉教者たち。

塩の味する　涙はつねに　色蒼ざめたその頰を　蝕《むしば》み、
灰を喰らうにも　同じ愛情をもってする　そんな奴らだ、
だが俗悪か　道化たままか、車裂きにする、運命は　奴らを。

彼らとても　できたのだ、太鼓並みには　掻き立てることが、
民衆の　眼《まなこ》に光も失った　奴隷根性の　憐憫を、
プロメーテウスにも等しいが、ただ欠けている、禿げ鷹が。

違うのだ、年老いて　羨む砂漠に　雨水《あまみず》溜める池もない、
ひたすらに歩む、猛《たけ》り狂った骸骨の　鞭《むち》の下、
まさしき不遇の魔、その歯の抜けた笑いが、跪かせる、彼らを。

彼らが逃げ出そうものなら、奴は、馬の尻に齧《かじ》りつき、旅は道連れ、
それで　滝を飛び越えたらな、お二人さんは　放り出す、沼に

狂ったような泥まみれは、お見事な泳ぎ手。

奴のおかげだ、男のほうが、奇態なラッパで歌い出せば、
子供たちは　我々を　腹の捩《よじ》れるほど　笑わせてくれる
両の手丸めて　息吹き込んで、お兄《あにい》さんの勝利のラッパだ。

奴のおかげさ、ご連中が、萎《しほ》んだ心を試してみよう、
花で飾れば　不浄の想いに　また火が点いて、
なめくじどもが　また生まれもしよう、呪われた花束の上に。

そしてこの　侏儒《こびと》の骸骨野郎は、羽根で飾ったフェルト帽、
長靴《ちょうか》を履いて、その頭蓋骨には、毛の代わりに　長い蛆虫《うじむし》、
彼らにとっては、この骸骨が　無限に拡がる　人間の悲哀。

万が一、平手打ちを喰らって、変態野郎と　決闘の仕儀になろうとも、
決闘用の　細身の剣は　軋《きし》んで　月の光を追う、
奴の骸骨の上　月光は雪と降りつつ　骨の髄まで貫いてくれる。

不運な者たち、峻厳なる　不運の傲慢もなくて、
骨を嘴《くちばし》で突かれた程度と、復讐するのも　軽蔑して、
48 追い求めるのは　憎悪だが、手に入るのは　たかだか恨み。

三弦琴を掻き鳴らす　ご連中の笑い物、
女、子供に、痩せ細って　骨と皮とが
51 襤褸《ぼろ》をまとったご連中、ジョッキが空《から》なら、踊るだけさ。

賢明なる詩人殿は、彼らに復讐せよと　説教するが、
その実、彼らの苦しみを知らず、破滅した奴だと考えて、
54 こんな連中は　能無しで、知性もないと　公言する。

――「彼らにだってできるはず、お乞食さんの溜め息を　求める代わりに、
水牛が、胸一杯に　嵐を吸って、そそり立つ、それと同じに、
57 味わうことが、永遠変わらぬという　その苦悩を、苦い思いで！」

「我らは　香に酔わせることができる、傲然と　頭《かしら》をあげて
獰猛な　悪の熾天使《してんし》に　立ち向かう強者を！　あのへぼ役者どもは

60 慈悲の心が　寿《ことほ》いでくれる　ご連中とも違うのだ！」
彼らに向かって人々が　こうした侮蔑の言葉を　吐きかけた時、
裸のままの彼らは、偉大さに渇え、雷《いかずち》を念じつつも、
63 これらハムレット様は、風狂な　居心地の悪さを　飲まされすぎて
滑稽な姿のまま　街灯に　首を　括《くく》りに行く。

あらわれ　APPARITION（二八頁）

初出、『リュテース』誌、一八八三年十一月二十四―三十日号（ヴェルレーヌの連載「呪われた詩人たち」の「ステファヌ・マラルメ2」に引用）。再録、同『呪われた詩人たち』八四年。自筆版『詩集1』八七年。『詩と散文』九三年。手稿、一種。

ドマン版『詩集』の冒頭から二番目に置かれたこの作は、一八六〇年代初頭、おそらくは六三年の作。友人のカザリスが、婚約者のエティー・ヤップの肖像を歌ってくれと依頼したのに応えたと想像される（六三年六月十四日付、カザリスの書簡）。

マルシャルは、標題の“Apparition”が、それ自体で、フローベールの『感情教育』における「アルヌー夫人の出現」のように、聖母信仰的背景を持つとし、唇でする接吻と「エデンの果実を

喰らう」接吻という、恋の成就の二つの結節点を歌っているとする。

マラルメの伝記からは、この時期に、マラルメ自身もドイツ人のマリア・ゲルハルトとの恋の最中であり、ロンドンへ駆け落ちをし、八月十日にはこの七歳年上の女性と結婚するという事件も重なる。マラルメが、ドマン版『詩集』編纂にあたって、初期詩篇については、初稿の書かれた時点に忠実に詩篇を位置づけようとしている操作が窺える。

この詩篇と一五番目の「ためいき」（五八頁）について、ポール・ベニシューが説くように（『マラルメに沿って』）、マラルメ初期の詩篇中、平坦韻による対句という、アレクサンドラン詩句の最も代表的な形式を巧みに用いた例として、注目すべきであろう。六〇年代の詩作は、「エロディアード――舞台」（六五頁）にせよ、古代英雄詩風の「半獣神の午後」（八二頁）にせよ、フランス詩の歴史における王道ともいうべき〈アレクサンドラン詩句〉によって書かれ、詩形の可能性を極限まで探る冒険となるからである。

「不遇の魔」（二二頁）における三韻句法《テルツァ・リマ》の、ダイナミックで異形な劇的開幕に続いて、最も古典的でオーソドックスなアレクサンドラン詩句半坦韻の詩篇を配するのは、マラルメの構想するドマン版の編集意図をよく表すものだろう。

なお「ヴィオル（viole）」は、縦に脚に挟むようにして保持する弦楽器。ヴィオラ・ダ・ガンバと同じ原理の十八世紀までよく使われた古楽器。

マルシャルは、この詩篇に、「太陽にまごう金髪」のテーマが出現していることに注目するが、エロディアードの「（女）戦士の兜」（勝ち誇って　遁れたり……」）一一九頁）とは対照的なイマージユ＝テーマである。同じく「金髪」と言っても、「エロディアード——舞台」のそれは、「黄金そのもの」でできているかのような幻想を主題とするからである。

あだな願い　PLACET FUTILE（三〇頁）

初出、『蝶《ル・パピヨン》』誌、一八六二年二月二十五日号。『リュテース』誌、八三年十一月二十四—三十日号（ヴェルレーヌの連載「呪われた詩人たち」の「ステファヌ・マラルメ2」に引用）。再録、同『呪われた詩人たち』八四年。自筆版『詩集1』八七年。手稿三種。

この十八世紀風恋文ソネは、サンスで登記所臨時職員の職についていた十九歳のマラルメが、署名入りで発表した最初の詩篇。プリヴァ・ダングルモンの名で発表された「デュ・ベリー夫人へ」をモデルに、ニナ・ガイヤール（後のニナ・ド・ヴィヤール）に宛てたものだが、前者は、ボードレール作だとアルセーヌ・ウーセーが指摘している。マラルメはそれを知っていたのではないかと、マルシャルは言う。

冒頭の語は、初稿以来「公爵夫人(Duchesse)」であり、それが八七年の決定稿で「姫君(Princesse)」に変えられている。この種の恋文の相手としては、十七世紀古典主義の時代には、「侯爵夫人(Marquise)」が選ばれるのが一種の約束事で、たとえばモリエールの『町人貴族』の成り上がり町人ジュルダン氏がひそかに思いを寄せ、哲学の先生に「恋文」の代筆を頼むのも「わが麗しの侯爵夫人」であった。十八世紀ロココ風のこのソネでは、はじめ“Duchesse”を選んでいたが、音が重いと感じたのか、爵位の中では最も高い“Princesse”を選んでいる。「大公」と訳すことが多い“Prince”は、王族に繋がる貴族に与えられる称号で、十八世紀には、たとえばマリヴォーの喜劇などで主人公としてしばしば登場するから、ロココ風にはよりふさわしい。“Princesse”は「大公妃」とか、「大公夫人」と一般には訳されるが、広く貴族の「姫君」としても用いられる。ここでも日本語の音を考えて、そう訳した。恋の神「アムール」を、ラテン語訓み「アモール」としたのも同じ。

「エベー（Hebé ギリシアの「ヘーベー」）」は、青春の守護女神、古代ローマのユーヴェンタスに相当する。マルシャルは、マラルメ『古代の神々』（『プレイヤード新版Ⅱ』一五三七頁）を典拠として引く。

道化懲戒　LE PITRE CHÂTIÉ（三二頁）

初出、自筆版『詩集Ⅰ』一八八七年。再録、『詩と散文』九三年。手稿、「一八六四年の手帖」他三種。

書かれた時点では発表されなかった——第一次『現代高踏詩集』（六六年）に投稿し、没になった——このソネを、二三年後に、自筆版『詩集』に初期の詩篇として加えるため、マラルメは大々的に手を入れる。その結果、決定稿は、きわめて難解なものとなった。ポール・ベニシューほかの分析を参考にしつつ、まずは初稿を訳文で引く。

彼女の両の目、——泳ぐさ、こうした湖で、岸に生えるは
美しい睫毛《まつげ》、そこに空が　朝日に蒼く　射し込む寸法、
おいらは、ミューズよ——あんたの道化師——窓踏み越えて、
4 掘っ立て小屋を、ずらかってやった、カンケ灯りの　煙るなかを。

それで　葉っぱに酔いしれて、ざんぶと飛び込む　裏切り者、
この禁じられた湖だ、あんたが俺を呼んだ時には、
素っ裸の手も足も、白い小石を　流れる波の上、
8 忘れていた、道化の衣裳は　ぶなの木に懸けたままだと。

朝日が乾かしてくれていた、おいらの新しい　裸の体を、
そして感じていた、あんたの暴力からは　自由で爽やか、
11 氷河の雪を、浄《きよ》められたる　おれ様の肌に、

だが知らなんだ、なんたることか！　水の上を　流れて消えた、
おいらの髪を　固めた脂《あぶら》も、おいらの肌の　化粧もな、
14 ミューズよ、この汚《よご》しこそ、天才の　まさに正体そのものだったと！

初稿では、登場人物もその行動と意味も明瞭で、主人公たる「道化(le pitre)」と、彼の女主人である「ミューズ」に対する彼の反抗とその結果という筋書きは、すんなり読める。「ミューズの目」が「湖」で、岸辺が「瞼」。そこに生える木々が「美しい睫毛」で、そこに蒼い朝が射し込む、といった比喩に始まって、それに対する道化師の反抗とその結果という筋である。詩形は、「不規則なソネ」で、最初の四行詩二聯が、抱擁韻で書かれて(a-b-b-a, b-a-a-b)、後半の三行詩は、意味に照応した脚韻である(c-d-d/c-c-d)。

決定稿でも、ソネの主題とその展開には、基本的には大きな変更はない。ただし、道化師が反抗する「ミューズ」は、表現の上では姿を消し、道化師が惨めな衣裳でハムレットを演じていたことが、「羽根飾り(plume)」への言及(三行目)から分かるだけである。この"plume"についてマルシャルは、「羽根ペン」から「詩人」を連想させると同時に、ハムレットの紋章として、「彼の縁なし帽の優美な羽根飾りを打つ嵐」を引用する。出典は、『ディヴァガシオン』再録の演劇についての「批評詩」、「芝居鉛筆書き」でありその発端は、『独立評論』誌の依頼で書いた「劇場ノート」であった。その第一回は、マラルメ自身が告白するように、幸運な偶然によって、コメディ＝フランセーズにおける名優ムーネ＝シュリーのハムレットであった。『賽の一振り』のクライマックスにも、ハムレットを思わせる両性具有的な王子の表象が姿を現す。

同じく決定稿三行目の"la suie"について、ベニシューは、通常フランス語では「煤《すす》」を意味するが、ここでは一種の「換喩《メトニミー》」として、「ランプの出す煤の立ち昇り」と取る。

第二聯で、「湖へ飛び込む」という主題が現れる。初稿では行動の順序に従って喚起されていた主題が、決定稿では、“limpide nageur traître”（澄みきった、裏切り者の泳ぎ手）という、論理的な統辞法の展開を無視した半行句《エミスティシュ》の出現で表される。そして、すでに「羽根飾り」で予告されていた「ハムレット」が、そんな「役」よりも、「幾千の墓を新しくし、そこに性的に清らかなままで消える」ほうがましだと宣言する。八行目の“pour y vierge disparaître”（穢《けが》れなき身で、そこに消えなん）は、ベニシューが指摘するように、フランス語の語法としては誤りであるが、これを通常の語順（pour y disparaître vierge）で書いたならば、詩句のインパクトがなくなる。この八行目は、“Mille sépul/cres pour y vier/ge disparaître”という、四音節を三回繰り返して十二音節とする、ロマン派アレクサンドランの典型であり、意味は捉えられずとも、読者に強い印象を残すと、ベニシューは指摘する。

第三・四聯も、歌われる内容は基本的には初稿と変わらない。水中から出て、濡れた裸を太陽で乾かし、爽やかな気分になるかと思いきや、たちまちに「解放は、失墜と断罪であった」（ベニシュー）ことに気づかされる。決定稿での「調子」が初稿よりはるかに強烈なのは、太陽が嘲笑し断罪するかのように、「笑い、かつ、打つ」からである。まさにソネの標題が予告していた事件、「道化懲戒」が起きるのだ。「氷河の水」も、爽やかさと健康の象徴であったものが、「不敬の水」と変じる。

九行目の「シンバルの黄金《おうごん》」は、次の行の「太陽」を予告し――この一行は「太陽」と同格で、「苛立つ（irrité）」は「太陽」を修飾するとマルシャルは読む――攻撃的な音響と、残酷な光線とが、一挙に出現する。続く最後の二行詩が、文法的に極めて破格な構造を取っていることは、ベニシューの精緻な分析がある。一二行目の“Rance nuit de la peau”(饐《す》えた臭いの肌の夜)と、一四行目の“fard”(化粧)が、この“sacre”(聖別化)と同一視されても、本源的な純粋さには及ばないのだ。なお、手稿では第三聯の二行目に現れていた「氷河の雪」は、決定稿ではソネの最後に移されて「水」となり「道化懲戒」を締めくくるが、このソネの書かれたのが、ローヌ河に近いトゥルノンであり、ローヌ河はアルプスの氷河を水源としているから、マラルメの詩的地政学において「氷河」の占める位置が大きいのも、そのためである。

ベニシューは、二十代はじめの青年詩人のソネと、四十五歳の円熟期の、やがて巨匠と目されるであろう詩人の改作と、どちらが魅力的かという問いを出し、自身は初期の作を取ると言う。だが決定稿は、後期のマラルメの「書き方」をはからずも露呈し、その大胆な統辞法とイメージと音の効果は、漢詩を読み下す時の省略語法を思わせて、これはこれで、やはり一つの頂点のように思える。

先行作品としては、ボードレールの「老いたサーカス芸人」が引かれるが、ピエール・ストロンは、バンヴィルの『綱渡り芸人頌歌集』(一八五七年)の「踏切台の上で」のサーカス芸人や、ポーの「詩作の哲学」の「文学の道化師」の扮装への言及が種だろうと説く(後者は、ボードレールの翻訳がある)。マルシャルは、ジャン・スタロビンスキーの名著『道化としての芸術家の肖像』を引いて、「天才は化粧と不可分なのだ」という命題を紹介する。この極めて十九世紀末的なテーマは、さまざまな変奏を経て二十世紀まで持ち越されるが、その最も残酷演劇的な詩を、マラルメを愛読したジュネの『綱渡り芸人』に読むのは、偶然ではあるまい。

窓　LES FENÊTRES（三四頁）

初出、第一次『現代高踏詩集11』一八六六年。再録、自筆版『詩集3』八七年。『詩と散文のアルバム』（以下『アルバム』と略記）、八七年。『詩と散文』九三年。手稿、マルシャルによれば八種。

この詩篇は、モンドールによれば、初期詩篇の集成たる「一八六四年の手帖」の「扉（frontispice）」に据えられ、「エピローグ」には「〔苦い休息にも　飽きて……〕」（四五頁）が配されていた（*Autres précisions sur Mallarmé et inédits*, 1961）。第一次『現代高踏詩集』掲載に当たり、この詩を一連の自作の「扉」と位置づけたという表現は、マルシャルのもの。

アレクサンドラン四行詩（交差韻）一〇聯からなるこの詩篇は、ベニシューの指摘にもあるように、統辞法的には複数の四行詩が一続きとなり（Ⅰ―Ⅲ、Ⅳ―Ⅴ、Ⅵ―Ⅷ）、一行の中央にあるべき切れ目も、時に移動する（八、一八、二九、三六行目）。二九行目は、大胆な「ロマン派アレクサンドラン」になっている等々、作詩法上の冒険も過激である。

こうした冒険は、この「二つ折り」の詩篇の、構想と主題そのものによる。前半の五聯は、施療院の如き病院の患者を主人公に、三人称でその肉体と精神の荒廃を歌い、後半の五聯は、その「病む男」を自分のことのように引き取って、「詩人の悲惨」そのものを歌う。

当時の若きマラルメが、ボードレールに抱く両義的な感情については、ベニシューの見事な分析がある。それによれば、一六―二〇行目の、病人が窓の外の夕暮れの風景を眺めるくだりは、「驚くほど、見事にボードレール的」であり、ボードレールに対する讃嘆の徴が読みとれる。他方、この詩篇との関係でつねに引かれる手紙（カザリス宛一八六三年六月三日付）には、ボードレールの一句を引きつつ、ボードレール以上にボードレール的な理想主義が説かれている――

「現代の詩人の愚かさは、ついに、〈行動〉が〈夢〉の妹ではないことを嘆くにまで至ったことだ。〔……〕全く、もしも事態が違っていたなら、つまり〈夢〉が、こんなふうに処女を奪われ、貶められるのであれば、我々はどこへ遁れたらよいのか、我ら不運な者どもとは、地上には吐き気がし、〈夢〉以外には逃げ込む場所を持たない我々のことだ。〔……〕この世の幸せなどは汚らわしい〔……〕こうした諸々の考えについて、ちょっとした詩を書いたから、君に送る、「窓」というのだ。」

マラルメを憤慨させたボードレールの詩句とは、「聖ペトロの否認」（『悪の華』CXVIII）の一節――

――そうとも、俺け出て行ってやる、俺としては、満足だぞ、
行動が夢の妹でしかないような、こんな世界からはな。

であり、その雑誌発表は一八五二年十月号の『パリ評論』、書かれたのは五一年十二月のクーデタの頃と推定されるから、マラルメの「窓」との時間差は十年余である。

ボードレール的な「前世は天国」の夢に対し、「書くこと」が「永遠の先取り」とされながら、その対部として「イカロス墜落」が喚起され、「堕天使」のイメージが詩人に取り憑いて離れない。

決定稿で、三七行目の大文字の「神」への呼びかけを、大文字の「わたし(Moi)」への呼びかけに変えたのは、『現代高踏詩集』の版に見られた理想主義の「翼」を、執拗に毟《むし》り取ろうとする選択だと、マルシャルは指摘する。イカロスは「否定的なロマン派」の特に好んだヒーローであり、『悪の華』でも、〈詩人〉の運命の象徴として扱われていた(ベニシュー)。三八行目の「怪物」は、三行前の「馬鹿げた志向(la Bêtise)」を指す。

　こうして、「不遇の魔」(二二頁)で幕を開けた悲劇的な調子の詩句は、「道化懲戒」(三二頁)における異形な道化芝居の呼び起こす哄笑によって、逆説的にそれを強調しつつ、「窓」に至って、現代における詩人の運命という、存在論的な問いを真正面から取り上げる。

　詩の言語態としては、ボードレールに準じながらも、マラルメ固有の詩句と主題によって、観念と主題の詩的等価物を巧みに発見しつつ、四行詩一〇聯の見事なアレクサンドラン詩句の詩篇に仕立てている。『現代高踏詩集』に収める、自作の詩篇群の「扉」たるにふさわしい、形式と内容を備えた詩篇であった。

　『現代高踏詩集』の異本は以下。

四行目「瀕死の男は、時として、老けこんだ　背骨を伸ばし、」

二六行目「背を向けた」。原文は"l'on tourne l'épaule"(肩を背けた)だが、『現代高踏詩集』の"l'on tourne le dos"を勘案して訳した。

三七行目「あるのか、方法は、嫌というほど苦渋を知った　神に聞く」。「神」が「わたし」に変わるのは、八七年の自筆版『詩集』において。

花　々 LES FLEURS（二八頁）

初出、第一次『現代高踏詩集11』一八六六年。再録、白筆版『詩集3』八十年。『アルバム』八七年。『十九世紀フランス詩人詞華集』（以下『詞華集』と略記）、八八年。『詩と散文』九三年。手稿、八種。

この詩篇は、手稿ではキリスト教的語彙が目立っていた。たとえば、オーバネル宛手稿では、“Mon Dieu”（我が神、三行目）、“Ô mon Père”（おお、我が父、一八行目）、第一次『現代高踏詩集』版では、“Notre Père”（我らの父、一八行目）、“Ô Père qui créas”（創造された父なる御方、二一行目）など。それが自筆版『詩集』では、「父＝神」が消えて「母（la Mère）」がその位置を占めるようになるのだが、この“Notre dame”（我らの貴婦人、一八行目）は、キリスト教の「聖母」ではなく“Nature”（自然＝普遍的母）であり、「大文字の神の死」の後での「マラルメの存在論的夢想全体の、主要な代替物」となる（以上、マルシャルによる）。

真っ先に呼び出される「鹿毛色《かげ》」の「グラジオラス」は、「白鳥」の「たおやかな頸《くび》」に譬えられ、マラルメの花弁系におけるアヤメ科の特権的な位置を記す。（八行目は、シトロンの解。）

この詩は何より、「エロディアード」の出現によって、マラルメの詩篇の展開の内部での、記念碑的段階を記す。肉体と血をもった「エロディアード」が、残酷な「薔薇」に結び付けられ、「百合」の処女の如き純白と対比されることで、記憶されるからである。「エロディアード」は、歴史上の人物としてはヘロデ・アンティパスの妃で、前夫がヘロデの異母兄弟だったため洗礼者ヨハネにより近親相姦と非難された「ヘロディアス」を指す。だがマラルメは、「サロメ」という名を嫌ってその母の名を使い、この名が存在しなかったなら自分で発明しただろうとまで言い、指示されるのはあくまで「サロメ」である(「エロディアード——舞台」の注二七六頁参照)。サロメと不可分の生々しい血が、花の色として喚起される「花々」には、ルネサンス以来多くの画布を飾った、「ヨハネの首を斬らせるサロメ」が当然に前提とされている。まさに「薔薇の名」の出現であるが、後の「エロディアード——舞台」では、その肉体と血が拒否され、異形の「黄金の髪の毛を戴く冷感症の姫君」として登場する。

最後の二行——

De grandes fleurs avec la balsamique Mort
Pour le poète las que la vie étiole.
(馨《かぐわ》しい死を孕《はら》む　大いなる花々を〔創り給うた　お方様〕、
それも、人生に倦《う》み疲れ、生きる甲斐なき　詩人のために。)

は、『悪の華』へのオマージュとして、「シャルル・ボードレールの墓」の最後の二行(一三五頁)を予告する(マルシャル)。

[. . .] un poison tutélaire
Toujours à respirer si nous en périssons
(〔……〕守護の毒薬にして

たとい我ら　破滅となるも　つねに　吸っているべきもの）

再び春に RENOUVEAU（四一頁）

初出、第一次『現代高踏詩集11』一八六六年。再録、自筆版『詩集3』八七年。『詞華集』八八年。手稿、八種。

一八六二年六月四日付でカザリスに送られたこのソネは、“*Vere novo*”（立チカエル春ニ）と題されていた。「エマニュエル（・デ・ゼサール）が多分話したと思うが、春が僕に植え付けてしまう奇妙な不毛性のことだ。二カ月の不毛な時期を過ごして、ようやく僕は、それを追い払ったが、ぼくの最初のソネはそれを描き出すことであり、つまりそれを呪ってやることだ」。冬には、さまざまな持病に悩まされるマラルメだが、詩作の上で、冬は異様な豊饒さを示すのであり――「エロディアード」は残酷な冬に取っておく」などという発言はその典型――、春から初夏にかけては、創作力が落ちるほど体調が悪くなる。

この詩の原題はユゴーの『瞑想詩集』I・一二に借りたものだが、ユゴーもまたウェルギリウスの『農耕詩』I・四三から取っている。白筆版『詩集』に収録する際に、ボードレールの「霧と雨」（『悪の華』CI）に借りた“Renouveau”（再び春に）に変えたが、六二年にすでにルフェビュールは、「ボードレールが若返ったら、君のソネに署名するだろう」と書いていた。マラルメは、六二―六五年にかけて、「立チカエル春ニ」と「夏の悲しみ」（五〇頁）をまとめ、「不健康なる太陽」、

「悪しき太陽」の標題のもとに一対のソネにしようとしたが、結局、第一次『現代高踏詩集』にはそれぞれ独立したタイトルで載せる。

先の書簡でマラルメは、「ソネ」という詩形の素晴らしさも称えていた。このソネの韻律を、シトロンは「エリザベス朝風ソネ」と言うが、四行詩三聯と二行詩一聯で構成され、脚韻が四行詩三聯は交差韻で四聯目は平坦韻（a-b-a-b/c-d-c-d/e-f-e-f/g-g）となるその特徴を守ってはいない。最後の三行句の一行目が最初の三行句と交差韻になるだけである。マラルメの青年期のソネは、その影響は受けてはいるものの、厳密な意味でのエリザベス朝風ソネを、アレクサンドラン詩句では書いていない。一〇年間、フランス式の正規のソネを書いた後に、八七年に初めて「〔髪の毛は　炎となって翔び……〕」（九二頁）によって試みたが、以後アレクサンドラン詩句では――一行がもっと短いソネは別である――この形式を選ぶことはなかった。アレクサンドラン詩句四行の聯が三つ続くと、「ソネ」ではなく、単に四行句で聯を構成する詩篇の印象を与えるからだろう、とフランス語の韻律史に詳しいベニシューは指摘する。

不　安 ANGOISSE（四三頁）

初出、第一次『現代高踏詩集11』一八六六年。再録、自筆版『詩集3』八七年。手稿、五種。

一八六四年二月十三日、カザリスに宛てた二篇の詩、「さる娼婦に（À une putain）」と「〔苦い休

息にも　飽きて……〕」（四五頁）のうちの前者。決定稿で採用された「不安」という題は、第一次『現代高踏詩集』に際しても検討されたが、ヴェルレーヌが同題の詩を載せていたため放棄し、「平然たる女《ひと》に（À celle qui est tranquille）」となった。自筆版『詩集3』で、「不安」の題が初めて取り入れられた。

ボードレールの発禁になった詩篇の第XXXIIの影響は明らかだが、この詩はマラルメがコピーして持っていた二八篇のうちの一つである。

ある夜、わたしは　おぞましい　ユダヤ女の傍らにいた
ながながとした　死骸の傍らに　横たわる死骸だ〔……〕

詩人としての危機の最中の六四年十一月に、マラルメが、自分の健康状態の悪化を、「若い頃の性欲過剰（priapisme）のためだろうか」と、カザリス宛に書いたのはよく知られている。六二年に「痴呆の翼の風」が吹きぬけるのを感じたボードレールが、梅毒によって失語症に陥った事件（六六年三月）は、二十世紀の七〇年代のエイズ禍のように、恐るべき死の影だったのであろう、マラルメが怯えるのも、必ずしも過剰反応ではなかったはずだ。なお、娼婦を主題にした「〔黒人女が一人、悪霊に　衝き動かされ……〕」（『新編十九世紀猟奇高踏詩集』）は、自筆版『詩集2』には収録しているが、ドマン版『詩集』には採っていない（本書では「拾遺詩篇」として一六六頁に掲載）。

シトロンもL・J・オースティンも、ポール・クローデルが、マラルメのこのソネの八行目を、フランス語で書かれた最も美しい詩句と称えた（『即興の回想録』六六頁）ことを引く――

Toi qui sur le néant en sais plus que les morts

（虚無ならば　お前のほうが、死者たちよりも　遥かに知る）

〔苦い休息にも　飽きて……〕［Las de l'amer repos . . .］（四五頁）

初出、第一次『現代高踏詩集11』一八六六年。再録、自筆版『詩集3』八七年。手稿、四種。

第一次『現代高踏詩集11』に掲載されたマラルメの詩篇の最後を飾る詩。そこでは「エピローグ」と題され、平坦韻のアレクサンドラン詩句を、一続きの聯で二八行連ねる。「エロディアード——舞台」（六五頁）、「半獣神、古代英雄詩風幕間劇——半獣神独白」（一八四頁）と同時期の作品として、詩形にも通ずるものがある。

この詩は、友人たちの批判の的となったことでも知られる。全二八行中、主文が現れるのは、八—一〇行目の挿入部の後の一一行目 "Je veux délaisser ［. . .］"（放棄したい、わたしは〔……〕）であり、二〇行目でそれが終わるという、構文上のアクロバットも大きく作用していた。

ベニシューの的確な分析に倣って詩篇の大きな流れを見ておく。詩人の嘆きが向けられるのは、まずは「苦い休息（l'amer repos）」であり、それによって彼の「怠惰が　傷つけていた」のは、彼の「栄光（Une gloire）」である。「失われた時／不活動／先延ばし」に対する、ボードレール的自責の嘆き節であるが、マラルメにおいてそれが主調となることはない。ただし、「自然のままの蒼穹の下《もと》、薔薇たちの茂みに／囲まれていた」「愛すべき　少年期」を遁れるという、大きな犠牲を払ってはいた。神は不在であるが、楽園追放の神話が立ち現れ、感覚的なオブジェがそのまま美であり無垢でありえた原初の自然という次元から、現実はおぞましく、理想は非人間的な世界へと転落する。

続く四―一〇行目は、「固い契約」の非人間性を、墓掘りになぞらえて嘆く――しかも「掘る（creuser）」のは「わたしの脳味噌（ma cervelle）」という「貪婪《どんらん》かつ冷酷な土地」なのだ。「掘る」という動詞が、この時期のマラルメの詩作においてどのような作用をもたらしていたかは、「詩句をこの地点まで掘り進んで、二つの虚無を発見した」と語る書簡（カザリス宛六六年四月二十八日付）を思い出せば十分だろう。「――」に挟まれた三行は、詩人の屈辱の華麗にして残酷な表現となり、続く四行は、詩人の置かれた現実の「芸術（l'Art）」の営為の位置する「残忍な国」の生々しい表象である。「海のそよ風」（五六頁）や「詩の贈り物」（六三頁）で歌われる詩人の苦悩を知る「ランプ」が喚起され、そこから、自分の芸術とは異質の芸術制作を実行している「中国人」の、「穢《けが》れなき恍惚」と思われる創作態度を「真似る」という、代案が喚起される。

二一―二八行目はさしあたっての芸術家の理想像であり、「白磁の」「茶碗」に描かれた湖に沈む「三日月」と三筋の「睫毛（cils）」＝「葦（roseaux）」が、単なる東洋趣味を超えて、マラルメの詩に時に奇跡のように現れる清澄な美を体現する。クローデルが、「日本文学散歩」（一九二五年）ならびに「フランス詩歌と極東」（三七年）と題する講演でこの詩を引用したのは、きわめて的を射た選択でもあった。（なお、この「中国人」をテオフィル・ゴーティエとするレオン・セリエの説は、娘のジュディット・ゴーティエの中国趣味を考慮してだとすれば、アナクロニズムとなろう）、高踏派的詩法の含意とするならば、マルシャル等の諸家の反論する通り、当たらない。）

鐘つき男 LE SONNEUR（四八頁）

初出、『芸術家』誌、一八六二年三月十五日号。再録、同誌、翌年四月十五日号（大文字と句読点の修正のみ）。第一次『現代高踏詩集11』六六年。自筆版『詩集3』八七年。手稿、四種。

訂正は、第一次『現代高踏詩集』版以降ほとんどない。デビュー時の作品中、活字化されたのは「あだな願い」が最初で、二番目に「不遇の魔」と「鐘つき男」が同じ雑誌に掲載された。「不遇の魔」が大幅に改稿されたのに対し、これには改稿がない。納得のゆく一篇であったと思われる。

シトロンは、象徴的意味の明快な詩篇として、ミュッセ（「五月の夜」）、ゴーティエ（「荒れ磯の松」）、ボードレール（「あほう鳥」）の系譜に属するとする。ベニシューは、著書『マラルメに沿って』の冒頭にこの詩を選ぶが、それは、一方ではボードレール、ゴーティエへとつながる「詩人の宿命的不運」の主題が分かりやすいこと、他方では、最初の四行詩の「少年期の無垢な自然」や、「鐘つき男」を掠めて逃げ去る「鳥（l'oiseau）」の多義性などによって、マラルメ的主題が鮮やかだからだと説く。「鳥」については、「年老いて悪辣な、翼ある者を打ち倒した、〈神〉をだ」（カザリス宛一八六七年五月十四日付書簡）を思い出さないわけにはいかない、とも。第一聯のお告げの「鐘（la cloche）」は、「逃げ去る鳥」の羽ばたきによって、羽根の落下から堕天使のイメージへと繋がり、「サタン」への呼びかけとなる。マルシャルはそれを、詩句とイメージの連鎖によって、ボードレール的サタニスムを引きずりながらもその詩法を超えていると指摘する。掠めて逃げ去る奇怪な鳥は、『イジチュール』でも、ポーの『大鴉』の影を背負いながら、執拗に出現しては遁れ去る。

脚韻はa-b-a-b/a-b-a-b/c-d-d/c-e-eであるが、最後の三行詩二聯は機械的に組み合わされており、ベニシューの指摘するように、文の繋がりからはc-d-d-c/e-eである。そこからシトロンは、「エリザベス朝風ソネ」（四行詩三聯と二行詩一聯）と呼んでいる。

夏の悲しみ　TRISTESSE D'ÉTÉ（五〇頁）

初出、第一次『現代高踏詩集18』一八六六年（同詩集に掲載されたマラルメの一一篇のうち、この詩篇だけ最後の「ソネ集」に収録）。再録、自筆版『詩集3』八七年。『詩と散文』九三年。手稿、五種。

当初は、「再び春に」（四一頁）の対として発想されていた。「春の無気力」の後に、「夏の無気力」というわけである。シトロンの指摘にあるように、一八六二年のテクストには「不健康な太陽」という、ボードレールの「巨人の女」（『悪の華』XIX）を典拠とする副題があり、六四—六五年に、「悪しき太陽」と変えられた。

二行目の「君の髪の毛の黄金《おうごん》に」は、ボードレールの「髪の毛(La Chevelure)」の、

蒼き髪の毛よ、打ち拡げられたる　闇の天幕
（Cheveux bleus, pavillon de ténèbres tendues）

の日本風に言えば「本歌取り」であることは明らかであり、友人のオーバネルに送った手稿（一八六二年と推定）では、二行目は「湯浴みの如く沸かしている、君の黒々しい髪の毛を」であった。しかし、第一次『現代高踏詩集』に送った版で、すでに「君の髪の毛の金色のため（Pour l’or de tes cheveux）」となっており、“En l’or de tes cheveux”（君の髪の毛の黄金に）と変えられるのは、自筆版『詩集』においてである。九行目の“Mais ta chevelure”（だが君の髪の毛は）となっていたところを、ドマン版校正のための「貼付帖《マケット》」では、“Mais la chevelure”（だが髪の毛は）と直し、意味の場を一般化している。

この詩は、マラルメにしては珍しく舞台が「夏」の真昼の海辺かなにかであり、詩人の傍らに肌を見せつける女性がよこたわっている。「女の肌の匂い」まで感じられるような、生々しいこの「夏の海辺のエロティシズム」は、一方では〈詩法の詩〉という主題系に接続されて、「半獣神詩群」へと変容し、他方、〈肉感的な女体〉は、晩年のメリー・ローラン詩群へと昇華されるだろう。

蒼　穹　L’AZUR（五二頁）

初出、第一次『現代高踏詩集11』一八六六年。再録、自筆版『詩集3』八七年。『詩と散文』九三年。手稿、五種。

交差韻のアレクサンドラン四行詩句一聯を九聯連ねた、この詩篇については、二つのことに触れねばならない。第一は、カザリス宛の手紙（一八六四年一月七日付）の語る、この詩篇の制作意図や創作過程についての「ポーの詩論に倣った方法論的な分析」。第二は、カザリスとエマニュエル・デ・ゼサールがボードレールと夕食を共にした際、カザリスの従姉のル・ジョーヌ夫人がエマニュエルに勧めて、ボードレールにこの詩を読んで聞かせたところ、「彼はそれをじっと聴いていた」という幸運な事件である。「それはこの詩を認めている証拠」で、「気に入らなかったら、すぐに止めさせるから」（六四年四月七日付デ・ゼサールの書簡。「窓」も、同日、ボードレールの前で読まれた）。

ボードレールは、明らかに『悪の華』に心酔している若い詩人が、単なるエピゴーネンの域を超えたものをすでに持っていると直感したのであろう。この逸話は、二十二歳になったばかりのマラルメを大いに勇気づけたに違いない。ボードレールによって知ることになった「ポーの詩法」の実践の成果でもあったのだから、感激は一入《ひとしお》であったろう。

第一の点、カザリス宛の長文の〈方法叙説〉は、筑摩版『マラルメ全集I』に松室三郎氏の全訳が載っているので（五一―五二頁）、ここでは要点のみ記す。

「執筆に取りかかるのに先立ち、精神の完璧に明晰な一瞬をかちうるために、自分の嘆かわしい無能力を殺してしまわなければならなかった」。「なぜならば、絶えず脳味噌に取り憑いて離れようとしない、無数の抒情的美辞麗句や美しい詩句を追い払い、何が起ころうと断じて僕の主題から動くことはない」と決心したからである。「誓って言うが、それを見出すために何時間もの探求が必要でなかったような単語は、一つもないし、それから、最初に来る単語は、最初の観念を帯びていたわけだが、それ自身によって、詩篇の全体的効果を提示している他に、最後の効果をも準備する役割を負っている。効果が産み出されること、一つの不協和音もなく、一つの装飾音も、たといそれが人々を楽しませる見事なものであっても、そこにはない――これが僕の求めるものなのだ」。「二〇〇回も読み直したから、この目標は達せられている」。「問題は、もう一つの面、つまり美的な面だ。これは美しいのか、美の反映が、認められるのだろうか」。自分は、デ・ゼサールのように、「天の河で一握りの星を摑んで、それを紙の上にばらまいて、偶然に任せて星座を構成させる」ようなやり方とは正反対なので、「先へ進めば進むほど、わが偉大なる師、エドガー・ポーが、僕に伝授してくれたあれらの厳しい理念《イデー》を、忠実に守るだろう」。

「前代未聞の詩篇『大鴉』は、こうして書かれたのだ」で始まる次の長いパラグラフで、マラルメは、「読者の魂が、絶対的に、詩人がそのように享受すべしと望んだ通りに、享受する」ことを要請し、それを「蒼穹」に沿って分析する。「冒頭では、より悠然と歌いだし、かつ全体に深みを与えるために、第一聯では、自分は現れない。蒼穹は、無能力者全般を、苦しめるのだ。第二聯では、取り憑いて離れない空を前にして、僕が逃亡するのを見て、読者は、この恐ろしい病いに苦しんでいるのではないかと、疑い出す。この聯の中で、「いかなる／凶暴な夜を」という瀆神の業とも言える大言壮語によって、霧を待望するという、奇怪な考えを準備する。親愛なる倦怠への祈りが、僕の不能力を確認する」。

その後、第三聯において、マラルメの解説は執筆時の手稿と考えられるヴァージョンと二行分のずれを生じさせ、第四聯が、「空は死んだ！　という、解放された小学生のような、奇怪な叫びで始まる」という解説は、後世の注解者を悩ますこととなった。

「物質にすがろう」という、「無能力者の歓び」。「自分を責めさいなむ苦しみに飽いて、群衆に共通の幸福を味わおうとし、忍耐強く、暗い死を待望する〔……〕僕は言うのだ、「わたしは望む！」と」。「しかし、敵は亡霊であり、死んだ空は戻って来る、そしてわたしは、それが蒼い鐘のなかで歌っているのを聴く。彼〔蒼い空〕は通り過ぎてゆく、無情にも勝ち誇って、この霧に汚れることもなく、ただわたしを刺し貫く。それに対して、わたしは叫ぶ、傲慢に満ちて、そこにわたしの卑怯未練の当然受けるべき報いも見ずに、わたしは広大な苦悩を抱いていると。なおもわたしは逃れようとするが、しかし己が過ちを感じて、告白するのだ、わたしは取り憑かれていると。こうした啓示の全てが必要だったのだ、最後の、偽りのない叫び、だが異常な叫び、蒼穹を動機づけるためには……。」

「エマニュエルや君のように、詩篇の中に、詩句の音楽以外の物を求める人々には、まさに真のドラマ〔劇〕がある」とした上で、しかし、「それは恐ろしいまでに困難な作業だった。純粋かつ主観的な詩の観念とは相容れない劇的な要素と、美に不可欠の清澄かつ静謐な線とを、正しい調和において結びつけることは」。――詩人によるこの長い分析は、不可避の課題をこう述べて終わる。

この詩篇の意味は、ボードレール的な「詩人の不能性」のテーマを超えて、ポーの「詩作の哲学」の方法によって、「産み出すべき効果」へと、全面的に向かった、詩の技法」（マルシャル）を、マラルメがはっきり自覚したことにあろう。「ここでは、詩人の不能性を歌う詩篇において、そうした内心の劇の表白が問題なのではなくて、〔それを歌う〕言葉の力こそが、問題とされている」とするマルシャルの説は、「詩は言葉によって作る」という、マラルメの〈方法叙説〉を言い当てている。

詩題の“L'Azur”は、水蒸気の多い日本の「青空」のように穏やかな何かを、身体的なレフェラン（記号の現実的照合物）としてはいない。雲一つない抜けるような青さの空が、逆にあたかも天上から圧《の》し掛かって来るような南仏の空を思って、マラルメが敵意をこめて見つめたであろう“L'Azur”に、「青空」ではなく「蒼穹」という古風で堅い訳語を選んだ。

海のそよ風　BRISE MARINE（五六頁）

初出、第一次『現代高踏詩集11』一八六六年。再録、自筆版『詩集3』八七年。『アルバム』八七年。『詩と散文』九三年。手稿、六種。

最も古い手稿は一八六五年五月のもので、第一次『現代高踏詩集』のための手稿。手稿と翌年五月の初出との間には異同があるが、以降は異本は少なく、マラルメは初出の版に満足していたようである。

「〈他所〉への欲望が、この「生ノ嫌悪（*taedium uitae*）」の詩篇において、詩的無能力の家庭的情景に対比させられており、後者は、母の授乳のイメージに結びつけられているが、この地上での貧しい幸福のイメージであると同時に、おそらく、「詩の贈り物」における如くに、詩人には拒否されている豊饒さのイメージであるかもしれない」（マルシャル、『プレイヤード新版I』一一六一頁）。

だが、「異郷の果て(exotique)の　大自然」(一〇行目)も、実在する「エキゾティックな土地」ではない。シトロンは、『悪の華』XXIIの「異国情緒の薫り」を引いて、

　わたしの魂の中で、水夫たちの唄声に入り混じる

を典拠とする。またこの詩篇を書いた時期、マラルメは南仏のトゥルノンにいたから、南へ急流となって流れ下るローヌ河が、「海の呼びかけ」をいっそう切実なものにしたのだろうとも説くが、そこまで考える必要があるかどうか。いずれにせよ「海上の遭難」は、十九世紀中葉以降における現実でもあり、ワーグナーの『彷徨えるオランダ人』などに代表されるような、芸術上の「流行の話題《トピック》」であった。

　七行目の「白々《しらじら》と拒む　虚ろな紙を(Sur le vide papier que la blancheur défend)」について、シトロンは、ユゴーの「白さが拒むユリの花に似ていた(Il ressemblait au lys que sa blancheur défend)」(「橋」)を典拠とする。この「何も書かれていない白い紙の不毛性」と「赤子に含ませる乳の白さの豊饒」との対比は、「エロディアード——舞台」の制作過程でも繰り返される。

　九行目の「蒸気船《スティムール》(Steamer)」にマストがあるのは、二十世紀初頭になっても変わっていない。たとえば、詩人＝外交官のポール・クローデルが、一九〇〇年に、中国行きの航路で、美しい人妻ロザリー・ヴェッチと出会ったエルネスト・シモン号も、当時の絵葉書を見ると、一本の煙突の他に、前方に一本、後方に二本のマストがあった。

ためいき SOUPIR（五八頁）

初出、第一次『現代高踏詩集11』一八六六年。再録、自筆版『詩集3』八七年。『アルバム』八七年。『詞華集』八八年。『詩と散文』九三年。手稿、「一八六四年の手帖」ほか六種。

発表された詩篇の中では、最も若い時の作。標題は第一次『現代高踏詩集』掲載時に付けられた。一八六四年と言えば、マラルメ二十二歳。前年に、恋仲であったドイツ人女性マリア・ゲルハルトとロンドンで結婚して、南仏トゥルノンの高等中学に赴任したばかりである。オースティンは制作時期を、ヴェルサイユの両親のもとに新妻を紹介すべく連れて行った、六三年十月とし、歌われている風景はヴェルサイユのそれだと説くが、その記憶を翌年の詩で歌わないことはないだろう。友人宛の書簡等からも推定されるように、六四年の作とするのが適当であろう。

詩篇の中央に置かれ、詩篇の後半部の跳躍となる「蒼穹（l'Azur）」は、この語をタイトルとする詩篇の、不能力な詩人に取り憑いて離れない残酷な「蒼穹（l'Azur）」（五二頁）とは対比的な情景（マルシャル）。「秋の風景と女性といっても、つねに肉の悲劇的な次元に結びついた存在ではなく、むしろ過去の天使への夢想を引き起こす妹との照応」によって、「優しさに満ちた蒼穹の、より清澄な情景」を歌っている。魂の上昇は、昂揚よりは吐息であり、「上昇と落下を和解させるような」ものであって、その「落下」も「羽根か枯葉のそれ」のように軽やかで、「死でさえも、幸せな持続の最後に来る、詩句の文そのものの息絶える姿に重なっている」(同前)。

マルシャルは、「マラルメ固有の季節感」として散文詩「秋の嘆き」(『ディヴァガシオン』の「逸話と詩篇」所収、初出は六四年七月二日付の『キュッセならびにヴィシー週報』)を引く――

「一年の内で、わたしが好む季節は、夏の終りの、すぐにも秋となる、悩ましい日々であり、一日のうちでは、そぞろ歩きをする時刻は、太陽が、消え去る前に、一瞬安らっているようかに見える時、黄色い銅《あかがね》色した光線を残しながら〔……〕。」

同じく『ディヴァガシオン』に再録された「栄光(La Gloire)」(初出は八六年二月の『今日の人物』)は、晩年に近いマラルメの、フォンテーヌブローの森の紅葉を前にした詩的な昂揚を歌う。

J＝P・ショスリ＝ラプレは、詩篇の前半の上昇運動と後半の下降運動を、「鏡像構造」だと説くが、それが純粋に形式的な要請からきているわけではないことは、シトロンも説く通り。詩人の妻でありしばしば「妹」と呼ばれた女性が、前半の情景を占め、「――蒼穹は、」で始まる後半は、「詩人の愛する季節の自然」を称えることによって、音楽的な「転調」を見せ、それぞれに固有の、調性の音楽を引き出す。ドビュッシーとラヴェルがこの詩に曲を付けたのも、いかにも作曲家の誘惑を誘う「言葉の音楽」が、詩篇に書きこまれていたからである。

詩形としては、アレクサンドラン詩句の平坦韻を五回繰り返し、六行目の「――」で転調するが、最終的には一〇行全てが一文。ベニシューが指摘するように、平坦韻のアレクサンドラン詩句は、十七世紀古典主義演劇(特に悲劇)の公式の詩形として洗練を重ね、ラシーヌ悲劇のそれは、たんにアレクサンドラン詩句を代表するばかりではなく、フランス詩歌の典型であり規範とみなされてきた。古典アレクサンドランで美しい詩を書くことは、ほとんど不可能な離れ業と考えられ、ロマン派が「三つ折り」のアレクサンドランを発明するなど、さまざまな操作がこのフランス詩の女王に加えられてきた。そのような古典アレクサンドランで美しい詩が書けてしまったことは、マラルメ晩年の離れ業のようなアレクサンドランからはつい忘れられがちだが、この詩は詩人としての資質と才能を考える上で恰好の素材である。

平坦韻一〇行を連ねたこの詩篇は、ベニシューの指摘するように、四行目のみ、

Mon/te, comme dans un jardin / mélancolique,

と、「1/7/4」の「三つ折り」のロマン派アレクサンドランになっている。最後の一行も、

Se traîner le soleil / jau/ne d'un long rayon

と、"jaune"（黄色い）にアクセントを置き、「6/1/5」と、半行句が六音節の後で切れる規則は守られているとする。もっとも、形式的には、「3/4/5」とも取りうるので、訳文を作る上では、このほうが、詩句の意味と響きがしっくりすると思った。

施し物　AUMÔNE（六〇頁）

初出、第一次『現代高踏詩集11』一八六六年。再録、自筆版『詩集3』八七年。手稿、六種。

原題は"À un mendiant"（乞食に）。初出で"À un pauvre"（貧乏人へ）と変えられ、"Aumône"（施

し物)となるのは八七年。

詩形は、「不遇の魔」(・二二頁)と同じ三韻句法《テルツァ・リマ》。「不遇の魔」では、詩篇内部での発語者が、ダイナミックに移動しつつ言葉を投げつけ、詩篇は二一聯と一行と長大であった。ここでは発語者の詩人は位置を変えないが、それだけに、八聯と一行にわたって「乞食」に投げつける挑発的な言辞は濃密であり、過激な攻撃と華麗な挑発に満ちている。

「堕落させる施し物」のテーマは、シトロンによれば、バルザックの『二重の家族』からきたもので、「有徳の施し物」という言説の反世界を歌っていることは間違いない。「悪魔的反‐道徳」(マルシャル)であり、瞬時にして、タバコや阿片や性的放蕩、酒といった「人工楽園と悪」へと導く堕落である。第七聯が歌うように、そのような「悪」へと走らないにもせよ、ハムレットの羽根飾りに象徴される芸術や既成の宗教といった、別の形での「幻想」へと誘う。最後の一行は「乞食」と「詩人」のあいだに生まれた「友愛の徴」と取るべきかもしれず、この「反‐慈善事業的」挑発に、「反‐キリスト教的アイロニー」を読むこともできよう、とマルシャルは説く。

第一聯では、金貨の入った「袋」と「乳房」を重ねることで、「水時計」の落ちるイメージを呼び出し、その音響的イメージが「葬儀の鐘」を呼び出す(マルシャル)。

第二聯の、「貴重な金貨＝金属」は、換喩《メトーミー》として「金管楽器」を喚起し、「熱烈なる　ファンファーレ」を響かせる。そこでも息は蕩尽されるのだ。

第三聯で、「タバコ」が、普通の家を「教会堂」に変える。ジャン＝ピエール・リシャールによれば、タバコは「典礼の香の一種のパロディーであり、反‐香(contre-encens)」である。

一二行目は、ボードレールの「毒薬」（『悪の華』XLIX）が本説《ほんぜつ》――
そうした全て〔酒や阿片〕も、値しない、恐ろしい魔力、
　嚙んでくる君の唾液の、
それは沈めてくれる、忘却の中に、魂を、後悔もなく〔……〕

詩の贈り物　DON DU POÈME（六三頁）

初出、『パリ・マガジン』一八六六年十二月二十三日号（無署名の原稿。ヴェルレーヌが「プロテスタン系共和派の」と語ったこの初出週刊誌は、近年R. Poggenburgが発見）。再録、『リュテース』誌、八三年十一月二十四―三十日号（ヴェルレーヌの連載「呪われた詩人たち」の「ステファヌ・マラルメ2」に引用）。同『呪われた詩人たち』八四年。自筆版『詩集4』八七年。『詩と散文』九三年。手稿、五種。標題も"Le Jour"（日の光）、"Le Poème nocturne"（夜の詩）、"Dédicace du Poème nocturne"（夜の詩の捧げ物）、次いで"Don"（贈り物）と変わる。

一八六五年初頭、マラルメが「エロディアード」詩篇と格闘していた時期に書かれたこの詩篇は、ほぼ一年後の十二月三十一日付でヴィリエ・ド・リラダン宛に送られ、同封の書簡に成立事情も記されている。これは「夜を徹した作業の果てに書かれた小詩篇」であり、「詩人は、悪意ある暁《あかつき》が訪れた時、光明に満ちた夜の間は、彼の陶酔に他ならなかったものが、死骸のような出来そこない

であることに怖気《おぞけ》をふるい、命の影もないのを見て、それを彼の妻のもとへと持って行き、生き返らせてもらおうという欲求に駆られるのです」と。

この流産した詩篇が、前年十月から書き始められていた「エロディアード──舞台」（六五頁）であることは言うまでもない。「イデュメア（イドゥマエア）」の娘、つまりエロディアードは、マラルメの最初の子供であるジュヌヴィエーヴと、ほぼ正確に「同時期の生まれ」であり──娘は六四年十一月十九日に生まれた──詩作上の流産や死産ではないにせよ、その奇形な出産と、実人生上の長女の無事な誕生とが対比されている。

六五年の九月に、コメディ＝フランセーズでの上演計画は挫折し、「エロディアード──舞台」を「悲劇ではなく詩篇として」書くことを、マラルメは決心していた。上記ヴィリエ・ド・リラダン宛の書簡には、その挫折の想いも重ねられている。「エロディアード──舞台」は、バンヴィルに見せる水準には出来上がっていたのだろうから、以後のマラルメの悪戦苦闘は、「舞台」の「序曲」となるべき「乳母の独り語り」──後に「古序曲」（二〇四頁）と呼ばれ、乳母による「降霊術」だとされる──の制作に移っていたはずである。ほぼ一年前の詩作の苦悩を、敢えてこの時点でヴィリエに告白するのは、「舞台」以上に厄介な詩篇と格闘することになっていたからだと思われる。

「舞台」「古序曲」と「詩の贈り物」との違いは、主人公と乳母との関係にある。前二者では、処女が「熾天使《してんし》の蒼穹から目をそらし、乳母の代弁する母性的、宗教的庇護からも自由になろうとする」のに対し、「詩の贈り物」では、産まれ損ないで「蒼穹」を求める「詩篇エロディアード」の捧げられる相手は、初産を終えて娘に乳を与えている若い妻であり、「色褪《あ》せた指」は「エロディアード詩群」の乳母を想起させる。「シビュラの巫女《みこ》の白さ」と謳われる乳もまた、「エロディアード」における、乳母とシビュラの巫女との、「命を養う乳」と「母権的宗教」との「想像上の共犯」を意味するとマルシャルは説く。

一行目の「イドゥマエア(Idumaea)」(訳文では「イデュメア」)は、フランス語表記では「イデュメ(Idumée)」、ヘブライ語では「エドム(Edom)」。パレスチナ南部に位置し、住民は、一般にユダヤ人に敵対的であった。ローマ支配下でパレスチナの統治に関わったヘロデ・アンティパス王とその妃ヘロディアスは、イドゥマエアの出身であり、「サロメの物語」の舞台である。「イデュメアの夜の　産み落とした子」とは、「エロディアード――舞台」の手稿段階のいずれかの断章であろう。

三行目の“le verre”(ガラス)と次行の“carreaux”(窓ガラス)について、前者を五行目に出てくる「ランプの傘のガラス」と取る注解が多いが、ベニシューの説くように、いずれも通過点を表す“par”に導かれているから、ともに「窓ガラス」と取るほうがよい。マルシャルは、(逆説的に)黒々しい暁《あかつき》と、「天使の如きランプ」との闘いに、ボードレール的な天使と悪魔の闘いの逆転を読もうとする。

六行目の冒頭に、突然“Palmes”(棕櫚《しゅろ》の葉)が現れる。この語は、マラルメの想像力の中では、「翼」の比喩の変形であることが多い――たとえば「アナロジーの魔」――と説くマルシャルやシトロンは、この部分の本説として、ウェルギリウスの『農耕詩』(III・一二)を引く――

Primus Idumaeas referam tibi, Mantua, palmas

（真っ先に、マントーヴァよ、御身に持ち帰ろう、イドゥマエアの棕櫚の葉を）

そして、この勝利の叫びは、天空に曙が拡がる光景を喚起すると説く。

それに対して、ベニシューは、“Palmes” が複数で書かれている点に注意を喚起し、フランス語でもラテン語でも、勝利の徴としての「棕櫚の葉」はつねに単数であることから、キリストのイェルサレム入城（『ヨハネによる福音書』一二・一三）に際して「複数本の棕櫚の葉」を持つ情景に着目する。（ベニシューは、「花々」における「ホザンナ」の本説もここにあるとする。）加えて、五行目末尾の終止符は、“Palmes!” へと繋がる文の勢いからすると不適切であり、マラルメ自身『詩と散文』ではカンマに直したものを、ドマン版校正のための「貼付帖《マケット》」で終止符に戻したのは不注意のミスだとも説くが、この点については、残された資料に従う他あるまい。

一二―一四行目は、「古序曲」の二四―二五行目、八一―八四行目と、「舞台」の八一―八四行目を参照せよとマルシャルは説く。いずれも「乳母＝シビュラの巫女」の観念連想に関わる部分である。ただし、「舞台」「古序曲」ともに、「乳母」は「シビュラ」と重ねられながらも、すでに乳など出るような年齢ではない存在として設定されている。

以下に、友人のオーバネル宛とされる最も古い手稿を、マルシャルに倣い訳出する。傍線を付した部分が、決定稿と異なる部分。

日の光

君に届けるのは　イデュメアの夜の　産み落とした子！

色蒼ざめ、翼は血にまみれ　黒々と、羽根も毟《むし》られ、
偉大なる香りと金色《こんじき》に　豪華にされた　ガラスを通して、
打たれた窓ガラスを、浅ましい！　まだ朦朧《もうろう》たるままに　通して、
暁《あかつき》は　執拗に攻めて来た、天使の如き　我がランプめがけて。
棕櫚《しゅろ》の葉よ！　そうだ　暁が、その形見を　見捨てた時に、
敵意ある微笑みを　無理にも繕おうとする　この父親に、
孤独は　蒼く　不毛なままに、震え戦《おのの》いていた。
おお、揺り籠揺らす女《ひと》よ、君の娘と　清浄無垢な　君の
冷え切った足とをもって、受け取ってくれ、悲しい誕生を。
そして君の声が　ヴィオルとクラヴサンとを　呼び覚まし、
色褪せた指に沿って　絞ってはくれまいか　乳房を、
そこから迸るのは　シビュラの白さとなった　女性、
この唇に、処女なる蒼穹の空気は　搔き立ててやまないから、飢えを。

エロディアード――舞台　HÉRODIADE: Scène（六五頁）

初出、第二次『現代高踏詩集』一八六九年（刊行は七一年）。再録、自筆版『詩集5』八七年（「エロディアード（断章）」の題で、「舞台」の全文を掲載）。『詩と散文』九三年（「エロ

ディアード」の題で、四四―五一行、八六―一三四行を掲載）。手稿、二種。W・ホナパルト＝ワイズ旧蔵、六八年（二九―五二行「エロディアードの化粧」）。自筆版『詩集5』八七年。

ドマン版『詩集』の配列には、詩人の腐心の跡がしばしば窺える。「祝盃」（二〇頁）を「巻頭の辞」扱いしたこともその一つだが、六五年から六九年初頭までの、詩人としても人間としても生涯最大の危機からの脱出の記念すべき産物である二篇の長篇詩、「エロディアード――舞台」（以下、「舞台」と略）と「半獣神の午後」（八二頁）が、詩集全体の〈記念碑〉のように中央に屹立する構成もその一つである。二作は、その〈詩的言語態の強度〉においても、その〈主題論的構築〉においても、一つのパラダイムを形成している。ドマン版に仕掛けられた、優れて意識的な「演出」の成果とでも言おうか。この二作はいずれも、当初は舞台上演を目指して発想されていたが、コメディ＝フランセーズのオーディション（六五年九月）の失敗という苦い経験を経て、純粋に詩篇として書き直されたとされる。

六〇年代の詩人の形而上学的闘いとそれがもたらす「不能力」との関係で言えば、「エロディアード詩群」のうち「舞台」が、「エロディアード詩篇の古き舞台的習作の断章（Fragment d'une étude scénique ancienne d'un poème de Hérodiade）」という長々しいタイトルで、戯曲体のまま、六九年三月に第二次『現代高踏詩集』のために送られていた（刊行は、普仏戦争勃発等の事情で七一年六月まで遅れる）。「戯曲体のままで」というのは、二人の登場人物、「エロディアード（Hérodiade）」と「乳母（La Nourrice）」の名が、発語者として詩句の前に掲載されることを指す（自筆版

『詩集』からは、それぞれH.とN.の略号で表される）。前年の六八年四月には、友人のボナパルト＝ワイズ夫人に、「エロディアードの化粧」（以下、「化粧」と略）と題して、「舞台」の「さわり」の部分をコピーして送っているが、「舞台」の執筆状況を窺わせる唯一の資料たるこの「化粧」には、なお残されていた「ト書き」が、『現代高踏詩集』版ではすでに消去され、舞台用ではなく詩篇として書き直そうという意思を窺わせる。したがって、この詩篇の最初の完成稿は、六八年四月から翌三月までに書かれたという推測が可能になる。六九年に出版社に送られた「舞台」と、自筆版『詩集』収録作との異同は細部の問題であり、「舞台」は、精神的危機の最中にも、詩篇としてはほぼ完成していた。六〇年代後半の、『イジチュール』へと収斂する危機の最中に格闘していた詩篇は、書簡が語る通り、「舞台」ではなく、その「序曲」となるべき「乳母の独り語り」だったのであり、後世が「古序曲」と呼ぶこの詩篇は、後年の加筆の跡も明らかだが、未完のまま放棄される。最晩年になって詩人は、『エロディアードの婚姻——聖史劇《ミステール》』（以下、『婚姻』と略）に着手する。マラルメの詩篇でも他に類を見ない規模の作品で、「舞台」をそのまま中央に据え、「序曲《プレリュード》」（三部構成）」「舞台」「繋ぎの場」「終曲《フィナーレ》」という構成が考えられていた。

　本書では、ドマン版校正のための「貼付帖《マケット》」による校正を読みこんだうえでの決定稿の「舞台」をここに訳出し、「古序曲」と『婚姻』（いずれも未定稿）を、第Ⅲ部に掲載する（二〇四頁以下）。ただし、完成を見た「舞台」と、詩人に異常な困難と苦痛を味わわせながらも放棄された「古序曲」とでは、詩句の言語態とそれを操るべき詩人との関係が大いに異なる。「舞台」の完成と「古序曲」の破綻は、「エロディアード詩群」の生成の歴史において、極端な対比構造にあり、両者を最初から一連の詩的創造の作業として論じると、どちらの詩篇の特性も捉えられずに終わる。まずはドマン版に収録された詩篇である「舞台」に絞って注解する。

「エロディアード詩群」の発想と成立経過

「舞台」は、すでに触れたように、ト書きを消去した「対話体」の詩篇である。ところが、たとえば十七世紀の古典主義悲劇では「ト書きなし」が常態であったから、「ト書き」を消去したことで「舞台」は逆説的に、戯曲体詩篇の印象を強め、「対話の妙」を楽しむことができる皮肉な結果を生んだ。自筆版『詩集』に収めるに際し、マラルメがさらに一歩踏み込んで、冒頭の「登場人物表」は残しつつ、発語者を頭文字だけに縮約する形を取ったのも、そのためであろう。マラルメのフランス語原典が、ラシーヌ悲劇の、日本的に言えば「本歌取り」のようにも見え、どのマラルメ詩篇よりも、声に出して読んでその魅惑が確かめられる理由もそこにある。

典拠あるいは「エロディアード」の名――物語素として

「舞台」の発想に際して、マラルメが主題やイメージを取ってきた先行作品――日本語的に言えば「本説《ほんぜつ》」――とは何か。図像の記憶も含めて、掘り起こされねばならない。

注意すべきは、その際に「時代錯誤」を犯さぬことである。「舞台」を取り上げる際には、挿絵として、ギュスタヴ・モローの名高い『出現(L'Apparition)』や、時にはビアズリーの『サロメ連作』までもが、ほとんど常套的に並べられることが多い。確かに十九世紀末の「サロメ・ブーム」は、文学の領域を超えて、舞台芸術、絵画や音楽の世界にも強烈な痕跡を残したから、後世はついそれらをひとまとめにして論じがちである。しかしマラルメが「エロディアード」を主人公にした詩篇を書こうとした時に、詩人の想像力や「抽斗」のなかにあった「エロディアード」とは何であったのか。まずはそれを押さえておかねばなるまい。

モローの「サロメ連作」は一八七〇年代後半、『出現』は七六年の作である。『出現』は、『ヘロデ王の前で踊るサロメ(Salomé dansant devant Hérode)』(七六年)の変奏であって、「聖ヨハネの首」が、光背に包まれて画面右手に、サロメの指さす方向に浮かんでいるという、きわめて大胆な構図である。この水彩版は、七六年の官展、七八年のパリ万国博覧会に出展されているから、マラルメが見ていないはずはないが――『最新流行』の「パリ文化情報」の筆者*Ix*は、七四年九月二十日号で「踊るサロメ」に触れているが、これはガルニエのオペラ座の内壁装飾を担当したボードリー(Baudry)の天井画である――、重要なことは、この時点ではすでにマラルメの「舞台」の基本型が完成していただけではなく、第二次『現代高踏詩集』に掲載されてもいたことである。現在ロンドンのナショナル・ギャラリー蔵のカラヴァッジョの『サロメ』などをマラルメが見ていたならば、話は面白くなるが、この絵が同館に購入されたのは一九七〇年である。図像として、マラルメが知っていたことが確実なのは、ティツィアーノの『サロメ』であり、マラルメが『エロディアード』に取りかかっていると知った友人の詩人エレディアが、六五年に複製を送ったのであった。現在はローマのヴィラ・ボルゲーゼ美術館蔵のこの作品は、しかし、あまりにも純真そうなサロメといい、その脇のさらに初《うぶ》な少女といい、通常の「サロメ図像」からはおよそ遠い。

ルネサンスからバロック期にかけて持て囃されたこの画題のうち、マラルメが何点かを見ていないことはありえないが、この方向を探求しても問題の解決にはなりそうもない。むしろ追求すべきは、同時代の文学におけるサロメの扱われ方であり、その意味であろう。そこで問題になるのが、主人公の名である。

「エロディアード」という名が最初に発せられるのは、「花々」（三九頁）であった――

　さらには、女人の肉にも等しい、薔薇は
残酷な花、エロディアード、明るい庭に咲き乱れ、
獰猛にして、煌めく血潮が、濡らす紅《くれない》。

「濡れた血の色をした薔薇の名」としての「エロディアード」――「花々」の注解でも述べたように、この名は、「ヘロディアス（Herodias）」のフランス語読みであり、通常は、サロメの母で、ヘロデ・アンティパスの妃を指す。彼女は、ヘロデの義兄弟の妻であったにもかかわらずヘロデと結婚し、その不倫を洗礼者ヨハネに糾弾され、ヘロデはヨハネを牢に繋ぎ殺害した。フラウィウス・ヨセフスの『ユダヤ古代誌』に取りあげられるヘロデの記事とは、この一件（v・一〇九―一一九）と、後に妃も伴ってローマへ領地問題で直訴に行き、新たに皇帝となったガイウス（カリグラ）によって、妃ともどもスペインへ流刑に処せられる件（vii・二五二）である。後者は同じくヨセフスの『ユダヤ戦記』（Ⅱ・ix・一八三）にも触れられるが、「ヨハネ斬首」や「皿に載せたその首」「サロメの踊り」等は一切出てこない。（ヨセフスの二著は、いずれも秦剛平氏の訳『ユダヤ古代誌六』『ユダヤ戦記一』、ともにちくま学芸文庫による。）

いわゆる「サロメ神話」――ヘロデの饗宴の席で、義理の娘サロメが見事に踊りを踊ったので、父王が「望みは何でも叶える」と言ったのに対し、母后の意見を聞いた姫に、母后（ヘロディアス）

は「ヨハネの首を」と言えと命じ、娘がそう言うと、誓約した手前、王は心ならずもヨハネの首を斬らせた——は、ヨセフスの二書には影も形も残らず、辛うじて姫の名が「サロメ」であることが別の個所から分かるのみである。猟奇的とも言えるこの事件を詳しく伝えるのは、『福音書』だけなのである。『マタイ』（一四・一—一二）、『マルコ』（六・一四—二八）、『ルカ』（三・一九）がそれであり、特に前二書は、後世が「サロメ神話」と呼ぶであろう要素を全て備えている。しかし『福音書』には、そのヘロデとヘロディアスの娘が「サロメ」であるとは書かれていない。但し『マルコ』の古い手稿の中には、娘の名を「ヘロディアス」とするものがあると、後述するテオドール・ド・バンヴィル『姫君たち（*Les Princesses*）』の校注者は言う。『福音書』に「サロメ」の名で登場するのは、全く別人であり、キリスト埋葬の場にマリアとともに現れる女性である。ヘロデ王の家系には、王女の名としての「サロメ」は頻繁に現れるが、この事件に関わった王女の名としては、『ヴルガータ版ラテン語聖書』には見えず、標準的な版でも「サロメ」の名は訳者が注記するのみである。この「本説」に従う限り、「エロディアード＝ヘロディアス」は、母親のほうを指すことになる。

ところが、マラルメは「サロメという名」を嫌った。ウージェーヌ・ルフェビュール宛、六五年二月十八日付の次の手紙——

「僕の抱く僅かな霊感は、ひたすらこの名前〔エロディアード〕に負っているので、もし我がヒロインが、サロメという名であったなら、僕は、この暗く、裂けた柘榴《ざくろ》のように紅《くれない》の名、エロディアードを考え出しただろう。」

説明はされていないが、“Salomé”という単語は、“sale”（汚い）とか“sabot”（糞野郎）等と音が通じるからであろう。ところで、マラルメ以前にも、「エロディアード」を歌って、その内実は「サロメ」であった例があり、しかもそれはマラルメにとってきわめて影響の大きい詩人の作品においてであった。先に触れた、テオドール・ド・バンヴィルの詩集『姫君たち』に収められた“Hérodiade”と題するソネである。バンヴィルのこのソネは、『芸術家（*L'Artiste*）』誌（一八五六年八月十七日号）に掲載された後、『全詩集』（五七年）に収められ、『現在（*Le Présent*）』紙（五七年九月八日号）、『芸術家』誌（六〇年十月一日号）、『流謫《るたく》の人々（*L'Exilés*）』（六七年）にも再録されて、五〇年代中葉から六〇年代中葉にかけて、非常に持て囃された作品であった。それはまさにマラルメが「舞台」を発想する時期と重なっていた。

先の告白をしたマラルメが、バンヴィルのこのソネを思い描かなかったことはありえないだろう。しかも、「舞台」を、劇場用に書くことを勧めたのは、出発点においてはともかくも――いやひょっとして最初から――、バンヴィルその人に他ならなかったのだから、直接の「本説」は、まさにこの『姫君たち』のソネ「エロディアード」にあると考えてもよいはずだ。バンヴィルのソネは、次のように書く――

「というのも、彼女は正真正銘の姫君なのだ。ユダヤの女王であり、ヘロデの妻、洗礼者ヨハネの首を要求した女性なのだ。」

ソネ後半の三行詩二聯――

見るがよい、見るがよい、あの若い姫君を、

小さな　黒いお小姓が、　裾を引く　ドレスを抱え
官能の波の如くに　長い回廊を　引いて行く。

その指には、ルビーが、サファイア、アメジストが
魅惑の炎を　煌《きら》めかせている。姫が　黄金の皿の上に
捧げ持つのは、洗礼者ヨハネ、その血まみれの首。

ヨセフスの記述等からは姦婦とか淫婦という印象が強い「ヘロディアス＝エロディアード」が、若く快活で魅惑的な王女となっていることは、一読して明らかである。三行詩一行目の原文では、エロディアードは、「王女」ではなく「若い女王（la jeune reine）」と歌われているが、『テオドール・ド・バンヴィル全集（批評校訂版）』第四巻（オノレ・シャンピオン刊、一九九四年）が説くように（五二五頁）、ラテン語の“regina”が“reine”と同時に“princesse”をも意味することから、ソネの中で「エロディアード」の名で呼ばれているのが、その娘のサロメに他ならないというのが、正解であろう。バンヴィルは『鍾乳石』（一八四六年）の「某令嬢に（Pour Mademoiselle***）」の前書きにも、『マルコによる福音書』に拠って、「エロディアードの娘」が「洗礼者ヨハネの首」を要求し、それを持って「踊る」挿話を引用する。マラルメが、あえてサロメではなく「エロディアード」の名のもとに、「サロメ神話」を書こうとしたのには、すでに身元保証人がいたのである。
バンヴィルのソネ「エロディアード」で前書きに引用されたのは、ハイネの『アッタ・トロル（*Atta Troll*）』であった。これは、十九世紀中葉のフランスで異常に持て囃された作品であり、バ

ンヴィルがその『パリのカメオ（*Les Camées parisiens*）』（一八六六年）で、同時代の先端を行く芸術家や名士を、一二人ずつ四グループに分けて評した時、ハイネは二番目の一二人の先頭を切って語られている（最初のグループはヴィクトル・ユゴー、第三はオノレ・ド・バルザック、第四はアルフレッド・ド・ミュッセが先頭。ハイネは『アッタ・トロル』の作者として語られる）。この作品は、五九年刊行の『詩篇と伝説』に収められるが、それに先立ち『両世界評論』誌（四七年三月十五日号）に、「アッタ・トロル、夏の夜の夢」の題で掲載されていた。日本なら「百鬼夜行」と呼ぶであろう、伝説上の怪物的存在の一大パレードの中で、エロディアードは、洗礼者ヨハネの首を毬のように蹴り上げつつ疾走する姿で歌われている。

「舞台」の詩としての言説的特性

マラルメの「舞台」の制作年代に関しては、書簡がかなり正確にその進行状態を伝えており、どの注解者も、一八六四年十月三十日付と推定される、友人のアンリ・カザリス宛書簡を引く――

「僕はついに我が「エロディアード」に着手した。恐怖の思いの中でだが、それは、僕が新しい言語を発明しているからで、必然的にそれは極めて新しい詩法から迸《ほとばし》り出なければならないが、それを僕は次の二言で定義する――

〈事物を描くのではなく、事物の作りだす効果・作用を描くこと〉だと。〔……〕

生まれて初めて、僕は成功したい。駄目だったら、二度とペンに触れることはないだろう。」

同じくカザリス宛六五年一月十五日付書簡では、ジュヌヴィエーヴ誕生によって中断していた「エロディアード」を再開したことを告げる――

「本気で「エロディアード」に取りかかっている。〔……〕恐ろしい主題を選んでしまったから、その感覚は生々しく、時には凶暴なまでの激しさとなり、漠として漂う時には、神秘の様相を呈する。それに、僕の〈詩句〉は、時として苦痛を与え、刃物のように傷つける。付け加えて言えば、こうした〈印象〉の全ては、交響曲のように、次から次へと連なって〔……〕」
「詩句が刃物のように傷つける」と言うが、〈詩句〉という言語の、身体の位相での破壊的・暴力的な、残酷な作用は、〈詩句〉の目指す〈美〉が純粋であればあるほど、身体という〈現存在〉を舞台にして、その破壊力を増すかの如くである。マラルメは同年三月に、「エロディアード」との格闘で疲れ果てた自分と、流産した詩篇とを、産後の肥立ちのよくない妻に委ねようとする、悲惨な詩人の姿を歌った「詩の贈り物」（六三頁）を書くが、この月の終わりには、バンヴィルから「エロディアード」の進行状態を問いあわせる手紙が届いて、コメディ＝フランセーズでの上演可能性が示唆され、勇気づけられている。そして、この年の六月に上演を前提として「半獣神幕間劇」に着手するわけだから、それ以降の「半獣神」の集中的な執筆に先立って、「エロディアード」も、一応は形が付く段階まで進んでいたと想像される。

語　釈

一行目　獅子の飼われている地下牢に降りて行った姫君エロディアードが、ようやく地上に姿を現したので、乳母が、抱いていた不安を述べる台詞。「生きている！」の原文は“Tu vis!”で、乳母が姫君に“tu”で語ることで、姫君に対する心理的な距離を縮め、保護者という立場を強調する。舞台に登場した侍女あるいは「腹心の女」の驚きの台詞で、開幕の緊張を一気に高めるのは、ラシーヌの得意とした手法（たとえば『ブリタニキュス』の幕開き）。対する姫君の「お退がり！」（三行目）は、“vous”に対する命令で、距離を取る。一一行目の「見ましたね」から、定式どおりに、姫君は乳母に“tu”で呼びかける。

六行目　「金髪＝滝津《たきつ》瀬《せ》＝氷」（四行目）は、エロディアードの身体感覚を喚起する「語＝テーマ」。「逆毛《さかげ》立つ／恐怖」（五―六行目）と訳した原文は“horreur”で、リトレ辞典は、サンスクリット語源で「髪の毛を逆立てる」意の動詞に基づくとする。二五―二六行目の「獅子の鬣《たてがみ》」との比較も、姫君の髪が逆立っていることによる。「逆髪《さかがみ》」のテーマ系である。同時に、「氷＝冷却」のテーマ系は、この詩篇の主題を貫くものであり、一六行目に現れる「身も凍る　恐怖」は“effroi”だが、リトレは語源を“frayeur”（恐怖）の項に送って、ラテン語の“frigidus”（froid）に関連付ける。音韻的にも文字的にも、“effroi”（恐怖）の中には“froid”（寒冷）が入っている。こうして、「逆髪」と「寒冷」とが、エロディアードの身体の紋章的表象として、まず歌いあげられる。

八行目　発語者が変わらないにもかかわらず、行の途中で改行する手法。ここは直前の文が“...”で中断しているから――マラルメは中断記号“...”にこだわった――、以下のアクロバティックな「入れ子構造」を準備する役割を担うように見える。「いや　預言者たちに〔……〕宴《うたげ》を注ぐ、それを知る／わたしか？」までが挿入。獅子のいる地下牢とともに、詩篇の古代オリエント風の枠組みを暗示する。

一三行目　「朽ち葉色した」の原語は“fauve”で、「枯れ葉色の金色」。名詞として用いれば「野獣」を意味する。

一五行目　“désert”(人気《ひとけ》ない＝愛する人のいない、等)は、四四行目からの「鏡を前にした独白」の冒頭近くで発せられる“désolée”(打ちひしがれ)とともに、この詩篇のキーワードの一つ。ラシーヌの『ベレニス』(I・四)の、名高い「人なきオリエントに、我が悲しみはいかばかり(Dans l'Orient désert quel devint mon ennui!)」の記憶によっても、オリエントの「荒地」が浮かび上がる。

一七―一八行目　動詞“effeuiller”(毟《むし》る)の縁語は、四七行目の「深い筒井の底」に「沈む　枯れ葉」に結晶する。「流謫《るたく》」は、「古序曲」では、「白鳥の流謫」として、重要なテーマの一つとなる。「吹き上げ＝噴水」については、「ためいき」の、「いつも変わらぬ一筋の　噴水《ふきあげ》が白く、憧《あくが》れてゆく、蒼穹へと！」(五八頁)という詩句の記憶。「噴水」と「百合」のアナロジーは、「舞台」でも明らかであり、マラルメにおける花の幻想のなかで、晩年に特権的な地位を占める百合や花菖蒲が予告される。“fleur”とは、すぐれて「噴出する」形でなければならなかった(「続誦(デ・ゼサントのために)」の注三四三頁を参照)。ここでは「百合」は、エロディアードの「白い裸身」の幻想。

一九行目　「百合の花」は、エロディアードの夢想の中にあって、「見えないもの」だが、それを獅子たちは「目で追う」のだと言う。

二八行目　「エロディアードの化粧」という行為が「梳《くしけず》る」で初めて予告されて、姫君の最初の長い台詞が終わる。この小段は、エロディアードの「鉱物性・冷却性・閉鎖性」と対照的な「獅子」が配されることで、獅子の「獣性」の不活性が印象付けられる。

二九行目　「没薬《もつやく》」は、東方の三博士が、幼子イエスに捧げた贈り物の一つ。〈王〉への贈り物として「黄金」を、〈人間〉への贈り物として「没薬」を、〈神〉への贈り物として「香《こう》」を捧げた。「没薬（ミルラ）」は、死体に塗る香料であるから、本来は「不吉な」と言われてもよいはず。それをわざと「陽気な」と乳母に言わせる。乳母は香水によって、エロディアードを包む不活性を活性化しようとし、エロディアードの拒絶に遭う。

三二―三六行目　「香水」と「黄金」によって、「匂い／金属」という対立が導入され、エロディアードの身体の、「鉱物的幻想」が展開されていく。ボードレール以来の、「彫像のような女」の系譜を引く「宿命の女」の特性。

三八行目　「仮借なき　鋭い光」は、「詩句が刃物のように傷つける」（前掲六五年書簡）と語られた、詩作上の〈受苦〉と無関係ではあるまい。『婚姻』では、詩句による受苦は詩作の原理の如きものにまで追いつめられていく。

四一行目　壁に掛けられている金属製の「武器、甲冑」は、「エロディアード詩群」に一貫した装置。古代的というよりは、むしろ中世的である。『婚姻』の「序曲《プレリュード》」では、聖ヨハネの首を載せるべき「黄金の大皿」と、落ちてゆく「日輪」と、予見される「聖者の光背」が重ねられる。

四四行目　「おお、鏡よ！」は、発語者は変わらないが、新たに「鏡」を対象として呼びかけることから、詩句の途中で改行する。原文は“Ô miroir!”で、“Ô”は「水」の“eau”と同音、さらには「楕円形の鏡」の絵文字にもなる。「鏡」が「水鏡」へと変換されるのは、「鏡」と「氷」の意味を持つ“glace”の存在もあり（四八行目）、テクストに書きこまれた仕掛け。この「鏡」に向かってするエロディアードの長い告白は、語る王女と聞き手の乳母という設定にもかかわらず、予想に反して、ラシーヌの『フェードル』一幕三場のような、「独り台詞」へと一気には収斂しない。このエロディアードの告白の第一段(四四—四九行目)は、すぐに姫君と乳母との間で交わされる、芝居がかっていると同時に作詩法上の言語遊戯に中断された後、「そうとも、わたしは、わたしのために　花開く、不毛の花！」に始まる八六—一一七行目の長い「独り台詞」へと高まる。

四五行目「凍れる水＝鏡」にエロディアードが見るものは、二段構成で語られる。四五—四九行目に喚起されるのは、「夢想に　打ちひしがれ」た王女が、「我が追憶」を、「深い筒井」の「氷の下に沈む　枯れ葉のように、追い求め」た結果、「遥か彼方の亡霊」の如くに自分の姿を「現した」という光景である。動詞は単純過去形が用いられ、現在時からは切り離された過去の事件という様相が強調される。「追い求めている」のは「追憶」であり、その場は「深層」の領域である。「枯れ葉＝遥か彼方の亡霊」といった比喩までも、時間軸が過去へと向けられて、空間的には「(筒井の)深層」にそれが求められている。原文では「穴(trou)」とのみある語を「深い筒井」としたのは、訳者の選択。能の『井筒』で、後シテが「井筒」を覗きこんで、そこにかつての愛する男の姿を見て惑乱する瞬間を読みこみ、「そなたの内に　現したのだ、この姿を(Je m'apparus en toi)」で使われる動詞“s'apparaître”に拘りたかったからである。「出現」を現わすのに、再帰代名詞を使う「代名動詞」という行為の自発性を強調する言語態を用いるのは、後に、『イジチュール』の内部で、キーワードのように動員される。

五〇—五一行目「だが　おぞましい！」からの二行で語られるのは、「散乱する我が夢の　裸形《らぎょう》の姿」であり、それを知るのは、「畏るべき(畏怖すべきほどに張り詰めて閉ざされた)泉水のうち」であり、「知る」という動詞は複合過去形で用いられ、その事件の体験の現在時への繋がりを記す。「追憶＝枯れ葉＝亡霊」が過去の時間に属し、深層において幻想されるのに対して、「散乱する夢の裸形」は、「氷＝鏡の内部＝虚構の空間＝一種の表層」に出現するものであり、過去には属さない。これから存在を与えられるべき何物かなのである。マラルメにおける「鏡」のテーマ系は、散文詩「冬の戦慄」や『イジチュール』などにおいても、単に「ナルシス的テーマ」の展開する場などではなく、はるかに「存在論的な」、同時にあからさまに「呪術的な」〈装置〉。

五一行目「散乱する我が夢の　裸形《らぎょう》の姿」は、マラルメ固有の意味を託された形容詞 "épars" が登場する最初の例の一つ。単に「ばらばらの、散らばった」ではなく、リトレ辞典がラテン語語源としてあげる「散乱した」の意と、「音のない稲妻」の意の名詞が重なったものと考えられる（八〇年代以降の「批評詩」から証明できる）。この一行は、「化粧」では、「我が偉大なる裸身をつくづくと見やった」とあり、従来も注目を集めてきた。しかし、「エロディアード」制作時のマラルメの書簡にしばしば語られる、「夢」や「作品」や「美」を裸形の姿で見てしまったという「罪」を考え合わすと、決定稿への書き直しはきわめて重要。「美」であるエロディアードは、氷の張りつめた泉水のような鏡の底に、その「裸身」を出現させる経験を何度かしていて、それは、「追憶」として「亡霊」のように立ち現れるのとは、次元の異なる「事件＝体験」であった。

五二行目「おお、鏡よ！」（四四行目）以下のエロディアードの「独り台詞」が終わる。一息の間を取るため、発語者は変わらないにもかかわらず一行の余白を取る。「戯曲体」を詩篇として独立させるための、転換の技法＝仕掛けである。

五三行目　「でもお髪《ぐし》が〔……〕」と、次のエロディアードの台詞から分かるように、乳母は、姫君の髪の毛に触れようとした。

五四行目　「全身の血も〔……〕」は、ラシーヌの『フェードル』にでもありそうな、悲劇的な誇張された言語態。

六一行目　ドマン版は“jour”（日の光）だが、ドマン版校正のための「貼付帖《マケット》」では“tour”（塔）に直していた。「塔」は、「古序曲」の冒頭で、悲劇的朝焼けの〈装置〉として、印象的に用いられる。

六三―六四行目　乳母は、エロディアードにおける「鏡の秘法」を、単なる「ナルシス的夢想」としてしか理解しない。七五行目で、王女が「わたしのために」と答えるに至って、その確信を深める。用語の点からも、この分割は鮮明。エロディアードにおける「恐怖」が、「冷却」と「逆髪《さかがみ》」に特徴づけられているのに対して、乳母のそれは“terreur”（六四行目）であり、「震撼」のテーマを孕む。ただ、六六行目で乳母に、“belle affreusement”（恐ろしくて、胸締め付けられる、それほどにお美しい）と言わせるのは、「猛り狂う怒り」とともに、「逆髪」のテーマの本歌取り的変奏。

六七―八五行目　十八世紀の瀟洒な戯曲を思わせる「遊び」の多い小段。

六八行目　「運命が　お前様の秘密を定めた〔……〕」で、初めて「婚約者」が話題となる。「サロメ神話」に接続すれば、洗礼者ヨハネのことであろうが、詩篇のテクスト内部では、あえてその根拠は示さない。

七〇―七五行目　「耳を塞《ふさ》いで！〔……〕」は、「サロメ神話」への遠まわしな言及と取れる。

七八行目　直前の乳母の指摘（七六―七七行目）は、前述のように、「鏡の呪法」についての乳母の誤解であるから、王女は「もうよい、その憐れみも〔……〕」と反論する。しかし乳母の指摘そのものが、言語態としてはエロディアードの言葉の「本歌取り」になっているから、「皮肉とともに」と言い返すのだ。ちなみに原文では脚韻が

七五行目　Pour m*oi*（わたしのために）

七六行目　d'autre ém*oi*（他に心動かされるもの）

七七行目　avec at*onie*（無気力に）

七八行目　［comme］ton ir*onie*（〔お前の〕皮肉〔とともに〕）

となり、言葉尻を捉えるように、言わば「間《あい》狂言的」に言語ゲームが進行する。脚韻の最後の母音だけではなく、一つ前の母音も同じ踏み方をするのを、「バンヴィル風脚韻」というが、最後の二例はその見本。

八四行目　乳母だから当然に「乳」が話題になってよいが、「エロディアード詩群」では、乳母の乳はとうに涸れたものとして語られる（特に「古序曲」）。J＝P・リシャールが指摘したように、「母乳」は、「純白」と「活性」という矛盾を統一した特権的な物質である。「舞台」執筆時のマラルメの個人史的事件としては、長女ジュヌヴィエーヴの誕生と妻マリアの授乳の光景があり、赤ん坊が母親を食べてしまうように感じた。「詩の贈り物」の終景は、乳房を押すと、「女がシビュラの巫女の白さとなって、穢れなき蒼穹の空気のために飢えている唇へと流れてゆく」（六四頁）という意味の二行で終わっていた。

八五行目　「嘆くべき生贄《いけにえ》よ〔……〕」は、『フェードル』の乳母エノーヌが発しそうな一行。

八六―九四行目　「わたしは、わたしのために　花開く、不毛の花！」と、この詩篇のキーワードの一つの“désert”が“déserte”という、語尾の子音を発音する女性形で劇的に用いられ、詩篇の中心に位置する「主人公のアリア」が始まる。以下、エロディアードが呼びかけるのは、大地の深みに守られている「紫水晶」と「黄金」である。「紫水晶」の結晶の発する輝きは、エロディアードの目の「音楽の輝き」となり、「始原の大地」の底に眠る「黄金」は、その「金髪」の輝く〈強度〉を構成する。「散乱する夢の裸形《らぎょう》」に続いて喚起される、エロディアードの〈幻想の身体〉である。「事物を描くのではなく、事物が作りだす効果・作用を描く」（前掲六四年書簡）と記した〈新しい詩法〉の実践が窺える。「わたしの瞳」が、その「音楽の輝きを　借りる」（九一―九二行目）という、視覚と聴覚の照応による超絶技法。なお、「紫水晶（améthyste）」は、ギリシア語語源で「不酔石（酔わず石）」の意。バンヴィルも好んで使うが、注釈者によれば、古代には、この宝石の加工技術はなかったという。

九一行目　「お前たち、わたしの瞳が〔……〕」の前に、『現代高踏詩集』版では一行の余白を取るが、自筆版『詩集』にも「貼付帖《マケット》」にもない。

九五行目　「お前」と、乳母に呼びかける。「エロディアード詩群」では、乳母はアポロンの「預言の巫女《みこ》（シビュラ）」の名で呼ばれる。古代の神々の知恵を記憶する知の、生きた収蔵体であったが、その記憶の有効性が、今や失われてしまった存在。乳母は、シビュラの資格で、「古序曲」の「発語者」となり、「降霊術の執行者」ともなりうる。

九七―一〇一行目　エロディアードが、否定するために喚起する「世の常の女の裸体」の官能性。

エロディアードの「凍った美」の「裸形《らぎょう》」と対比的に、「半獣神」の詩篇の肉感性が書かれる。

一〇二―一〇三行目　エロディアードを「星」に譬える比喩は、「古序曲」では「白鳥」のテーマに接続されて展開する。「死んでしまうと！」と、次の「処女であることの恐怖を　わたしは愛する」で一二音節になるが、『現代高踏詩集』版以降マラルメは、乳母に主導権の渡った対話を、姫君の「主題＝トポス」へと切り替えるため、一行を二音節と一〇音節に分け、その間に一行の余白を入れ、真の主題である「処女性の謳歌」へと移る。これも、戯曲体における「息」の〈使い分け〉の必要性を、「ト書き」なしで譜面のように活かした例。

一〇三―一〇九行目　「処女性」の謳歌。一〇三行目の「恐怖」も“l'horreur”であり、「逆髪」のテーマの変奏。

一〇五―一〇九行目　生き物のなかでも最も「鉱物的な」ものとして、「蛇」が引かれる。神話的に、「知」と結びついた存在。エロディアードは、自らをそのような「蛇体」に見立てる。「処女性」は「氷河」と「仮借なき雪」に閉ざされた「白い　夜」のヴィジオンへと高まる。

一一〇行目　発語者は同じまま、一行の余白を取る仕掛けが繰り返される。自筆版『詩集』のみ余白なしだが、『現代高踏詩集』版とドマン版は余白あり。ここでエロディアードの意識が、筒井の底の「分身」へと向かうのだから、それを鮮明にする植字法上の仕掛けとして、この余白は納得がいく。その対象は、水鏡の中に立ち現れているエロディアードの理念《イデア》的分身であり、それを「御《おん》身《み》」と呼び、彼女自身より以前から存在していたものと幻想するから、日本語では「姉」とするのが適切だと考える。したがって、エロディアード自身は、その「孤独なる妹」となる。

一一六行目　宝石の中で最も高貴なものと考えられる「ダイヤモンド」に、エロディアードは自らの目を譬える。「白鳥の目＝ダイヤモンド＝星」は、「古序曲」の主導動機の一つ。

一一八行目　『フェードル』の乳母のような問いだが、「姫様、どうでも死なれますのか！」以下のエロディアードと乳母の台詞のやりとりは、はるかに親密であり、悲劇の言語態よりは、日常的言語態をかすめていく。

一二〇―一二二行目　「閉めて、あの鎧戸を〔……〕」から、「舞台」の時間設定が昼間であったことが分かる。冒頭の「預言者たちに忘れられた〔……〕朝」（九―一〇行目）から、「夏の　暖かい　澄んだ空」（一〇〇行目）を経て、夕方へと時間が推移していくかの印象を与える。「熾天使《してんし》（séraphin）」は、天上界最高位の天使。南仏の夏の青空は、天の底まで澄んで、逆に頭に圧《の》し懸かって来るような「蒼穹」である（二六二頁注）。窓を閉めさせることにより、逆説的に「旅立ち」の幻想が語られる。

一二二行目　「波は／揺れ（Des ondes/Se bercent）」は、直前の「美しい蒼空などは！（le bel azur!）」までの一〇音節とは切り離される。話題を変える場合や、発語者の意識の方向が変わったことを鮮明にするために、すでに何回か繰り返された詩句の切り方。『現代高踏詩集』版以来、変わっていない。

一二四行目　「美の女神・宵の明星」であるウェヌス（アプロディーテ）への言及によって、この女神の夫と定められた鍛冶の神ウルカーヌス（ヘーパイストス）の仕事場があるとされるシチリア島の火山エトナが連想され、それが「不吉な空」を呼び出す。ウェヌスは「美の女神」であると同時に、星としては「金星（宵の明星）」。「夕べの到来」を待ち望む古代の恋歌には、つきものの装置。この二行、解釈はさまざまにあるが、ウェヌスと軍神マルスとの情事を、太陽神ヘーリオスが見つけて夫のウルカーヌスに告げたので、ウルカーヌスが秘密の網で二人を捉えたという神話が、背景にあるだろう。太陽神ヘーリオスを、伝統的に「空の目」と呼ぶから、辻褄は合う。なお、「宵の明星」は、“Lucifer”の名で「古序曲」にも現れる。「堕天使」をも意味する危ない単語。

一二五行目　は、「恋の女神」であるウェヌスへの言及（その星は、恋に身を焼く）。「舞台」と「半獣神詩群」を、対比構造で繋ぐ〈回転扉〉の役割を果たす。「半獣神の午後」の結末も、「幕間劇」以来、「ウェヌスの女神を両腕に抱きしめたという幻想」が罰せられることで、再び眠りに落ちるのだから。

一二六行目　再び詩句内部での改行。

一二八行目　「虚ろな　黄金（……）」は、「金色の炎」であり、黄金としての実態が不在であるから。「怪しい涙」は、蠟燭の流す涙が、性的なイメージを予想させるから。

一二九―一三〇行目　「そして……」以下は、詩句内の余白が極限まで追求された、ほとんど沈黙によって成る詩句。エロディアードの最後の台詞（一三四行目）まで、一行のアレクサンドラン詩句が、四分割される。ここで「嘘をつい」た主体、「唇の中の／裸形《らぎょう》の花」と呼ばれているものは「舌」であろう。フランス語で「舌」を表す“langue”は、言うまでもなく「言語」でもあるからだ。「舌」を、上下の唇の間に咲く「花」に見立てて、八六行目の「わたしのために　花開く、不毛の花」を受ける。「舌」は、覆うものがないから「裸」であり、それとの関連で女性器を連想させうる。これまでエロディアードが語ってきた言葉は、「夢の裸形」と言われたように、「裸」と呼ばれるような何物かであった。「噓」は、「詩作」をマラルメが定義した、名高い「栄光ある噓（glorieux mensonge）」を思い出させる。一一七行目で、「最後の魅惑にして　秘法」と訳した“charme dernier”の否定。

一三〇行目　エロディアードが「待つ」のは、「何か、未知なること」であり、それをサロメ神話に接続して読めば、「洗礼者ヨハネの斬首」とか「皿に載せた首への接吻」といった物語になるはずだが、ここではそのような内実は、あえて宙吊りにされる。

一三一行目　「その神秘も、叫ぶ声も」は、「秘儀伝授」のことだろう。エレウシスの秘儀など、「秘儀伝授」は「神との婚姻」の表象をもつことが多く、その意味での「処女喪失」と、それに伴う「叫び」ではないか。「叫ぶ声」には、原文で「お前の」という二人称単数の所有形容詞がついているから、「舌」への呼びかけの文脈に置いて読む。読みようによっては、次行の「嗚咽《おえつ》」のくだりとともに、きわめて性的な意味作用の網が張り巡らされている。「嗚咽（sanglots）」は、マラルメ晩年になると、いよいよ重要さを増す「語＝テーマ」。「すすり泣き」というような甘ったるいものではなく、解剖学的与件に忠実に、「喉頭痙攣」であり、「声」が分節されずに、押し殺される時の音声的現象を指す。よく知られているように、マラルメは、喉頭痙攣の発作によって死ぬ。

一三四行目　「宝石」が指すのは散文的には「涙」であろう。処女のまま「冷たい宝石」を産み出す秘蹟が幻想される。きわめて高踏的な〈オート・エロティシズム〉。いかにもデリダ好みである。「煌《きら》めき凍る　宝石」と訳した“froides pierreries”は、「半獣神詩群」においてエロティックな表象の一つの極をなす語彙であり、イメージ。

半獣神の午後　L'APRÈS-MIDI D'VN FAVNE : Églogve（八二頁）

初出、『半獣神の午後』（限定版、マネの挿絵入り）、ドレンヌ、一八七六年。再録、『半獣神の午後』（決定版）、独立評論社、八七年。『半獣神の午後』（新版）、ヴァニエ、八七年。自筆版『詩集』八七年。『詩と散文』九三年。手稿、「半獣神、古代英雄詩風幕間劇」六五年、個人蔵。「半獣神独白」七三―七四年、ジャック・ドゥーセ文学図書館、フィリップ・バーティー旧蔵。「半獣神即興」七五年、ジュネーヴ、マルタン・ボドメール財団コレクション蔵。（以下、「半獣神詩群」は、それぞれ「午後」「幕間劇」「独白」「即興」と略記することもある。「独白」は本書一八四頁、「即興」は一九五頁に掲載。なお、タイトルの"FAVNE"は、"FAUNE"のラテン語風表記。"VN", "Églogve"も同じ。）

「半獣神」詩篇についての最初の言及は、アンリ・カザリス宛六五年六月十五日または二十二日付書簡に見られる。自分の唇が「夢中になって吹きならす笛のために傷ついて、血が出ているだろう」、それは「一〇日前から仕事に取りかかっているから」だとして、次のように告白している——

「僕は残酷な幾度かの冬のために、「エロディアード」の仕事を取っておくことにした。この孤独な作品が、僕を不毛にしたからだ。そして目下は、古代英雄詩風幕間劇（un intermède héroïque)を書いているが、その主人公は半獣神なのだ。」

ここで言う“héroïque”とは、リトレ辞典などが説くように、本来は古代の英雄詩篇について言われるもので、「叙事詩的」と等価であったが(『イーリアス』や『オデュッセイア』など)、転じて広く英雄物語を扱った詩篇を指し、韻律は「六音節詩句(hexamètre)」から、中世に「十音節」となり、今日ではアレクサンドラン(十二音節定型詩句)で書かれた詩篇をさすものとなった。したがって、「英雄的幕間劇」と訳すのは不適当であり、形容詞の“héroïque”を受けて“héros”ということ、主題そのものが「非常に高貴で、美しい観念を含んでいる」という作者自身の予告を勘案して、「古代英雄詩風」と訳すことにした。先に引用した「その“héros”は半獣神」の“héros”も、「英雄」ではなく「主人公」である。

だが問題は、主題よりも、「劇場」と切り結ぶ関係であった。書簡は続けて書く——「詩句が絶対に舞台的に」なるように腐心し、「劇場では可能ではないが、しかし劇場を不可欠なものとしている」と。自分の詩篇のもつ「ポエジー」はことごとく保有しつつも、「自分の詩句を劇(drame)に適合させている」と語り、「最後の場面の発想は、僕の嗚咽を引き起こすほどなので、構想は広大で、詩句は十分に推敲されている」——。マラルメが、劇場向けの詩篇を構想する決心をした際の前提条件は、「詩句が、非常に新鮮で、美しくなければならず、しかも劇的でなければならない(ことに、劇場では、人々の耳を恍惚とさせる必要があるのだから、抒情的な詩句よりは一層リズムが明快でなければならない)」という、きわめて技術的な問題の解決であった。しかもそれは、単に作詩法上の技巧の問題にはとどまらず、主人公である「野獣の、ある時は灼くような、またある時は息詰まるような、そしてつねに勝ち誇った、あの真昼の熱気を貫いて、詩句の含蓄すべき思想を明晰に語る」という、ほとんど不可能に近い困難さでもあった。

ウージェーヌ・ルフェビュール宛の六月末の手紙では、この詩篇が「詩句にして四〇〇行にも満たない」こと、かつそれを「コメディ＝フランセーズへ持って行くつもりである」ことが告げられる。その「幕間劇」は、六五年六月から九月初めまでの三カ月間に、「エロディアード――舞台」（六五頁）とは比較にならないほど徹底的に「戯曲」の言語態として書かれた。ちなみに、サルトルが、マラルメは「ハードルを下げれば、やすやすと「半獣神」が書けた」と言うのは、この最初の戯曲体には当てはまるだろうが、後の「即興」や「半獣神の午後」には、全く当てはまらない。

この年の七月十五日付のテオドール・ド・バンヴィルの書簡は、バンヴィルが「半獣神」と「エロディアード」を、コメディ＝フランセーズに提案する仲介の労を取っていることを明示している点で重要だが――手紙は「わたしの忠告を聞いてくださり、エロディアードを舞台のために書いて下さるのは大変結構なことだ」と始まる――、「悲劇〔「エロディアード」〕についても幕間劇〔「半獣神」〕についても、可能な限り厳しくするつもり」だが、それは『貴兄にお世辞を言う』ことが問題なのではなく、できることなら、貴兄の活き活きとした、心に染みいる詩が、うちふるえる姿のままで、群衆の前に届くことを願っているからだ」と結ぶ。

こうして二十三歳の、劇場や舞台については全く未経験の、しかも南仏で英語教師をしている詩人が、すでにロマン派の最盛期はとうに過ぎて、劇文学の潮流が散文劇に雪崩れ込んでいる時代に、高度な技巧をこらした韻文戯曲を国立劇場で上演させることができていたほとんど例外的な高踏派の詩人を「守護天使」に、六五年九月、コンスタン・コクランとバンヴィルを前に、「半獣神、古代英雄詩風幕間劇」を読むことになった。コクランは、三〇年後にエドモン・ロスタンの『シラノ・ド・ベルジュラック』で演劇史上記念碑的な大当たりを取る役者だが、この時点では正式座員になって間もなく、韻文劇への関心から、バンヴィルの推薦する若い詩人の「半獣神」のオーディションに立ち会うことを引き受けたのである。

こういう場合、作者が自作を読んで聞かせるのが慣例だし、その際には、「ト書き」まで読むのが常識であるから、後にイギリス人の友人フィリップ・バーティーのために書き写した「独白」から判断しても、きわめて「劇場用に」「ト書き」を異常なまでに細かく書き込んだ版を、「ト書き」を含めて、二人の「専門家」の前で、マラルメは読んだのである。ただし「エロディアード――舞台」のほうは、どうやら朗読するところまでもいっていない。コクランの関心が「半獣神」のほうにあったのだろうから無理もないが、現場を想像できる者としては、痛々しいとしか言いようがない。そしてこの「オーディション」の結果は、不採用であった。

劇場への進出に挫折したマラルメは、いずれの詩篇も、純粋に詩篇として書く決意を語り、六五年末から、主として「エロディアード」の「古序曲」（二〇四頁）と呼ばれる作品に集中する。それが難渋したことで詩人は決定的な危機の時期を迎えるのだが、「舞台」については、第二次『現代高踏詩集』掲載後、自筆版『詩集』で、「戯曲体詩篇」として一応の決着を見たと思われる（二七三頁以下の注参照）。

だが、「半獣神」のほうはそうはいかず、コメディ＝フランセーズでのオーディションの失敗の後、「幕間劇」は、そのまま手を付けずにおかれたらしい。六五年の「幕間劇」の手稿は、決定稿には程遠い「六つの断章」しか残っていず、後年の「午後」へと繋がる「独白」は、八年以上後の一八七三―七四年に、フィリップ・バーティーのために書き写した「独白」の手稿が残されていて、「劇場ヴァージョン」が偲ばれるのみである。この「自筆コピー」では、「ト書き」が全て、〝〟で囲まれた上に赤字で書きこまれており、「舞台上演用テクスト」であることを明示しようとしているのだが、それは、「ト書き」が「今なお有効なことを明示する」ためなのか、あるいは「以後は削除さるべきことを暗示している」のかは、明らかではない。『イジチュール』へと収斂する六〇年代後半の「神殺し」や「絶対の書物」の啓示、「二つの虚無の発見」といった、実存的かつ存在論的危機の時期には、「半獣神」に触れられることはなく、「昼の陽光の下での水の精《ナンフ》との戯れや、その中での音楽の誕生」のような詩篇に手を付けることができたとは、とうてい思われない。

「半獣神」が日の目を見るためには、テクスト・レヴェルでの作業の想定される大きさに加えて、もう一つの予想しない試練が待ち構えていた。七五年夏、「ト書き」を全面的に削除し、「独白」部分だけを独立させた純粋の詩篇である「半獣神即興」を第三次『現代高踏詩集』に送り、編集委員の一人、アナトール・フランスの、「こんなものを載せたら世間の笑い物になる」という、〈猥褻〉をあげつらった反対で、掲載を拒否されるという事件が起こったのだった（他の二人の委員はバンヴィルとフランソワ・コペであり、バンヴィルはこの詩篇については「守護天使」の役を果たすはずであった）。

「半獣神」の詩篇が日の目をみるのは、七六年四月、マラルメの友人たちの強い支持があって、マネの挿絵入りの豪華版が『半獣神の午後――田園詩』として限定出版されることによってである。初稿時点から測れば、すでに一〇年の歳月が経っていた。この間、マラルメは、ポーの『詩集』の翻訳(七二年六―十月)、『テオフィル・ゴーティエの墓』に収められる「喪の乾盃」(七三年十月)、そして七四年秋には、『最新流行』という図版入り半月誌を、三カ月にわたって独りで編集し、さまざまな女名前を使って流行情報を書くという、信じられないような離れ業を為し遂げた後のことであった。

「エロディアード」が、当初に書きこまれていたであろう戯曲的要素をできる限り消去した形で第二次『現代高踏詩集』に発表される予定であった時点(六九年)から測っても、「半獣神即興」は六年のずれがあり、『半獣神の午後』と題された初版に至っては、そのずれは七年に及ぶ。制作上のこの「時差」はしばしば見過ごされてきたが、マラルメ自身がドマン版『詩集』編集にあたって、八七年の自筆版『詩集』全九輯において第五輯に「エロディアード」を、第六輯に「半獣神の午後」を配したように、制作の時間軸を無視してまで、この二篇をいわば対のようにして中央に配するという「プログラム」を立てていたことは、注目しておいてよいだろう。この二篇は、量的な規模から言っても、その詩篇としての完成度と主題の強度からしても、詩人としては、「記念碑として対になる」べき詩篇なのであった。

語　釈

副題の「田園詩」“Églogve”――通常のフランス語綴りならば“Églogue”――は、ラテン語の“ecloga”に由来し、ウェルギリウスのそれなどを指す。「牧歌」とも訳されるが、羊飼いの純愛などをテーマに、詩的幻想によって美化された自然界を歌う「小詩篇」。マラルメは、半獣神（牧神）という神話的形象を主人公に、「人間性」と「獣性」の書きこまれた存在の、神話的両義性を、「葦笛」の「音楽」によって、「芸術創造の主題」へと接続する。なおこの副題は、「午後」に至って初めて現れ、この詩篇の虚構の枠組みとその仕組みを、まず提示する効果をもつ。「幕間劇」冒頭の「独白」に書きこまれていた、半獣神の身体行動を中心にした「ト書き」を全て削除し、「二人のナンフへのエロス的行動」を、たんに「今、そこで起きたはずの事件」としてではなく、「眠りの中で見た幻かもしれない」という疑問に浸された「夢想」として、詩篇のページに出現させるためにも、効果的な副題である。（以下の「独白」から「即興」へ、さらに「午後」への変容は、本書第Ⅲ部の「独白」と「即興」の訳・注解を併せ読まれたい。）

一行目「即興」では、「独白」の冒頭の、「ナンフの逃走」〈ト書き〉と〈独白〉を、「目覚め」（「断章5」）に繋げて、「夢から覚めた半獣神が、夢に見たナンフとの葛藤を想起する」その想像力の作用を、テクストの冒頭に据えていた。「即興」では動詞は“émerveiller”（恍惚とさせる）で、外在する客体に対する主体の「働きかけ＝欲望」が強い。幻想であるかもしれないナンフを、実在したものであるかのように、「幻惑したい」のだ。「午後」では、それが、“perpétuer”（永遠に続ける）となって、主体の意識の対象が、彼のみに依拠しており、主観性の空間が自律的に成立している。「夢」の持続を願う半覚半睡の状態で、「語り」は始まるのだ。その「重層的な空間」を暗示するために、一行目は一〇音節で終わり、そこに現れる動詞“perpétuer”（続ける）は、通常の読み方の三音節ではなく“per-pé-tu-er”と四音節に読まれるから、語り出しのテンポはことさらに緩やかであり、しかもその後に一行余白を置いて次の文を始める。（この余白はドマン版にはなく、初版、ドマン版校正のための「貼付帖《マケット》」にある。以下も、「貼付帖」は、原則として初版を復元しているから、それに該当しない箇所だけ示す。）一般に「即興」から「午後」への変更は、詩句の内部ならびに詩句と詩句のあいだの「余白」の取り方によるところが多い（晩年のマラルメにおいて、詩句の「余白」が、「ページの余白」へと接続されて、詩篇の成立に不可分のものとなることを思いあわせること）。「独白」では、詩句の内部での改行は、多くの場合、「ト書き」による中断であったから、「即興」で、「ト書き」を外して詩句を区切る上で、語彙と詩句の工夫が必要であったことが露呈し、「言説の舞台」を、夢想する半獣神の内心へと移すための操作となった。「午後」では、「言説の舞台」そのものが、「書物のページの舞台」へと変容している。

一―三行目　「即興」では、「眠りの不活性」の身体的表象があからさまで、それが音響的に「重い」表象となるのに対して、「午後」に至って、ナンフの「肉色の、空中に飛翔する様」が、「眠り」の不活性そのものをも、軽やかに変容させている。“naïf incarnat”（純情な肉色）から“incarnat léger”（軽やかな肉色）への変容。動詞も“flotter”（漂っている）から“voltiger”（舞い踊る）という、競馬用語でダンスにも用いる言葉を動員して、「軽やかさ＝飛翔」の強調へ。その舞台となるのは、「生い茂る　眠りに沈む　大気の　なか」であり、“assoupi de sommeils touffus”が、眠りの濃密さを、呼吸のレヴェルで喚起する。「即興」では、「眠りの充満に　押しひしがれた」で、比喩は重力のレヴェルにとどまっていた。

三行目　一行の詩句が八音節で区切られ、一行の余白を取って、後半の四音節が発せられる。

「愛したのは、夢か?‥」という、この詩篇の基底的な「問い」として。「即興」の“Baisais-je un songe?”(接吻していたあれは、夢か?‥)と「午後」の“Aimai-je un rêve?”(愛したのは、夢かあれは?‥)を比較すると、「即興」の重い語彙の組み合わせ——鼻母音連続で終わるから、次の行の脚韻も鼻母音になる——を、『午後』は軽やかなそれに変えている。詩句の行数はまだ三行なのだから、「午後」を書くマラルメの作業の上で、いかに「余白」の効果が重視されていたかが分かる。すでに勝負はあったとさえ言える。この後の一行の余白も、ドマン版にはなく、初版のもの。

四行目　七行目までワン・センテンス。論理的な積み重ねではなく、発語者の「疑い(Mon doute)」が、現実の情景を前にして、みずからの錯誤の生まれた過程をそのまま再現するような、うねうねと長い、重層的な構造。まず「疑い」を「降り積もる　古《いにしえ》の夢」として、不活性な下降運動によって示し、ついでそれが、「細やかに枝分かれして——活性化である——葉叢《はむら》となり」、「まことの／立木」となる。そこに見えたものは「薔薇」であり、つまりニンフの「肉色」と思えたのは、薔薇たちが観念の内に犯した(想像力の作用による)過ちであったと。「即興」と比べてみると、この四行の改変は見事である。『薔薇の茂み』は、「幕間劇」以来存在してはいたが、それは『舞台の書割=装置』としてであった。それが「即興」を経て、詩篇生成の〈装　置《ディスポジティフ》〉に変容している。

八行目　「即興」には、直前の一行の余白はなく、動詞の後に来る中断記号もなかった。晩年のマラルメは中断記号を、通常の“……”ではなく、“‥”とすることに固執した。この中断記号によって、次の行の八音節を“ou si les femmes dont tu gloses”(もしも　お前のあげつらう　女たちが)と、小文字で始めることが可能になる。と同時に、反省が知的な操作であるよりは、意識の自然な働きのように受け取られる仕掛けとする。（「考えてみなくては……」のあと、初版では二行の余白。ドマン版にはなし。）「即興」で現れた“dont tu gloses”（お前のあげつらう）は、「午後」でも保有される。“gloser de”は「注解する」の意だが、語源のギリシア語“glôsa”（=langue）に由来するから、ほとんど「語る」と同じ意味に使われている。

九行目　「即興」の「証《あか》す」に対し、「午後」は「姿を現す」で、後者の映像形成力が選ばれる。「午後」では、ナンフたちとの戯れが、過去の事実の回想か、単に夢に見ただけのことなのか、ともあれ半獣神の幻想であろうとの含意で、文は感嘆符で打ち切られる。「即興」の“le souhait”（願望）は、“un souhait”（願望の一つ）に変わる。“tes sens fabuleux”は、「物語＝作り話を好むお前の感覚」。「虚構を好む」でも意味は保有されるが、“fabuleux”のもつ異形性が消える憾みがある。

一〇—一三行目　幻想の内実をなしていた「二人のナンフ」の対比と、半獣神の「好み」が語られる。「幕間劇」以来存在したテーマだが、表現は変化している。「清らかなほうの　女」は、「涙の泉」のように「青く／冷たい」眼という換喩（部分で全体を表す）によって喚起され、「もう一人」の「喘《あえ》ぐばかりの　女」は、半獣神の体毛の内を吹く「昼間の風の熱気」に譬えられて、対比される。この対比構造は、きわめて的確であると同時に経済的であり、見事。半獣神の体毛を吹き渡るシチリアの熱風は、もう一人のナンフの性的発情に重ねられる。「涙の泉」である「眼」も、性的文脈においては両義的であり、半獣神の欲望の性的な根を裏切ってはいない。

一四行目　「即興」の“Oui-dà!”（そうだとも！）を、「午後」は、“Que non!”（いいや違う！）と否定を前面に出す。前者の古語的な口調を消すことによって、以下二二行目までの「音楽＝創造」の主題の最初の出現を用意する。「即興」の “l'anxieuse et lasse pâmoison”（不安なままに、気だるく生気も失せて）という心理的な形容が、「午後」では “l'immobile et lasse pâmoison”（そよとも動かず　気だるいままに　生気も失せて）と、身体的な印象へと変えられる。

一五行目　「即興」の “Suffoquant de clarté le matin frais s'il lutte”（爽やかな朝も、光に抗《あらが》おうにも息は詰まり）が、「午後」では “de clarté”（光に）を “de chaleurs”（熱気に）と、息が詰まる身体的な動因に変更することで、最低限の語彙で言説の感覚的環境（舞台）を喚起する。

一六行目　「即興」の “Ne vagabonde d'eau”（流れる水もなく）は、「午後」では “Ne murmure point d'eau”（呟《つぶや》く水もなく）と、小川の音響的様相に焦点を当てることで、この小段全体を音響的知覚の下に置く。

一九行目　葦笛から流れ出して降り注ぐ音について、「乾いた雨」の比喩は、「即興」で見出されているが、「即興」の一七行目、“Au bosquet rafraîchi de chant”（歌の／濡らした草むらに）を、「午後」では、“Au bosquet arrosé d'accords”（音の調べの　露に濡れた／草むらに）と、葦笛から流れ出る物を、「歌」という「音声言語」――それは必然的に主観性を根とする――に繋がるものから、「諧調＝調べ」という、「器楽」に収斂させる。同時に、“arroser”（濡らす）という動詞によって、音楽の流体的特性を印象付ける。この「音楽の雨」は、当然に「乾いて」いる。“pluie aride”（乾いた雨）は、すでに「即興」で見出されていたが――「即興」一四―二二行目は、この版での最も大きな変更――、一八―一九行目における、「即興」の “disperse la voix”（声を撒き散らす）を「午後」で “disperse le son”（音を撒き散らす）と、音楽の音声的様相を消去して、「音」として独立させる作業は、「即興」の「わたしの管《くだ》」を「午後」で「二つの管」と直す、主観性の消去と不可分である。

二〇―二二行目　小段を締めくくるこの三行は、「即興」ですでに見出されていた。「午後」では、“De l'inspiration”（霊感の）の後にカンマを打って、続く関係節を状況の説明としている。この小段の重要さは「二人のナンフ」についての「回想（あるいは妄想）」が、葦笛の音楽によって芸術創造の主題へと接続され、この詩篇の最も重要なライトモチーフである「〈芸術創造＝詩作〉が地上的生を天上界のそれに変容させる」情景が、ほとんど幻視者的視線で歌われることにある。この主題は「即興」で現れるが、「即興」では「天上界へと立ち昇る霊感の巧みな息」がごく常識的に「目には見えぬが（L'invisible）」となっていたのを、「午後」では「まざまざと見える（Le visible）」とすることで、音節の数は変えずに、発語者＝半獣神の幻視者的な視覚を一気に提示した。二〇行目以下の三行――

一筋の皺も　動きはせぬ　水平線に、
まざまざと見える　澄みきった　霊感の　巧みの
息が　今再び、天上界へと　昇ってゆく。

の操作は、

C'est, à l'horizon / pas remué / d'une ride,

と、一行目は五音節目の後でしか切れず、続く“pas”は次の単語と一体であるから、ロマン派アレクサンドランとなる。“pas remué”は四音節に読まなければならない。次に来る二行の詩句――

Le visi/ble et serein / sou/ffle artificiel (3/3/1/5)
De l'inspiration,// qui rega/gne le ciel (6/3/3)

の一行目は、半行句で切れることは切れるが、意味的には"souffle"まで繋がる七音節であり、"artificiel"は"ar-ti-fi-ci-el"と五音節に読まなければならない。"De l'inspiration"も"De-l'in-spi-ra-ti-on"のように六音節に読まれるから、詩句のリズムはかなり破格になる。先立つ一七―一九行目も

［...］et le seul vent (4)
Hors des deux tuyaux // prompt / à s'exhaler // avant (5/1/4/2)
Qu'il disper/se le son / dans une pluie / aride, (3/3/4/2)

と、アレクサンドラン詩句の構造は守りつつも、そのリズムをきわめて自在に操っている。葦笛から音楽の流れが天上界へと立ち昇ってゆく光景は、それを語る詩句自体が、うねうねと、あたかも身体的な模倣をしているかの印象を与える。きわめて手の込んだ「模倣的諧調」である。マルシャルも指摘するように、最晩年の詩的冒険『賽の一振り』における、詩句の解体と字配りの遊戯が、すでに垣間見えている。発語者の主体＝主観性は可能な限り消去されつつ、同時にその「詩句である限りの演戯性」が最大限に引き出される。別の言い方をすれば、定型韻文の桎梏を、最大限に逆手に取る段階にまで達しているのだ。

二三行目　ここから一段にわたる長大な「語り」。直前の段落との間は単行本初版およびNRF《エヌ・エル・エフ》版のように、二行取るほうがよい。それを区分するのは、発語者（半獣神）が呼びかける対象である。第一の大きな段落（二三―六一行目）での呼びかけの相手は、まず「シチリアの岸辺」であり、そこ

で折って作った「葦笛」であり、それを投げ捨てた後では、名高い「中身を吸った葡萄の房」である。それらは、半獣神のいる空間＝場＝環境であるが、叙景のために呼び出されているのではなく、引用符で括られた小段が明らかにするように、「葦笛」の作用を語る(二六—三二行目)。その最後で喚起される「水の精たちの逃走」の主題から、「ナンフ二人との戯れ」の主題が導入されるが、しかしそれを歌うのは、「末広がりに対をなす葦」である。三八—五一行目の小段は、ナンフとの戯れを、それを語る楽器＝葦笛の側から喚起して、「高い虚空に／消えてゆく〔……〕月並みな夢の、／音高く　虚しく　単調な　一筋の糸」という音楽の主題に収斂させる。続く五二—六一行目は、葦笛を投げ捨てて、「葡萄の房の　澄んで明るい　中身を吸って、／〔……〕／夏の天空に〔……〕高々と掲げる、虚ろな　房を」という、名高い仕草が語られる——

光り輝くその皮に　息吹き込んでは　陶酔に
飽くこと知らず　夕べまで、わたしはそれを　透かして見る。

この段落で問題にされるのは、「虚構を好む」という意味での“fabuleux”な想像力を、「虚構を産み出す」という意味での“fabuleux”な創造力に変換するための「仕掛け」あるいは「装置(dispositif)」であり、「道具(instrument)」に他ならない。「幕間劇」における、風景を表す舞台装置や小道具にすぎなかった「シチリアの岸辺」と「葦笛」が、「即興」における変奏を経て、全く意味の異なる「仕掛け」に変容している。二三行目の「午後」の表現は、「太陽をも　羨望せしめんものと」で、「即興」までの「夏に比肩せんものと」より、遥かに強い。

二五行目　「即興」の“Tacites avec des étincelles, contez”(火花と散らしつつも　物言わぬ岸辺よ、語れ）を、前半の一〇音節の数を変更せずに、“Tacites sous les fleurs d'étincelles, CONTEZ”（火花と散る花々の下にあって、物言わぬ岸辺よ、語れ）と変えているのも見事である。葉先のきらきら光る葦だけではなく、テクストの字面からは消えていた「グラジオラス」なども、復活しうるからだ。「語れ」は、「午後」に至って初めて、大文字だけで組まれる。六二行目の「追憶（SOUVENIRS）」も同じく。初版以来そうであるが、自筆版『詩集』だけは異なる。こうした植字法上の遊戯によって、詩人は「一人語り」である「田園詩」の結節点を鮮明にする。

なお、以下の引用部分は、植字法的には、各行の冒頭に起こしの引用符を置き、最後にそれを閉じるのだが、自筆版『詩集』とドマン版では「閉じ」がない。「引用部分」はイタリック体で組まれるが、ドマン版は本文を全てイタリック体にしている関係で、引用符（« »）の内部がローマン体になる。本書では、日本語の組みの慣例として、最初と最後の「 」だけにした。『プレイヤード新版Ｉ』の引用符も同じ。

二六行目　「即興」では、葦笛を作るために、葦を二つに折ることにアクセントが置かれていた（鼻母音の連続が、行為の連続を強調している）。「午後」では、葦を切ることにアクセントを移し、「才能によって／しなやかにされ」て初めて「笛」になることが強調される。

二七行目　ここからの葡萄の枝の掛かる吹き上げと、そこに見える「白い生き物」（二九行目）のイメージは、「即興」から変わらない。「揺れて」見えるのが、“une blancheur animee”（何か息づく白い群れ）であったのを、「午後」ではあえて“une blancheur animale”（直訳すれば「動物の白さ」）としている。池に集うナンフたちを、「動物」と見ることは、すぐ次に、「白鳥」に比較されるのだから、半獣神にとって重要だったはず。「白鳥」は、マラルメの詩篇における不可避的紋章。

三二行目　「即興」では、閉じの引用符の後で改行し、一行の余白を取る。この余白は、「午後」の初版以降は省かれる。

三二―三七行目　「即興」と「午後」を比較すると、意味的にはさしたる違いはないが、詩句の音韻的構成は大いに変わる。「即興」の“dans le temps fauve”(褐色の時)と「午後」の“dans l'heure fauve”(褐色の　時刻)、「即興」の“*Tant* d'hymen par *mon* art effarouché. Holà!”(我が技芸に逆上し、／飛び去ったあれら、夥《おびただ》しい婚姻の誘いのことは。なんという!)が、「午後」では、“*Trop* d'hymen souhaité de qui cherche le *la*”(はじめの音を　探す男の願う　夥しい　婚姻の誘いは)となる。「即興」のほうが、発語者の心理的昂揚に焦点があり、「独白」にあった間投詞“Holà!”をここに活かすことからも、それは窺える。対して「午後」では、詩句を流動的＝音楽的にしつつ、最後に“*la*”という音楽用語を嵌め込むことで、半獣神の関心事が、「飛び去ったあれら、夥しい婚姻の誘い」にはなく、「はじめの音を　探す男の願う　夥しい　婚姻の誘い」となって、音楽上の作業に密接に結びつけられ、「音楽」の主題を一貫させることができた。「即興」のアタックの強さに対して、「午後」は全体の流音的雰囲気が活かされている。同じことは、「回想」から現実に戻ってからの詩句(三二行目後半)が、「即興」では「褐色の時」だったのが、「午後」では「褐色の　時刻」となっていることにも窺える。「褐色の」という形容詞は、「褐色の毛に覆われた野獣」を表す形容詞で、主人公の「体毛」にも通じる。半獣神の野獣的欲望とシチリアの岸辺の大気の色とが共鳴しているのだが、それを「独白」の「光」(二八行目)とすると、いかにも即物的であり、「即興」は"temps"(時)という、この段落に多い鼻母音を選び、「午後」によって流音の効果的な"l'heure"(時刻)に至り着く。

三六―三七行目　「即興」において、「万物は　褐色の時に／燃え上が」(三二―三三行目)っている中で、「ただ一人、屹立し、〔……〕お前たちすべてのなかで、純潔に輝いている」ものとして、「百合」が持ち出された。マラルメ晩年の花弁の中で、グラジオラスや花菖蒲とともに、「垂直にそそり立つ花」の典型である。「即興」の、いささか性的な倍音の強い見立てを、「午後」では「古代の光の波と注ぐ　その下に」と、神話化作用で包む。「百合」の男性器象徴については、ユイスマンスが『さかしまに』で指摘していた。

三九―四〇行目　「即興」と「午後」では、かなり違う。「即興」の「わたしは求める」と、「午後」の「わたしの胸が証《あか》す」とでは、前者が主体の意思を強調しすぎているのに対し、後者は、三九行目ではっきり"Le baiser"(接吻)と言い、それを三八行目の"ce doux rien"(甘美な取るに足らぬもの＝微かな　跡)の同格として明示することによって、物語レヴェルでの無意味な錯綜を避けている。"ce doux rien"は、はるかに十七世紀のプレシオジテ(恋愛感情と恋愛用語の過度の遊戯的洗練)を喚起する効果ももつ。「午後」の半獣神は、「幕間劇」におけるナンフとの成就しなかった性的遊戯等とは違う、高貴で神秘的とも言えるエロス的交渉を求めているのだ。四分の三世紀前の注解でエミリー・ヌーレは、四〇行目の「神秘な嚙み跡」は「芸術のそれ」と書いていた(『ステファヌ・マラルメの詩作品』一九四〇年)。三八行目は、「即興」では"par leur lèvre ébruité"(口を歪めて音立てる)、「午後」では"par leur moue ébruité"(その唇の音立てる)とするが、『音立ててする接吻」としては、後者の方が簡潔で適切。

四二行目　前行までの「願望」が、状況設定との関係では、いかにも場違いに思えるほど「高望み」であるから、「午後」では、ここであえて“Mais bast!”(もう、よい！)と、卑俗な間投詞を自らに投げる。(但し、続く文が、卑俗というよりは古風なものを感じさせるほど古典的語法に拠っているから、訳文はそちらに合わせた。)

四三―四五行目　脚韻のない日本語には、どうやってもお手上げである。四三行目の“qu'on joue”(演奏する)と、四四行目の“la joue”(頰)とが脚韻を踏む。笛を吹くには、特に葦笛のように、息を一杯に吹きこまなくてはならない楽器では、当然に「頰」が膨らむ(図像的にもそうだ)。ここで牧神の吹きならす笛は、葦を折って二本の管とし、二本の繋がる根元から息を吹き込んで鳴らす。日本語には、「末広がり」という重宝な言葉があるから、それを使った。なお“vaste”(広い)について、オースティンは、ラテン語語源では「虚ろな、空虚な」の意があるとする。

四五―四七行目　まずは、「美しい景色」と「我らの信じやすい歌」と、その二つを、「二つながら　偽りのうちに／溶け合わ」すのであり、そうすることで、「風景に幻想を与える」のである。“amuser”を「だます」「幻想を与える」の意と取るのは、ベニシューの解。「風景を遊ばせる」くらいが適当か。四五行目は、

Rêve, dans un solo long. que nous amusions

(長い独奏のうちに　夢見るのは、楽しませること)

半行詩が六音節では切れないから、1/6/5とならざるをえず、“amusions”を四音節に読むことはで

きない。次の“par des confusions”（溶け合わせては）は、六音節に読まれねばならないから、「溶け合うこと（confusions）」が一層強調される。それは“confusions/Fausses”（偽りの／溶け合い）なのである。音楽の働きによって、想像力の世界と現実の世界とが溶解するのだが、あくまで「偽り」のものとしてなのだ。なお、四五行目の詩句は、「午後」初版では、“Rêve, en un long solo”となっていたが、三つの鼻母音の連続では、決定稿のような「粘り」が出ないと判断したのであろう。自筆版『詩集』からは、“dans un solo long”となり、“solo”も“long”も、詩句のテンポを落とす効果を発揮することとなった。

四九—五〇行目　半獣神の主要な幻想である「二人のナンフ」のイメージが、一筆描きのように暗示される。

五一行目　二一—二二行目の主題の美しい変奏。続く二行の余白は、その余韻の如くである。なおドマン版は余白を二行取らないから、ここも一行だが、初版ならびにNRF版は、三行余白を取る。「貼付帖《マケット》」にならったとするバルビエ／ミラン版と『プレイヤード新版I』は二行。

五二—五三行目　3/5/4//2/4/2/4/という息になるから、前行までの緩やかな諧調を断ち切るように、荒々しい。五四—五五行目も、詩句の跨りでダイナミックな効果をもたらす。その後に、「幕間劇」以来存在した、「図像のなかで女神の帯を解く」幻想が語られる。五三行目の「シランクス」は、マラルメの『古代の神々』に従えば、「パン」は「サンスクリット語で〈風〉を意味する“Pavana”とも、ラテン語の“Pavonius”とも近親性」があり、この神に愛される「シランクス」は「笛の名だが、彼女自身が葦の中の風」であるから、「このパンとシランクスの神話は、田園詩のなかで、〈入れ子構造〉の効果を果たしている」（マルシャル『プレイヤード新版I』一一七〇頁）。

五四―六一行目　名高い「虚ろな葡萄の房」のテーマ。「即興」の“tromper”（騙す）が、“bannir”（追放する、振り払う）という強い動詞に変わる。詩句の跨り（“avide/D'ivresse”（陶酔に／飽くこと知らず））や、半行句の切れ方の変形（“au ciel d'été”（夏の天空に））を除けば、きわめて堂々たるアレクサンドラン詩句の連なりであり、前段のクライマックスを画す。事実、全体が一一〇行の詩篇の、ほぼ中央に位置する。「空無」の主題論的意味については、『音楽と文芸』の「虚構の定義」を参照すること――「わたしは尊敬してしまうのですが、いかにして人々が、一つのトリックによって、どこか禁じられた、そう、雷に打たれるような高みへと投げ上げるのか、彼方の高みに炸裂すべきものが何か、我々にはその欠如が意識されているようなものを、です」。

六二行目　二行の余白ののち、「追憶の語り」の後段が始まる。「虚ろな葡萄の房」のイメージが、追憶喚起の「装置」となって「ナンフたち」に呼びかけ、「さまざまに見える追憶を膨らませよう」と歌う。ここで「追憶」が“SOUVENIRS”と大文字で書かれて二五行目の「語れ（CONTEZ）」と対をなしていることは、「音楽的遊び」の視覚化として、いくら強調してもしすぎることはあるまい。

六三―九二行目　ここの語りは「即興」では全て引用符付きのローマン体であったが、「午後」では、六三―七四行目を引用符付きイタリック体で、続く七五―八一行目は引用符をつけないでローマン体とし、再び八二―九二行目を引用符つきイタリック体とする。七五―八一行目が、「引用としての記憶」の外に出されることで、発語者の側からの「批評的距離」を確保しようとしたと言える。引用される「追憶」に対する半獣神の「コメント」である。こうして、「追憶」の言説が、一方的に〈詩句の空間＝舞台〉を占拠してしまわないようにしつつ、「追憶」と「反省意識」との重層的な織物を、見事に成立させている。

追憶の第一段では、川の流れに泳いでいるナンフたちを見つけるや、襲おうとする半獣神の視線に、ナンフたちは悲鳴を挙げて水底深く逃れようとする。水中に沈もうとする髪の毛と宝石の見事な類比。半獣神は、抱き合ったままでいる二人の若いナンフを捉え、薔薇の茂みまで担いで行った。

六三行目「即興」は“Mes yeux”と複数であったが、「午後」は“Mon œil”と単数形にすることで、目の力を強調する。同じ行の“encolure”（首筋）は、ボードレールの髪の毛の詩篇以来、マラルメにも親しい語彙であり、性的であると同時に詩的な強度の高いトポス。

六五行目「葦笛」の主題が消えて物音がなくなってしまったから、ナンフたちの「怒りの叫び」は、追憶の語りの序曲として必要であり、またふさわしい。

六六―六七行目「波に浸って一面に広がる髪の毛（金髪である）」を「煌《きら》めく宝石」に譬える絶唱は、マラルメの独壇場（ここでも、「エロディアード――舞台」との「回転扉」の仕掛けを認めることができる）――

Et le splendide bain de cheveux disparaît
Dans les clartés et les frissons, ô pierreries !
（と見る間に、波に浸った一面の　豪華に輝く髪の毛は
消えてゆく、冷たい光と戦慄のうちに、おお、煌《きら》めく宝石か！）

六八—六九行目　二人のナンフの抱き合った様子は、「午後」では、まず括弧に挟まれて歌われる——

(meurtries
De la langueur goûtée à ce mal d'être deux)
（二人で
あるという苦痛に味わう、悩ましい快楽　に息も絶え絶え））

七〇行目　“parmi leurs seuls bras hasardeux”（見境もなく絡ませた、ただ腕と腕とに守られて）の“hasardeux”は、「危ないことを好む（する）」の意だが、マラルメは英語からの影響で、“hasard”をつねに“hazard”と綴ったから、校正刷りで直されてしまうとはいえ、「危険」の含意は不可避的に付きまとう。

七一行目　典型的なロマン派アレクサンドラン——

Je les ravis,/ sans les désenlacer,/ et vole (4/6/2)
（二人を奪うや、結び目は解《ほど》きもせずに　飛んで行った）

運動をダイナミックにしているのは、“désenlacer”が“dé-”に強調のアクセントを持ちうるからだろうし、“*sans*”と“désenlacer”で繰り返される鼻母音の躍動性も与っている。

七五—八一行目　追憶の第二段は、その「コメント」あるいは「批評的言説」の部分。つまりこの引用符をはずした小段では、このエロティックな獲物に対する半獣神の欲望が、「快感」として生々しく語られる。濡れた裸体に接吻し、「肉の密かな戦慄を　飲もうとする」半獣神の唇。二人のナンフは、「狂ったような／涙に濡れ、もっと嬉しい湯気にも　しとど　濡れて」いる。詩篇の前半で、「虚構を好む感覚」が、葦笛を介して「音楽創造」へと変換される光景が繰り返し語られてきただけに、半獣神のエロス的情動の起源は、詩篇のページでもそれなりに実感される必要があるだろう。

七五―七六行目　ここも同じく――

お見事だ、清らかな乙女の怒りは、おお、神聖なる
裸の重荷の、滑り落ちなんとして呼び覚ます、猛々しい　快感よ、
(Je t'ado/re, courroux des vier/ges, ô délice (3/5/4)
　Farou/che du sacré fardeau nu / qui se glisse) (2/7/3)

と、うねうねと続く長い文の運動が、半獣神のエロティックな行動を強調する。

七七―七八行目　ここも重層的な構文――

火と燃える我が唇を　遁れようと、震え戦《おのの》く
稲妻か、肉の密かな戦慄を　飲もうとする　この唇を。
(Pour fuir ma lèvre en feu buvant, comme un éclair
　Tressaille! la frayeur secrète de la chair:)

下線部が挿入文である。「恐怖」が「オルガスム」の引き金になり、その時、肉が内部から濡れるのは周知の通りだが、この辺は、「即興」のほうが生々しく、次の注にも触れる詩句と併せて、おそらく「猥褻」と判断された個所であろう。

八〇―八一行目「狂ったような／涙に濡れ、もっと嬉しい湯気にも　しとど　濡れて」と訳した原文は、

[...] humide
De larmes folles ou de moins tristes vapeurs

である。「より少なく悲しい湯気」というような婉曲話法が、日本語では不可能であったから。「即興」の該当部分は、遥かに生々しい。

第三段（八二―九二行目）は、再び引用符つきイタリック体に戻って、このアヴァンチュールの結末、「追憶の語り」の大詰めへと向かう。「俺の罪」と半獣神が認める行為は、「かくも見事に神々の結んだものを　引き離したこと」だが、それは、二人のナンフが、「一つになった幸運に、身をくねらす体の下に、／火と燃える笑いを　押し隠してやろう」としたことである。この危機的な瞬間を語りつつ、二人のナンフの対照的な行動を喚起する――

（[……]率直な
指一本に捉えておくのは、紅《くれない》に染まる　姉のほうの
乱れた姿に、白い翼の純潔にも　紅《べに》が差すかと、
幼いほうの、純情で、顔赤らめることも　ない少女）

と括弧で囲む形で、二人のナンフの対照的な魅惑を要約する。

八五行目の“Sous les replis heureux d'une seule”（一つになった幸運に、身をくねらす体の下に）の“repli”は、大蛇などのうねうねした胴体について言う。ラシーヌ『フェードル』第五幕で、海

中から出現した怪獣を描写するくだりに、効果的に使われていた（“La croupe se recourbe en replis tortueux.”（大蛇の如き尻尾を見れば、十重二十重のとぐろを巻く））——。絡み合って一体となった若い裸身の娘を語るには、かなり大胆な表現。

八七—八八行目　追憶の語りは半過去で書かれているが、ここで、

　［…］*afin que sa candeur de plume*
Se teignît à l'émoi de sa sœur qui s'allume,
（［……］紅《くれない》に染まる　姉のほうの
乱れた姿に、白い翼の純潔にも　紅《べに》が差すかと、）

と接続法半過去が現れ、関係代名詞の後は一種の絶対的現在形である。この後を“La petite, naïve et ne rougissant pas”（幼いほうの、純情で、顔赤らめることも　ない少女）と分詞構文にすることで描写のテンポを上げ、情景を活き活きとさせている見事な〈詩句の息〉。

九二行目　“du sanglot dont j'étais encore ivre.”（後まで俺がそれに酔う、嗚咽《おえつ》）の半過去は、「独白」以来変わっていないが、その作用は異なる。「独白」では、単に過去に生起した事件を語っているだけだが、「即興」「午後」と、「語り」の時間構造が意識的に曖昧にされていくにつれ、この半過去が、「過去における現在時」としての作用を濃厚にしていき、「〈語り〉の内部での現在時」のように思えてくるため、それが「語り手」（同時に「聞き手」）の現在時に重ねられて受容されることになる。「語り」に固有の「虚構の現在時」としての半過去である。

九三行目　直前の余白は、初版で三行、ドマン版一行、ドマン版「貼付帖《マケット》」に拠ったバルビエ／

ミラン版もマルシャル版も二行。NRF版は三行の余白。

九五―九八行目　「午後」のなかでも名高い四行。呼びかけている対象が「我が情念」なのであるから、「欲望の蜜蜂の　終わることなき巣立ち」が、半獣神の創造力の最も積極的な様相を語っているはずである。「万物ヲ産ミ出ス力」としての「自然《ピュシス》(physis)」に通底する何物かである。それが、ヴェニュスの女神を抱くという「瀆神《とくしん》の業《わざ》」として、半獣神の古代的「虚傲《ヒュブリス》(hybris)」となってしまう。「田園詩」の古代神話的枠組みは、最後の段落に至って、再び取り返される。なお「潮紫《しおむらさき》に熟れきった」と訳した"pourpre et déjà mûre"の"pourpre"（潮紫の）については、「〔勝ち誇って　遁れたり……〕」の注（三七八頁）を参照。

一〇一行目　「エトナ」山と「ヴェニュス」とは、シチリアに舞台を取る「半獣神」詩篇では自然な「イメージ連合」だが、「エロディアード――舞台」の終局にも、同じようなイメージが現れていた（二九二頁の注参照）。

一〇四―一〇三行目　「魂は／言葉を抜かれ、この体は　重く(l'âme/De paroles vacante et ce corps alourdi)」は、まさに詩篇を締めくくる身体的状況。「魂」に「言葉」が棲んでいる限り、人間の体は「軽やか」でありうるのだ。

一一〇行目　最後の詩句の直前の余白は、初版で二行、ドマン版は一行、マルシャル版とバルビエ／ミラン版は、ドマン版校正のための「貼付帖《マケット》」によるとして、二行。NRF版は三行。

最後の詩句は、脚韻"vins"に関しては、「独白」で発見されていたが、"père des vins"（葡萄酒の父）の脚韻を活かしつつ、"duo de vierges quand je vins"（俺が来た時の　あの二重唱の処女たちよ）の脚韻をどう変えるか。最後の動作主を、自分ではなくナンフたちにするためには、二人を単数で表しうる“couple”（番《つがい》）という単語が必要であり、同時に「ナンフたちのなった影」という表現が求められた。こうすることで、

［...］je vais voir l'ombre que tu devins.
（〔……〕お前のなった幻を、俺は見に行く。）

という、二つの時制、つまり「近未来」と「単純過去」の間に、詩篇が懸かっているよう仕組むことに成功したのである。

〔髪の毛は　炎となって翔び……〕［La chevelure vol d'une flamme...］（九二頁）

初出、『芸術とモード』誌、一八八七年八月十二日号。再録、『若きベルギー』誌、九〇年二月号。『パージュ』九一年。『ディヴァガシオン』九七年（以上は、散文詩「小屋掛け芝居口上」中のソネとしての掲載）。ソネ単独の掲載、『半獣神』誌（ヴァランス）、第一号、八九年三月二十日号。手稿、ソネ部分単独の「貼付帖《マケット》」と、その他に二種。

この「エリザベス朝風ソネ」（四行詩三聯と二行詩一聯）は、初め散文詩「小屋掛け芝居口上」のなかで、まさにそのような物として発想されていた。すなわち、愛人と郊外に馬車を走らせた詩人が、とあるさびれた「見世物小屋」の前にさしかかると、女性が降りて中が見たいと言い出し、薄汚い木戸番が一人いるだけの小屋に入ってしまう。詩人が木戸銭を払って中に入ると、女性は「テ

ーブルの上に立ち上がり、膝から上が見える高さ」で、一条の電気照明に照らされて、その見事な金髪をこれ見よがしにさばいている。それを見た詩人は、この即興の見世物に、一スー払って入ったお客が、美女を見るだけでは満足しない場合を想定し、モデルにふさわしい「口上」として、その見事な金髪を讃えるソネを「即興」で朗誦する――。散文詩の標題は「小屋掛け芝居口上」だが、ソネ単独の掲載に際しては、『半獣神』誌でも、ドマン版『詩集』でも、標題はない。それればかりではなく、ドマン版の「書誌」（一五八頁）も、このソネの初出事情について一切語らない。この沈黙は、マラルメのソネの中でも難解なものであるだけに、多くの注解者を悩ましてきた。注釈者は、多かれ少なかれ、ソネの組み込まれていた「散文詩」に照合しつつ読解し、ベニシューのように、散文詩に照合しなければ読解不可能とまで言い切る論者もいる。

ドマン版「書誌」におけるマラルメの沈黙は、この「ソネ入り散文詩」が一八九一年刊の『パージュ』にも九七年の『ディヴァガシオン』にも収録され、その時点ですでにドマン版の準備が進んでいたという単純に時間軸での隣接性が働いていた、と一応は考えることができる。さらには、この散文詩ならびにソネのモデルはメリー・ローランだと推定できるが、ドマン版の編集方針の一つに、あからさまにメリー・ローランを歌ったと思われる詩篇は、「ソネをまとめて」の部（一二四頁以下）に読まれる「神話化された金髪」の詩篇以外は外すという、詩人の配慮が窺えることも考えるべきであろう。

とはいえ、成立事情に関することさらな沈黙は、やはり気になるところであり、詩人としては、このソネが、散文詩の文脈を外しても読解可能であると主張したかったのではあるまいか。諸家は注目しないが、このソネが、制作の時間軸を無視して「半獣神の午後」（八二頁）の直後に置かれているのは、おそらく、詩篇の成り立ちに〈舞台〉が深く関わっていたことへの「目配せ」ではないか。初出が、地方都市ヴァランスの刊行物とはいえ『半獣神』という名の雑誌であったのだから、なおさらである。

このソネが、制作の時間軸を無視して「半獣神の午後」の直後に置かれているには、「ト書き入り台本」であった「半獣神幕間劇」から、ト書きを消去した「半獣神即興」（一九五頁）へ、さらに完全に「書物の劇場」へと変貌した「半獣神の午後」の軌跡を想起した詩人の、意図的な操作を読むことが可能なのではないか。このソネも、散文詩「小屋掛け芝居口上」の中で読む、あるいは散文詩としてはかなり長いそのテクストの織り目＝劇場性に組み込まれた「ソネの言説」として読む――「劇場の＝舞台の言説」として捉える――場合と、このソネだけを独立して読む場合とでは、読解可能性は別として、後者の方が印象は強烈である。いわば「ト書き」なしの「台詞」だけのテクストを、最低限の状況、「舞台上演」を頭に置いて読むことが、求められているのではないか。

とはいえ、このかなり高踏的な、とても「小屋掛け芝居」の「口上」としては機能すまいと思われるソネを、にもかかわらず、「金髪の女体讃歌」を主題とした独立したソネとして読み・訳す上でも、「口上」の言語態は頭に置く必要があるだろう。それが、詩人の仕掛けた「未来の群衆的祝祭演劇のヴィジョン」、すなわち『詩と散文』の「ディヴァガシオン（二）――祭式」が一つのパラダイムに組む実験をした、その内部での「韻文テクストの朗読」という項にも関わる挑発となるはずなのだから。

なおこのソネには、句読点が一切ない。一つの実験として、あえて訳文にも句読点は付けず、余白で文意の切れ目を示した。

一行目「極東」とは言うが、普通「極西」とは言わない。しかし、マラルメの太陽神話では、太陽の沈む西の地平が舞台となり、「極／西（l'extrême/Occident）」は、詩句の跨りもあって強烈な印象を与える。しかも、それは欲望の西の果て、「終末」ではなく欲望の「究極」であり、「成就」であるものとして喚起されている。

四行目　髪の毛がそこに憩うために戻ってくる「額（le front）」は、この比喩の組立ての内部では、「はじめに」その炎を「搔き立てた場所」であり、飛翔を唆した場所。それを詩人は炎の「王冠が　息絶え」て、髪の毛の王冠に席を譲る光景と見立てる。この部分の詩句が、フランス語として異常なことは、ベニシューの説く通り。"*je dirais* mourir un diadème"（わたしなら言う　王冠が　息絶えると）という構文は、"*on dirait que* meurt un diadème" が規範的だが、そこに重ねて、"je crois voir *mourir un diadème*" という不定法を従属句にした文をマラルメは作る。

九行目　ここで唐突に登場する、あるいは想定される "Une nudité du héros tendre"（直訳すれば「恋に燃える英雄の裸体」）は、「小屋掛け芝居口上」でも注釈者を悩ましてきた。口上が発せられる状況から想像すれば、金髪の女性の現前に興奮した観客の一人を揶揄して指すか、あるいは口上係つまり詩人自身の内心の興奮かを表すだろう。散文詩の文脈を徹底的に洗い出したベニシューは、「口上」の後、美女と詩人が「小屋掛け芝居」を出た後で、集まっていた群衆の一人の "tour-lourou" が、興奮のあまり「手袋を脱ごうとしている」光景がスケッチのように挿入されている、そのことだという。"tourlourou"とは、マラルメと同時代のHatzfeld et Darmesteter : *Dictionnaire général de la langue française* によると、「大衆的造語」として「歩兵」を、一般には「軍人」を指すことから、「若い兵士」が「手袋を温めようとしている」（実際には「手袋」はすでに脱いでいる）情景を指すとする。この「読み」に従えば訳文は、たとえば「色男様　英雄気取りの素裸など　穢《けが》すものだ」とでもなるだろうが、訳者はそこまで「散文詩」を解読格子にする必要はないと考える。

一二行目　詩人の意図は、「金髪の女神像」にも比すべき、しかも彫像の如く動かないのではなく、生きて動く「女体の美」を謳いあげることにある。

一三行目　ベニシューは、「皮を剝げ」ば、当然に「血が流れる」から、その「血」を「ルビー」に譬えるのだとした。

一四行目　このソネが組み込まれた散文詩が、マラルメの「未来の群衆的祝祭演劇」の問題形成の内部で重要であることは、ベニシューもマルシャルも一致している。ソネ単独でも、この「金髪の美女」は、ほとんど神格化されて歌われており、「守護神たるべき　松明《たいまつ》」に、マラルメにおける詩句の現実変容の呪力の「紋章」とでもいうべきものを読みとることはできるはずだ。

聖　女 SAINTE（九四頁）

初出、『リュテース』誌、一八八三年十一月二十四―三十日号（ヴェルレーヌの連載「呪われた詩人たち」の「ステファヌ・マラルメ2」に引用）。再録、同『呪われた詩人たち』八四年。自筆版『詩集4』八七年。『アルバム』八七年など。手稿、四種。

この詩は、初め「聖女セシリア、熾天使《してんし》の翼にて音楽を奏する（古風な唄とイメージ）」という標題で、一八六五年十二月に、娘のジュヌヴィエーヴの代母（名付け親）であるブリュネ夫人（愛称Cécile）に送られた。夫は南仏方言の「オック語主義者」で、アヴィニョンのガラス細工師であった。八三年に公開された版と初稿には、数カ所の異本があるが、基本的なイメージや主題は変わっていない。「八音節四行」を一聯とする四聯が連なる一文からなっており、詩のモデルであり献呈先である女性を、「音楽の守護聖人聖女セシリア（カエキリア）」に見立て、カトリックの典礼の「音楽的魅力」を謳いあげる。

ベニシューによるこの四聯の八音節四行詩句の文法構造の分析を借りるならば、まず注目を引くのは最初の二聯。冒頭の“A la fenêtre”（窓辺にあって）と、第二聯冒頭の“Est la Sainte pâle”（そこにまします、蒼ざめた　聖女）が、詩篇の構築を決定する。第一聯は「ヴィオル」を、第二聯は「聖母讃歌」の典礼書あるいは手稿、そして窓辺の聖女を取り巻くオブジェを喚起する。これらの「オブジェ」は正確に対をなし、一行目の“recélant”（かすかに見える）と五行目の“étalant”（拡げる）が、脚韻と対称的な意味とによって、相応えている。

ところでなぜマラルメが、一八八三年になって、一八年も前の詩篇に手を入れて発表する気になったのか。そして自筆版『詩集』の「第四輯」に、「他の詩篇」と題して「もう一面の扇　マラルメ嬢の」（本書一〇八頁）と「詩の贈り物」（六三頁）の間に組んでいたものを——「第五輯」は「エロディアード――舞台」（六五頁）である――、ドマン版『詩集』では、「エロディアード――舞台」、「半獣神の午後」（八二頁）、「〔髪の毛は　炎となって翔び……〕」（九二頁）に続けて位置させたのか。六五年といえば、「半獣神幕間劇」と「エロディアード――舞台」の劇場進出に失敗し、以後「エロディアード――古序曲」の制作に難渋し、その間に「虚無の発見」や「神殺し」、「〈絶対の作品〉の啓示」等々のあった、実存的危機に突入する直前である。八〇年代になってこの「若書き」に手を入れて刊行するには、それなりの深い意味があったと考えざるをえない。

ドマン版におけるこの詩篇について、マルシャルは、「「エロディアード」危機のあとに産まれた詩の野心」である「音楽からその富を取り返す」企てと並んで、「カトリックからその富を取り返す企て」を歌った詩篇としてここに配置された、と説く。六〇年代の「神殺し」にもかかわらず、というかそれゆえに、〈カトリックの典礼〉から「その富を取り返す」という『詩と散文』や『ディヴァガシオン』の批評詩の命題の一つに照合するものが、この詩篇にあるからに違いない。さらに言えば、「エロディアード――舞台」「半獣神の午後」「〔髪の毛は　炎となって翔び……〕」という、詩的強度に貫かれた「詩篇＝舞台」が続いた後に、「喪の乾盃」と「続誦」というもう一連の「詩法の詩」を配する前の、いわば息抜きとして、「音楽の聖女」を配したのではないか。『最新流行』の編集者の顔が、ちらりと覗く瞬間である。

喪の乾盃　TOAST FUNÈBRE（九六頁）

初出、合同詩集『テオフィル・ゴーティエの墓』一八七三年。再録、自筆版『詩集7』八七年。手稿、ルメールへ送ったとされる手稿と、ドマン版校正のための「貼付帖《マケット》」。

一八七二年十月二十三日に、テオフィル・ゴーティエが亡くなると、アルフォンス・ルメール書店の主人のもとに集まった数人の若い詩人たちが、アルベール・グラティニーの提案で、巨匠の死を悼む『テオフィル・ゴーティエの墓』を編む計画を立てる。ゴーティエの女婿にあたるカチュール・マンデス――才媛の誉れ高いジュディット・ゴーティエの夫――が提案したように、当初は、マンデスの序章に続いて、食卓を囲む詩人たちが、それぞれゴーティエに二人称単数“tu”で呼びかけ――少なくとも冒頭では――、その資質の一面を讃えるというもので、「六〇行程度、ストロフ形式で、女性韻で始まり男性韻で終わる」予定であった。しかしこの計画は容れられず、それぞれの選んだ形で、「死せる詩人」への追悼の詩を書くことになる。その結果、ヴィクトル・ユゴーを始め、八三人の詩人が、詩篇を提出した。配列は、ユゴーを特別扱いとして詩集の冒頭に据えた以外は、アルファベット順に構成した。テオドール・ド・バンヴィルのように二篇の詩を送った詩人も他に二人おり、スウィンバーンのように、英語で二篇、フランス語で二篇、ラテン語とギリシア語で一篇ずつ投稿している詩人もいる。フランソワ・コペ、アナトール・フランス、ジョゼ＝マリア・ド・エレディア、ルコント・ド・リール等、この時期に詩壇の新風と見做されていた詩人が網羅されているが、ヴェルレーヌだけは、折しもブリュッセルでランボーに対する発砲事件で逮捕されていて加わっていない。全一七九ページ、扉にゴーティエの肖像を彫った記念碑のエッチングを配す。一世紀以上経った二〇一一年に出たゴーティエの『全集』（ラフォン版）の編者は、この詩集についてはヴィクトル・ユゴーの詩と「ステファヌ・マラルメの名高い「喪の乾盃」」のみを挙げており、時代の篩《ふるい》を感じさせる。

　マンデスに宛てた書簡（一八七二年十一月一日付）によれば、マラルメは、「Ô toi qui [. . .]」で始まり、男性韻で終わる、おそらく平坦韻の詩で、ゴーティエの輝かしい資質の一つを歌うつもりだ。／〈肉体の眼で見るという神秘的な天賦の才〉をだ。／（「神秘的な」は取ってください。）僕は〈見者《ヴォワヤン》〉を歌おうと思うので、この世界に身を置きながら、誰もこれまでしたことがないような仕方で、それを見つめたのだ」。マンデスの、次々と歌い継ぐという発想に従ってはいないが、詩篇の全体的な形式、タイトル、テーマには従ったのである。この初稿は発見されていないものの、「喪の乾盃」は、マンデスの当初の発想に忠実な形で、詩人の一周忌を記念して、七三年十月二十三日に刊行された追悼詩集の一〇九―一一一頁を飾った。

　マラルメは当時、『イジチュール』に至る〈危機〉を経て、七一年十月以降パリへ移り住み、カザリス宛七一年三月三日付の書簡に告白するように、再び「純粋に一介の文士」になると宣言していた。この間、詩に関わる作業としては、ポーの詩の翻訳しかないから、七三年の「喪の乾盃」は、パリへ出てきてから最初の、しかもアレクサンドラン詩句五六行からなる、きわめて調子の高い「詩法の詩」である。「半獣神」の書き直しにも先立っていることは、記憶しておいてよい。

追悼詩集の常として、捧げられている詩人つまりゴーティエの作風や作品を引用するのが慣習である――この様相についてはL・J・オースティンの研究（*Poetic Principles and Practice*, 1987）があるが、マラルメのこの詩では、「詩人の使命」が主題であり、その使命が「死の神秘」と密接に結びついている。信仰との関係で思い出すべきは、「エロディアード――古序曲」（二〇四頁）での苦闘の時期に、マラルメ自身が告白するように、「神殺し」を果たしてしまったことである。したがってカトリック教会の教義を引くことはありえないし、またこの世紀に流行った一種の「理神論」のような志向も拒否すると決断していた。神なき世界で詩人の死を弔うとは、どういうことなのか。詩人の死後、何が残るのか。何が、失われた信仰と宗教の代替物となるのか。「喪の乾盃」は、『イジチュール』の〈夜〉が未完のままに放棄した存在論的課題に、正面から立ち向かわなければならないはずであった。すぐれて見者《ヴォワヤン》であった詩人ゴーティエの死が明らかにするはずの、詩の存在論である。

きわめて論証的で堅いテクストになりかねなかったこの詩篇は、だが、ベニシューの指摘にもあるように、「平坦韻」で進むアレクサンドラン詩句が、一行目を除いた四部構成の内部で、すでにマラルメが自家薬籠中のものとしていた「〔うねうねと一息に続く〕長い詩句」となって展開され、「音楽的な調子が、詩篇の強固に修辞的な性格を弱めて」、マラルメの詩篇としては「他に例を見ない均衡」を実現している。同時に、すでにこの時期に明らかになりつつあったマラルメの「詩句」のありよう、「詩的言語」を「謎」として提示する傾向が窺えて、詩人ゴーティエがつねに「鮮明な形式」と「明快な文体」を主張していた事実を考え合わせるならば、大きな矛盾と言えよう。

「喪の乾盃」を構成する詩句のありようについてのベニシューのこの指摘は、この詩篇が、マラルメの詩篇中もっとも多くの注解を招いた事情とも密接に関わる。

第三聯と第四聯のあいだの一行余白を詰めたのはドマンの恣意で、『テオフィル・ゴーティエの墓』に倣って活かされるべきだとするのが、バルビエ／ミラン版『全集』やマルシャルほか、多くの信用できる版の立場で、本訳でもそれを活かした。

語　釈

第一聯（一―五行目）　“bonheur”は「至福」の意ではなく、「チャンス・幸運」の意（ベニシュー）。それが“fatal”（宿命の）と呼ばれるのは、詩の栄光が、詩人の死によって花開くから。冒頭の一行目が、「幸運」と「宿命」という相矛盾する主題を一気に提出する。

三行目　「回廊」と亡霊の出現の関連は、マルシャル、ベニシューが説くように、後期のソネ「〔傲慢は挙げて　煙と化す……〕」（一四四頁）や、『エロディアードの婚姻』の「繋ぎの場」の「たとい彼の亡霊の　回廊に沿い　歩み来て」（二二二頁）などに現れる。ベニシューは、回廊に出現する亡霊のイマージュに関して、不滅の魂と亡霊とを結びつける、当時流行りの心霊学（spiritisme）への苛立ちが読めるとする。

四行目　酒を満たしていない盃の底に見える「黄金の怪獣」を、エレディアはたんに「盃の底の模様」と解したが、この「模様」は無償に呼び出されるわけではない。ジェイムズ・ローラーの説く「詩」とその「輝かしい虚偽」という解釈に対し、これが断末魔のイメージで書かれていることから、J＝P・リシャールは、「宗教的夢想の死」を読むべきだとする。この解にはマルシャルも共鳴し、『エロディアードの婚姻』の「幻想獣《キマイラ》が　名にし負う　皿の残骸にあって／今や　その光の　消えそびれた〔……〕」(二一四頁)や、『音楽と文芸』の「何たる断末魔の苦悶を掻き立てていることか、幻想獣が、その金色の傷口から、全て存在は等価であるという明白な事実を流しつつ」を引く。

六行目　墓を蓋《おお》うのは"porphyre"である。「斑岩」と訳されるが、これでは分からない。リトレ辞典が説くように、ギリシア語語源は"porphurites"であり、「"pourpre"(緋色)に似た色の石」の意。この石は、古代エジプトで王者の調度品などに用いられ、鉱山が失われるに至ったほどであった。古代ギリシアから近代に至るまで珍重され、調度品や棺・墓石などの高級なものに用いられてきた。

一二行目　「さあれ　物書きの天職の　火と燃ゆる」と訳した原文"Si ce n'est que la gloire ardente du métier"を、ベニシューに倣って直訳すれば、「もしも物書きの天職の〔……〕栄光が〔……〕太陽の炎へと回帰するのでなければ」となる。「芸術家の栄光の不滅」という思想も、ここでは排除される。

第二聯(一六―三一行目)　歌い出しの調子の高さから、ゴーティエのことを歌っているかの如き誤解を生んだが、ここで歌われているのは、キリスト教で最後の審判の時に蘇るとされる死者たちである。ベニシューは、この個所を次のようにパラフレーズすれば、誤解はないと説く。「人間たちの見せかけの傲慢が怯えている、壮麗に、全き者として、かつ孤独に立ち昇ることに」。しかも、マラルメは「となることに怯えている」ではなく、「となることに震えている」と書き、「震える」

動機として、「（煙のように）立ち昇る（s'exhaler）」としていることからも、この一見豪奢に見える「人間たちの　見せかけの傲慢」の正体に疑いをはさむ余地はない、と同じくベニシューは説く。

一九行目　「我らが未来の亡霊」とは、キリスト教が説く、最後の審判で復活した死者の〈栄光の身体〉。

二三行目　一見、不死なる存在への変容を語るかに見えて、「意気軒昂と（傲慢に"fier"）」とは、内実を欠いた不死の信仰に基づくものであり、「盲目」と「声もなく」とは、ゴーティエの美徳として次の節で謳いあげられるものの正反対である。

二五行目　「群衆の人間」は、永遠を虚しく待つばかりの「英雄（héros）」となるほかはない。

二六―三一行目　ベニシューが「墓の彼方の大いなるシナリオ」と呼ぶ、「問い」と「答え」が、きわめて劇的かつ演劇的に展開される。ベニシューは特に指摘していないが、二七行目の"l'irascible vent des mots qu'il n'a pas dits"（彼が発しもしなかった言葉の、怒りに満ちた風）の形容詞"irascible"は、ラテン語の"ira"からくる言葉。カトリックの典礼の表現としての"*Dies irae*"（怒リノ日）は、ミサ曲などでも名高く、この「怒り」が「神の怒り」であることは了解事項であろう。「死者」は、「見せかけの傲慢」を装いつつも、それを発することができない。

三〇行目　「吠える」如くに問い掛けてくるのは、「この夢」つまり「問いかける虚無」であり、問い掛けの相手は、「かつては存在したが　今や　廃絶された人間」である。「晴朗さを失っ」た「声」が、「空間は、玩《もてあそ》ばるる如くに」して、「ただ叫ぶ」のは、「わたしは知らぬ！」という言葉のみ。ゴーティエという死者に対比された「信仰の虚妄」を衝く強烈な聯はここで終わり、話題をゴーティエに戻すことができる。

第三聯(三一—四七行目)　詩人としてのゴーティエの成し遂げた崇高な業《わざ》を讃える。詩人が引き受ける感覚的世界——潜在的な「エデンの園」——「魅惑」ではあるが「心騒が」し、己の掟を知らず、己の存在も不安の内にしか実感できずにいる夥《おびただ》しい美に対し、詩人はそこを逍遥しつつ、一足ごとに「深く読みとく眼《まなこ》をもて」「鎮めたのだ」、その不安を。万物はこの透徹した視線の中に己が平穏を見出し、「彼の声」においてのみ、「終焉の旋律」を感じる。いかにもゴーティエは、ただ見つめただけではなく語ったのであり、「薔薇と　百合のために　その名の神秘を」「呼び覚ま」したのだから。言語記号の任意性と対立する始原の言葉への照合であり、マラルメ自身、その宗教的な倍音を否定することはできず、ゴーティエが「薔薇」や「百合」をその名で呼ぶ時に、「その名の神秘」の前に畏敬の念を抱くべきだと歌う。

三七—四七行目　詩人に課せられた役割に、なにがしかの不滅なるものを読みとる危険を避けるために、マラルメは三八行目で、「輝かしき、永遠なる天才は」、「亡霊など」「持ちはしない」ことを断言し、三九—四七行目の見事な讃歌で、ゴーティエの天才の真の姿を謳いあげる。文の構造をあえて直訳的に示せば、「わたしは〔……〕見たい、誰のもとで　昨日　息絶えたのか〔……〕生き永らえるのは〔……〕揺るがす〔……〕言葉の〔……〕それを〔……〕眼差しが〔……〕そこに留まって〔……〕際立たせている」という、結節点からなる。

四〇行目　行末の“devoir”の後のカンマは、ドマン版校正のための「貼付帖《マケット》」のもの。初出、自筆版『詩集』ともにカンマはなく、“le devoir/Idéal”となっている。校訂者は、マラルメの校正ミスであろうと言いたげである。

四三行目　「空気を揺るがし、壮麗に　鳴り響く／言葉」は、『彼が発しもしなかった言葉の、怒りに満ちた風』（二七行）に対比される。

四四行目　マルシャルは、ゴーティエによる言葉の奇跡（四四―四九行目）を、「続誦」（一〇一頁）の「いよいよ　大きくなり勝《まさ》る」（二三行目）、「鮮やかな輪郭」（一七行目）の花のイマージュと関連づける。

四八行目　以下、第四聯。第三聯と第四聯のあいだの一行は、初めに触れたようにドマン版にはない。マラルメの校正ミスと考えて、余白を入れる。

五〇行目　マルシャルは、「詩人が、地上楽園の宗教的な夢を追い払う天使の役を果たしている」と説く。ベニシューは「夢」を、より具体的に、「心霊主義的な幻想」と取る。

五五―五六行目　ゴーティエの「詩人」としての偉業を讃えた聯に続く最後のそれは、

Le sépulcre solide où gît tout ce qui nuit,
Et l'avare silence et la massive nuit.

という、きわめて荘重かつ沈鬱な二行の、古典的アレクサンドランで終わる。刻印のように押されるのは、動詞の“nuire”（禍《わざわい》をもたらす）の活用形と名詞の“nuit”（夜）の脚韻である。

続誦（デ・ゼサントのために）PROSE（pour des Esseintes）（一〇一頁）

初出、『独立評論』誌、一八八五年一月号。再録、自筆版『詩集8』八七年。『詩と散文』九三年。手稿、一、ドゥーセ文学図書館蔵の最後の二聯を欠くもの（旧モンドール文庫）。二、イタリア人作家ルイジ・グアルド（Luigi Gualdo）のコピー（最後の二聯あり）。

制作年代について、バルビエは、一八七〇年代初頭とするが、マルシャルも指摘するように、断定できる証拠はない。グアルドのコピーから判断して、『独立評論』誌掲載の直前に書かれたものではないだろう。標題も、献辞がわりの「デ・ゼサントのために（pour des Esseintes）」というユイスマンスの小説『さかしまに（*À rebours*）』（八四年五月刊）への献辞めいた目配せも、この小説がマラルメという詩人の宣伝に大きく貢献していたとはいえ、未定稿にはなく、『独立評論』誌発表の時点で加えられたことはほぼ確かである。

標題は、カトリックの典礼における“Prose”（続誦）――“sequentia”（セクエンティア）、すなわち旋律に後から散文詩が付されたという意味で「プローザ」とも呼ばれる――におそらく由来する。「プローズ」には、それとは別に、「繰り返し句」を伴って、節ごとに交唱される詩篇（六世紀以降）の意もあるが、マラルメの詩には繰り返し句はないので当たらない。典礼詩篇としての「続誦」には、マラルメの時代には“*Dies irae*”（怒リノ日）も含まれていた（「喪の乾盃」の注参照（三三三頁））。マラルメの作品で、この詩篇ほど多くの注解がなされたものはなく、それらの「読み」の多様性も類例がない。ピエール・シトロンの注解（一九八七年）の二七一―二七七頁に要約されたその多様な注解を読んでいると、悪い冗談を聞くような気さえしてくる。できる限り先入観を捨てて「続誦」を読めば、まずはその詩形に驚かされる。八音節詩句四行交差韻を一聯とし、それらを一四聯にわたって連ねるという詩形は、マラルメの他の詩篇には見られないものだからである。また、そこで用いられる脚韻が、俗に「バンヴィル風」とも呼ばれ、複数の音節にわたって同じ音素が用いられるものだが、これもまた異常な数にのぼる。ここでは、さまざまな注解の中で、比較的納得できるベニシューのそれを基本に、マルシャルの解釈も勘案しつつ訳文を作ってみた。

なお日本語ではいかんともしがたい「脚韻の遊戯」について、二音節以上に及ぶ脚韻を抽出すると、次のようになる。

①二音節が同じ脚韻

二／四行目　*sais-tu*/*vêtu*（知っている《セ・チュ》）／（纏っている《ヴェチュ》）

一四／一六行目　motif, *on dit*/appro*fondit*（動機《モティ》、人は言う《フォン・ディ》）／（深く没入する《アプロフォンディ》）

一八／二〇行目　bien *été*/d'*Été*（確かに《ビアン・》　あった《ネテ》）／（夏の《デ・テ》）

二五／二七行目　ch*acune*/l*acune*（一輪ごとに《シャキュヌ》）／（間隙《ラキュヌ》）

二六／二八行目　se *para*/sé*para*（身を飾った《ス・パラ》）／（切り離す《セパラ》）

三〇／三二行目　*de voir*/*devoir*（見ることで《ドゥ・ヴァール》）／（義　務《ドゥヴァール》）

三八／四〇行目　*taisons*/*raisons*（黙らす《テゾン》）／（理性《レゾン》）

四一／四三行目　*la rive*/*arrive*（岸辺《ラ・リーヴ》）／（到来する《アリーヴ》）

五四／五六行目　*aïeul/glaïeul*(祖先《アイユール》)／(グラジオラス《グライユール》)

②三音節が同じ脚韻

五／七行目　*la science/patience*(知識《ラ・シアンス》)／(忍耐《パシアンス》)

六／八行目　*spirituels/rituels*(霊を育む《スピリチュエル》)／(典礼書《リチュエル》)

四二／四四行目　*monotone ment/étonnement*(単調な《モノトヌ・》　偽りを告げて《マン》)／(驚き《エトヌマン》)

五〇／五二行目　*par chemins/parchemins*(道すがら《パル・シュマン》)／(犢皮紙《パルシュマン》)

③四音節が同じ脚韻

二二／二四行目　*de visions/devisions*(幻想では《ド・ヴィジオン》)／(語らう《ドゥヴィジオン》)

二九／三一行目　*désir, Idées/des iridées*(欲望《デジ》、観念《リデ》)／(菖蒲の類の花々の《デ・ジリデ》)

最後に挙げた四音節同じ脚韻は、語呂合わせのゲームの感さえ呈するが、五六行からなるこの詩篇の中央に配され、最も重要な意味を担った詩句に用いられている。この他にも、ほぼ同じ音素の繰り返しがあって、一行が八音節の詩篇であることを考え併せると、この「脚韻ゲーム」は、テクストの織目＝テクスチュールにマラルメの仕掛けたきわめて重要な罠の一つに思われる。下手をすれば単なる語呂合わせか駄洒落になりかねない脚韻遊戯であるが、その詩句を声に出して読めば、詩人の側からの挑発とも言える遊戯性、その異形性が、いよいよ鮮やかに立ち上がるだろう。

第一聯(一―四行目)冒頭の「天翔る詩法よ」と訳した“Hyperbole”は、ギリシア語の“huperbole”(ヒュペルボレー)に由来し、修辞学で、事物を極端に誇張したり、矮小化したりして、強烈な印象を与えようとする技法。“huper”(超えて)と“ballein”(投げる)を語幹とし、通常「誇張法」と訳す。ベニシューの解では「誇張法の啓示」。「記憶」は、その追憶を「書かれたもの」に委ねることしかできない。「誇張法の飛躍」は、今は「呪文としてのテクスト」に、しかも「鉄を纏《まと》った書物」に閉じ込められている。なお手稿段階での冒頭の詩句は――

定義しがたきもの、おお、記憶よ、
この正午に当たって、夢想しないのか
誇張法よ、今は呪文だ
鉄を纏《まと》った　書物のなかで。

“Par ce midi”の「この正午に当たって」という訳は、“midi”が「正午」とも「南の国」とも取れることから、一つの解にすぎない。決定稿では“De ce midi”となって一五行目に移され、“midi”は「南の国」の意味が鮮明になっていると考える。

その「テクスト」は、第二聯（五―八行目）で、対象ごとに区分して閉じ込められていることが分かる。土地の分類は「地図」に、植物のそれは「植物図鑑」に、讃美のそれは「典礼書」に、である。導入の二聯は、問題の場を、「存在」にではなく、「言語」に定めていることの宣言。初出の『独立評論』誌版では、最初の二聯の次に線が引かれ、「序章」と「本文」とを区切っていたが、線がなくとも詩篇の構成は明快である。冒頭と同じく最後も、「アナスターズ／呪文」「永遠の犢皮《とくひ》紙《し》」「巨大なグラジオラスに隠されたピュルケリーの墓」に関わる二聯が、本文から切り離されて歌われている。

第三聯（九―一二行目）からは、この詩篇が喚起しようとする「物語」である。詩人とその妹が、

「さまざまなる　魅惑の　風景」を二人で見つめている情景である。「魅惑の　風景」の「魅惑(charmes)」は、ベニシューも説くように、ラテン語語源“carmen”(呪法)に忠実に、なにかしら「呪術的な力」が働いているという印象を与える。単に「視線を」ではなく、「顔を(notre visage)」とすることで、情景への二人の参加がより全的になる。この「妹」についても、現実のモデルを探す夥しい解釈があるが、ベニシューに倣って「詩人のミューズ」と取るのが妥当だろう。ベニシューは、ヴィリエ・ド・リラダンについての講演中の、「彼女、ミューズ、我らが魂の神格化されたものに他ならない」も引く。「土地」と「愛する女性」を重ねることは、ボードレールの「旅への誘い」など、よく知られた詩的主題。マルシャルは『プレイヤード新版I』の注解などで、この詩篇が歌う風景や自然の「魅惑」が、一八六六年の復活祭の休暇に、ルフェビュールの招きで過ごした南仏ニースに近いルラン諸島での、宗教的ともいえる体験(「ああ、友よ、地上のこの空が、なんと崇高なことか！」(カザリス宛同年四月付の手紙)に繋がることを強調する。「自然の風景の魅惑」と「ミューズの魅惑」が重なることは、この詩篇の一つの鍵であり、マラルメにおける「自然」(への憧憬、からの魅惑)を鮮明にするテクストの一つ。晩年の散文詩に読まれる「自然は生起してしまった〔……〕」や、同じく散文詩「栄光」の、フォンテーヌブローの紅葉を前にした昂揚なども思い出される。挿入された一〇行目の「(二人であった、はっきり　言っておく)」は、ベニシューも説くように、古代ローマ法以来の、「証人ガ一人デハ、証人ニナラナイ(*testis unus, testis nullus*)」があろうが、重要なのは、この時点ですでに四聯以降の「論争」が予感されていることだ。

第四・五聯（一三―二〇行目）の解釈はつねに問題にされてきた。一三行目の「権威の時代は　惑乱する」を、ジョルジュ・プーレは第三聯の喚起する「黄金時代」だとする。ベニシューは、より具体的に、「サン＝シモン主義者による、組織の時代と危機の時代の区分、そして前者を優先させる」という思想を引き、マラルメは散文の多くの個所で、「未来の集団的信仰の構築」を企てていたことを根拠に、ポジティヴな意味と取る。さらに、手稿の「無限の時代は」を引き、「議論の余地のない信仰の時代は、動揺させられる〔……〕」と取るべきだとする。マルシャルは、文意はむしろ否定的だとして、「マラルメにとって、同時代は、今の教条主義的な安寧に属していて〔……〕詩人の新しい使命は、この権威の時代を超克して、虚構の時代である近代性に至らねばならない」と説く。訳者としては、この段落の「論争」の口調からして、「権威の時代」は、詩人にとって「敵」の側に属すると読むほうが、すんなりいくと思う。ベニシューの引く「無限の時代」の「無限」が、『イジチュール』の哲学的論議では、「絶対」によって否定さるべきものであったことを思い出せば、ここでも「権威の時代」が積極的価値を担っているとは考えにくい。一五行目の“De ce midi”は「この正午の」とも取れるが、手稿段階では、“ce climat”（この風土）となっており、「南の地」を選ぶ根拠の一つ。二〇行目の“L'or de la trompette d'Été”（夏のトランペットの／黄金の響きが）は、手稿では、“Entre tous ses fastes, l'Été”（己が全ての豪奢の内から、夏が）となっていて、このほうが分かりやすい。マラルメとしては、「夏の豪奢」を「黄金の響き」の「トランペット」に託すことで、情景の「祝祭性」を聴覚からも歌おうとした。「この風景が／現に存在したかは、人も知る」は、フランス語の慣習的言い回しから、「本当には知らない」を含意する（ベニシユー）。マルシャルは“Ils”（彼ら）は一四行目の“on”（人々）であり――ここまではいい――さらには“iris”（花菖蒲）だというが納得できない。

第六聯（二一―二四行目）以下の「花菖蒲」に関わる詩句では、「現実の視覚で」（二一行目）や「常の如く」（二六行目）など、詩人の見ている光景が幻想（幻覚によるイメージ）ではなく現実の光景（視覚が識別している対象）であることを強調する表現が続く。すでに触れたように、マルシャルが、六六年の復活祭の休暇に、ルフェビュールの招きで過ごしたニースに近いルラン諸島での、自然の美しさに感動したマラルメの経験を、この詩の発想の源泉だと強調するのは、この第六聯を解くためである。

第七聯（二五―二八行目）の「鮮やかな輪郭」の形容詞“lucide”は、ベニシューの解にあるように、ラテン語語源からは「光に満ちた」の意で、フランス語として「明晰な」の意をもつから、これらの「花々」の、「常ならぬ、精神的な」性格を表しうる。光に満ち溢れる輪郭が、「間隙《かんげき》となって」庭園から花を切り離すのである。なお、“lacune”を植物学用語として「花弁に包まれた空洞」とし、そこから「詩の危機」の「わたしが花と言う時〔……〕」を引いて、“notion pure”へ繋げる解釈もあるが、根拠は不明。マルシャルもベニシューも、そうは取らない。

第八聯の二九／三一行目の脚韻は、すでに触れた四音節にわたる脚韻という、作詩法上のアクロバット。すなわち“désir, Idées”と“des iridées”――発音記号で表せばいずれも[deziride]で、脚韻に当たる四音節の発音が全く同じ――であるが、ここではそれが無償の遊戯に終わらずに、「欲望＝観念」と「菖蒲の類の花々」とが重ねられて、この島の「風景」の〈意味論的二重性〉を見事に言語化し、全五六行の詩篇の、ほぼ中央に位置する。ベニシューは、この詩法上の遊戯を『率直に“calembour”（語呂合わせ・駄洒落）」だとしつつも、マラルメがこの意味論的に難解な詩篇に、「作詩法上のアクロバットを書きこんでおきたかった」のだろうと説き、このようなテクスト上の特性を無視することも、意味のない遊びと判断することも許されまい、と言う。マラルメの花卉の根底的イメージには、この「菖蒲の類」や、百合、グラジオラスなどのように、「湧出する（surgir）」のイメージが認められる。『英単語』（一八七八年）で、音韻的に“fleur”（花）に近い“fly”の項目を読むと、マラルメにおける「クラチュロス幻想」が、外国語習得や実践の場で前面に押し出されているのが手に取るように分かり、詩法や詩作の上でもそれが潜在的にはつねに作動していたと思われる。批評詩「芝居鉛筆書き」の「バレエ」（初出は八六年十二月）に関する記述も参考になる。

第九聯の三四—三五行目の「その眼差しを　微笑みの　先までは／送らなかった」の原文は、“Ne porta son regard plus loin/Que sourire”で、「絶対」を生きようとする詩人の幻想には従わなかった、と取る。手稿は「わたし自身より先には」となっていた。それに続く“et, comme à l'entendre”の“comme”を、ベニシューは、“*à se montrer telle que* depuis toujours il s'efforce de l'entendre”（以前から、彼女に耳傾けようとする際には、彼女が示していたように）と補って読む。

第一〇聯（三七—四〇行目）で、話者＝詩人は、これまでの体験を再確認する必要を感じる。だがその調子は、前段のように高くはない。冒頭の“Oh!”（おお）は論争の調子を抑え（弱め）ているが、続く長い文は、特に挿入句の長さによって、論理的文脈が見失われやすい。三七—四八行の構文はエミリー・ヌーレ以来、“non [...] que ce pays n'exista pas”と取るのが主流（マルシャル）。ベニシューもそれに倣うが、挿入句の意味の取り方が、マルシャル等とは異なる。“Sache l'Esprit de litige [...] que [...] la tige grandissait trop [...] et non [...] que ce pays n'exista pas”(知れ、論争を好む精神は〔……〕茎がひたすら延び拡がっていることを〔……〕そして違うのだ〔……〕この国が存在しなかったというのは)と取り、接続節の二つを“que”と“non [...] que”で導かせる解であり、訳文を作るのは大変だが、筋は通る。

三八行目に“À cette heure où nous nous taisons”(今この時刻に　我ら口を閉ざすその間《ま》にも)と突然現在形が入る。フランス語のように時制が厳格でない日本語訳ではさして気にならないが、この現在形は多くの注釈者を悩ましてきた。手稿は“taisions”と半過去形にして、時制と脚韻の双方を守っているかに見えるが、脚韻の成立しないこの解は取るべきではないと、ベニシューは説く。そして、“se taire”(口を閉ざす)を、「合理的な根拠を示すことができない」と取り、それが現在まで続いている、と解釈し、「歴史的現在」あるいは「語りの現在」という解は、「今この時刻に(à cette heure)」を、“à cette heure-là”と取るもので、語法上は無理があるとする。「理念は一つの幻想《シメール》〔獣〕だが、この幻想は、我々の眼には、現実の世界を超越しており、その意味では幻想は現実世界以上のものとしてある」、「〈存在〉は、古き存在論の動揺以来、さまざまな物を意味することができるようになった。そして、超越的存在を確認するのに、存在の言語を借りずに行うのは難しい。マラルメは、この両義性を痛感していたからこそ、その詩篇の脚韻に一種のユーモアを宙吊りにして、それによって、いわば彼が、自身の信念を執拗に宣言しつつも、同時にそれを問題にしていることが読みとれるのである」(ベニシュー)。

続く第一一・一二聯(四一―四八行目)は、「続誦」の中でも、ことに難解。ベニシューの解に倣えば、島の存在を信じない「岸辺の住人」と詩人が舟で島を確かめに行くのだが、この解は唐突。「偽りを告げて、／望むのだと言う、広大な花の世界の　到来を」は、「島」を確認するための探索である。四八行目の「この国が　存在しなかった」は、ベニシューの表現を借りれば、詩人の敵対者たち(岸辺の人間たち)の意見であり、七行前の「そう、違うのだ(Et non)」に導かれることで、この敵対者たちの意見を否定して(「島が存在しなかった」などと言うことはない)、詩人による意見(「島は確かに存在した」)を確立する。この“non [...] Que ce pays n'exista pas”の文法的繋がりについては、大体の注解者がヌーレ説を取るが、オースティンは異なる。

最後の二聯(四九―五六行目)は、冒頭に記したように旧モンドール蔵の手稿にはないが、モンテスキウ蔵のコピーとマラルメの友人のイタリア人作家グアルドが書き写したコピーにはある。これらのテクストが写された時期を、バルビエは七〇年代初頭とするが、確証はない。マラルメの詩篇そのものが、ユイスマンスの『さかしまに』に想を得て書かれたものでないことは確かである。

もっとも、ユイスマンスの「退廃趣味」における「ビザンチン風」という恰好の典拠がなくなると、最後の二聯の、「ビザンチン的な人名」が登場する外的な根拠も失われる。諸家の指摘にあるように、その二つの名前のうち、第一の「アナスターズ(Anastase)」は、ギリシア語の“anastasis”(復活)から作られ、男性名ならば“Anastasios”、普通名詞ならば“anastasis”となる。ベニシューは、マラルメがこの個所では「名前」ではなく「言葉」と言っていることから、普通名詞の擬人化と取る。すなわち「復活」であり、「永遠の犢皮紙《とくひし》のために　生まれた」名である。第二の「ピユルケリー（Pulchérie）」は、固有名詞としては鮮明で、信仰篤く聖者に列せられた、五世紀のビザンチン帝国皇后「プルケリア（Pulcheria）」を指す。普通名詞に寓意的意味を担わせて使ったとすれば、ラテン語の“pulcher”（美しい）から、「美」の寓意とも取れる（蛇足ながら、発音は、フーレの『フランス語発音辞典』にあるように「ピュルケリー」）。第一の名が、「キリストの復活」を意味し、「出現の命令」と「上昇運動」によって「続誦」冒頭の“Hyperbole”を取り返しているのに対して、第二の名は、語源に忠実に「美」の寓意である。しかし、詩の言説としては、「鉄で鎧《よろ》われた書物」、つまり「書物＝墓」の主題の変奏として動員されていて、そこに「続誦」の物語部分の主役であった「なんとも巨大な　グラジオラス」が、「美」の墓碑名をもつ墓を覆う不吉な役割を担わされて終わる。

　ベニシューの指摘で、もう一点。デ・ゼサントが編もうとしていた詩集がボードレールからアロイジユス・ベルトランを経て、ヴィリエ・ド・リラダンとマラルメに至る「散文詩」の詩集であり、『さかしまに』の中にデ・ゼサントの「散文詩」への偏愛が繰り返し語られていることから、マラルメは、いわば「散文詩」としてデ・ゼサントに捧げたという解も成り立つのではないかという指摘があるが、著者自身が認める通り、この詩篇の理解には重要ではない。

扇　マラルメ夫人の　ÉVENTAIL/de Madame Mallarmé（一〇六頁）

初出、『ほら貝《ラ・コンク》』誌、一八九一年六月一日号。手稿、三種。一、扇面、ドゥーセ文学図書館蔵。二、初出雑誌のファクシミリ版。三、ドマン版校正のための「貼付帖《マケット》」。初出と手稿三には、九／一二行目の括弧がない。

妻のマリアに、一八九一年一月一日に贈った扇面。いくつかの統辞法上のアクロバットがあり、冒頭の四行詩は、それで完結する。「いとも優美な　住処《すみか》」は、マラルメ夫人の手である。五行目の「翼《はね》は　声をひそめて　伝令の（Aile tout bas la courrière）」は、次行の「この扇（Cet éventail）」の属辞的な同格。扇は詩句を運ぶ伝令だが、「低い声」でその役目を果たすのだ。このテーマは、最後の二行で、詩人の願望として謳い上げられる。その間の六行目から一二行目で、マラルメ夫人の手にあって、「煽ぐ」役割を担う「扇」の即物的な役割が、「詩句の誕生」に劣らず優美な言葉で喚起される。彼女は「鏡」の前に座っていて扇を使っているのだが、詩句の表現からは、「鏡に向かって」座っているとは考えられない。そこから、ベニシューは、この〈二重の意味の場〉が成立するためには、「鏡」を背に座って、扇を使うマラルメ夫人がいて、彼女と鏡の面とを二つながらに見ることのできる位置に詩人は立っていると想定し、「僅かな　目には見えない　灰の粒子」は、鏡の面に付着する類のものではなく、光線の具合で光って見える微粒子であろうとする。現実には、詩人にとって「助けになる妻」ではなかったが、それでも詩人は、彼女に何がしかの期待を抱いていることを訴えているとするベニシューの解は、納得がいく。なお、マルシャルは、「扇」が担う二つの役割、「扇＝詩の翼」と「扇＝家事の布巾」とのあいだを、二つのメタファーで繋いでいると書くが、この詩の書かれている扇面を見ても、後者の「家事に使う掃除道具」とは思えないから、ベニシューの解を取っておく。

もう一面の扇　マラルメ嬢の　AUTRE ÉVENTAIL/de Mademoiselle Mallarmé
（一〇八頁）

初出、『ラ・ルヴュ・クリティック』誌、一八八四年四月六日号。再録、自筆版『詩集4』八七年。『詞華集』八八年など。手稿、マラルメ美術館蔵の扇面を含む二種。他にヴァレール・ジル蔵コピー。

「扇　マラルメ夫人の」（一〇六頁）より、七年前に書かれた「扇面」。マルシャルは、オースティンが、形式や語彙の点で「続誦」（一〇一頁）に奇妙なほど似ているとしたことを引きつつ、話者は一人称で、「扇」自身であり、「翼の隠喩を虚構の徴のもとに」展開していることに注目する。

ベニシューは、第一聯の「扇」の陰に詩人の視線を設定するが、そのほうが説話構造としては筋が通る。導入部は、詩人が作り出した「虚構」によって、扇が少女に語りかける言説の態を取る。「道もなき　純粋な　甘美の境」とは、時空を超越した官能の世界である。「細やかな　偽り」とは、「手」が、扇の翼を虜にしているふうを装いながら、実は扇に運動を与えていることを言う。

第二聯の、「（君が）扇を煽ぐたびに（à chaque battement）」は、動作主体を消去していることからも、「詩人」の視線を保有しておくほうがよいと思う。「官能的快楽」は全て、隷属であると同時に飛翔なのである。

第三聯は、その官能的快楽の絶頂であるが、到達点は見失われている。

ベニシューは、第四聯は「扇である詩人」の言説であり、ヒロインが「天国」を体験したとしても、それは「荒々しい天国」、荒々しいまでに秘密で暗い天国だと説く。その詳細を、われわれが知ることはできない。少女は、この「天国」から身を解き放とうとする、こらえようとする「笑い」の如くに。その笑いから唇の端に流れ出るものは、突然閉じられた扇に隠されてしまう。「〔君は〕感じているのか」という叫びは、話者の「慇懃さ」を表す表現であり、少女の答えを待ってはいけない。それを知る権利は、父親にもないのだ。

詩人が詩篇を閉じる「マドリガル」(ベニシュー)は、第五聯の優美な仕草、閉じた扇を垂直に、太陽に輝く「ブレスレット」に立てかける情景で終わる。「王笏」であり、落日の、消えやらぬ金色と薔薇色の岸辺のそれである。「このソネは、マラルメが、〈無《リヤン》〉から、ほとんど〈無〉に等しいものから作り出した見本」であり、「〈虚無〉ではなく〈純粋な優美《グラース》〉」だとするのも、納得がゆく。第五聯を閉じる交差韻の“*ce l'est*”と“*bracelet*”は、駄洒落の最たるものに取られかねないが、それも少女(と、彼女と戯れる詩人)の遊戯感覚のようなものによって救われている。

アルバムの一葉 FEUILLET D'ALBUM(一一〇頁)

初出、『ラ・ワロニー』誌、一八九二年九―十二月号(アルベール・モッケルが編集長だったベルギーの雑誌)。バルビエ/ミランによれば、掲載誌不明だが、その前にも掲載されたことがあるらしく、ドマン版校正のための「貼付帖《マケット》」にはそのコピーが使われている。

手稿、テレーズ・ルーマニーユ蔵。

ドマン版『詩集』巻末の「書誌」(一六一頁)が説明するように、テレーズ・ルーマニーユの求めに応じて書いた小品。彼女の父ジョゼフ・ルーマニーユとは、マラルメはトゥルノンと、ついでアヴィニョンで教職についていた頃に、親交があった。テレーズは一八六四年生まれだから、マラルメの娘ジュヌヴィエーヴと同年。テレーズが、いつこの詩篇をマラルメに頼んだかは不明であるが、九〇年七月に受け取るや、折り返し礼状を出している。

マラルメの詩篇としては、全く例外的に、注解も文法的な分析も必要としないが、「たって聞きたい」と訳した“voulûtes/Ouïr”のような古風な語法も書き込まれている。七行目の“A du bon”(良かった)は、文法的には単純過去で“eut du bon”と書かれるべきところであり、事実『ラ・ワロニー』誌掲載版はそうなっていた(バルビエ／ミラン版)。だが、マラルメは単純過去の活用形と部分冠詞がおなじ母音で続くのを嫌ったのだろう。決定稿では、時制は二聯目から“Il me semble”と、現在形に変わり、効果としては情景の臨場感を高めることとなった。マルシャルは、「子供の笑いの魅惑(charme)が、芸術の技巧に対して、自然のポエジーを謳い上げている」と記す。また、“paysage”(風景)と“visage”(顔)の対比が、「続誦」(一〇一頁)の第三聯を思わせる、とも。

「扇」二篇(一〇六、一〇八頁)から「アルバムの一葉」を経て「ベルギーの友たちの想い出」(一一二頁)、「下世話の唄Ⅰ、Ⅱ」(一一四、一一六頁)、「短信(ホイスラーのための)」(一一八頁)、「小曲Ⅰ、Ⅱ」(一二〇、一二二頁)まで、ドマン版は「続誦」と「後期ソネ」という難解な詩篇の間に、息抜きのような詩篇を配しているように思われる。

ベルギーの友たちの想い出 REMÉMORATION D'AMIS BELGES（一一二頁）

初出、『エクセルシオール！ 一八八三―一八九三年』ブリュージュ、ポップ社、一八九三年七月（エクセルシオール・クラブの来賓記帳集）。手稿、ドマン版校正のための「貼付帖《マケット》」。

雑誌掲載時の標題は「ソネ　エクセルシオールの人々に」。貼付帖《マケット》で「ベルギーの〈友たち〉への想い出」と変更され、ついで「ベルギーの〈友たち〉の想い出」となった。六行目の"baume antique"（古《いにしえ》の薫り）が"baume utile"（有用な薫り）となっていたこと、七行目の詩句が括弧で囲まれていたことの他、異本はほとんどない。

ベルギーの古都ブリュージュは、マラルメが一八九〇年二月に、「エクセルシオール・クラブ」で、ヴィリエ・ド・リラダンについての講演をした所縁の地。このソネは、ベルギーの詩人たちへの友情の証しであると同時に、古都ブリュージュへのオマージュでもある。この時期に活躍を始めていたジョルジュ・ローデンバックは、小説『死都ブリュージュ』（一八九二年）で、ヒロインに選んでいる。

最後の終止符の他には、一切句読点を入れないこのソネは、最初の二聯の四行詩を一文で連ね、「おお〔……〕」で始まる三行詩二聯を、再び一文で構成する。古都ブリュージュの歳月の堆積そのもののような、そして町の「紋章」とも言える運河沿いの建物が、靄の中から姿を現す情景を、まずは「香の灰の色」と、嗅覚と色彩の共鳴によって歌い出し、「独り身の石が」「襞《ひだ》にそって襞を」脱いでいくという比喩にそれを接続する。「襞にそって襞を（pli selon pli）」は、前置詞“selon”のきわめてマラルメ的な用法によって印象的であり、作曲家のピエール・ブーレーズが、その「マラルメの肖像」の総タイトルとしたことでも知られる。後半の三行句二聯は、ブリュージュといえば必ず思い出される、運河に遊ぶ「白鳥」を、マラルメ好みの形容詞「散乱する（éparse）」を用いつつ、「散策」に重なる“promenade”（行き交う）によって表す。見る者と見られる対象の運動が、一つの運動として重なるような大胆な詩句の配置であり、最後にそれをこの町の産み出しつつある「精神の光を　輝かす」飛翔の担い手へと収斂して終える。

古都ブリュージュの「土地の精霊」ともいうべきものを、いかにもマラルメ的な詩句によって呼び出し、それをブリュージュの若い詩人たちへの「オマージュ」へと転換させる、ほとんど職人芸的に見事な語り口である。ここでも、ベニシューの古典的詩歌の深い素養に裏付けられた読解が、大いに参考になった。

下世話の唄I、II　CHANSONS BAS I, II（一一四、一一六頁）

初出、画家ジャン＝フランソワ・ラファエリの詩画集『パリ、人さまざま』、『ル・フィガロ』紙出版、プロン社、ヌーリ社、一八八九年。再録、『白色評論』誌、九二年。手稿、一種。

パリのさまざまな職業の人々を描いたこの版画集には、エドモン・ド・ゴンクール、ドーデ、ゾラ、モーパッサン、ブルジェ、ユイスマンス、ミルボー等が協力した。マラルメは、ソネの形で二篇（「靴直し（le Savetier）」「香草売り（la Marchande d'Herbes Aromatiques）」）、「宛名＝四行詩（郵便つれづれ［Les loisirs de la poste］）」（『折りふしの唄』所収）のスタイルで六篇（「道路工夫」「にらと玉ねぎ商人」「労働者の妻」「新聞売り」「古着売り」と、校正刷りのみ残った「ガラス屋」）を書いたが、ドマン版『詩集』には二篇のソネだけを載せた。

二篇は、七音節からなる「エリザベス朝風ソネ」の形を取り、交差韻四行の三聯に平坦韻二行を付ける。Iの見出しは、初版では「靴の底貼り（Le Carreleur de souliers）」、IIは、校正段階では「香草を売る少女（La Petite Marchande d'Herbes aromatiques）」となっていた。

Iの一行目「（黒い）タール」は、靴直しの職人が使う必需品。二行目の「百合（の芳香）」と対比される（イヴ＝アラン・ファーヴルの注記）。マルシャルは、この靴職人が、裸足で歩きたいという詩人の半獣神的欲望を、釘づけにして絶望させると注記する。

IIの六行目「秘密も秘密、絶対の場所だ」と訳した“De lieux les absolus lieux”は、便所のこと。七—八行目の“Pour le ventre［...］/Renaître”は、シトロンの指摘にあるように、英語的語法で、“pour que le ventre renaisse”（下腹《したっぱら》が〔……〕生まれ変わるために）の意。「ゼフィリーヌ」も「パメラ」も、シトロンの指摘するように、こういう場合に登場しそうなローマ人の名ではないし、「花売り娘」の名としては、かなり古風で優美である。

二篇のソネの脚韻は、シトロンの指摘にあるように、「冗談めいた韻」である。Iは、二行目

“*comme odeur*”（香りは）と四行目“raccomodeur”（靴直し）が三音節にわたる脚韻となり、一〇行目“*gouailleurs*”（からかう）と一二行目“*ailleurs*”（遠くを）が二音節の脚韻、一三行目“*souliers*”（靴）と一四行目“*vouliez*”（望む）が、同じく二音節にまたがる脚韻。Ⅱでは、一行目“*lavandes*”（ラヴェンダー）と三行目“tu me *la vendes*”（それでお買い上げ下さろう、直訳すれば「君がわたしに売る」）、九行目“envah*issante*”（伸び放題の）と一一行目“*y sente*”（そこで　匂い立つ）、一〇行目“*Mets-la*”（挿したら）と一二行目“*Paméla*”（パメラ）、一三行目“*l'époux*”（ご亭主）と一四行目“*tes poux*”（君の虱《しらみ》）が、いずれも二音節にわたる脚韻。「続誦」の脚韻の遊戯（三三七頁）とは全く異なる効果を狙ったものであることは言うまでもないが、脚韻のない日本語に移すのは、お手上げである。

短　信　BILLET（一一八頁）

初出、『つむじ風（*The Whirlwind*）』誌、一八九〇年十一月十五日号。手稿、一種。

一八九〇年秋に、友人のアメリカ人画家で、パリとロンドンに住居を構えていたホイスラーの依頼により、彼が刊行しようとしていた雑誌『つむじ風（*The Whirlwind* フランス語では *Le Tourbillon*）』の表紙を飾るために書かれたエリザベス朝風ソネ。標題は、初め“Cul de lampe”（紋章的カット）、次いで“Billet”（短信）。三行目の末尾に“:”がある他は、一気に最後までワン・センテンスで続く。

冒頭の三行が、否定の徴のもとに喚起するのは、大都会の街路に、黒いシルクハットを飛び交わさせる「くだらぬ話題」の巻き起こす、愚劣な「突風」、近代都市におけるメディアの巻き起こす「突風」の光景である。黒い「帽子」は、マネの『オペラ座の仮面舞踏会』などに見られるように、近代都市の〈祝祭〉の紋章的な表象。第一聯の四行目からは、雑誌の名称であり、したがって紋章たるべき「つむじ風」の光景となる。その風は、「踊り子」が、「モスリンの裾」の「散乱する　水の泡」のごとき「チュチュ」で煽りたてる風であり、それに煽られる特権的な対象は、「ホイスラー」自身に他ならない。九行目に出現する“hormis lui”（それを除けば）は、シトロンの説くように、「チュチュ」か「雑誌の渦巻き」かであろう。ここでは「チュチュ」と考えたが、マルシャルの解も同じ。

九〇年と言えば、後に「芝居鉛筆書き」としてまとめられる「劇場ノート」の連載も終わり、散文集『パージュ』を準備しようとしていた時期であり、バレエに対する関心の謂れも一応言説化された後である。ロイ・フラーの出現はあと数年待たねばならなかったが、この時期の踊り子の紋章的な表象は、「ロマンティック・チュチュ」であった。第二聯の最初の三行は、そのロマンティック・チュチュを、いかにもマラルメ的なイメージとテーマ系において謳い上げる。この時代のチュチュは、現在に比べてはるかに丈が長く、チュチュ自体の運動が、踊り子の下半身を隠しつつ露呈するという危ういゲームを担っていた。「トウ・シューズ」の爪先ではなく、「膝」が問題にされるのも、位置的にも運動体においても、膝が〈隠蔽〉と〈露呈〉の結節点だったからである。「モスリンの渦」が、「散乱する　水の泡」と歌われるのは、『詩集』の冒頭を飾る挨拶のソネ「祝盃」の、あの「シャンパンの泡」の再現である。しかもこの踊り子は、たんに優美に踊るのではなく、「渦巻き上がる」「狂乱の、散乱する　水の泡」であり、「精霊に憑《つ》かれ、酔い痴《し》れて、不動の姿」であって、古代の預言の巫女ピュティアをも思わせる〈強度〉を体現している。「チュチュで撃つ」のも、「雷の如《いかずち》く」にである。そして、この踊り子の、性的な根を失わない「笑い」のうちに、スカートの風がホイスラーを煽るのだ。

手の込んだエロティシズムを巻き起こさせるこの踊り子は、前半のクライマックスをなす八行目では、「まさしく彼女　我らの生きてきた糧」とも歌われ、おそらく「詩のミューズ」に擬されているのだから、この一連のイメージの変奏自体が、雑誌『つむじ風』の紋章的なイメージを完璧に備えている。さらにそれが、この「短信」の宛先人であるホイスラーと絡むのだから、依頼人が感謝感激したのも無理はない。なお、宛先人の名が、ソネの最後を締めくくるように記されているため、標題にホイスラーの名はない。

小曲I PETIT AIR I（一二〇頁）

初出、『レプルーヴ』誌、一八九四年十一月号。手稿、ドマン版校正のための「貼付帖《マケット》」、他二種。

『愛の頌歌』という総題の書物に、画家モーリス・ヌーモン（一八六八―一九三〇年）のデッサン「接吻」と対に組む予定で、「水浴み」というタイトルで書かれたソネ。しかし、デッサンと適合しないとして外された。編集に携わった『ル・ジュルナル』紙のシュヴァルツ宛返信の下書きに、マラルメは標題との不一致を以下のように弁解する。「貴兄がお送りくださった画像は見たと記憶しますが、画の中では、池の前に姿を見せた若い服飾店の男の店員が、売り場の女性店員に、無闇と接吻をすると同時に、彼女に池で泳ぐよう誘っているように見えたのです」。結局、マラルメは『レプルーヴ』誌に、モーリス・ドニの藤色のリトグラフィー付きでファクシミリ版を刊行したのだが、そこには、木々の間から服を脱いだ若い女性が、両腕をあげて泳ごうとしている姿が描かれていた。このファクシミリ版は、準備が整わなかったためか、乱れが見られる。

詩形は、一行七音節のエリザベス朝風ソネ（四行詩三聯・二行詩一聯）、全体で一文をなす。語彙的には特段の難解さはないが、文構造と解釈に諸説あり、マラルメのソネの中でも晦渋なものの一つ。ほぼ確かなことは、晩年のマラルメ詩篇を特徴づける「落日の光景」を取り上げつつも、それらに共通する絢爛豪華な調子やイメージが排除され、レフェラン・レヴェルが前提とする近代の大都会（ここではパリ）ではなく、ことさらに日常的で、取りたてて歌うべきもののない情景・風景を、「落陽」の舞台としている点である。

マルシャルはじめ諸家は、冒頭二行目の「白鳥もなく　河岸《かし》もない」にこだわり、前年の「ベルギーの友たちの想い出」（一一二頁）における「ブリュージュ讃歌」以後初めてのソネゆえにその記憶が残ると説くことが多いが、「白鳥」も「河岸（護岸工事をした岸に沿った径）」もない風景、つまり歌われるべき「場」を特権的なものたらしめる記号＝イメージの不在こそが、このソネの主題の出発点なのだ。「その廃《すた》れた様《さま》」を映す「眼差し」も、当事者（詩人）は「放棄し」ている。見るに値しないのだ。そうした態度は、後期マラルメのソネを絢爛と飾る「落日」が、このソネの中では、「高みにあ」る「虚栄」、「数多《あまた》の空を　飾り立てる／落日の　さまざまなる金《きん》」と、ほとんど下品な現象のごとくに呼ばれていることとも照合する。

ことさらに詩的でない風景を印象づけた後で、第三聯に至って転調が起こる。七音節の中央を五音節にわたって占める副詞“langoureusement”（〔いとも〕悩ましげに）が、その回転扉である。“longe”（沿って漂う）と“plonge”（水潜《くぐ》る）という鼻母音の交差韻がその転調を引き取り、間の一〇行目は、“de blanc linge ôté”（白い肌着は　脱ぎ捨てた）と鼻母音を重ね、その「脱ぎ捨てた」「白い肌着」を白鳥に見まがうという映像の重層化を図る。ここでイメージとして出現した「鳥」が、この風景に欠けていた「白鳥」の幻影を「束の間」産み出し、“Exultatrice”（歓喜の女性〔として〕）という四音節の女性形形容詞がほとんど模倣的諧調のように炸裂する。そして、最後の二行詩の三つの鼻母音（“*Dans* l'*onde*”（水の中で）と“Ta jubilat*ion*”（君の喜悦））と脚韻の“deven*ue*/*nue*”（なった／裸形《らぎょう》）とが相まって、「白鳥」ならぬ白い女体が、この「月並みのほかは　何もない孤独」の「白鳥もなく　河岸《かし》もない」風景を、「裸形」の「喜悦」の空間に変容させるのである。意想外の形で、マラルメの詩の目指した「近代性《モデルニテ》」の一端が窺える小品である。

ドマン版『詩集』は一一行目の“si plonge”を“se plonge”と誤植。他に重要な異本はない。

小曲 II PETIT AIR II（一二二頁）

初出、ドマン版『詩集』。手稿、二種。一、マラルメがドマン版『詩集』の「書誌」（一六二頁）で示したように、おそらくアルフォンス・ドーデに贈ったもの（一八九三年）。二、ドマン版校正のための「貼付帖《マケット》」。

詩形は、一行七音節のエリザベス朝風ソネ。手稿一の一一行目は“sein, pas du sien,”であり、一二行目最後に終止符、四行目の冒頭は“Tomber sur”であった。

この詩の鳥を、死ぬ前に一度しか鳴かないとされる「白鳥」と断じる説は、ガードナー・デイヴィス以来根強い。マルシャルも、「喪の乾盃」や「エロディアード——古序曲」（二〇四頁）を引いてデイヴィス説に共鳴し、「茂みにあっては　異境の声（Voix étrangère au bosquet）」を、「喪の乾盃」の「我らが真実の植え込み（nos vrais bosquets）」（九九頁）につなげて読む。さしあたりは、ベニシューの『マラルメに沿って』の注解がもっとも納得がいく。マラルメで「鳥」が出てくれば「白鳥」だと決めつける独断論は、そろそろ止めてもよいのではないか。ギリシア神話以来、「白鳥」が「男性」の性を、文法的にも意味的にも担わされていたことを、人は忘れていすぎる。「白鳥」が女性の表象で出現する著名な例は、ボードレールの「瀕死の白鳥に見立てたアンドロマック」あたりからであり、バイエルンの狂王ルートヴィッヒが入れあげた白鳥も雄であり、ワーグナーの『ローエングリン』ならびに「白鳥騎士団」にまつわる白鳥も雄である。「白鳥」の性転換を果たしたのは、言うまでもなく、チャイコフスキーの音楽によるバレエ『白鳥の湖』だが、一八七七年の初演時には第二幕しか上演されず、プティパとイワーノフ二人の振付家による全曲上演は、一八九五年のことでしかない。そもそも白鳥が、このソネのようにほとんど一直線に天空めがけて飛び立つというのも、「生態学的本当らしさ」に欠けている。マラルメがみずからを「白鳥」に見立てていたのは疑いを容れないが、ここではそれは当たらない。

詩の構造としては、一―六行目の「異常な行動」を取るのは、七行目で現れる「その鳥」であり、四行詩二聯が、この鳥の異常な行動様態を劇的に喚起する。とりわけ一一行目の冒頭に発せられる“Indomptablement”（抑える術《すべ》もないままに）は、五音節を占める副詞であり、後期のソネの名高い「勝ち誇って　遁《のが》れたり（Victorieusement fui）」（一二八頁）の、詩人自身による「本歌取り」だと言える。九行目の「錯乱狂気の　音楽家は」について、「予弁法（prolepse 予期しうる反対を前もって反駁しておく修辞法）」か、「全き姿で　それは／横たわるはず（va-t-il entier/Rester）」の主語かとマルシャルは問い掛け、ベニシューの解である後者に対し、手稿では一二行目の末尾に終止符を打っていたことを指摘する。また、シトロンのように一〇行目の「息絶える（expire）」の主語と取ると、九行目のカンマが問題になるとも指摘する。だが、この「鳥」が詩人の隠喩になっていることは、冒頭の二行から鮮明に打ち出されており、前半二聯で終止符を打つ表記は、この「鳥」の行動の異常さを、詩人のそれと「木霊《こだま》」のように重ねつつ、ダイナミックな一場の悲壮劇に仕立てるためと受け取れる。

第三聯からは、詩人の運命と「鳥」のそれとのアナロジーが、詩人の側からの感情移入を伴って語られ、マラルメにとって文字どおり命取りとなる“sanglot”（喉頭痙攣による嗚咽《おえつ》）が、後世から見れば不吉な形で呼び出される。そして第四聯二行で、最後の声を挙げてから落下した鳥が、「引き裂かれつつも　全き姿で」あるとして、「喪の乾盃」一一行目（九七頁）の――

この美しき記念碑こそ、余さずに彼を　納むることを。

(Que ce beau monument l'enferme tout entier :)
を思い起こさせて終わる。

こうして七音節詩句のソネ「小曲Ⅱ」は、「小曲Ⅰ」とは対照的な意味のヴェクトルを孕む。ただいずれのソネも、「舞台」を野外に取り、「野外」の「風景」が、それぞれ異なった形で、詩篇の意味作用に決定的な「場＝話題《トポス》」を提供していることは注目してもよいだろう。ドマン版『詩集』では、最後の「ソネをまとめて」の〈夜・闇〉に突入する前に、「半獣神の午後」（八二頁）の「神話的野外の陽光」を受けるようにして、「昼の野外」あるいはそれに準じる場を舞台とした詩想の作品が配されており、このことは、詩人の「編集方針」として確認できるだろう。

ソネをまとめて　PLUSIEURS SONNETS

ドマン版『詩集』は、「小曲Ⅱ」の後に中扉を立て、“*Plusieurs sonnets*”（ソネの数々）と記し、さらにページを改め、「〔闇が　宿命の掟によって……〕」以下、「〔読み継いだ本も　パフォス　の名に閉じて……〕」までのソネを収める。全てのソネに二ページを当て、四行詩二聯を最初のページ（右ページ）に、その裏のページに後半の二聯を組む。「三部作」を構成する「三つ折りのソネ」――これも他の詩篇と同じ組み――の各篇をそれぞれ一つに数えれば、一七篇のソネが収められている。現在普及している多くの版では、ここからページを改める。

〔闇が　宿命の掟によって……〕［Quand l'ombre menaça de la fatale loi. . .］（一二四頁）

初出、『リュテース』誌、一八八三年十一月二十四―三十日号（ヴェルレーヌの連載「呪われた詩人たち」の「ステファヌ・マラルメ2」に引用）。再録、同『呪われた詩人たち』八四年。自筆版『詩集9』八七年。『詞華集』八八年など。手稿、一種。ドマン版『詩集』のために、マラルメは『リュテース』誌の切り抜きを貼り付けて校正しているが、見落としもあり、バルビエ／ミランの指摘するように、自筆版『詩集』を決定稿とみなすべきであろう。

この詩篇については、マルシャルはじめ近年の注解者がほぼ一致するように、マラルメの、一八六〇年代の精神的な危機、すなわち「〈虚無〉の発見」（カザリス宛六六年四月二十八日付書簡）という体験、同じくカザリスに告白する「神殺し」の体験を思いだす必要があろう――「年老いて悪辣な翼ある者との戦いにおいて、幸いにも彼を打ち倒した、まさに〈神〉をだ」（六七年五月十四日付）。これら一連の存在論的危機は、「〈美〉についての書物の基礎を築いた」（六六年五月二十一日付）と記される、かつて錬金術師が〈大作品〉（l'Œuvre）と呼んだような〈絶対の書物〉の計画へと接続されていった。「僕の頭脳は、〈夢〉に呑みこまれて〔……〕その絶えざる不眠症のうちに破滅するだろう。僕は偉大な〈夜〉を切望したが、それは僕の願いを叶えてくれて、その闇を押し広げてくれた」（六九年二月十九日付。自分では文字が書けないから妻に代筆させたという手紙の一通）。

〈形而上学的夜〉を前提とする「闇(l'ombre)」が主語となって始まるこのソネに、『呪われた詩人たち』版では、「この夜(Cette nuit)」という標題が付いていたのも謂れのないことではなかったが、自筆版『詩集』以降は除かれた。ソネの詩句そのものが、十分にこの主題を語ると考えられたからであろう。

「夢(Rêve)」の「翼」の背景には、ベニシューの指摘にあるように、マラルメが人文字始まりで「夢(le Rêve)」と書くときの、ロマン派以来の「詩作の実践に内在すべき一種の宗教というか信仰」が託されている。こうして、第一聯は「かくも古《いにしえ》からの夢(Tel vieux Rêve)」が、身体的感覚として体験してきた「我が脊椎の 欲望、痛み」を喚起するのだが、形而上的な主題のソネが、身体的な体験の喚起によって始まることは、マラルメにおける形而上的体験が、つねに身体的の位相で語られている標識となる。マルシャルも指摘するように、この苦しみが、ボードレール的「憂鬱《スプリーン》」とは本質的に異なるものであり、垂直軸の身体性に賭けられたなにものかであることは、このソネの〈舞台＝劇場〉を捉えかえす上で重要である。滅びるべく運命づけられた「夢」が、まさに破滅と観じた時に、「闇(l'ombre)」の宇宙は「葬儀の天蓋(plafonds funèbres)」に譬えられ、〈死〉の典礼が呼び出される。この時点で詩人は、己を閉じ込める牢獄のなかで「翼」を折り畳む鳥に比較されるのだが、その「翼」は、「年老いて悪辣な翼ある者(＝神)」(前掲六七年五月十四日付書簡)を思い起こさせる。

第二聯は、夜の空間とその劇とを成立させる〈装置〉である「闇」の「天蓋」を、その欺瞞において暴きだす。第一聯の「葬儀の天蓋」は、「闇」に沈む城館を喚起したが、その城館は、夜の宇宙の姿であり、同時にその城主である者を暗示する。この二重の枠組みの内部で、〈神〉がその価値と存在を奪われるのだ。ジャン＝ピエール・リシャールを引いてマルシャルが指摘するように、「身を捩《よじ》」る仕草＝形状は、マラルメにおいては、幻想の死滅の特権的な形象であった。「王者を幻惑せんものと／身を捩っては絡み合う、あれは　すでに死んだ　名高い花草模様《ギルランド》(pour séduire un roi/Se tordent dans leur mort des guirlandes célèbres)」は、ベニシューも指摘するように、旧約聖書『詩篇』一八―二が謳う“*Caeli enarrant gloriam Dei*”（天ハ神ノ栄光ヲ物語リ）の激烈なパロディーである。この夜の宇宙の喚起を、カトリックの葬礼の“chapelle ardente”（赤々と松明《たいまつ》を点した霊安室）の見立てと読んだのはエミリー・ヌーレだが、マラルメがカトリックの信仰を捨てた後でも、その典礼の演出に強い関心を抱いていたことが透けて見える。（ちなみに、“chapelle ardente”を、神に背いた姦通劇の破局の情景に用いたのは、マラルメの不肖の弟子クローデルであり、その『真昼に分かつ』（一九〇六年）、第三幕「メザの頌歌」の演出がそれである。）「半ばは〈燭台の燃える霊安室〉、半ばは〈劇場〉」というマルシャルの比喩は、このソネの〈仕掛け〉を解くのに適切である。

第一聯と第二聯で――

loi/vert*èbres*/fun*èbres*/moi
roi/cél*èbres*/tén*èbres*/*foi*

と同じ抱擁韻の脚韻を繰り返した後で、第三聯は、

Terre/myst*ère*

の平坦韻とし、その後で、第三聯の三行目の脚韻から第四聯へと、

moins/*témoins*

se *nie*/*génie*

の交差韻へと変わる。

第三聯冒頭の二行、「そうだとも(Oui)」で始まる肯定の主張からは、第二聯までの、悲痛なあるいは悲愴な調子とは違う、昂揚した壮大な調子に変わる。それを可能にしているのは、詩人の〈視座〉そのものの変化であり、第三聯では、宇宙的「夜」の彼方に「輝きも　強大な　異形《いぎょう》の神秘」を発する「地球(la Terre)」を、いわば宇宙の外部から見る視線が導入されるからである。マルシャルは、「星々への理想主義的跳躍に代えて、宇宙における地球を、遥かの遠近法の内部に置き換える」と述べて、マラルメの「存在論」におけるコペルニクス的転回を言い当てた。その転回の手法は、マラルメとしては他に例を見ないほど大胆であり、二十世紀ならばSFの世界として発想されるような、途方もないやり方である。SFの元祖ジュール・ヴェルヌの宇宙旅行や、ルドンの版画にでもありそうな、大胆なカメラ・アングルであり、『賽の一振り』の詩篇の〈ページ〉と〈星座〉の重なり方をも予測させる。ちなみに、「芝居鉛筆書き」が「好んで出かけた劇場」だとするエデン劇場の、一八八三年一月開場記念の演目は、マンツォッティ率いるイタリア・バレエ団の『エクセルシオール』(ミラノ・スカラ座初演)であったが、その最終景の背景幕には、「天空に浮かんで輝く〈地球〉」が描かれていて、この絵柄はポスターにも使われていた。マラルメは、このパリ公演を観ているから、何らかのヒントになっただろうと想像できる(このバレエの改訂版は、現

在もなおスカラ座で演じられており、DVD等で見ることができる）。

第四聯を開く一二行目、「空間は、拡大しようと、自らを否認しようと、己自身に異ならず（L'espace à soi pareil qu'il s'accroisse ou se nie）」も、多くの注解を生んできたが、マルシャルが指摘するように、「存在／虚無」の対比をダイナミックに表すために動員されたと取る。この聯は、パスカルの「考える葦」の主題を思わせもするが、パスカルにおいては言うまでもなく、人間の精神が、その起源も支えも神に存し、そこへ導くために讃えられるのに対して、マラルメは、〈神〉を〈虚無〉であると宣するところから始めるのだから、志向する方向は正反対である。精神こそが人間の特権であり、「人間を〈神〉から引き離すために、〈天才〉を賛美する」のである（ベニシュー）。

この詩篇は、自筆版『詩集』では、「白鳥のソネ（処女にして、生気あふれ……）」（一一六頁）に続いて「最近のソネ」の二番目に置かれていたが、ドマン版『詩集』では順序を入れ替え、この詩を冒頭に、「白鳥のソネ」を二番目に配している。ひとつには、ドマン版では直前の「小曲Ⅱ」（一二二頁）も「鳥の飛翔」に関わるので、同じような主題が続くのを避けたこともあろうが、晩年と言うには早すぎるマラルメの後期「批評詩」に繰り返し現れる「未来の祝祭演劇」のテーマを、このソネが鮮明に予告しているからでもあろう。この点、批評詩「カトリシスム」の引用をもって、「ソネ集」冒頭のソネの意味作用のヴェクトルと射程を測るマルシャルの視座は正しい――

「すなわち、大雑把に言えば問題は、〈神格〉という、〈自己〉に他ならぬもの、――かつてはそこには、祈りの力尽きた飛翔が、神秘に対する無知と共に立ち昇ったのだし、その無知は祈りの飛翔の弧を測るのに貴重だったのだが――、そのような〈神格〉を、地面すれすれのところで、出発点として、人間社会の慎しやかな基盤、各人のうちにある信仰として、取り返すことである。」

（『ディヴァガシオン』「聖務・典礼」の「カトリシスム」、筑摩版『マラルメ全集Ⅱ』二九一頁）

『ディヴァガシオン』に集約的に再編された後期の「批評詩」と、詩人としての差し当たりの総括であるドマン版とを繋ぐ〈回転扉〉の役割を、マラルメはこのソネに託したのではあるまいか。エデン劇場の『エクセルシオール』最終景の背景幕の絵柄を思う時、ドマン版編集に当たっての配列の変更には、「〔闇が　宿命の掟によって……〕」のソネの持つ「宇宙的大演劇」の挿絵的効果が働いていたのではないかと思えてくる。

〔処女にして、生気あふれ……〕［Le vierge, le vivace . . .］（一一六頁）

初出、『独立評論』誌、一八八五年三月号。再録、自筆版『詩集9』八七年。『詞華集』八八年。『詩と散文』九三年など。手稿、二種。自筆版『詩集』とジュネーヴのマルタン・ボドメール財団コレクション蔵。

マラルメの後期ソネのなかでも、最も名高い詩篇の一つ。ソネの主人公たる「白鳥」と、冷感症の姫君エロディアード――「舞台」（六五頁）と「古序曲」（二〇四頁）の――とのイメージ＝主題《モチーフ》の近親性から、マラルメが「エロディアード詩群」を書いていた時期、一八六〇年代後半の作かと疑う論者は多いが、『独立評論』誌発表以前にこの詩の書かれた痕跡は見出されていない。ベニシューも指摘するように、各聯が一文としてまとまった形で、四行／四行／三行／三行の詩句を構成するソネは、七〇年代以前には稀であり、八七年以降に主流をなすから、「エロディアード＝白鳥」という象徴的な比喩にもかかわらず、書かれたのは発表時期、八五年と考えるべきだろう。主題論的に、あるいはイマージュの近親性から、「エロディアード詩群」が想起されるのは、マラルメ晩年の「エロディアード熱」の再燃があるからである。マルシャルの読解（『マラルメ読解』と『プレイヤード新版I』の注）は、「エロディアード＝白鳥」の説が強調されすぎているきらいもあるが、多くの注釈者のように、「白鳥神話」を独立した象徴体系のように扱う姿勢――アングロ・サクソン系の注解に多く、極端な場合は「白鳥座」へのアポテオーズなど――よりは納得できる。

　ソネの最後に現れる“Cygne”(シーニュ＝白鳥)についても、侃々諤々の議論がある。普通名詞を大文字で始めることで語に象徴的な意味を与えているが、マルシャルはそれを了解した上で、“Cygne”の主だった解釈を、オースティンに倣って、要約する。第一は、ごく普通の意味での象徴であり、具体的には「詩人」の象徴とするもの。第二は、ジェイムズ・ローラーが主張した「白鳥の白鳥座への変身《メタモルフォーズ》」と読むもの。第三は、“Cygne”に、音が共通の“Signe”(記号、文字)を読むもの。その中には、A・フィシュレール(A. Fischler)の主張するように「印刷術的」遊戯、白鳥の頸の形状から「疑問符(?)」を出現させようとするものと、D・ブーニュー(D. Bougnoux)などの言語学的な“paragrammatique”(汎文字論的)な読み方があり、“Cygne=Signe”を詩篇の成立根拠と考える、等々がある。

こうしたさまざまな解釈は、詩篇の全体を、外部に存在する意味のシステムから読み説こうとするもので、必ずしも納得はゆかず、〈象徴〉を操作する言語表象の分析に根ざしたベニシューの読解が、意味論的にも感性的にも最も妥当と思われる。その指摘の中でもとりわけ、言語的に「表層をなすもの（figurant）」と象徴の「内実＝意味内容（figuré）」との関係に焦点をあてながら、テクスト・レヴェルで支配的なのは前者（ここでは「白鳥」）であり、後者（ここでは「詩人」）が、幾つかの唐突な語彙によって前者を消す過激な象徴関係がマラルメの詩句には織りこまれることがあって、この詩篇はその最初の作例だという指摘は、傾聴に値する。

以下、ベニシューを一つの手掛かりに読んでゆくが、このソネには、二つの運動が認められる。第一は、「一つの劇《ドラム》」を語る最初の一一行（第三聯まで）。第二は、「侮蔑」を宣言する最後の三行詩。劇の物語は、柔軟な音楽性によって、白鳥の肉体的な悲劇のみを語り、その意味内容は象徴として内包されるだけである。第一聯では、まだ「鳥」は名指されず、「酔った翼の一撃」という表現に、その身体の一部が示される。この一撃によって湖の氷を「打ち破」るはずが、その湖の氷も、「その霧氷《むひょう》の下」の「氷」として、「この硬い　忘却の　湖」の形容詞「硬い」に喚起されるだけである。その結果、この不可能な飛翔は、「透明な氷塊」となって凍てついた湖に「棲みつ」き、湖と一体化していると歌われるにとどまる――

透明な氷塊は　遁《のが》れそびれた　飛翔のもの！
（Le transparent glacier　des vols qui n'ont pas fui!）

ベニシューは四行目のこの詩句を、“stupefiante beauté”（驚くべき美しさ）と形容し、その通りには違いなくとも、こうした評価は訳者を絶望させるばかりである。

第二聯で、「白鳥(cygne)」がその名で呼び出され、その飛翔と不能力とが同時に喚起される。現在形の動詞“se délivre”（身を解き放つ）は、マルシャルも注記するように、“présent conatif”（意思を示すだけの現在形）であって、“sans espoir”（希望もなしに）が、前もってその行為を否定している。「我々は、幻想にすぎぬ解放の閃きが、確実な挫折を否定してはいないという、一瞬を生きるのである」（ベニシュー）。

第三聯一行目に至って、初めて「白鳥」がその身体の現実において描かれる。彼は、頭と頸は自由であり、それを振って、「白い　死の苦悶」を「払おうとする」が、「翼を捕えた」地上からは、飛び立てない。

上記三聯は、一見客観的な情景描写に見えるが、単に鳥の置かれている状況を超えて、すでに精神的な倍音を伴っている。二行目の「我ら(nous)」がそれであり、詩篇の冒頭から、白鳥の運命に、作者ならびに読者の運命が重ねられていた。四行詩二聯を通して白鳥に託される〈記憶喪失〉（三行目「忘却の　湖」）は、マラルメにしばしば見られる、詩的創造の不可能性に基づく無気力を思い起こさせる。過去の支配、「処女にして、生気あふれ」た「今日」への逃走に「酔」おうとする欲望。「白鳥」よりも先に呼び出されたその「今日という日」に、「翼の一撃」が期待されているのだ。

ベニシューの指摘にもあるように、第二聯の冒頭の見事な歌い出し——

かつての日　白鳥であった身は　思い起こす、彼である、

壮麗ながら〔……〕

(Un cygne d'autrefois se souvient que c'est lui

Magnifique [...]）

人間的な意味の倍音がここで現れる。七―八行目で、白鳥の不運が、その犯した「過失」のためだとされるからだ。冬の到来とともに、「そこで生きるべき領地」を「歌わなかった　そのために」、渡りの機を逸して、氷に閉ざされることになったのだ。この筋立てには、犯した罪が内在しているが、それはもはや「鳥」のものではなく、「人間」を主人公とする物語である。ベニシューは、第二聯の最後の詩句に、マラルメの流謫《るたく》に関わる全ての比喩形象が読みこまれているとする――

不毛なる冬の　倦怠が　輝きを発した　あの時に。

(Quand du stérile hiver a resplendi l'ennui.)

氷に閉ざされた鳥の嘆きが、呪われた、不能力の詩人を意味することは容易に読みとれるだろう。マラルメにとっては、「理想の加えて来る拷問が、宿命と等しく絶望の意志」であり、「この苦悩を生きる者は、彼と一体であって、それから引き離されようとは思わない」（ベニシュー）のだから――

この空間が　拒否する鳥に　課しているもの、

(Par l'espace infligée à l'oiseau qui le nie,)

第二の三行詩は、挫折による主人公の態度の逆転を宣する。

この所へと　その純粋な煌《きら》めきに　定められた　亡霊か、

(Fantôme qu'à ce lieu son pur éclat assigne.)

は、次に来る主語"Il"(彼)の、前置された同格である。ソネの主人公が「亡霊」と呼ばれるのは、「誇張法《イペルボル》」だとベニシューは説くが、問題は、「その純粋な煌《きら》めき」の所有形容詞"son"の主体が、「亡霊」か「場所(この所)」かである。一方では、「亡霊の」純粋な輝きが、亡霊をこの地に指定し(詩人にとっては、亡霊じみてはいるが輝かしい彼の存在が、この透明な氷の上に定められた住人とされる)、他方、「この所」の純粋な輝きが、それを亡霊の住処として指定する。いずれにせよ「亡霊」と「この場所」は、「白鳥=詩人」と見事に調和し、どちらに取ろうとさしたる違いはないとベニシューは説く。そして、最後の詩句を関係節として導く一三行目によって、「侮蔑の　凍てつく　夢」が、不動の姿を取った主人公の「纏《まと》う(vêt)」衣裳のように呼び出され、ようやく大文字始まりで書かれる「白鳥(Cygne)」が、その最終的な姿態において、「詩人」の栄光の姿態を喚起する。詩人は、彼を断罪する者を軽蔑することができるし、彼のためには、無用であることこそが栄光なのである。

　この詩篇を、描写的な意味のレヴェルと象徴的な意味のレヴェルが、詩篇の進行に伴い入れ替っていくなどと分析しても、あまりに図式的で、ここに仕掛けられた「詩句」の重層的な作用は逃げ去ってしまう。ドマン版『詩集』巻頭の「祝盃」(二〇頁)のソネの、三層構造の〈意味の遊戯〉を思い出してみよう。「ソネをまとめて」(後期ソネ)に、かなりの比重で共通する詩の言語の〈重層的意味作用〉こそは、晩年というには早すぎた詩人の、〈絶対の書物〉を目指す言語操作の、重要な部品の一つであったと思われるからだ。

〈詩作〉という操作《オペラシオン》——「オペラシオン」という語は、〈絶対の書物〉の作業メモのキーワードの一つ——について言えば、「白鳥のソネ」で誰しもが気づくのは、母音[i]の執拗な、しかも計算された繰り返しである。この繰り返しは、「続誦」の複数音節にまたがる脚韻の繰り返しと同じく（三三七頁以下参照）、詩句を詩句でなければ表象しえぬ言語態として自立＝自律せしめるために、詩人が仕掛けた罠である。日本語訳に移すことはできないまでも、フランス語原文におけるこの[i]の執拗な繰り返し＝偏在は、確認しておきたい。

アレクサンドラン十二音節定型詩句からなるこの十四行詩には、音節（発音される母音の数）が一六八あり、そこに三五の[i]がある。しかも全ての脚韻が[i]である（ソネの後半、第三聯冒頭二行の平坦韻と、第四聯一二行目と一四行目の抱擁韻とでは、やや長く緩めに発音されると言われる女性韻として出現する）。以下に、[i]をイタリック体で列挙し、それらが現れる行数と単語を記す。

一行目　v*i*vace/aujourd'hu*i*(v*i*erge は半母音)
二行目　Va-t-*i*l/déch*i*rer/*i*vre
三行目　g*i*vre(oubl*i*é は半母音)
四行目　q*ui*/fu*i*(glac*i*er は半母音)
五行目　cygne/lu*i*(souv*i*ent は半母音)
六行目　Magn*i*f*i*que/q*ui*/dél*i*vre
七行目　rég*i*on/v*i*vre

八行目　stér*i*le/h*i*ver/resplend*i*/ennu*i*
九行目　agon*i*e
一〇行目　infl*i*gée/q*ui*/n*i*e
一一行目　pr*i*s
一二行目　ass*i*gne（l*i*eu は半母音）
一三行目　s'*i*mmob*i*lise/mépr*i*s
一四行目　parm*i*/ex*i*l/*i*nut*i*le/C*y*gne

ルネ・ギルの『語論（*Traité du Verbe*）』に、マラルメが名高い「緒言」を書くのは、一八八六年のことだから、音素と意味の一対一対応の問題が、このソネのきっかけになったということはありえない。また、かくかくの音がかくかくの意味（象徴的なそれも含めて）や情感（身体感覚も含めて）を表すといった言語観は、マラルメには認めがたいことであった。にもかかわらず、これだけ[i]の音をちりばめたソネを書くにあたって、言わば主題的な*この*音が、意味作用のレヴェル・領域で効果をもたないと考えられていたとも思えないが、この母音だけに注目し、その特別な意味的効果をあげつらうのも、詩人の意に反するだろう。読み手は、詩人が仕掛けてきた「罠」にどう対応するのか。それによって、ひょっとすれば、読み手の数だけ意味は生成するであろう。ここでは、このソネを読む上での最低限の手掛かりを、訳文と注で提示したにすぎない。

〔勝ち誇って　遁れたり……〕〔Victorieusement fui...〕（一一八頁）

初出、小冊子シリーズ『今日の人物』二九六号、ヴァニエ書店、一八八七年（初稿）。再録、自筆版『詩集9』八七年（決定稿）。『詩と散文』九三年など。手稿、個人蔵のものが四種。

ヴェルレーヌ執筆の『今日の人物』「ステファヌ・マラルメ」のために書かれたソネ。添えられたM・リュック(M. Luque)のデッサン「下半身が半獣神で上半身が裸体のマラルメが、葦笛らしき楽器を構えている戯画」(次頁図版参照)は、マラルメの了解なしであったため、詩人は刊行後、ヴェルレーヌに大いに不満を述べた。このソネは、ヴェルレーヌ宛一八八五年十一月十六日付の名高い書簡(「自叙伝」と呼びならわされる)で約束され、おそらく八五年暮ないし八六年初頭には書かれていたと推測される。初出のヴァージョン(後掲)と、その後ほどなく刊行された自筆版『詩集』の決定稿とはかなり異なり、この書き直しにはそれなりの時間がかかったと考えられるからだ。

第一聯の主題は「落日の悲劇的栄華」とも言うべき光景だが、マラルメにおける「太陽神話」の変奏であることは間違いない。ガードナー・デイヴィス以来、マラルメにおける「太陽神話」を、G・W・コックスの原著をアレンジ、仏訳した『古代の神々』(一八七九年)に結び付け、詩人が自らの運命を「太陽神」に擬したという解釈があり、それが当てはまる詩篇やテクストも存在する。しかし、「太陽」が題材になれば全て「詩人の象徴」と取るのは誤りであり、このソネや次のいわゆる「"-yx"のソネ」(二三〇頁)では、詩人が自分を「落日」と同一視していないことは明らかで

あろう。

このソネでは、落日の悲劇的壮麗さが喚起する太陽神話への詩的備給が、深夜における「少女にまします女帝」の「兜」に擬せられる金髪へと変換されるのだが、その変換の〈操作《オペラシオン》〉そのものが主題をなしている。マルシャルの指摘を借りれば、「最後の三行詩は、冒頭の四行詩の反響のようにして、短調で、もう一つの落日を喚起」するが、それは「長椅子の枕の上、崩れて散る夥しい薔薇の花びらとしてであり、まさに落日に薔薇色にたなびく雲を喚起する」。そこには、「エロディアード詩群」の反響が、しかも転倒した形で聴き取られ、金髪を「女帝」の「兜」に擬しつつ乱れ髪の姿で捉え、さらに「薔薇の花びら」の散るイメージを重ねるという、「エロディアードによる主題」の変奏が読み取られる。事実、「エロディアード——古序曲」（一〇四頁）の手稿には、この三行詩の最後の二行が、ほとんどそっくりそのまま書かれていた——

さながら軽やかな兜、少女にまします女帝の飾り、そこから
かの女《ひと》の頰を　装うため　崩れて散りもしよう　薔薇の花びら。

（『プレイヤード新版I』一一八八頁、手稿は同一一〇四頁）

そもそも「エロディアード」は「薔薇の名」であったが、このソネでは、猛々しい処女である戦士の兜として、「エロディアード神話」の見事な逆転が謳われる。

冒頭の一行のアレクサンドランは、晩年のマラルメ好みの、"-ment"で終わる長い副詞で劇的に始まる——

Victorieusement fui le suicide beau
Tison de gloire, sang par écume, or, tempête!
（勝ち誇って　遁《のが》れたり、美しい　自死を
栄光の残り火よ、血潮泡立ち、黄金《おうごん》、はた　嵐！）

この行には、韻文では独立した母音に数えられる半母音が三個あるが、冒頭の半行句は"-rieu-"の"i"も"fui"の"u"も半母音で読み、"fui"の後に半行句の切れ目を置かないと、リズムが取れない。

そのため、後半の半行詩の“s*ui*cide”は四音節に読まれ、「自死」の主題を強調する効果をもつ。二行目は、意味的には“sang par écume”（血潮泡立ち）が一続きだが、“sang”と“par écume”に託された意味的強度のため、古典アレクサンドランのように、“sang”の後で半行句が切ることも不可能ではないが、そうすると“or”（黄金）を立てるのが難しくなる。二行目は、“or, tempête”（黄金《おうごん》、はた　嵐）と“or”にアクセントを置く方が、響きがよいからだ。「(ワーグナー)頌」の最後の三行詩の冒頭に鳴り響く“Trompettes tout haut d'or”（喨々《りょうりょう》たるトランペットの　黄金は）（一三九頁）にも通じる華麗な典礼的音楽性が、悲劇的な倍音をもって歌われる。

三行目の“pourpre”（潮紫《しおむらさき》の紅《くれない》）は、本『詩集』でもすでに何度も現れているが、古代世界で紫貽貝《いがい》の生殖腺から採った貴重な染料で、王者の衣裳の染色に用いられた。アイスキュロスの悲劇『アガメムノーン』では、王妃クリュタイメーストラが、トロイヤから帰還した夫アガメムノーン殺害計画の謎めいた予告として、この色で染めた絹を踏んで入場させようとして、名高い台詞を発する——

　海がある、その海を誰が飲み干せようか

王者の緋色の敷物を、血の色に染まった敷物の予告とする、見事な台詞である。訳語としては単に「緋色」では音が弱すぎるので、「潮紫の紅」とする。二行目の「泡立つ血潮」を受けて増幅する効果を託す。

「戦士の兜」（一三行目）に金髪を譬えるのは、たとえば、『折りふしの唄』に、「この逆らう金髪の兜」や、「彼女のように、光の兜をつけて〔……〕」などがあることから、このソネは、マラルメの書くことの苦しみや「エロディアード」詩篇への執念に対する。「詩的な遊び」を表現しているのかもしれないとマルシャルは読む。恋するマラルメのほうが詩人マラルメよりもチャンスがあった、なぜなら愛すべきエロディアードを見ることができたからで、「不在と現前とを、エロディアードと快楽とを、統一しうる可能性」を垣間見たのではないか。金髪の女性というと、注解者はメリー・ローランを持ち出したがるが、ここでは「少女性」に拘っておくほうがよい。いずれにせよマラルメの「エロディアードの劇場」において、このソネが、一つの幸運な序曲あるいは間奏曲を構成していることは間違いない。

以下に初稿を訳出する。傍線部分が、決定稿と異なる部分である――

弥増《いやま》しに微笑むのは　さらに美しい破局に対して、
血潮の吐息、殺戮の黄金《おうごん》、悶絶、はた祝祭！
まこと百千《ももち》度《たび》、熱情をもって　今しも拡げるのが
我が孤独なる愛の　打ち勝たんとする　墓であるとは。

なんと！　あの落日の全てから　親しい端《はぎ》切れさえも
残らぬとは、今や深夜、詩人の手の内にである、
例外はただ、遊び心のあまりなるか、宝が　頭《こうべ》を飾り
そこに　漠とした　仄かな光を流す、灯火もなしに！

君のものだ、そう、つねに変わらず　遊び心の！　君のものが
それのみが　保障なのだ、息絶えた夕べから　引き留《と》めている、
11 いくばくか　嘆かわしい闘いを、　その髪を結い上げて
優美にも、長椅子の枕の上に、それを君が　置く、
さながら戦士の兜、少女にまします女帝の飾り、そこから
14 君の　姿を象《かたど》るため、崩れて散りもしよう、薔薇の花びら。

初稿と決定稿の異同は一聯と二聯に多く、ほとんど書き直しの感さえ呈する（ただし基本的な主題上の意味素は出揃っている）。後半の三行詩二聯は、一文で構成されている点をはじめ異同は少なく、最後の三行詩は、細部に至るまでほぼ変わらない。

〔浄らかなその爪は……〕［Ses purs ongles . . . ］（一三〇頁）

初出、自筆版『詩集9』一八八七年。再録、『詩と散文』九三年。手稿、カザリスの要望で、銅版画入りのソネ集のために書いた「彼自身の寓意であるソネ」（六八年）を含む二種。詩人が二十六歳の時に、「彼自身の寓意であるソネ」と名づけた、名高い「“-yx”のソネ」。初稿

は、マラルメ生前には、親しい友人の眼に触れただけで、自筆版『詩集』で初めて改訂稿（決定稿）の存在が知らされた。

決定稿の脚韻は二つだけ、それを男性韻と女性韻として交互に用いる離れ業をする（“-yx”と“-or”をそれぞれ男性韻“-yx”、“-or”と女性韻“-ixe”、“-ore”として用いる）。なかでも謎めいて使われる第二聯の印象的な“ptyx”という単語については、友人との六〇年代の書簡に、「意味が分からないが脚韻の必要上発明した」かのような告白がされ、このソネは優に一冊の書物が書けるほど多くのインクを流させてきた。

後期のソネの重要なトポス（詩の素材＝場）である「落日の悲劇的光景」と、マラルメにおける「太陽神話」への備給は、「〔勝ち誇って　遁れたり……〕」（一二八頁）に劣らぬ多くの解釈を呼び、より深層の劇への照会としては、未定稿執筆とあまり隔たらない時期の哲学的小話『イジチュール』（一八六九―七〇年）との、主題論的・イメージ論的な分析を必然とする。

以下に、六八年の初稿を引用し、異同の目安を傍線で示す。

彼自身の寓意であるソネ

肯《うべな》う夜が　火を灯す　縞瑪瑙《しまめのう》に、それは
彼女の爪、純粋なる罪から取った　松明《たいまつ》かかげる女、
落日の　不死鳥により　廃絶されたる　夕暮れの罪、
4 その灰は　納むべき　骨壺もなくて、あるのはただ

コンソール、暗いサロン。プティックスもない、
殷々《いんいん》たる　無生気の　異形《いぎょう》なる　器《うつわ》か、
けだし主人は　冥府の河の　水を汲みに
携えたのは、夢が誇る　全ての品々。

そして北面、虚ろに開く　十字窓に沿い、一つの黄金が
不吉な光に　唆《そそのか》す、己が美しい額縁のためと、闘いを、
相手は　一人の神、それを水の精《ナンフ》が　攫《さら》おうという、

暗さを増す　姿見の中へと、装置はいかにも
不在のそれだが、異なるのは　鏡の面《おもて》に　なおも
煌《きら》めきの鮮やかに　七重奏の　繋ぎ留《と》まる姿。

カザリス宛の手紙（六八年七月十八日付）によれば、このソネは「言葉についての研究から抜き出したソネ」であり、「意味は、あるとしてだが（反対の場合でも、恐らくこのソネが内包している詩《ポエジー》の度合いが充分だから、自分としてはそれでもよいのだが）、言葉自体に内在する幻影によって喚起される」、「繰り返し、声に出して呟いてみると、一種の呪文的な感覚を覚える」という。そ

して、「夢と空無に満ちた版画にはぴったりだと思う」と、マラルメにしては珍しくソネの解説をする——

「——たとえば、夜に開かれた窓、二枚の鎧戸《ヴォレ》は留めてある。誰もいない部屋、留めてある鎧戸が示す落ち着いた感じにもかかわらずだ、そして不在と問い掛けからなる夜に、家具もなく、微かに渦型迫持ちらしきものが感じられるばかりであり、鏡の、傾いて瀕死の如き縁が、奥に掛かっている、そこに映っているのは星座だが、よくは分からない、大熊座の影であり、それだけが、世界から打ち捨てられたこの住処を天に繋いでいる。

——無であるソネ、至るところから相互反映を見せているソネのために、この主題を選んだのは、僕の作品は、あまりにもよく準備され、かつ階層化されていて、可能な限りに宇宙を表象しているから、僕としては、こうして階層化した僕の印象のなにがしかを傷つけることなしに、そこからいかなるものも取り去ることはできない、——そして、いかなるソネも、そこで出会うことはないのだ。」

初稿「彼自身の寓意であるソネ」から、「“-yx”のソネ」と呼ばれる決定稿への変容は、詩人マラルメの二〇年間の成長の証左であるが、ここではまず、問題の“ptyx”の正体について見ておく。ベニシューの『マラルメに沿って』を参照するが、初稿における“ptyx”が、マラルメの言う通り「意味が分からず」に使われたことはありえないだろう。ギリシア語で“ptux”は、語源的には「襞《ひだ》」を意味し、転じて「窪んだ物体」、特に「牡蠣の貝殻」を意味した。ベニシューは、同時代の権威あるギリシア語辞典 Henri Étienne: *Thesaurus graecae linguae*（1842-47）の第四巻の“ptyx”

の項を参照し、初稿の“ptyx”は、それと同格に置かれた“vaisseau”（容器）、“récipient creux”（底の窪んだ器）の意で使われ、ラテン語の“vascellum”が「小さな壺」であったことからも、「窪んだ器」と取ればよいとする。

ところが、決定稿では、“ptyx”の同格は、

Aboli bibelot d'inanité sonore

（殷々《いんいん》たる　無生気の　打ち捨てられたる　骨董か）

となる。“Aboli”および“bibelot”という“allitération”（音節冒頭の子音の繰り返し）の効果によって、きわめて印象的な「廃絶＝不在」の意味作用が顕在化するのだ。“ptyx”は、一九年前の、謎めいてはいるが意味する物体は可能な次元とは全く違う、〈無－意味〉の名辞＝オブジェに変容する。

ドマン版『詩集』で「“-yx”のソネ」が、「〔勝ち誇って　遁れたり……〕」の次に置かれているのは、詩人の意図を測る上で重要である。いずれのソネも、落日の悲劇的情景あるいはその記憶から始まる。だが後者は、第二聯の途中から、「太陽神話」の〈悲愴劇〉を転じて詩人の部屋に視点が移るや、若い女性のしどけなく横たわって流す〈金髪の讃歌〉となり、詩人の間－テクスト的引用は、「エロディアード」を逆転した形で喚起する〈官能的な歌〉へと変容する。〈劇の筋書き〉としては二段構成である。

それに対して、「“-yx”のソネ」は、初稿以来、三段構成である。第一聯は、星々を夕べの「松明《たいまつ》かざす女」の指の爪に譬えつつ、「落日の後の星々の出現」の情景で始まる。「不死鳥」の「灰を納むべき　骨壺」の主題に導かれて、第二聯では、詩人の室内へと視座を移し、「主人」不在の部屋《サロン》

が舞台となる。第二聯一行目の脚韻で用いられるのが謎めいた"Styx"であるが、脚韻としては"Styx"(冥府の河)を呼び出し、主人=詩人の「冥府降り」を暗示する。冒頭の四行詩二聯は、この二段構成からなる一文である。続く三行詩一聯は第三段として、詩人不在の部屋の一見客観的な描写へと移り、出現する〈装置〉は、北面して開いたままの「十字窓」と、部屋の内部でその窓へと向けられた「姿見=鏡」である。その姿見の額縁の神話的な主題による彫像の後に、姿見の面に浮かびあがる「北斗の七つ星」を喚起して、ソネは終わる。

一九年の歳月を経て、詩人マラルメの詩作はいかに磨きあげられたことか。〈三段構成の仕掛け=演出〉は原則的には変わらないまま、その視線の移動――二十世紀なら、カメラ・ワークとでも言おうか――の劇的な設定は、「〔勝ち誇って　遁れたり……〕」と対をなす、「ソネをまとめて」の白眉である。

マルシャルらがすでに指摘しているように、「"-yx"のソネ」に至って、初稿以来予感されていた「七対の脚韻」も見出される。初稿の韻は以下の通り。"onyx", "Phœnix"/"lampadophore", "amphore"/"ptyx", "Styx"/"sonore", "s'honore"/"or", "décor", "encor"/"rixe", "nixe", "fixe". それに対して、決定稿では、前半の四行詩二聯の韻が"-yx","-ore"の交差韻四組に整えられ、後半の三行詩二聯は、"or", "décor"の平坦韻で始め、それに"nixe", "fixe"の交差韻と"encor", "septuor"の交差韻が組み合わさって七対の脚韻を整える。詩法上のこの操作は、ソネの終りで鏡の表面に映し出される「北斗七星」の映像を、「七重奏(septuor)」という音楽的表象によって表し、十四行詩の空間を一つの〈舞台〉に、それも〈室内オペラ〉に変容させる見事な仕掛けである。以下、各聯ごとに見ていく。

第一聯　日没という「太陽の死」に続いて訪れるのは「夜」だが、それは「不安(L'Angoisse)」によって表象される。当然に「不安」は擬人化され、大文字始まりで書かれる。ソネの冒頭は、「不安」の掲げる「爪」とその材質である“onyx”(縞瑪瑙)という、部分で全体を表す換喩によって、世紀末的耽美主義と言おうか、いささか安易な比較だが、ギュスタヴ・モローの画布の色彩とタッチの強度を保証する「宝石のイメージ」をも思わせる、古典アレクサンドラン四行で始まる。七対の脚韻構成も、音韻的な点からは[iks]と[ɔːr]の二つの音素に集約され、詩句の内部でも、これらの音素か、それに近い音素が効果的に配される。「縞瑪瑙」の「浄《きよ》らかなその爪」を「高々と掲げ」る象徴的存在である「不安」は、二行目の詩句の「松明《たいまつ》かざす女」として、その属性が喚起される。彼女が「いま」この深夜に、「捧げ持つ」のが、「不死鳥(Phénix)」(ここでは毎夜、焼かれて死んでは、翌朝には蘇る太陽)の夕べの「数多《あまた》の夢」であるのは、詩人が自分を〈太陽〉に擬しているからに他ならない。二行目の脚韻の“lampado*phore*”には“cinéraire am*phore*”(両側に手の付いた古代の骨壺)が呼応し、その不在が第二聯の主導動機となる。

第二聯　古代風の「骨壺」が置かれるべき調度は、初稿では“consoles”(渦巻き模様の彫刻の手で、壁に取り付けられた小卓)であったが、決定稿では“crédences”に代わる。この語を、マルシャルはリトレ辞典によって、「教会で聖具を載せておく台」とし、マラルメが「神殺し」を果たした六〇年代中葉の危機が、このソネと深く関わっていることへの目配せだと説く。だが、同じリトレ辞典の“crédence”の項には、語源のイタリア語“credenza”の用法に、君主・貴族などの邸宅で、食事の前に「毒見をする式台」の意味もある。このほうが、第二聯最後の「携えたものは　虚無が

誇る　唯一の品」、つまり「毒薬」の暗示に、うまく繋がるのではないか。

再び“ptyx”に拘ると、この語と同格に置かれた六行目の

殷々《いんいん》たる　無生気の　打ち捨てられたる　骨董か

（Aboli bibelot d'inanité sonore）

は、フランス語原文では、一度読んだら忘れられない強烈な一行。3/3/4/2からなる古典的アレクサンドラン詩句は、十二音の内部で、“a”の母音が二度、“o”の母音が狭い音で二度、広い音で二度繰り返され、“i”の母音も四度、直前の脚韻を受け次の行の脚韻への橋渡しをするかのように繰り返される。この部分、初稿でも後半の半行詩はすでに決定稿と同じものが見出されていたが、前半は「異形なる　器（Insolite vaisseau）」となっていて、おそらく“ptyx”の形状等に関する拘りが、詩句の意味作用を妨げている。決定稿では、“ptyx”という単語自体の「意味作用不可能性」を逆手に取るかに見えて、ひたすら“Aboli”（廃絶された）と“inanité”（無生気＝不活性）が、この〈空虚の間〉に音高く響きを立てる。

意味の内実を欠いた単語“ptyx”が、虚焦点のように占める意味の場には、「瓶」や「鬘」、そして「鬘」の変形としての「ページの白紙」が、見え隠れする。おそらく詩人の内部で、初稿以来の「詩作の不可能性」という劇が、このソネの言語空間とその言語空間の成立根拠とを、支配し続けていたからであろう。毒薬を飲んだ詩人が果たすべき地獄降りは、『イジチュール』が未完のままに放棄されても、詩人の精神、魂と身体の最深部に潜み続ける『不可能性の魔＝キマイラ」なのではなかったろうか。

第三・四聯　決定稿と初稿との大きな差異の一つは、最後の二聯の三行詩の脚韻の改訂である。『エロディアードの婚姻』の手稿などでも、脚韻だけが決定されていて後は白紙という詩句がしばしばあるが、それほどマラルメにとって脚韻の選択は決定的であった。初稿では、まだ抱擁韻が混在しているかにみえたが、決定稿では、平坦韻二行、交差韻四行に整えられ、“*or*”, “déc*or*”（平坦韻）、“n*ixe*”, “enc*or*”, “f*ixe*”, “sept*uor*”（交差韻）という形で、意味素の重要な部分が脚韻に当たるように修正される。何より大きいのは、このソネの「ライフ・インデキス」とも呼ぶべき「七重奏（septuor）」が、最後に至って見事に輝きだす、詩句の演出を実現したことである。

煌《きら》めきの　やがて鮮やかに　極北の　七重奏。

(De scintillations sitôt le septuor.)

蛇足めくが、このアレクサンドラン詩句の半行詩は、“De scintillations”という六音節内部では割りがたく、息としては“sitôt”（二音節）まで言って——八音節である——、“le septuor”（四音節）を投げ上げるように発するのではないか。初稿の「解説」でも影を見せていた「大熊座」——ナンフのカリストが天に上げられてなったとされる——つまり「北斗七星」は、「七重奏」を呼び出すための仕掛けであったが、それが決定稿では、音楽的に見事に決まっている。

エドガー・ポーの墓　LE TOMBEAU D'EDGAR POE（一三三頁）

初出、『E・アラン・ポー　記念文集』一八七六年。再録、『リュテース』誌、八三年十二月二十九日―　月五日号(ヴェルレーヌの連載「呪われた詩人たち」の「ステファヌ・マラルメ3」に引用)。同『呪われた詩人たち』八四年。自筆版『詩集9』八七年。マラルメ訳『エドガー・ポー詩集』八八・八九年。『詩と散文』九三年。手稿、六種。

エドガー・アラン・ポー(一八〇九―四九年)のボルティモアにある墓に、七五年になって記念碑が建立されることになったのを機に、記念文集も作られ、マラルメも寄稿することとなった。スウィンバーンとジョン・H・イングラムの仲介でマラルメは、記念行事委員長のライス嬢宛に、追悼のソネを七六年十月に送り、セアラ・ヘレン・ホイットマン夫人(ポーの元婚約者)に宛てて、自身による英訳稿も送る。セアラ・ホイットマンは、マラルメの訳文を待たずに自身で英訳を作り、『記念文集』には、パリ在住の女性作家ルイーズ・チャンドラー・マルトン(Louise Chandler Moulton)がマラルメの示唆に従って英訳したものも収められた。マラルメは、自身が仏訳した『エドガー・ポー詩集』の「注記」に、ホイットマン夫人のものを「自由な翻案」として、マルトン夫人のものを「翻訳」として載せる。マラルメ本人の英訳は、フランスでは長く知られていなかったが、一九三九年にシャルル・シャッセが『比較文学』誌に発表し、五四年『マラルメの鍵』に再録した。英語教師とはいえ、自作のソネを「英語逐語訳」するという作業は決して簡単ではなかったはずだが、お蔭で後世はマラルメの英語運用能力の一端を知ることになる。マラルメは、『エドガー・ポー詩集』の「注記」と、ドマン版『詩集』の「書誌」の二度にわたって、このソネが「ボルティモアにおけるポーの記念碑の除幕式」で朗読されたと記しているが、これは誤り。詩篇に臨場感を与えようとしたものと想像できるが、なぜあえてこのような記述をしたのかは不明。

最も古い形を偲ばせる草稿（マルシャルのポケットブック版の注解に収録）は、八七年の決定稿と比べると、タイトルが「ポーの墓に」となっていることや、表記や形容語、比喩に多少の差異が認められるが、基本的なイメージやコンセプトはすでに見出されている。「ポーの墓」は、「ソネをまとめて」のなかで比較的分かりやすい部類に属する。

マラルメがポーから受けた影響については、『詩と散文』（筑摩書房）の松室三郎氏による詳しい訳者解題や、筑摩版『マラルメ全集I』所収のこの詩篇についての清水徹氏の簡潔な要約を参照。ポーが、フランスに紹介されたのは一八四六年だが、当初はそれほど注目を引かず、五六年になって『異常な物語集』が、ボードレールの翻訳と「序文」付きで刊行された。「詩作の哲学」と詩篇「大鴉」もボードレールの訳で、五九年に『フランス評論』誌に発表され、六五年には『怪奇かつ真面目な物語集』に収められた。この五九年のボードレール訳はマラルメも読んでいたと推測され、六三年のロンドン滞在中には、ポーの詩論を詩作の根拠に据えるべく思索を深めた。七二年にマラルメは、『文学・芸術復興』誌に八篇のポーの詩を翻訳し、七五年には「大鴉」の翻訳を、二つ折り版でマネの挿絵を五葉入れた犢皮紙《とくひし》表紙の豪華本として刊行する。マラルメにとって同時代の詩人としては最も重要なボードレールが、フランスにおけるポーの紹介者でもあったことは、文学の系譜学上つねに強調されてきた。マラルメ十八歳の手帖『落穂集』には、ポーの「大鴉」や「アナベル・リー」「ヘレン」などの翻訳を試みた跡が読みとれ、ボードレールの詩篇も二九篇コピーされている。六一年には、『悪の華』の「削除版」が刊行されているが、マラルメは、五七年版の出版禁止になった詩篇をコピーして別丁に仕立てていた。青年期のマラルメにとって、ボードレールとポーは手を携えて自分を導く指標であり、七五年、ポーの死後四半世紀以上を経て、ようやくその記念碑が建てられるという記念行事に際し、詩人を讃え、かつポーを認めなかったアメリカの社会と文化への痛烈な批判ともなる「追悼のソネ」を書くことは、願ってもないことであっただろう。

第一聯の、

Tel qu'en Lui-même enfin l'éternité le change,

（彼その人へと　ついに　永遠は　彼を変容せしめ、）

は、マラルメの詩句の中でも、最も名高いものの一つ。詩人はその永遠の名声を、死によってのみ勝ち得るのだが、その壮麗な背景には形而上学的な意味が込められている。実人生の有為転変のなかでは、曖昧さを残していた詩人の自我は、「時間から解き放たれて初めて、自らを確立する」（ベニシュー）からである。したがって、ここでは詩人の聖別化ではなく、復讐が問題となる。死者は、「白刃を振るって　掻き立てる（suscite avec un glaive nu）」のだ、彼を認めなかった世俗の民を、闘いへと。ベニシューも説くように、ここでは動詞 "susciter" は、そのラテン語語源（suscitare）に忠実に、「闘いへと立ち上がらせる」の意であり、マルシャルは、J・モレルの読み（『フランス文学史雑誌』一九八三年五―六月号）を引き、『黙示録』の大天使と、その口から迸り出る『聖なる刃＝神の言葉」を思わせるとする。また、マラルメの初期詩篇「不遇の魔」の、「いとも力あるそれは　天使の御業《みわざ》、／地平線に　すっくと立つ、抜き身の剣を　振りかざして」（二三頁）や、エマニュエル・デ・ゼサールに献げた「パリの詩人に背いて」の、「鹿毛《かげ》色の鎧を纏う天使」が「官能の喜びのために／煌めく剣を振りかざす」（二一―三行目）などが思い出されよう。詩人は、まさに生前から〈死〉の代弁者なのであり、「俗世の民（Son siècle）」には理解されなかった。“son siècle”は、直訳すると「彼の世紀」であり、ポーが「排除の装置」（フーコー）によって狂気へと追い込まれていくのは、十九世紀に始まる「近代性」の典型的な症例である。ここでは、日本語のインパクトを考え、あえて意訳した。

第二聯の「卑しくのたうつ　ヒュドラー」も、単に神話的な「レルネーのヒュドラー」ではなく、『黙示録』の怪獣か、聖ミカエルの退治した竜を思わせ、「詩人と大衆の乖離」という伝統的な主題に、「祖型的な次元を与える」（マルシャル）。このソネの中でも後世に広く記憶される六行目の、

部族の言葉に　より純粋な意味を　与える

(Donner un sens plus pur aux mots de la tribu)

の意味するところは、この「天使（l'ange）」が、「死」にではなく、文明をもたらす「詩」に属することである。「部族の言葉」と呼ばれる世俗一般に通用する言語を、「言葉の意味を純化する」ことで、変容させようというのである。「ロマン派以来の詩的哲学において広く流布していた命題」だが、ここでは、群衆を醜悪な相において示すために動員されるにとどまり、「卑しくのたうつ　ヒュドラー」は、ポーを認めないアメリカの大衆の、グロテスクにのたうち回る姿を表すと、ベニシューは言う。事実、彼らは主張する、ポーの詩の「瀆神《とくしん》の業《わざ》（＝魔術）の飲まれたのは」、「何か　黒々しい混沌の　名誉なき　流れ」に他ならないと。ベニシューの指摘にもあるように、マラルメが「ペリフラーズ（言い換え）」を用いない訳ではないが、ここではことさら新古典主義的なカリカチュアを用い、「アメリカの良識ある人種におけるアルコール嫌悪」を風刺する。

第三聯では、群衆と詩人の対決の主題を再び取り上げる。冒頭の九行目の詩句――

Du sol et de la nue hostiles, ô grief!

（大地も雲も、二つながらに敵対する、おお、何たる闘い！）

は、フランス語としての構文が無理であることを、ベニシューは厳密な文法学者として指摘し、手稿段階での変更を以下のように追う。七六年頃にジョン・H・イングラムに渡した手稿では、

Du sol et de l'éther ô le double grief!

（大地も天空の気も　おお　二つながらに　闘う！）

となっていて、「相互的な怨恨」の意として意味は通る。だが、このヴァージョンが知られたのは一九六八年で、マラルメ自身がライス嬢に送ったヴァージョンでもすでに、

Du ciel et de l'éther hostiles ô grief!

となっていた。"hostiles"を加えたことで、意味が曖昧になることを懼れたのか、ホイットマン夫人への書簡では次のように訳す――

Of the soil and the ether which are enemies, o struggle!

（大地と大気が敵対する、おお闘いよ！）

同じ年に、マラルメの示唆を受けたマルトン夫人の英訳では、

Oh struggle that the earth with Heaven maintains!

（おお、大地が天と続ける闘いよ！）

とある。マラルメの詩句の意味は曖昧であっても、詩人自身によるこれらの「逐語訳」がある以上、

それに従うのが最善であるとベニシューは説く。

第三聯の二行目（一〇行目）からは、ソネの主題たる「ポーの墓」についての瞑想、詩人としての祈願が始まる。鍵となるのは、隕石のイメージであり、ボルティモアのポーの墓に載せられた「花崗岩（granit）」である。マラルメはこの墓石を好まず、ポーに対するアメリカの最後の悪意をそこに見た。ドマン版『詩集』の「書誌」には、

「玄武岩の大きな塊は、アメリカが詩人の軽やかな影の上に据えようとしたものであり、そのような影が今後二度と現れないようにとの意思である」（一六二頁）

とある（マルシャルの『プレイヤード新版Ⅱ』七二六頁に、その記念碑のエッチング複製が載っている）。同じようなマラルメの側からのアメリカに対する悪意は、マラルメ訳『ポー詩集』の「注記」にも読まれる。

第三聯の最後（一一行目）で初めて、ソネの対象が「ポーの墓」であることが明言され、第四聯に至って、ポーの詩作に対する侮辱は、宗教的な倍音を伴った「冒瀆《ぼうとく》」だとされる。第四聯の冒頭の一行の、ベニシューによる音韻上の分析を聞こう――

Calme bloc ici-bas chu d'un désastre obscur
（混沌たる　宇宙の　壊滅から　地上に墜《お》ちた　身じろぎもせぬ　塊）

は、六つのアクセントをもつ重厚な詩句であり、

Cal/me bloc / ici-bas / chu / d'un désast/re obscur　（1/2/3/1/3/2）

と読まれるべきだとする。息詰まるような危機的状況の切迫を、言葉の「息」に写し取るこの詩句。

「宇宙の　壊滅(désastre)」から生じたこの「花崗岩」の「身じろぎもせぬ　塊」こそが、「未来に散乱する　冒瀆《ぼうとく》の　黒々しい飛翔(noirs vols du Blasphème épars dans le futur)」という、不吉な鳥の飛び交う危機的情景に対し境界を画すという、揺るがぬ墓石の現前を喚起して、ソネは終わる。「ポーの墓」の主題にふさわしい、劇的な強度に貫かれた終景である。

シャルル・ボードレールの墓 LE TOMBEAU DE CHARLES BAUDELAIRE（一二四頁）

初出、『ラ・プリューム』誌、一八九五年一月号。再録、『シャルル・ボードレールの墓』（芸術・文学叢書）、九六年。手稿、一種。

一八九二年七月に、『ラ・プリューム』誌の編集長レオン・デシャンが、ボードレールの記念碑として、その銅像建立を計画した。そのための委員会の委員長を依頼されたマラルメは、先輩のルコント・ド・リールがいるからと辞退したが、ルコント・ド・リールが亡くなって、九四年九月に委員長を引き受ける。（『ラ・プリューム』誌との関係で言えば、九三年二月九日に、同誌主催の饗宴に主賓として招かれて、後にドマン版『詩集』の冒頭を飾る「祝盃」のソネを朗誦していた。）しかしこの計画は、結局実現しない。記念碑建立の資金調達という目的もあって、デシャンは、予約出版のボードレール追悼の冊子を刊行しようとした。一八九二年三月二十二日（推定）の手紙で寄稿を約束したマラルメも、この時期から構想を練り始めたのだろう。翌九四年四月には、追悼のソネは浄書するだけであると予告し、数日後に送っている。この追悼詩集は、三九名の詩人が寄稿しているが、マラルメは巻頭に別扱いで組まれ――『ゴーティエの墓』の時のヴィクトル・ユゴーの位置だ――、その後はアルファベット順に、フランソワ・コペ、ディエルクス、カーン、ローデンバック、ヴェラーレン、ヴィエレ＝グリファン等、後世が「象徴派の亜流」と見なす詩人たちが並ぶ。マラルメの「ソネ」は、翌九五年一月号の『ラ・プリューム』誌に載る。雑誌掲載と記念出版所収の段階では、タイトルは"Hommage"（頌）であったが、ドマン版収録に際しては、「エドガー・ポーの墓」（一三二頁）に続いて「シャルル・ボードレールの墓」とされた。ドマン版の「書誌」は、「この標題をもつ書物のために書かれたが、彫像か胸像かメダルかはともかく、そうした追悼記念物のための予約の書物である」（一六二頁）と説く。青年期にボードレールから影響を受けた詩人として、今やマラルメも長老格となった自覚である。

ポーに対する絶対的な心服と比べた際、マラルメは、「近代性の詩人」の原点としてのボードレールの偉大さも重要さも認識しつつ、「呪われた詩人」としてのその「生きざま」も、「詩句」や「詩法」の点でも、〈絶対的モデル〉とは考えてはいなかった（「不遇の魔」や「窓」の注二三二・二四七頁も参照）。とはいえマラルメの「墓」シリーズが、ポー、ボードレール、ヴェルレーヌに限られていることは、ヴェルレーヌの造語と言ってもよい「呪われた詩人」の三幅対《さんぷくつい》として認識していたからに他なるまい。

この「シャルル・ボードレールの墓」は、マラルメの「墓」つまり「追悼・記念」シリーズの中でも、というかマラルメ後期のソネ全般のなかでも、最も毀誉褒貶の激しい詩篇である。ティボーデは愚作と決めつけ、マラルメの正統な弟子ヴァレリーでさえも、いわば不肖の弟子クローデルに

「これは、君に任せるよ」と言ったとされる（アンリ・モンドール『ポール・ヴァレリーの打ち明け話』一九五七年）。ポーと並んで、青年期以来マラルメが敬愛した詩人ボードレールの記念碑のためのソネであるから、当然に「ボードレール讃」が主題となり、ボードレールの詩篇からの引用や言及が予想されるところだが、前半の四行詩二聯がまずは躓きの石である。

オースティン以来、問題の四行詩二聯は、「ボードレールの詩の中心的主題である〈死〉と〈売春〉を喚起」し、後半の三行詩二聯は、「ボードレールの〈影＝亡霊〉がその記念碑に安らう姿が、墓に添えられた、いかにもふさわしい花の如くに喚起」されているという解釈が、一応妥当なものとされるが、具体的な典拠やイメージの解釈となると、後期ソネのうち最も異論が多い。（コレージュ・ド・フランス教授ジャン・ポミエの論文集『過去との対話――文学的研究ならびに肖像』（一九六七年）所収の「ステファヌ・マラルメのシャルル・ボードレールの墓」は、構造主義論争以前の「実証主義的研究」の手つきの見本。）

そもそも、第一聯が〈死〉を主題にしていると言っても、ボードレールのどのような詩篇との繋がりでそう言えるのか。イメージ的にはこの四行詩は、ボードレールの詩篇とは縁のない「エジプト的な装置」に貫かれているが、その正当化には、上記ポミエ論文も示唆するように、一八八七年一月号の『両世界評論』誌に載ったフェルナン・ブリュンティエールの評論「シャルル・ボードレール」が、ボードレールをスタンダールと並べて、「現代の〔……〕怪物的にして異形な偶像の如きもの」としたことが引かれる。とはいえ、「神殿(Le temple)」(一行目)だけでエジプトだとは決めつけられまい。この「エジプト性」を補強するのは、三―四行目の「その鼻面《はなづら》は　一面に燃え盛」

る「凶暴な吠え声」の「アニュビス」、つまりエジプトの「地獄の番犬」である。しかし諸家の説で納得のいかないのは、この「エジプト性」と、「泥とルビーを　泡《あぶく》となって　吐き出す」「下水道」との繋がりである。エジプトが考古学的に下水工事で有名であったという話は聞かないが、注釈者は、「泥とルビー」の組み合わせが「いかにもボードレール的だ」とするだけで、「エジプト性」に満足しているのは奇怪である。ポミエ教授の調査で、ルーヴル美術館に「顔面の黒いアニュビス像」はなく、唯一あるのは「黒い顔のアニュビスの仮面」といった詮索が、この詩の理解にどこまで役立つのか。そもそも「神殿」を「エジプト」に直結させるのが早計なのではないか。ボードレールの『悪の華』Ⅳ、「万物照応」の詩篇で――

La Nature est un temple [. . .]
（自然は神の宮にして〔……〕）

と歌われたからと言って、その「神の宮＝神殿」を「エジプト」だと説く学者はいまい。訳者としては、解釈の視点をまずはボードレールの同時代に据えて、そこから「エジプトもどき」を読み解く手続きも必要ではないかと思う。

マラルメの後期散文――つまり詩人の言う「批評詩」――のなかでも、その同時代性に焦点を当てて詩人を読み解くために見逃せないテクスト群に『ディヴァガシオン』がある。一八九六年五月から取りかかって、九七年一月に刊行されているから、このソネ制作と同時期であるが、その中の「芝居鉛筆書き」シリーズの初出は、八六年秋から一年間、『独立評論』誌のために書いた「劇場ノート」であった。その「芝居鉛筆書き」で「挿入句」と題されている、エデン劇場を取り囲む風俗と、ラムルーによるワーグナー『ローエングリーン』初演のスキャンダルとを対比的に語る批評詩の冒頭は、「〈神殿《タンプル》〉大通りの音楽による大洗浄」という、パリの芝居町における「管弦楽演奏会の流行」を取り上げた『独立評論』誌、八七年一月号の第一四パラグラフを「貼り付け」たものであった（筑摩版『マラルメ全集Ⅱ』註解篇、一三八―一四〇頁参照）。オスマンによるパリ大改造で、六二年には、芝居小屋の立ち並ぶ「神殿《タンプル》大通り」の取り壊しが始まっていたことを思い起こすと、「ボードレールの墓」の一行目の「神殿」が、パリの「神殿大通り」を背景に持っていないとは言い切れないだろう。そう考えれば、「神殿」の埋没した後に、「下水道」がその「口」を露呈させてもおかしくはない。パリの下水道は、すでに十八世紀から整備され始め、ユゴーの『レ・ミゼラブル』で主人公の逃走の舞台に設定されるくらい名高い「トポス＝場」であった。下水道の排出先はセーヌ河であり、セーヌ河の氾濫はただちに下水口からの都市部の浸水となったから、「神殿」と「（洪水が逆流して溢れる）下水道」が同じソネの主題を分かち合っていてもおかしくはない。オースティンの説くように、“bouche d'égout”（下水道の口）と書くのでは、あまりに即物的・日常的になる語彙を、“bouche/Sépulcrale d'égout”（下水道の／墓穴の口）として、「墓穴の」という形容詞を――行を跨って――大文字始めで挟むことにより神話化する、というか神話的な意味作用のレヴェルに引き上げることに成功しているのは、確かだとしてもである。

ところで、第一聯をエジプト風と読む動機は、「神殿」よりは「地獄の番犬　アニュビス」の出現にあった。したがって、「神殿」をオスマンの都市計画によって埋没させられた芝居町の「神殿大通り」と読み、「下水道の／墓穴の口」をパリの都市計画の結果としての洪水のトポスとして読むだけでは、この解は説得力がない。そこで、「地獄の番犬　アニュビス」だが、芝居町の「呼び込み芸人」のことを“aboyeur”（直訳すれば「吠える人」）と呼んでいたことは、十九世紀のパリでは常識であったはずだ。これらのパリ風俗が、詩句を構成する語彙のレフェラン・レヴェル（現実の照合物）にはまずあって、そこから、「エジプト風」の〈装置〉が重ねられていったとは考えられないだろうか。

マルシャルは、「その鼻面《はなづら》は　一面に燃え盛り　凶暴な吠え声」の背景に、ウェルギリウスの“Latrator Anubis”（吠え立てる地獄の番犬アヌービス）を見るが、シトロンはむしろ、梅毒に冒された最晩年のボードレールが、“crénom”（畜生）という〈凶暴な叫び〉しか挙げられなかったことへの照合を読もうとする。こう考えると、「その鼻面は　一面に燃え盛り　凶暴な吠え声」には、パリの都市的風俗のレヴェルと、エジプトの神話的風景とを、詩人ボードレールの最後の怨念に重ねた、詩的言説の仕掛けが読みとれるのではないか。九三年の「祝盃」（二〇頁）が、三つの意味作用のレヴェルでソネを貫いていた仕掛けを思い出させるように。

だが以上は全てレフェラン・レヴェル（現実の照合物）の詮索であって、詩句そのもののテクスト内関係から引き出されたものではない（したがって、「祝盃」との比較は、必ずしも適切ではない）。詩句を構成する語彙を、その記号作用のレヴェルで読めば、それらが直接にはボードレールの詩篇や想像力や生涯に繋がらずとも、「埋没」した「神殿」ならびに「墓穴」と、「アニュビス」とその「凶暴な吠え声」から、〈古代エジプトの廃墟〉が、このソネの第一の〈装置〉として強烈に浮かび上がってくる。そこにコラージュのようにして、〈近代性〉の都市の紋章の一つ「下水道の」「口」

を嵌め込み（これは第二聯の「近年の瓦斯灯《ガスとう》」と対になる）、そこから「泡《あぶく》となって　吐き出」されるのが「泥とルビー」であるという、いかにもボードレール的な〈反対物の結合〉を挿入する。そしてさらには、「アニュビス」の「鼻面が一面に燃え盛る」という視覚的な「凶暴さ」と、字義どおりに歌われる「凶暴な吠え声」によって、『悪の華』の詩人の生涯と作品を強烈に再現前化させる〈怨念〉の神話的等価物を、身体的表象によって演出しているのではないか。

　ジャン・ポミエが指摘するように、一八八七年にウージェーヌ・クレペが刊行したボードレールの『拾遺詩篇』には、『悪の華』第二版のための「エピローグ」が収められており、詩人はそこで近代都市パリを特徴づける物を列挙して、「大通り《ブールヴァール》」や「家具付きホテル」と並べて、「音楽に合わせた祈りを吐き出す神殿」、さらには「血に溢れた下水道が／地獄へと呑みこまれて行く」と歌う。ボードレールが「祈りを吐き出す神殿」と歌ったものを、マラルメが泥とルビーを『吐き出す』「下水道の口」へと収斂させているとも読めるだろう。またマラルメの「カトリシスム」と題する批評詩において、教会堂から洩れる「吠え声」の二〇行ほど先に「街路の歩道と街灯」が語られているというポミエの指摘は、間－テクスト的照合として記憶に留めておいてよい。

　第二聯では、「近年の瓦斯灯《ガスとう》（街路照明）」と「街娼」が話題になる。ここでボードレールに多少なりとも親しんでいれば、「パリ風景」XCVの「黄昏時《たそがれどき》」の二行――

　　朧《おぼろ》な明かりの、風に吹き消されそうな、それを横切り、
　　売春は　火を灯す、街路の上で。

が思い出される（言うまでもなく、ここでの「売春」は「街娼」によるものだ）。その背景＝装置と

なるガス照明の街灯については、学会発表の五つや六つはできるほどの議論があった。たとえば、ガス灯には前世紀まで主流であった石油ランプのように「火口《ほくち》(mèche)」がないとか、あるいは最新のガス灯である「アウエル型」から想像される"pubis"(恥骨、恥毛)を「男性器の形象」と取る解釈に対しては、ポミエ教授が国営フランス・ガスに直接問い合わせて、「アウエル型」はこのソネの時期にはまだ実用化されていなかったことが判明するとか。また"pubis"は、街灯が次々と灯されてゆく様を「蝶のようなガス灯」と呼ぶことから、娼婦のイメージをそこに読もうとするディヴィスや、ポミエ、モーロン、シャッセのように「街灯の炎」と読む者まで、さまざまな解釈があった。

日本的にもじって言えば、「見立てごっこ」の観を呈するこれらの解を、比較的適切にまとめているのは、マルシャルの『マラルメ読解』(一九九一─二〇〇七頁)である。その要点を以下に引くと

─

瓦斯灯が炎を捩《ね》じる（五─六行目）

瓦斯灯が娼婦を照らす（七─八行目）

であるが、ボードレールでは時間的に前後関係に置かれているこの二つの命題から、マラルメは類比に基づく統合を計ろうとする。その際、「女性」と「炎」を想像力の次元で統一するのは「髪の毛」であるから、上記は次のように変形される──

瓦斯灯が〈炎である髪の毛〉を捩じる

瓦斯灯が〈女である髪の毛〉を照らす

この類比関係は、詩句の内部では潜在的なものにとどまり、「髪の毛」は、それぞれの二行詩において、固有のコノテーションを与えられる。「街灯」の側からすれば、「髪の毛」が「火口(la mèche)」となり、「女」の側からは、彼女が「娼婦」であるから「恥毛(le pubis)」となり、この詩節の二重のイマージュへと回帰することになる。すなわち――

瓦斯灯が火口を捩じる
瓦斯灯が恥毛を照らし出す

この解によれば、五行目の「火口」と七行目の「恥毛」をそれぞれ修飾する六行目と八行目の詩句は、相互的に入れ替え可能となり、娼婦の「飛びかう姿」は、「炎」のそれとなり、ボードレールの不安を癒す特権的な場である「髪の毛」は、その癒しの働きを「街灯の火口」に付与する。同様に、「怪しげな(louche)」は、直前の「火口」を修飾すると同時に、先取り的にもう一つの「束(touffe)」である「恥毛」を修飾する(マルシャル、同書)。いささか冗長な紹介をあえてしたのは、ソネ読解システム間の差異――レフェラン・レヴェルに基づくのか、メタファー・レヴェルに焦点を合わせるのか――を、よく示しているからである。マルシャルが、「髪の毛」がマラルメの想像力の世界では、伝統的に「松明である女(femme-torche)」の「誇張法的な換喩」(ポケットブック版、二四五頁)だとすれば、このソネにおける娼婦と街灯の火との結びつきないし混同は、その誇張した変形となって、「怪しげな火口」が揺らぐ炎を意味すると同時に、性的な意味つまり“pubis”＝「恥毛」の意となると述べているのは、妥当な指摘である。

第二聯の最後に置かれた動詞“découcher”(連れ込む)は、リトレ辞典の説くように「自宅ではないところに泊る」ことであり、先に引いたボードレールの詩句からも明らかなように、街灯の下に立つ娼婦は「街娼」であり、彼女が“découcher”するのは自明であるから、諸家も注意を払わないのであろう。

　脚韻に関しては、第一聯の二・三行目の“rubis”と“Anubis”は、本来ならば後者の語尾の“s”が「アニュビス」と発音されるべきであるが、ここでは無音扱いであり、同じく第二聯の二・三行目の“subis”と“pubis”も、後者の語尾の“s”を発音するのが通常だが（ピュビス）、ここでは発音されない。ソネを全体として眺めると、前者の“quelque idole Anubis”（地獄の番犬　アニュビス）と後者の“un immortel pubis”（不滅の恥毛《ピュビス》）とは、いわば非合法的に呼応する仕掛けかとも思われ、このソネの結節点をなす〈紋章〉にも見えてくる。

　第三・四聯は、「ボードレールの墓」（といっても、記念碑）へと視座を移す。詩句の構文はきわめて省略的であり、マルシャルがデイヴィスを引いて復元したものに倣って再構成すれば、「いかなる枯れ葉が　祝福できようか〔この大理石を〕、彼女が、大理石にもたれて、腰を下ろすことができるように」、つまり、「いかなる枯れ葉が、大理石を祝福できようか、彼女がそこに腰を下ろすことでそれを祝福することができるようには」となる。第二聯の「娼婦」は、ボードレールの墓に置かれた「祈願を籠めた枯れ葉」などをはるかに凌駕して、〈悪の華〉を収めるべき詩篇のイメージとなる。こうして、ボードレールの「影」そのものと同化すべく、彼女はその肉体的現前を捨て去って、不在の姿そのものと変じる。しかし、彼女の変容はそこにはとどまらない。墓に座る〈亡霊〉は、不吉な花、悪の花、悪の執拗な香りを放つ花のイメージへと変容し、詩人の後にも生き残る作品の象徴となるのだ。ボードレール自身が「芸術家の死」（『悪の華』CXXIII）で歌ったように――

〔……〕いかにも死は、新たなる太陽の如くに飛翔して、
花開かせるであろう、彼らの頭脳の産み出す花を！

オースティンも引く、『悪の華』裁判での、ピナール検事の弾劾の言葉――

「有毒な薫りを発する、ある種の花々があるが、その香りを嗅いでよいと人々は思うだろうか。こうした花々がもたらす毒は、人々を遠ざけはしない。その毒は頭に昇り、神経を麻痺させ、錯乱を、幻覚をもたらし、死に至らしめることさえあるのだ。」

なお、このソネには句読点が一切ない――ソネの最後に、終止符もない。後半の三行詩二聯は、上記のマルシャルの言い換えを勘案しても、「句読点ナシ」で日本語に移すのは容易ではないが、訳文でも思いきって全ての句読点を省いてみた。

墓 TOMBEAU（一三六頁）

初出、『白色評論』誌、一八九七年一月一日号。手稿、三種。

ヴェルレーヌは、一八九六年一月八日に亡くなり、没後一年に際して『白色評論』誌は特集を組んだ。マラルメのこのソネは、詩人の死後、あまり時間を経ない時点で書かれたと想定される。葬儀は一月十日に、最後の住居に近かったサン＝テティエンヌ＝デュ＝モン教会で行われ、遺体はパリ北西部に位置するバティニョルの墓地に埋葬された。そこで読まれた追悼文は、『ディヴァガシ

オン』（九七年）に「ヴェルレーヌ」の題で収められている。ヴェルレーヌは一八四四年生まれであるから、四二年生まれのマラルメより二歳年下だが、その文学的デビュー作『サチュルニアン詩集』は六六年刊、『妙《たえ》なる宴《うたげ》』（六九年）、『心やさしい唄』（七〇年）と、二十代にしてすでに後世に残る傑作を残した。二歳年上の詩人が、強度の神経症に苦しみ、『イジチュール』によって「毒ヲ以テ毒ヲ制ス」と苦闘している時期には、ヴェルレーヌはすでに詩人としての評価を勝ち得ていた。南仏からパリに移った詩人が、「一介の文士として」生きようと宣言した時期には、二歳年下の早熟な詩人の方は――二十七歳である――、「天才少年」に他ならぬ十七歳のアルチュール・ランボーとの出会い、駆け落ち、発砲事件、投獄といった、フランス文学に興味がなくとも聞いたことがあるであろうスキャンダルを起こし、以後カトリックの信仰を取り戻す「回心」（七四年）と、その信仰告白である『叡智』（八〇年）にもかかわらず、「破滅型」の芸術家という、「近代性」の紋章ともいうべき生き方を続け、八四年に単行本にする『呪われた詩人たち』を地で行ったのであった。高等中学の「無能な英語教師」と評価されつつもそれに耐え、一市民としての生活を守り通したマラルメとは対照的である。マラルメの名を知らしめる上で、ヴェルレーヌの雑誌連載「呪われた詩人たち」とその単行本は大いに貢献し、つい人は、マラルメのほうが歳上であったことを忘れがちであるが、この「（ヴェルレーヌの）墓」を読むと、年長の同業者としての思いやりのようなものも感じられ、対照的なこの二人の天才を繋ぐ絆を窺わせる。

　主題は、詩人と群衆との間の誤解であり、冒頭の四行詩二聯は、ヴェルレーヌの墓に道徳的な教訓を求めようとする人々の、あまりにも物質的でいかがわしい喪の営み――みずからを「呪われた詩人(le poète maudit)」という、世紀を超えて記憶される現代の芸術家のあり方で定義したヴェルレーヌである――と、“ramier”(「森鳩」は、パリなどで一番普通にいる野生の鳩(冨永明夫氏のご教示による))の鳴き声に聞かれる、「物質の厚みを欠く　喪」との対比である(マルシャル)。天上界の喪は、近くヴェルレーヌを包むであろう栄光をヴェールで隠しているだけである。

続く三行詩二聯は、詩人の死を劇的な相のもとでは捉えないヴィジョンを提示しつつ、死せる詩人が隠れているのは、「草叢《くさむら》」の中であり、「彼が姿を隠しているのは、姿を見せることによって、彼の栄光を遮ることがないように、との想いから」なのだと歌う(前掲『ディヴァガシオン』所収の「ヴェルレーヌ」)。

最初の四行詩は、シトロン等が説くように、「エドガー・ポーの墓」の一二―一三行目(一三三頁)、

混沌たる　宇宙の　壊滅から　地上に墜《お》ちた　身じろぎもせぬ　塊、
この花崗岩が〔……〕

を思い起こさせ、一行目の「黒い巌《いわお》」を、埋葬されているヴェルレーヌの擬人化と取る説もあるが、墓石そのものと取るほうが、ソネ全体の調子には合う。

第二聯では、六―七行目の“de maints/Nubiles plis”が、注解の分かれるところ。“nubiles”を通常の意味の「結婚適齢期の」と取ると、「ヴェルレーヌの栄光が適齢期に達している」となるか(「生まれて来る天体で大きくなっている」とするマルシャル)、かつてのヌーレ説のように、「真新しい喪のヴェール」となる。だがシャッセが提示し、ミショー、ヴァルツェール、ファーヴル等が

倣うように、通俗語源説から、ラテン語の“nubes”（雲）に由来させ、「夥《おびただ》しい／雲の襞《ひだ》」と取るほうが意味が通る。バティニョルの墓は、モンパルナス、ペール＝ラシェーズと並ぶパリの三大墓地の一つだが、パリ市の郊外へ出る地域にあり、“le ramier”のさえずりも殊に印象的であったであろう。ここに、“colombe”（白鳩）を持ち出すことは、ラ・フォンテーヌの「二羽の鳩」等からヴェルレーヌとランボーの「駆け落ち」騒ぎが思い出されるから、避けねばならなかっただろうし、同時に、ヴェルレーヌの詩句に聞こえる「官能的な恋の唄」には、どこかで触れておきたいところである。そう考えると、“Nubiles plis”にも、何がしか性的な若さのようなものが託されているかに思えてくる。

八行目は、「ポーの墓」の終末論的ヴィジョンを、短調で歌ったといえよう（マルシャル）。“argenter”（銀色に染め変える）という動詞も、ヴェルレーヌの『妙なる宴（*Les Fêtes galantes*）』の、あのワットー的な銀の色調を思い起こさせずにはおかない。

最後の三行詩二聯の注釈も一定していないが、ヴェルレーヌにとって、「死」は大袈裟な事件ではない。「放浪者」と見做されるこの詩人は、その名（Verlaine）が示すように“vert”（緑の）と“laine”（羊毛）に他ならぬ「草叢」に潜んでいるのだ。R・G・コーンは、「やわらかな緑」と「流離《さまよ》う雲のような、羊毛の白さ」に、ヴェルレーヌという名の持つ象徴的な仕掛けを読むが、マルシャルも説くように、『ディヴァガシオン』の「重大雑報」に読まれる「魔法」の一節も引かねばならない。すなわち――

「詩句（vers）とは、降霊術的な線！　そうなのだ、人は否定できまい、脚韻が絶えず閉じ、開く円環に、妖精あるいは魔術師が、草のあいだに(parmi l'herbe)描く環《わ》(ronds)との相似を。」

（筑摩版『マラルメ全集Ⅱ』三一七頁、『プレイヤード新版Ⅱ』二五一頁）

最後の一四行目についてマルシャルは、一周忌の一八九七年一月十五日にバティニョルの墓地で読まれた、マラルメ二度目のヴェルレーヌの追悼演説を引く――

「そうなのです、「妙なる宴」「心やさしい唄」「叡智」「かつてのあの時」「愛」「揃って二人」は、幾世代にもわたって、流してはくれないでしょうか、若々しい唇が、一時《いっとき》開かれる時に、爽やかで、永久に変わらぬ、フランス語の波によって、喉を潤してくれるはずの、メロディーの小川を。」

イヴ・ボンヌフォワが説くように（マルシャル校注、フォリオ版のマラルメ『全書簡集（一八六二―一八七一）――付、詩についての書簡（一八七二―一八九八）』の序文「唯一無二の人としての対信者」）、マラルメが名高い「自叙伝」と称される書簡（一八八五年十一月十六日）――「〈地上世界〉のオルペウス神秘主義的解明」こそが「詩人の唯一の使命であり、優れて文学的賭」だと語ったあの書簡――を書いたのは、他ならぬヴェルレーヌに宛ててであったが、しかしそれはかつてカザリスにしたように、「自分の苦悩の、弱さの権威を盾に取って、自分のなかの懐疑を抑え込む、その手助けをしてもらおうというような下心があって」のことではなかった。ヴェルレーヌだけは、その実人生のさまざまな破綻にもかかわらず、「自分の精神の不安定、自分の力の限界、形而上的な傲慢の虚妄」を最もよく知っていた人間であり、埋葬の席でマラルメが述べたように、「運命から身を隠すような真似はしない人物」、「その恐怖のただなかで、歌い手の、夢想家の状態に直面できた人物」なのであった。彼だけが、マラルメの人生において「唯一の対話者」であり、「さようなら、親愛なるヴェルレーヌ、君の手を」と言える唯一の「友」であったからである。

頌 HOMMAGE（一三八頁）

初出、『ワーグナー評論』誌、一八八六年一月八日号。再録、自筆版『詩集9』八七年。手稿、一種。

一八八五年八月八日号の『ワーグナー評論』誌に、「リヒャルト・ワーグナー――一フランス詩人の夢想」を書いたマラルメは、同誌編集長エドゥアール・デュジャルダンに請われて、リヒャルト・ワーグナー（一八一三―八三年）に捧げる「頌《オマージュ》」を書く破目になった。はじめは、詩が書けないとか自分には資格がないと言って逃げたものの、結局十月にはソネを書く約束をし、翌年一月八日号にこの詩が掲載される。『ワーグナー評論』誌に二号にわたって参加したことは、八六年秋以降、同じくデュジャルダン仕切る『独立評論』誌に、「劇場ノート（Notes sur le théâtre）」――直訳すれば「演劇についての覚え書き」――と題する「劇評」を、秋から翌年夏までの一シーズンにわたり書くきっかけにもなったと思われる。八五年以降のマラルメのテクスト生産の軌跡を追う上では、重要な転換点となる事件であった。自筆版『詩集』に再録した詩篇は、最後の終止符を欠く以外、変更はない。

自筆版『詩集』には、「ポーの追悼詩」とこのソネが収められ、どちらも“Hommage”（頌）と題されていたが、ドマン版『詩集』に「追悼ソネ」をまとめるに際して、「ポーの墓（Tombeau）」と「（ワーグナー）頌（Hommage）」とははっきり二分され、ワーグナーへの賛辞と、ピュヴィ・ド・シャヴァンヌに捧げる最晩年のソネのみが「頌」と題された。「墓」の標題が付けられたのは、ヴェルレーヌ自身が「呪われた詩人」と呼んだ、「生涯と作品」とが捩じれ構造になるポー、ボードレール、ヴェルレーヌの三人である。芸術家として悲惨な生涯を送ったわけではないワーグナーは、ポーやボードレールとは比較しがたく、G・デイヴィスのように、『ワーグナー頌』を「墓」シリーズと同じ比喩・象徴体系で読もうとして、芸術家の実人生における悲惨と、死後の作品による復権という「太陽神話」に当てはめるのは無理がある。

マラルメにとってリヒャルト・ワーグナーは、一作曲家、一音楽家という枠を遥かに超えた存在であった（筑摩版『マラルメ全集Ⅱ』所収『ディヴァガシオン』の『リヒャルト・ワーグナー——一フランス詩人の夢想』ならびに「ディヴァガシオン（二）——祭式」の注参照）。八〇年代以降のマラルメにとって、「音楽」が提示している問題は、音楽一般ではなく、十九世紀の六〇年代以降顕著になった〈管弦楽の演奏会〉の流行であり、一八七八年のパリ万国博覧会におけるトロカデロ宮の六〇〇〇人を収容するという大ホールのオルガン演奏会が雄弁に物語っているような、教会堂におけるそれも含めた〈オルガン演奏会〉という「最新流行」であった。一言で言えば、脱宗教的な近代性の時代における「代替宗教」としての音楽である。「ワーグナー問題」は、マラルメの同時代の作曲家——といっても、ドビュッシーなどから分かるように、マラルメの弟子の世代——との交渉等とは比較にならないレヴェルでの、詩人晩年の最も重要な問題形成に関わるものなのであった。

このソネについての諸家の解釈は分かれ、ベニシューのようにお手上げだとまで宣言する注解者もいる。それら多様な論点から、差し当たり意味のある争点を取り出せば、ソネの主題論的解釈が説く、具体的なレフェラン（特に第一聯）に関わるものと、第二聯以降の文章構造の取り方に関わるものの二系列に一応は分類できる。

このソネには、詩人自身による「解説」があるから、まずそれを引く。継母アンナ・マラルメ（一八二九年生まれ）の兄ポール・マチュー（二七年生まれ）宛の書簡（八六年二月十七日付）に読まれる解説である――

「賛辞は、いささか拗ねています。お分かりのように、むしろ詩人の憂鬱といったもので、古くからの詩句の対決（le vieil affrontement poétique）が崩壊し、言葉の豪奢が色褪せていくのを見るからで、現代の〈音楽〉という太陽が立ち昇ってくる光景を前にして覚える憂鬱であり、ワーグナーは、まさに最後に到来した神なのです。」

晩年のマラルメは、詩を「光」に、音楽を「闇」に譬えていた。従って、分節言語を欠く音楽には、分節言語のもつ輝きは欠けているのだが、ワーグナー楽劇は、この二つの相矛盾する表象を合体させる離れ業をやってのけ、「現代の〈音楽〉という太陽の立ち昇る光景」を前に、詩人の存在理由そのものが脅かされていると、マラルメは考えたのだ。

そこで、「音絶えてすでに　不吉なる沈黙の（Le silence déjà funèbre）」と始まる第一聯で示される「喪」は、誰の「喪」なのか？　ワーグナーは、一八八三年二月十三日にヴェネツィアで没し、四月十八日にバイロイトのヴァンフリートに埋葬されているから、八六年一月の雑誌に持ち出すには時間的に離れすぎている。このソネ制作に先立つフランス「最大の葬儀」とは、誰の葬儀か？ L・J・オースティンは、前年五月二十二日に没した、ヴィクトル・ユゴーの国葬をあげる（「中心の太柱――マラルメ、ヴィクトル・ユゴーとリヒャルト・ワーグナー」『フランス文学史雑誌』一九五一年四―六月号）。たしかにユゴーの葬儀は、第三共和国始まって以来の国家的行事であり、最大の〈メディア的祝祭〉であった（ピエール・ノラ編『記憶の場』第一巻参照）。しかもユゴーの命日たる「五月二十二日」は、他ならぬワーグナーの誕生日であり、この「暗合」は『ワーグナー評論』第五号（八五年六月八日号）のデュジャルダンの時評「リヒャルト・ワーグナーとヴィクトル・ユゴー」でも強調されていたから、マラルメが知らなかったとは考えられず、この説に同調する批評家が多いのも不思議はない。「詩の危機」（特に第五、第六パラグラフ）や『音楽と文芸』が繰り返し強調するように、「彼自身が詩句であった」ユゴーの死は、単にロマン派演劇の終焉ではなく、定型韻文、さらにはフランス詩そのものの機能不全を意味した。その限りでは、第一聯は「詩人の喪＝葬儀」のイメージとなるが、「共和国の英雄」たるユゴーの葬儀は、パリのノートル＝ダム大聖堂等ではなく、パンテオンで執り行われたのだから、第一聯の喚起するイメージとは重ならない不都合が生じる。

レフェラン・レヴェルのモデルを、消去法的に挙げていくと、最後に残るのは、「カトリック教会そのものの喪＝葬儀」という説である（R・G・コーン、マルシャル他）。舞台芸術に託されていたはずの宗教的機能の喪失と、それが管弦楽演奏会に取って代わられたかに見えるこの時代の劇場の光景は、マラルメにとって、八六年秋からの「劇場ノート」の主導動機でもあった。「ワーグナー頌」の幕開きが、「機能不全に陥ったカトリック教会の光景」だったのは、むしろ不可避的な選択ですらあった。「縞目模様《モワレ》」の布は、枢機卿の服を始めとする豪奢な典礼に使われ、換喩的《メトニミー》にカトリック教会を意味しうる。「太柱」と訳した“principal pilier”（中心なる柱）という構造体の比喩にせよ、「調度」と訳した“mobilier”と教会のパイプオルガンのケース“buffet d'orgue”（直訳すればオルガン戸棚）との関連など、ゴシック大聖堂の建築的要素は、換喩的にちりばめられている。カトリックの典礼とその演劇的作用における「パイプオルガン」の重要さは、この時期のマラルメの批評詩が、それこそ「ライトモチーフ」のように繰り返すところである。「縞目模様（モワレ織り）の生地」も、「豪奢な典礼」の暗示だけではなく、リトレ辞典が説くように、意味の起源に「山羊」を孕むこの語には、存在不可能な幻想獣たる「キマイラ」の胴体をなす山羊が、マラルメ的な〈問題の系〉からは透けて見えてくる。そして「襞《ひだ》（pli）」は、転じて「詩葉」となり、『イジチュール』では「壁掛けの襞」が「幻想獣」のイメージを暗示し、「“-yx”のソネ」（一三〇頁）の謎めいた“ptyx”の意味の核も「襞」であるという重要な語彙である。

　第一聯は、イメージの上では、カトリック大聖堂の内陣が主導的だが、葬儀の調度の設《しつら》え方からは、「劇場」の装置＝仕掛けをそこに重ねることもできる。とりわけ「縞目模様《モワレ》の生地の襞」は、十九世紀型劇場に特徴的な「騙し絵《トロンプルイユ》の緞帳」、緋色のビロードの重い幕を半ば開いて絞った背後に、さらに緋色のビロードの幕が見える定式幕《じょうしきまく》を思わせなくもない。劇場装置に通じるいかがわしさは、第一聯の教会堂内陣の光景全体に漂い、特に、「中心なる太柱が（自らの重みに耐えかね）沈下するならば、（奈落へと）転落させることになるはず」という詩句にあからさまである（原文では、劇場の「奈落」がその名で呼び出されるわけではないが）。大聖堂の建築上の特性である“arc-boutant”（飛迫控《とびせりひかえ》）を思い起こせば、構造物を「中心にあって支える太柱」というのはあくまで比喩にすぎないが、しかし大聖堂内陣に高く聳えて連なる「太柱」は、ゴチック大聖堂を象徴しうるだろう。そこに用いられている“tassement”（崩落・沈下）と“Précipiter”（転落する）という語彙に、ある種の「劇場的なからくり」を読みたくなるのはこの虚構性のゆえである。第一聯の「喪の光景」が喚起するのは、まずは社会の世俗化によるカトリック教会の機能不全には違いないが、それに代わるべき劇場芸術の宗教的使命の機能不全をも暗示していると読めるのではないか。

定型韻文で書かれた詩の場合、マラルメが詩句の姿に意味を託していないことはないという点は、すでに幾つもの例で見てきたが、ここでも第一聯は、三行目を除けば全てロマン派アレクサンドランで書かれている——

Le silen/ce déjà funè/bre d'une moire (3/5/4)
Dispo/se plus qu'un pli seul / sur le mobilier (2/5/5)
Que doit / un tassement / du principal / pilier (2/4/4/2)
Précipiter / avec le man/que de mémoire. (4/4/4)

ヴィクトル・ユゴーという「彼自身が詩句であった」（「詩の危機」）詩人の死によって展開される「フランス詩の喪」をも意味する聯を、「ロマン派アレクサンドラン」によって歌うのは、詩人の側からの当然の「仕掛け」だと言える。

第二聯は、“ébat triomphal”（勝ち誇る羽ばたき）と“s'exalte le milier”（数知れず　恍惚と　舞い上がって）とが、“grimoire”（呪文の文字）と“Hiéroglyphes”（象形文字）を挟み、“propager de l'aile un frisson familier”（歌の翼に耳近な戦慄を散乱させる）というダイナミックでもあり、勝利感にも溢れる詩句が続く。それが四行目に至って——

Enfouissez-le-moi plutôt dans une armoire
（仕舞っておけ、そんなものは、むしろ　戸棚の奥に）

という否定的な断言になる。第二聯一行目の“ébat”は、「遊戯、遊戯の際の身体運動」を意味し、通常は複数形で用いられるが、リトレ辞典は単数でも使うべきだとする。プチ・ロベール辞典が、「白鳥の戯れる様」を歌うユゴーの詩句を引くのが、ヒントになろう。次に来る「幾千となく立ち昇り」にせよ、「翼によって、親しい戦慄を押し広げる」にせよ、「鳥」の縁語で統一されているからである。

第二聯を印象付けるのが、「呪文の文字(grimoire)」と「象形文字(Hiéroglyphes)」であることは間違いない。“grimoire”は、詩の神聖な機能を語るために、マラルメが六〇年代から使う語であり、『イジチュール』の謎めいた「書物」に現れ、「続誦」第一聯でも「今は呪文だ／鉄を纏《まと》った書物のなかで」（一〇一頁）と歌われていた。“hiéroglyphe”のほうは、特に八〇年代以降、詩の空間的・身体的置き換えを語る際のキーワードとして用いられる。その最も名高い例は、このソネよりも一年後の「劇場ノート」で、バレリーナを「文字(caractère)」に、バレエを「象形文字」に譬える思考であり、それは「芝居鉛筆書き」（『ディヴァガシオン』所収）の一節にも取りこまれている。

すでに六二年九月十五日号の『芸術家』誌に載せた「芸術の異端——万人のための芸術」にも、「おお、古きミッセル祈禱書の金色の留め金よ！　パピルスの巻物である穢《けが》されることなき象形文字よ！」の一文があり、「ミッセル祈禱書」と「象形文字」が通底するイメージで語られていた（マルシャル『プレイヤード新版II』三六一頁）。

第二聯三行目の「歌の翼」は、広く共有された比喩だが、「翼」も「鳥」もエジプトの神聖象形文字に頻出する図像＝文字であり、ここではそれが意識的に動員されているように思える。デリダ以降の読者ならば、文字と薬方の神テウトが「鳥」の姿で表象されていたことも、忘れるわけにはいくまい。

第一聯の「建造物に焦点を定めたカトリック教会の喪」の光景の「沈下のヴェクトル」に対し、第二聯では、「呪文の文字」や「神聖象形文字」に譬えられる〈典礼音楽〉の壮麗な演奏と思われるものが、「華やかな上昇運動」の形で三行にわたって謳いあげられた挙句、四行目に至って、突如その運動を圧殺するようにして、「仕舞っておけ、そんなものは、むしろ　戸棚の奥に」と宣言されるのである。

この第二聯に、〈ワーグナー楽劇〉に対比される〈フランス音楽〉を読もうとする注釈が多いのだが、この説はどうも分が悪い。私自身も筑摩版『マラルメ全集I』では、「象形文字」が比喩的に指すバレエとその音楽に拘り、ルネサンスの「宮廷バレエ」などに拡大してフランス音楽を了解しようとした。だがそれでは、「呪文」や「象形文字」の比喩が飛び交うダイナミックな音楽空間は喚起できないと考え直した。むしろ、第一聯で、「カトリック教会堂そのものの喪」が「音絶えて

すでに　不吉なる沈黙」という、妖しい黒に包まれた空間の喚起で始まっていたことを思い返すと、その「死の沈黙」をかき消すような作用を果たす音楽として、カトリック教会とは切っても切れない〈音楽的仕掛け＝楽器〉のパイプオルガンが、第二聯冒頭で鳴り響くのは、最小限の素材で最大限の効果を発揮すべきソネの仕掛けである。はじめに述べたように、マラルメにとって「ワーグナー楽劇」は、たんに芸術上の一ジャンルの成功ではない。〈神殺し〉を果たした社会で、さしあたり〈代替宗教〉として機能しうるのは、「管弦楽の演奏会」であり「オルガン演奏会」であった。そうした認識の上で、「ワーグナー問題」と対決しようとしたのであり、ここで、〈未来の群衆的祝祭演劇〉の一翼を担うはずのオルガン演奏会のヴィジョンが、「呪文」や「神聖象形文字」ともなりうるものとして鳴り響いても、不思議はない。ただそれだけでは、バイロイトの〈代替宗教的仕掛け〉には敵わず、そこから、「戸棚の奥に仕舞っておけ」という不機嫌な否定的情動が、第二聯を終わらせているのではあるまいか。蛇足めくが、「戸棚（une armoire）」が出てくるのは、パイプオルガンのケースを“buffet d'orgue”、直訳すれば「オルガン戸棚」と呼ぶことに由来すると思われる。

この「（ワーグナー）頌」のソネは、第一・二聯それぞれが完結した文となり、その内部で、句読点も文意を立てるように振られている。統辞法上の詩人の「手付き」は、珍しく親切なのだが、第三・四聯は、そうはいかない。

文構造の取り方については、さしあたり最も妥当なマルシャルの『プレイヤード新版I』の注に倣う。それによれば、読みは二通り可能であり、第一は、デイヴィス以来の、「神リヒャルト・ワーグナーが、女主人である明晰さには嫌われた、始原にあったにこやかな喧騒から迸り出た」と取るもの。第二は、オースティンやシトロンのように、「始原にあったにこやかな喧騒には嫌われた神リヒャルト・ワーグナーが、女主人である明晰さから迸り出た」と取るもので、その多くが、「始原にあった喧騒」を、「フランス音楽」を意味すると取る。問題は、「女主人である明晰さ(les clartés maîtresses)」とか、「始原にあったにこやかな喧騒(souriant fracas originel)」が何であるか、また文構造としては、第三聯一行目の脚韻に置かれた“haï”の懸り方である。何が何を嫌うのか。「迸り出る」のは「神リヒャルト・ワーグナー」以外には考えられないのだが、それが「誰に嫌われて」いるのか。

第三聯の原文を、文の柱を太字で、それを修飾する部分をイタリックで示す——

Du souriant fracas originel

haï/Entre elles *de clartés maîtresses*

a jailli/Jusque vers un parvis né pour leur simulacre,

[...]

Le dieu Richard Wagner [...]

結論を先に言えば、“Du souriant fracas originel”から“clartés maîtresses”までが、動詞“a jailli”の状況補語句として運動の「起源」を指し示し、“Jusque vers un parvis né pour leur simulacre”がその到達点を示すという「対比構造」だと取るほうが、文法構造上の「勢い」と詩句の「勢い」との相乗作用が鮮明である。起源を示す状況補語句が、二重の入れ子構造でうねうねとした運動を暗示し、運動の出会うべき抵抗の大きさに照応しているように思えるのだ。

ところで、一行目の“fracas originel”(始原にあったけたたましい音響)は、第二聯に歌われた「詩」の「音楽性」とは異質のものが想定されているはずである。“fracas”という語は、通常はよい意味では使われず、文学作品とくに戯曲については、「いたずらに読者あるいは観客の耳目をそばだたしめるような効果」を言い、たとえばヴォルテールが、シェイクスピアの筋立てを、「圧倒的な筋のけたたましさ」などと評する時に使う(リトレ辞典)。

その意味では、「始原にあった喧騒」とでもすべきものだが、ここでは「微笑する」という形容詞を付加されて、「愛すべき喧騒」に変じている。注釈者はそこまで遡らないが、文化的な記憶で言えば、古代悲劇や喜劇の伴奏音楽が、サチュロスの吹き鳴らす笛であったことや、劇場音楽の場合、音楽が喧騒と結びついていたことなどが背景にあるのではないか。それが、「微笑する＝微笑みかける＝了解の上に立っている」という限定を受けることにより、「ディオニュソス的な喧騒」が、「アポロン的な諧調」と結びつく仕組みである。

そうした「呪縛的喧騒の音楽」は、「女主人である明晰さ(の女神たち)」には嫌われてきたが、ここで「女主人の＝君臨する」という形容詞が付け加えられた複数形の「明晰さ」とは、「始原にあった微笑む喧騒」に拒否反応を示す「ミューズ」を指すのではないか。ミューズは周知のごとく九人いて、それぞれがさまざまな技芸のジャンルを司り、「彼女らのあいだで」という冗長な表現は、このミューズたちの集合を指し示しているように思える。諸注釈者はこの辺に全く注意を払わないが、マラルメは、決定的な審級としての、「言葉のミューズたち」を、「今や迸り出んとしている新しい神」と対比させずには、「拗ねた賛辞」であれ、その否定的な心情の根拠が見えないと考えたのであろう。前述のように、マラルメは詩を「明るさ」に、音楽を「暗さ」に位置づけたが、分節言語によらなければ、「明るさ＝明断さ」には到達しないと考えるからだ。仮に「九人のミューズ」を前提とすれば、そのなかで分節言語と最も遠い一人は、踊りのミューズ、テルプシコラーであり、彼女たちの中から「迸り出る」形象としてはふさわしく、ワーグナー楽劇が、伝統的オペラに不可欠のバレエを排除したことへの皮肉も垣間見えそうである。「迸り出た」の原文は"jaillir"（噴出する）であり、マラルメの語彙中、詩の姿としては最上級の比喩である。「女土人である明断さ」を「ミューズ」と取りたくなるのも、この動詞と「泉」（「ヒュッポクレーネーの泉」）とが縁語であることも一因である。

決定的かつ基底的なこの対比構造を提示した後で、詩人は、「バイロイトの新しい神」に、可能な限り否定的な価値を付与していこうとする。しかも、この「新しい神」について、後に通念となるようなイメージ＝テーマを重ねつつ、それに対比する「フランス詩人の心情」を結びつけるという、もう一つのアクロバットを演じることによってである。

「アクロバット」と書いたが、この詩篇の前年の「リヒャルト・ワーグナー——一フランス詩人の夢想」（『ワーグナー評論』掲載版）には、バイロイトの巨匠を、公然と「軽業芸人」呼ばわりする箇所があった。「宇宙の神秘に通じたこの司祭（le mage）の中に含まれている軽業芸人（le jongleur）」である（豪華版『パージュ』にはこのまま再録されたが、さすがにその後の再録にあたっては「軽業芸人」のくだりは削除される）。つまりマラルメとしては、ワーグナーについて、世間がもてはやす「新しい芸術の神殿」である「祝祭劇場」の「宗教性」は認めつつも、そこに感じられる「まやかし」に口を閉ざしているわけにはいかなかった。この「(ワーグナー)頌」でも、「迸り出た(＝躍り出た)」という、第三・四聯に跨って用いられる決定的な動詞が、すでにこの「新しい神」の「軽業芸人的な」様相を、あからさまに諷っている。しかも、それを修飾するのが、「明晰さのミューズたち」の〝simulacres〟(まやかしの似姿)でしかないもののために設えられた「大聖堂前庭までも」という表現である。「バイロイト祝祭劇場＝神殿」という、すでに聖別化された比喩が前提となっていることは言うまでもないが、同時に、〝parvis〟(寺院前庭)という、通常はカトリック教会(特に大聖堂)の正面広場を意味する言葉を選び、中世にはそこで聖史劇や道化芝居が演じられた空間、「聖堂」と「舞台芸術」とを結びつける特権的な場所を持ち出すのだ。マラルメはこうした演劇的表象を、言葉の演劇の「まやかしの似姿＝幻影」でしかないものとするのだが、それ以上に、〝Jusque vers un parvis〟(寺院前庭のようなところまで)の不定冠詞が意味するところは強いだろう。「明晰さという女主人たち＝女神たち――さまざまなジャンルを支配するミューズたち――のまやかしの似姿でしかない者たちのために設えられている」のであるから。ワーグナー楽劇が最終的に目指した宗教的な意図を考えると、マラルメの皮肉は相当なものである。「道化」とは名指しで言わずに「神リヒャルト・ワーグナー」と諷うが、その背後に「道化」と「道化芝居」が見え隠れしている。

今述べたような批判的ヴェクトルは、マラルメのきわめて手の込んだソネの空間においては、あからさまな形ではすぐには見えてこない。同じ号に載ったヴェルレーヌのソネ「パルシファル」のような率直な「ワーグナー頌」ではないことは確かであるが、「賛辞は、いささか拗ねています」と告白するように、「いささか拗ねて」はいても、「賛辞」には違いない。マラルメ晩年のソネの技法は、第四聯の、この一行だけが名高くなったという――

　Trompettes tout haut d'or pâmé sur les vélins

に見事に結晶している。黄金《おうごん》の音を響かせ、それ自体も黄金に輝くトランペットによって、ワーグナーの勝利を高らかに謳いあげるかと思わせつつ、その「黄金」を、「犢皮紙《とくひし》の上に色失って横たわった」と、「典礼書」の領域へと転調して見せるのである。“pâmé”（色を失った）は、直前の“or”（黄金）にしか掛かりようがないから、この一行は内部で、“or”（黄金）を二重に作用させつつ、統辞法上の意味の〈回転扉〉として、「ワーグナーの音楽＝楽劇」と『マラルメの詩＝典礼の書物』の対比を、見事なイマージュとして印象付ける。（日本語の古文が得意とする「兼用的な」仕掛けは、語の意味作用の明晰さを至上命題とするフランス語では、通常は考えられないことなのだが。）

　第三聯から宙吊りにされていた主語は、第四聯でようやく姿を現す。直訳すれば、「神リヒャルト・ワーグナーが、戴冠の盛儀を輝かし」である。このソネの、いわば根拠をなす主題としての〈ワーグナーの楽劇〉と〈マラルメの詩篇〉という対比が、最後の二行に至って鮮明になる。しかし、詩人の「代案」はここでは示されず、詩人の内向した反応である「（預言の）巫女《みこ》の嗚咽《おえつ》(sanglots sibyllins)」が暗示されるだけである。この“sanglots”が、「すすり泣き」といった甘ったるい物ではなく、「喉頭痙攣」を伴う激しい嗚咽であり、後にマラルメの命取りにもなったことは、「エロディアード――舞台」の注でも触れた（二九四頁）。“sibyllins”（シビュラの巫女の）も、古代世界の

「預言の巫女」のみならず、キリスト教的文脈では、「世界の終末を預言する巫女」であり、典礼書の「怒リノ日（*Dies irae*）」に歌われる形象に他ならない（「怒りの日よ、この日こそ、／この世を灰に帰すべき日、／ダヴィデとシビュラの預言の如くに」）。

脚韻もまた、晩年のソネのなかでもきわめて効果的に仕組まれている。配置は、

a-b-b-a/a-b-b-a/c-c-d/e-d-e

であり、第一聯、第二聯と、同じ抱擁韻を配し、第三聯の冒頭は平坦韻で、その終わりから第四聯にかけて交差韻となる。第一聯と第二聯の脚韻は、意味的に否応なく照応するよう仕組まれており、“*moire*”（縞目模様）が“mé*moire*”（記憶）と響きあい（「記憶」の書きこまれた生地としての「縞目模様」であり、そこに「襞」が出現する）、第二聯の“gri*moire*”（呪文の文字）と“ar*moire*”（戸棚）も、「秘密のテーマ系」において照応する。同じく、“mo*bilier*”（調度）と“*pilier*”（太柱）という、虚構の発語者の身近にあるらしい構築物は、第二聯の“mi*llier*”（数知れず）と“fami*lier*”（耳近な）という、発語者との関係を表す語彙と照応する。第三聯の“*haï*”（嫌う）と“*jailli*”（迸り出る）の対比においては、抑圧と噴出が衝突する。第三聯から第四聯にかけては、“-acre”と“-lins”の対比が創始され、前者の“simul*acre*”（幻影）と“*sacre*”（戴冠の盛儀）の照応は強烈に皮肉な効果をもつ。後者の“vé*lins*”（犢皮紙）と“siby*llins*”（巫女の）の対比も、共に神聖な機能の縁語であるだけに、それらが組み込まれた発語の否定的なニュアンスを、逆にいっそう印象付けている。

頌 HOMMAGE（ 四〇頁）

初出　『ラ・プリューム』誌、一八九五年一月十五日号。手稿、二種。

マラルメ晩年に関係が強くなる『ラ・プリューム』誌が、画家ピュヴィ・ド・シャヴァンヌ（一八二四―一九八年）に捧げた特集号のためのソネ。同年一月十六日に、友人たちがピュヴィに贈った「アルバム」には、マラルメの手稿も貼り付けてあった。ドマン版『詩集』に使われたのは、ジュヌヴィエーヴによるコピー。

シトロンは、マラルメがこのソネをドマン版に入れる意思があったかどうかは疑問とする。というのも、ピュヴィ・ド・シャヴァンヌが、マラルメと特別の親交があった画家でもなく、そういう観点からすれば、エドゥアール・マネ（一八三二―八三年）への「頌」があってもよさそうなものである。しかし、後期のソネの大部分が「情況」の産物であり、「頌」にせよ「墓」にせよ、雑誌あるいは出版物の追悼特集に際して書かれている。親交のあった他の芸術家について、追悼にせよ賛辞にせよ、書かなかったことを意味してはいない。事実、ドマン版に先立つマラルメの仕事として最も重要な散文集『ディヴァガシオン』（一八九七年一月刊）には、「小さな円形肖像と全身像いくつか」という章があり、そこに画家としてはホイスラー、エドゥアール・マネ、ベルト・モリゾへの賛辞が、ヴィリエ・ド・リラダン、ヴェルレーヌ、ランボー、ローラン・タイヤード、ベックフォード、テニソン、テオドール・ド・バンヴィル、エドガー・ポーに続いて収められている（筑摩版

『マラルメ全集II』一二二―一三三頁）。独立した一章として収められている「リヒャルト・ワーグナー――一フランス詩人の夢想」の直前の章である。ホイスラーの「短信」（一一八頁）が「頌」というカテゴリーには入らないのは、その成立の経緯――彼が準備していた雑誌の宣伝コピー――から明らかだが、ピュヴィへの「頌」がここに入れられていることを問題視するシトロンの見方は、その限りでは頷ける。ただ、「墓」シリーズとははっきりと異なる問題系による「頌」が、ワーグナーだけでは収まりが悪いとも感じたのだろう。さしあたりは、「〔ワーグナー〕頌」（一三八頁）に鳴り響く「神話的な」倍音を、ピュヴィの「近代性をも併せ持つ擬古典主義的な神話的」画題に変換して歌ったこの「八音節ソネ」の小品を、以下、最後のアレクサンドラン・ソネ「〔読み継いだ本も　パフォス　の名に閉じて……〕」（一五六頁）の直前まで続く、七篇の「八音節ソネ」への〈回転扉〉として配したと考えるのが穏当なところだろうか。

このソネに句読点はない。ドマン版だけ最後に句読点を打つ。最初の四行詩二聯は、朝まだきに泉へと羊の群れを導く牧童を喚起し、後半の三行詩二聯で、前半に重ねるようにして、未来へと、同時代人を導く画家を喚起する。

第一聯はピュヴィの画題にふさわしく、神話的な響きを聞かせる。大文字で始められる“Aurore”〈暁〉は、神話の語る〈暁の女神〉だが、彼女はまだ寒さに凍えていて、仄暗がりに、「蒼穹《あおぞら》のラッパ」を握りしめる力も出ず、それを「この耳しいた暁は口に当てて」吹き鳴らそうともしない。寒さと眠気に萎えた感覚は聴覚に代弁され、聴覚において目覚めさせられねばならない。起床ラッパは口にあてがうのだが、あたかも口が耳しいたかのように、目覚めは遅い。

第二聯は、羊の群れを泉へと導く牧童のイメージを喚起する。第一聯の〝gourde〟（かじかむ、無感覚の）から引き出された〝gourde〟（瓢《ひさご》）が、二聯を繋ぐ。泉は自ずと湧きだしていて、そこへと羊の群れを導くのである。マルシャルやシトロンは、この牧童の神話的・象徴的意味を強調してモーゼのように泉を湧きださせると取るが、深読みにすぎよう。

この「湧き出《いだ》す泉」が、前半と後半を繋ぐ。「先立って湧く」のは、同時代人たちは、まだ朝の寒い眠気のうちに沈んでいるからである。ピュヴィはこの時期にはすでに、共和国のさまざまな記念碑（パンテオン、ソルボンヌ、パリ市庁舎等々）の装飾壁画を手掛ける芸術家となってはいたが、時代に先んじたイメージは付きまとっていたのであろう。全ての芸術家がそうであるように、孤独ではあっても、独りではないのだ。

〝nymphe〟（水の精）についてベニシューは、ラテン語的な語法として、「泉に住む妖精」と同時に「泉」そのものをも意味しうると言う。「曉」「牧童」などと並んで「泉の精」も、ピュヴィの好んだ画題であった。「経帷子《きょうかたびら》の　薄布《うすぎぬ》はなくて」は、「不滅の」を意味し、マラルメが最終的には、ピュヴィのように、芸術家生前の栄光の可能性を信じていた証拠だとベニシューは取る。マルシャルは、「経帷子もないナンフ」は、「詩人の魂以外の経帷子を身に纏っていないナンフ」だとして、マラルメの詩篇に現れる水の精たち（ニックス、ナイアード、シレーヌ）を想起する。ただ、ラファエロ前派の画布に拘って、そこにハムレットにとってのオフィーリアを引くのは読みすぎであろう。

前半の四行詩二聯は、同じ脚韻の抱擁韻を踏み、後半の六行が、平坦韻一聯と交差韻二聯となる。同年にマラルメが発表した八音節のソネとしては例外的。シトロンの指摘にあるように、脚韻で、一行目に形容詞として「かじかむ」の意で用いられた“gourde”が、五行目（つまり第二聯一行目）で名詞「瓢」を呼び出し、四行目で形容詞の名詞化として「耳しいた者」（ここでは「暁」、マルシャルの解）の意で用いられた“sourde”が、八行目で動詞「湧き出《いだ》す」を呼び出すのが、作詩法上のアクロバット。第三聯の最後が、“Puvis/De Chavannes”（「ピュヴィ・／ド・シャヴァンヌ」）と、句の跨りをしたうえで、改行して“jamais seul”（「決して独りではない」）と続くのは、マラルメのソネでは全く異例である。「エロディアード――舞台」（六五頁）や「半獣神の午後」（八二頁）のような、朗読を前提にした詩篇に通じる「破格的表記」だとシトロンは指摘する。

ソネの最後の単語“Gloire”（栄光）が大文字始まりなのは、ドマン版のためのジュヌヴィエーヴのコピーに基づく。このコピーには最後の終止符もないから、ドマン版の句読点はドマンの恣意と考えられる。

〔ひたすらに　船を進める……〕［Au seul souci de voyager . . .］（一四二頁）

初出、『ヴァスコ・ダ・ガマに捧げる記念アルバム』パリ／リスボン、一八九八年。手稿、三種。

ドマン版『詩集』中、時期的には最も後期の作品。ドマン版『詩集』掲載の版は、マラルメの娘ジュヌヴィエーヴによるコピー。ベニシューとシトロンは初出を採るが、異同は単なる句読点の問題ではなく、マルシャル他の大方の注解者はドマン版を妥当とする。本訳もそれに倣う。

手稿の異本は、次の通り。

三行目　―Ce salut va, le messager　（――この挨拶は向かう、時間の
　　Du temps, [...]　使者、〔……〕）

八行目　Un oiseau d'ivresse nouvelle　（一羽の鳥が　新たなる酔いにまかせて）

この八音節エリザベス朝風ソネは、ジュリエット・アダンの依頼で、ヴァスコ・ダ・ガマによるアフリカ南端経由インド航路発見の四百周年記念アルバムのために書かれた。十六世紀ポルトガルの航海士・探検家への讃歌であると同時に、本書冒頭の「祝盃」と同じく、〈詩人の冒険〉への讃歌でもある。一二行目の――

　Nuit, désespoir et pierrerie
（夜と　絶望と　かつはまた　宝石と）

は、「祝盃」の同じく一二行目（二一頁）――

　Solitude, récif, étoile
（孤独　暗礁　天なる星）

を思い起こさせずにはおかない。時間的に言えば、マラルメ最後の詩篇の一つであり、〈絶対の書物〉への思考を深めると同時に、「植字法的詩篇」（クローデル）の実験である『賽の一振り』の校正の最中であり、さらに『エロディアードの婚姻』（二一二頁）に本格的に取りかかっていた時期にも当たるから、ヴァスコの前人未踏の冒険に、自身の「賭け」を重ねていると読むのは自然であろう。

一一行目の“Un inutile gisement”の“gisement”は、通常は「地下の資源や宝石」を指すが、航

海用語としては「海岸に対する船舶の位置」を意味する。後者の解を最初に提出したのはオーステイン・ジルであった（*Modern Language Review*, 4, october 1955）。以後、レオン・セリエ、オーースティン、マルシャル等、多くがこの説に倣う。ただベニシューは、次行の「夜と　絶望と　かつはまた　宝石と（Nuit, désespoir et pierrerie）」という三つの同格の名詞による詩句との関係を考えると、通常の「地下の宝石」の意だとする。「夜」は大地の闇の中に、かつ自身の物質性のなかに閉ざされているからであり、「絶望」はそれらが虚無でしかないからであり、「宝石」はその地上的な価値の高さと、その盲目的な性格を意味しているからだ。ヴァスコは金銀を求めて東洋を目指したのではないので、ここでは「海岸の位置（海図の示す位置）」の解に従う。

三つ折りのソネ　TRIPTYQUE（一四四頁）

初出、『独立評論』誌、一八八七年一月号。再録、自筆版『詩集９』八七年。『詩と散文』九三年。ドマン版『詩集』収録時の変更なし。手稿、一種。

『独立評論』誌は、マラルメが優先的に寄稿することを決めた記念（『（ワーグナー）頌』の注四一六頁参照）に、八音節のソネ三篇を「三つ折りのソネ」として載せ、併せてアレクサンドラン詩句のソネ一篇（「〈読み継いだ本も　パフォス　の名に閉じて……〉」一五六頁）も掲載した。「三つ折りのソネ」の主題については夥しい数の解釈があり、たとえばここに歌われた直系相続人の不在が、一八七九年十月に、半年に及ぶ結核性リューマチのために夭折した長男アナトール（七一年生まれ）

への追悼であるとする説がジャン＝ピエール・リシャール以来あるが、短絡的であろう。訳者としては、通称「“-yx”のソネ」(一三〇頁)の系譜につながる、「詩の不可能性」を主題としたソネと解したい。この「三つ折りのソネ」の原型は、六六年五月のカザリス宛書簡で、「前代未聞の詩篇であり、三篇とも美を謳い上げたもの」と語られた「三篇の短い詩」ではないかと推測する研究者は多い。しかし、六八年の「彼自身の寓意であるソネ」と八七年の「“-yx”のソネ」との完成度の差を見れば、この極度に切り詰められた三篇のソネが、六〇年代の作とは信じがたい。

　三篇には、雑誌掲載時点から“Triptyque”(三つ折りのソネ)のタイトルが付いていた。“Triptyque”は美術史上、中央パネルの両側に蝶番《ちょうつがい》で繋いだ二枚の半幅パネルが内側に閉じられる「三つ折りの絵画」のことを言い、メムリンクの祭壇画等が名高い。転じて、三景構成の小説や戯曲にも用いられるが、ここでは絵画上の「三つ折り」がイメージとしてはあると思う。日本語なら「三《さん》幅対《ぷくつい》」と言うところだが語感がしっくりせず、「三部作」では大袈裟すぎる。マルシャルは『マラルメ読解』では、三篇をそれぞれ独立して注解したが、『プレイヤード新版I』とポケットブック版の注解では、三部構成と取り、主題的にはガードナー・デイヴィスに倣って「太陽神話の劇を背景にした詩的創造の劇」を基本的な読解軸とする。

　三篇は、時間軸上は、「日没・深更」(第一部)から「深夜」(第二部)、「明け方」(第三部)という「時の単一」の原理が守られ、「場所」も、詩人の「書斎」か「寝室」で統一されている。ただし、主題となる「装置」あるいは「小道具」は、それぞれに個別のものが配される。第一のソネの主要な装置は「雷《いかずち》を発するが如き　コンソール」、第二は、「花の活けられていない花瓶」であり、第三は、暁の再来によって露呈する「ベッドの不在」が、「窓に戯れるレース編みのカーテン」とその「傍らにあるマンドール」の二重の主題装置を謳い上げる。絵画に譬えれば三点の室内画連作とも言え、「詩作の不可能性」を主題とした三つの絵画的変奏とも取れよう。

I〔傲慢は挙げて　煙と化す……〕［Tout Orgueil fume-t-il . . . ］（一四四頁）

第一の詩は、落日の光景を背後に、宗教的な救済の夢、マラルメが「不可能性の怪獣（Chimère）」と呼ぶものの断末魔の情景から始まる。「エロディアード――古序曲」一一―一二行目の「身を／捨てた秋が　水の中に、己が炎を消す　姿」（二〇五頁）や、散文詩「栄光」の謳いあげるフォンテーヌブローの黄葉の森に、「超人間的な傲慢」と「夢を燃え尽きさせる松明の群れ」を結びつける一節などを、マルシャルは引く。

フランス語の語法と詩法の両面から分析を進めるベニシューの解は、訳文作成上も参考になるが、たとえばこのソネの第一行についても、「きわめてありふれた三語から成っているにもかかわらず、その構成は読者を当惑させる」と指摘する。「傲慢は、勝利と力の、ごくありふれたメタファー」であり、「夕べ」は「衰退」のそれであり、一読すると、「すべての偉大さには凋落がある」と語るかに見える。しかし、これらの二つの単語を結ぶ動詞“fumer de . . . ”（煙と化す）には、日常的には、“fumer du tabac”のような用法しかありえない。そこでの“du”は部分冠詞であり、「夕べ」が、部分的に「燃焼して」、そこから立ち昇る煙を意味する。「煙」は、二行目では、より明示的に、“Torche”（松明《たいまつ》）を「傲慢」の同格として呼び出し、以下の主節の主語として、それを支配する。

次行の“bouffée”（烟《けむり》）も「傲慢」にかかって、“bouffée d'orgueil”（傲慢の烟）となり、そこから“l'immortelle bouffée”（永劫不滅の　烟）つまり「魂」が想像されるが、この魂も、死の彼方まで存在し続けることはできず、「放棄を／引き延ばす」ことは不可能なのだ。

第二聯で、調子が変わる。一段階落ちると言ってもよい。このソネで、注釈者を悩ましてきた単語、“hoir”（直系相続人）が現れる。作品を作家の実人生の反映と取りたがる注釈家は、ここに一八七九年十月に、八歳で亡くなった長男アナトールの影を読もうとするが、「三つ折りのソネ」の一貫性が失われる。注目すべき仕掛けはむしろ、“hoir”が、続く“riche mais chu”（夥《おびただ》しい豪奢　だが地に墜《お》ちた）の“chu”とともにことさらに古風な語彙であり、第二聯冒頭二行の調子を奇妙なものにしていることである。それに続く二行はきわめて散文的で、唯一眼につくのが、通常“revenir”（再来する）ものである亡霊が“survenir”（忽然と　現れる）とされていることである。

第二聯に歌われる「昔ながらの部屋（訳文では「部屋は　古めく」）」は、『イジチュール』の部屋などを思い起こさせる。夢の死によって寒冷の気に浸された「死者の部屋」、つまり「墓」である。それが、「〈雷《いかずち》を発するが如き　コンソール〉の断末魔の苦悶によって、幻想獣《キマイラ》の存在を否認する」（マルシャル）という情景で終わる。いわば、「姿見」と「極北の七重奏」を欠いた「“-yx”の部屋」である。

この部屋の「火の不在」は、第三・四聯に至って、「暖炉の火の不在」を取り返しつつ、最後の二行で「雷を発するが如き　コンソール」へと収斂する。コンソールとは、渦形のS字状の脚をもつ小卓であり、通常はその小卓全体を指すが、ここで室内の小道具に「小卓」が出てくるのは余計であり、「“-yx”のソネ」以来マラルメに詩想を与える「書斎」には「暖炉」と「姿見」が欠かせないことから——マラルメの肖像写真などからも言える——、暖炉の上に大きな姿見があってその前に小卓状の暖炉の棚（タブレット）があり、それを装飾的に支える“jambage”を“console”と呼んでいると取る。第三聯から第四聯にかけて、「墓」として喚起される「火の消えた暖炉」を飾るものがそれである。“console”は、日本語に等価物が見出しにくいことから、音だけをそのまま活かした。第三聯の冒頭に発せられる“Affres”（苦悶）は、「否認の意思の　発する　墓を」「爪立てて　するが如くに」摑んでいるのである。最終的には、第四聯の最後の単語“console”の同格として仕掛けられており、その間に〈否定性〉の表象が繰り出され、最後の行に至って、この部屋とこのソネの呪物的な〈装置〉である——

la fulgurante console

（雷を発するが如き　コンソール）

が鳴り響く。

以上、主としてベニシューによったが、その解は、多くの「マラルメ読み」が主題論的な視座に固執して詩篇としての効果に無頓着であることを考えると、有効である。

Ⅱ〔躍り出た、膨らみと……〕［Surgi de la croupe . . .］（一四六頁）

「死」の冷たく暗い基調に閉ざされた部屋で、深夜に起こりうることはなにか。主題的に言えば、「詩作の不可能性」だが、「書くことの不可能性を書く」という冒険でもあり実験は、すでに一八六〇年代の末に、哲学的小話『イジチュール』で企てられていた。二〇年後の詩人は、この主題の内包するさまざまな問題形成を、ある意味では厭というほど思い知らされている。Ⅱについても、その主題や展開に詩人の個人的な動機を読もうとする注釈者は跡を絶たないが、ここでは「詩を書くことの不可能性」の寓意という視点に焦点を絞って、分析を続ける。

情景は、「深夜」の「詩人の部屋」と思しき空間、そこに「花瓶」が、「膨らみ」からすらりと伸びた「頸《くび》」を見せて置かれている。だが、その花瓶を喚起する詩句のダイナミックな様態にもかかわらず、そこには「花」が活けられておらず、詩句を字義どおりに取れば、その跳躍するが如き「頸」は、「断たれ」ている。「断たれる」と訳した動詞は“s'interrompre”で、フランス語の用法からは「中断する意思」が読みとれるが、「花」あるいは「花瓶」が「中断した」ということなのか。ここでは、“col ignoré”（無視された頸）は、ベニシューに倣い、花瓶の存在を示すはずの「花」がないからと取る。

第二聯に入るや、いきなり“Je”（わたしは）と一人称の主語で語る「話者」が出現する。当然に、「詩人」が発語したのかと思いきや、八行目に至って、「わたし」は「冷えきった天井のシルフ」、天井画に描かれた「空気の精」だと宣言される。この神話的存在を、詩人自身だとする解もあるが、納得しがたい。（但し、マルシャルが指摘するように、ドマン版『詩集』には収録されなかった後期の詩篇に、「〔愛し合おうと　お望みならば……〕」（一七二頁）があり、その三聯目に「緋色の帝国のシルフ」という表現がある。またヴィクトル・ユゴーの詩集『オードとバラード』に、「シルフ」と題するアレクサンドラン詩句の詩篇があって、空気の精のシルフが、恋人たちの愛の語らいを盗み聞きしていた。）

問題は、この天井画のシルフが「知っている」と主張する内容である――

知っている　わたしは、二つの口は　ついに
飲んだことはない、愛する男も　我が母も、
同じ幻想獣《キマイラ》の　口を吸って

このシルフの言葉によって、「二つの口」から想像される「接吻によって結ばれたカップル」というイマージュは消し去られ、詩人が沈黙しておきたかったことが露呈する。「花瓶」に「花」が不在であることが精神的な意味を帯び、偶発的に「花が活けられていない」のではなく、「花瓶が拒否している」ことが明らかになるのだ。詩句の脚韻――

Le pur vase d'aucun br*euvage*/Que l'inexhaustible *veuvage*
（いかなる飲み物も　容れぬ　浄《きよ》らかな壺、／あるのはただ　汲み尽くしえぬ　独り身）

が強調するように、「花瓶」は、その「空《から》の状態」ゆえに「浄らかな器」となり、それが「他者との関係を全て排除する」。マルシャルの指摘にもあるように、"veuvage"は語源的に、まずは「空無(vide)」を喚起し、同時に「喪」の意味を付け加えるから、「花瓶の死の苦悶」は、復活や再生の希望を排除する。ベニシューの読解では、「花瓶」の反応が、「死の苦悶にあるが　同意はしない」ことであり、「同意する」対象は、「薔薇の花を戴く」ことだとする。「花」の代わりに「花の香り」が、不在の花を予告することは可能だが、それをマラルメは"funèbre"（世にも不吉な）という形容詞で否定する。こうした置き換えがマラルメの好むところであったことを思えば、最後の二

行は「幻想の拒否」を語るだけではなく、突如啓示された部屋の闇の中で、「精神のコミュニケーション不可能性」に絶対的な形象を与える。マラルメの詩法のひとつの極限を指し示すソネである。「詩作の不可能性」を「深夜の詩人の書斎の空無」によって表すという、「"-yx"のソネ」が壮麗なアレクサンドラン十二音節詩句のソネで実現した、深刻で重厚な主題。それを「三つ折りのソネ」Ⅰ・Ⅱでは、きわめて簡素な道具立てで、詩篇の規模としては限界的に縮小した形で書いたことは、この詩篇に例外的な重厚さを与えている。「祝盃」(二〇頁)の重層的イマージュ＝意味のアクロバットを予告するような、マラルメ最晩年の詩境であり、実験でもあった。

Ⅲ〔レース編みの　カーテンの……〕［Une dentelle s'abolit . . .］（一四八頁）

「三つ折りのソネⅠ」は、冒頭の四行詩二聯と後半の三行詩二聯とが、登場人物は不在ながらそこに喚起される装置の切り取り方によって、「三つ折り」の構造を取り、その最後の行に来る詩句が、ソネの集約的イメージともなるべきものを歌う、という構造であった。Ⅱは、四行詩二聯目に「天井画のシルフ」を登場させることで、「花の不在の花瓶」という〈詩的不毛性〉を強調する後半二聯を、劇的に――ほとんど演劇的に――成立させていた。

時間は、Ⅰの日没から深更、Ⅱの深夜と、古典主義演劇の「時の単一」の原理を、一二時間ずらして活用していた。第三幕ともいうべきⅢは、「払暁」の光のなかに設定されることとなり、そこに動員される「装置」は、まずは「レース編みのカーテン」とそれが戯れる如くに揺れる「永遠に不在の寝台」となる。それらが、前半二聯を占め、後半二聯で、「楽《がく》を産む　虚ろな　虚無を孕《はら》む

(Au creux néant musicien)」「マンドール(mandore)」へとフォーカスは移り、「窓(fenêtre)」は、文字通り映像の「フレーム(cadre)」となって、霊的な誕生の幻想へと収斂して終わる。

マルシャルが、『読解』で行う分析は、「筋書き」においては上記と変わらない。だが同時に、デイヴィスを引いて補足するように、『エロディアードの婚姻』(二一二頁)の未定稿との相似の問題に多くのページを割き、本人も認めるように、結果として「三つ折りのソネ」の作品としての自立性を無視してもいる。「間‐テクスト性」の追求という観点からいえば、「マンドール」を回転軸のようにして、「"-yx"のソネ」(一三〇頁)との対比を呼び出す方が生産的であろう。すなわち――

Aboli bibelot [...]
(打ち捨てられたる　骨董)
[...] d'inanité sonore
(殷々《いんいん》たる　無生気の)

Une dentelle s'abolit
(レース編みの　カーテンの　用もなさぬ)
Au creux néant musicien
(楽《がく》を産む　虚ろな　虚無を孕みつつ)

Ⅲは三篇の中で最も難解なソネではあるが、にもかかわらず、第一聯が、ベッドの置かれていない寝室の窓に戯れるレース編みのカーテンを描いていることには、誰も異論はないだろう。「レース編み」が半ば開いて見せるのは、単に偶発的なベッドの不在ではなく、その永遠の不在であり、そのために、レース編みのたゆたう動きは、「冒瀆《ぼうとく》の如く」とされる。ベッドの上での生殖行為という、人間的な生殖が拒否されているからである。この拒否は明白には表明されていないものの、後半二聯によって、夢を産むべき母体として胴の丸い楽器が喚起され、子が産まれるとすればこの楽器の腹からであろうという奇怪な想像力が、このソネを締め括る。主題的には、第二のソネの

「花の不在の花瓶」を孤独な主人公に変容させる仕組みよりはるかに異常だが、詩篇としてそれを成立させるのは、後半六行の八音節詩句の「奇跡的に音楽的なアラベスク」（ベニシュー）である。ソネの主題は、「不滅の魂の否認」から「他者との合体の拒否」に続く「親子の絆の否定」で一貫し、最後には「夢と音楽の作用による理念的誕生」が夢想される。

三・四行目の文章構造は、二重の、暴力的な省略語法から成る（ベニシュー）。

A n'entr'ouvrir comme un blasphème
（半ば開いて　見せるのが　冒瀆の如く）
Qu'absence éternelle de lit
（永遠に寝台の　不在である　光景）

「不在の寝台を「半ば開く」」とは、「半ば開くことで発見させる、かかる不在を」の意であり、「「冒瀆の如く」発見する」とは、「「冒瀆だと」見做しうるような行為によって発見する」の意である。この縮訳語法は、意味を完全に読み取れなくするほどのものではない。二行目の "le coute du Jeu suprême"（崇高なる遊戯の疑い）には、二つの読解がありうる（ベニシューの脚注）。第一の読解は、大文字で始められる「遊戯（Jeu）」を「夜と昼との間で演じられる宇宙的な遊戯」、「疑い」を「暁の到来の不確かなさま」と取り、三・四行目は、部屋が明るくなりベッドの不在がカーテンの隙間からはっきり見えだす情景と取る。もう一つの解は、「崇高なる遊戯」を「生殖行為」、「遊戯の疑い」を「生殖行為の遊戯があったかどうかについての疑い」と取り、ベッドが不在であるため遊戯は不可能であったとする。「（宇宙的な）遊戯の疑い」に、「この遊戯の結末が疑わしい時」の意味を持たせることは、マラルメ的な語法では可能であり、差し当たっては第一の解を取るとベニシューは結論する。

第二聯は、先立つ二つのソネと同様「緊張の解ける一瞬」を記す。ここで問題になるのは、カーテンの「無用さ」である。ベニシューは、八行目に現れる"plus qu'il n'ensevelit"（埋《うず》めてしまうと言うよりは）の"ensevelir"という動詞が、通常は、「葬儀のヴェール」などのように、不吉な意味を持つことに注目し、ここでは比喩的に、「必死に、あるいは秘密として隠す」の意と取る。カーテンは、たゆたうように揺らめくばかりで、この宗教的な倍音を持つ使命を果たしていない。

人間的な性交によって産まれるのでなければ、天使のような誕生しかありえない。マラルメは青年期の詩篇でこうした夢想を展開しているが、「マンドールの腹からの誕生」も、この「コンプレックス」の変奏である（ベニシュー）。ただし青年期のカトリック的イマージュが払拭され、「異教的に」なっている。問題は、ベニシューも指摘するように統辞法・構文である。第三聯の冒頭の二行——

Mais, chez qui du rêve se dore
Tristement dort une mandore

この関係節の内部では、「夢で金色《こんじき》に染まる」の意で"se dorer de rêve"と言うことはできるが、"se dorer du rêve"とは言えず、"du rêve"の"du"は部分冠詞でしかありえない。さらに、"chez (celui) qui se dore du rêve"（その人に於いて夢が金色になる人に於いて）という構文も不可能である。ならば、"(chez celui) chez qui du rêve se dore (=mûrit)"という形が考えられるが、ここで問題になる人物が、なぜベッドもない部屋で夜を過ごさねばならないのか、といった素朴な疑問に行き当たる。

そこでベニシューは、“chez qui”の先行詞として“la mandore”を持ってきて、マラルメが二行の詩句の「通常の語順」を逆転させていると取ったらどうかと考える。つまり、

Mais tristement dort une *mandore chez qui* du rêve se dore

（だが、悲しげに眠っている、マンドールが、その中で夢が金色に染まるのだが）

という形であり、こうすれば、Ⅲも I・Ⅱと同じく、「部屋に実在するオブジェによって終わることができる」。ただしこの倒置の解は通常の用法からあまりに外れてはいるが、“la Chevelure nue”の変奏と彼が呼ぶ「〈時の香に染みた　いかなる絹も……〉」（一五〇頁）のソネで、同じような限界的な語法が見られるとする。こう書いた上でベニシューは、『独立評論』誌初出のこのⅢのソネは、“Mais”の後にカンマが来ていたのが、自筆版『詩集』で消え、『詩と散文』の初版では復活していることから、この「カンマ」を活かして読めば、上記の「倒置」もそれほど無理なく読めると説く。ドマン版ではこのカンマは活かされていないが、マルシャルによるポケットブック版も『プレイヤード新版 I』もこのカンマを活かし、カンマのない表記を、「草稿、一八八七年版、『詩と散文』再版」と記す。

ピエール・シトロンは、このソネは、マラルメの詩篇のなかでも最も「流麗な（liquide）」ものだと言う。理由は、流音の[l]が二五もあり（八音節詩句での平均は一五）、前半の四行詩で[i]と[ɛ]が効果を発揮した後で、後半の三行詩に至って[ɔːr]が、脚韻で効果を発揮しているからである。マ

ラルメの詩篇の内でも、最も流麗な音楽性に浸された最初の三行詩、つまり第三聯において、予想される子音[l]が排除されているのも、驚くべきことだとしている。

〔時の香に染みた　いかなる絹も……〕［Quelle soie aux baumes de temps...］（一五〇頁）

初出、『独立評論』誌、一八八五年三月号。再録、自筆版『詩集9』八七年。『詩と散文』九三年。手稿、二種。「時の香に……」の手稿、四種。

マラルメは一八八五年初頭に、『ワーグナー評論』誌に載せてくれないかと、このソネをデュジャルダンに見せたが、ワーグナーとは関係のない主題なので、デュジャルダンは『ワーグナー評論』誌の代わりに『独立評論』誌に載せた。

このソネには、決定稿との異同が多い、先行形態の手稿が二つあることが、マラルメ没後半世紀を経た時点で明らかになった。第一は、Eileen Souffrin が発見し、『*Fontaine*』誌（一九四六年十一月号）に発表したもの（ボナパルト＝ワイズ宛）。第二は、"Alternative"（二者択一）の題で、一九五四年にアンリ・モンドールにより公開された。いずれも一八六九年頃の作で、『イジチュール』の危機の最中の詩篇であることからも重要である。ところで、「彼自身の寓意であるソネ」（一八六八年）とその書き直しの「"-yx"のソネ」（八七年）が、同じ主題を扱いつつも、十年余の危機とその乗り越えを経た後の、成熟した詩人の作品との「距離」をはかる絶好の対象であったのに対して、上記二篇の若書きと「〔時の香に染みた　いかなる絹も……〕」とでは、素材はさして違わないにもかかわらず、主題も意味も、全くといってよい変容を遂げている。一八八五年のソネとの主題的・詩法上の距離を測るためにも、第二校を訳しておく――

あれかこれか

呪法による忘却から　訪ね来たった
いかなる布《きぬ》も、楽の音《ね》にして時の間《ま》よ、
値はしない、裸形《らぎょう》の髪には
宝石を捨て　君が解くそれ。

わたしの夢にあって、古代の通りは
壁掛けを連ね、ただ独り　わたしが　虚無を
聴くとするなら、この嬉しい雲が
埋めてくれよう、満足した　わたしの眼《まなこ》を！

違う。漠としたカーテンによって
ぶつかり合うのだ、空無の浪が、かくて
一個の亡霊には　髪の毛こそが

豪奢のうちに　産まれ返らせてくれる、
存在の　偽りの誓いか、　仄明かりを、
——彼の恐怖にして　彼の否認するものを。

『イジチュール』の危機の最中に書かれたと推定される二篇の手稿は、「〈存在〉と〈虚無〉の形而上学的二者択一」（マルシャル）を主題としている。第二のソネは、第一のソネに見られた「オリエント」を消去し、時間的距離を「忘却」に置き換えて「呪法による」の形容詞を付けることで、超現実的な意味を強調する。第二聯では、第一のソネから見られた「虚無」と「壁掛け」、ならびに「髪の毛」を讃える要素は活かしつつ、幾つもの新しい要素を導入する。まずは「壁掛けを連ねた通り」であり、それが「古代の」とされている。しかし、それを彼の「夢」にあるものとすることで、彼の探求と不可分の想像力の作用を呼び出す。「ただ独り　わたしが　虚無を／聴くとするなら」という唯一の仮説に、「髪の毛」の力を借りようとする。標題の「あれかこれか」の意味はそこにあった。後半の三行詩二聯は、断定的な「違う」によって、「カーテン」が、何らかの効果をもつのではなく、虚無を支持しているのだとされる。「髪の毛こそが／〔……〕存在の　偽りの誓いか、　仄明かりを」という最後から四行目以降の詩句は、「存在への糾弾」に他ならず、これによって、最後の行における三人称の人称代名詞が不可欠となった。それはもはや、詩人の主観的な状況ではなく、「存在それ自体のおぞましい特性」であり、その「偽りの誓い」に他ならない。

ベニシューの「読み」を基本に、手稿を読み解いてみたが、それに対して、一五年以上後の決定稿では、八音節ソネという詩句としては規模の小さい形式と、すでに手稿で用いられていた語彙や語法を用いながらも、一五年前の「存在論的ソネ」とは全く異なるテーマ、「軍旗による栄光の夢」と「髪の毛による恋の快楽」の対比を歌う。第三聯の「違う！」も、前二聯を否定するためではなく、次に来る部分否定を先取りしつつ、同じ運動を、究極の「ダイヤモンド」まで引き延ばすためであり、ダイヤモンドこそ、栄光の夢が息絶える〈恋の企て〉の、求心的論理の中心に他ならない。

　ベニシューの解では、一行目から二行目にかけての「絹」は、二行目の「幻想獣《キマイラ》の　絶えなんばかりの　絵柄」から、「軍旗」であることが読みとれるとし――「軍旗」は絹でできている――それが「君」と呼びかけられる女性の「髪の毛」と対比される。「並木道」とは、詩人が恋人といる建物のある通りであり（"avenue"は周知のように「並木のある道」を指す）、自然の生命の都市における表象である「並木」と、「栄光」の象徴とはいえ「殺戮」と不可分の「軍旗」つまり軍隊の現前が、並列されて捉えられる必要がある。というのも、このソネが書かれた一八八五年頃は、「共和派の共和国」である第三共和国で、陸軍と結びついた右翼の台頭により、共和制そのものが脅かされる状況にあったことが、「詩人の、金髪への欲望」に対比される軍隊の行進には歴然としていたからだ。ベニシューの指摘するように、「軍旗」が「瞑想にふける」のは、「祖国、名誉、自己犠牲、栄光」といった高貴な思考を表象するからであり、そこから「高々と掲げられる」と訳した"S'exaltent"が引き出されるのだが、これらの「軍旗」には「穴」が空いていて、この「崇高」と「空無」の結合は、第一聯の「幻想獣《キマイラ》の　絶えなんばかり」の「絵柄＝イメージ」に照応する。

シトロンのように、「軍旗」への言及を、幻想的な回廊じみたサロンへと変換する必要はない。

六九年頃と推定される二種類の手稿では、いずれも“nue”は、「裸形の」を意味する形容詞として“chevelure”（髪の毛）を修飾していたのが、八五年以降の決定稿では、名詞として「雲」を意味し、「生来の」を意味した形容詞“nue”は、文字どおりに“native”に置き換えられている。四行目で現れる「鏡」は、当初の二稿には不在であった〈装置〉である。ただこのソネでは、「鏡」のなかに映る映像より、そこに映る「女性の髪の毛そのもの」が優先している。「女性」は、鏡に「髪」を映しつつ、その背後にいる「詩人＝恋人」にそれを、「鏡の外までも、拡げ」つつ見せているのだ。

ベニシューが分析するように、このソネの意味的な問題点は、後半の三行詩二聯、その冒頭の“Non!”（違う！）の取り方にある。未定稿「あれかこれか」では、この否定は、「髪の毛という解決」に対する決然とした拒否を意味していたが、決定稿も同じ方向で理解してよいのか。多くの注解が取るこの解決を尊重しつつも、ベニシューは、決定稿では必ずしも「髪の毛の選択」が排除されてはいず、「途方もない代償を払うことの拒否」を表明してはいないと取る。むしろ、「髪の毛を嚙む味」とか、「王である愛人」とか、特に“considérable touffe”（夥《おびただ》しい髪の毛を　束ねたもの）といった見事な表現は、理想主義的な視座からはきわめて隔たったものだ。詩人はその決断の内実を明示しないが、未定稿におけるように、明確に「否定」の意思も示していない。そこからベニシューは、この決定稿には、「〈理念〉を犠牲にしてまでも、恋の現実を価値あるものにしたい」というきわめて強い詩人の誘惑が読みとれるとする。さらに、「〔勝ち誇って　遁れたり……〕」（一二八頁）のソネにも、「落日の自死を模倣する誘惑」を、笑いの内に肯定しつつ、「消えた空」から残っているものとして、「メリーの輝かしい金髪」の誘惑に身を任す結末が喚起されていることを挙げる。

マルシャルの『プレイヤード新版Ⅰ』ならびにポケットブック版の注記は、このソネは、その宛先（メリー・ローラン）からすれば、「恋の勝利」と取れるだろうが、マラルメの恋の論理からすれば、「〔髪の毛は　炎となって翔び……〕」（九二頁）と同じく、「マラルメ的神格」の別ヴァージョンだとする。第一聯の「幻想獣《キマイラ》の断末魔」は、古き理想主義的夢の死の苦悶であるものに対して、新しい詩法の夢を立てており、「天上の幻想獣」ではなく、「内心のダイヤモンド」、「存在の宝石ともいうべき中心」を対比させる。「〔髪の毛は　炎となって翔び……〕」の「燃える炎は　つねに変わらず　内側にあり〔……〕」と同じヴェクトルを担っていると読むことは可能だと説くのである。なおマルシャルは、一三行目に来る"Expirer"について、R・G・コーン『マラルメの詩篇のほうへ』を引いて、"Expirer"は"exhaler"（発する）と"mourir"（死ぬ）を同時に意味していると指摘している。

この「ダイヤモンド」には、「エロディアード——舞台」の最後の三行（八一頁）の遠い反響を聞くことはできまいか——

今わの際の　押し殺した　嗚咽《おえつ》を挙げる、
夢想の最中《さなか》、ついに少女が、体から　離れて　ゆく
煌《きら》めき凍る　宝石を　感じて挙げる　その嗚咽か。

「〔勝ち誇って　遁れたり……〕」の最後の二行が、マラルメのなかで再び動き出した〈エロディアード神話〉を、「金髪の呪力」によって雄弁に証言していたことを思い出すと、この「メリー・ローラン頌」のソネの位置も、自ずと明らかになるのではなかろうか。

〔君の物語に　踏み込むとは……〕［M'introduire dans ton histoire . . .］（一五二頁）

初出、『ラ・ヴォーグ』誌第八号（一八八六年六月十三―二十日）。再録、自筆版『詩集9』八七年、『詩と散文』九三年。手稿、一種。

マラルメの詩篇のうち、一切句読点のない詩篇としては最初のこの八音節定型ソネは、ヴェルレーヌによって、『ラ・ヴォーグ』誌に載った。この雑誌の第六号（五月二十九日―六月三日）には、すでにパリの詩壇から姿を消して久しいアルチュール・ランボーの散文詩集『イリュミナシオン』が初めて掲載された。

「〔時の香に染みた　いかなる絹も……〕」（一五〇頁）同様、詩人が愛を捧げる女性との関係を謳ったこのソネは、一八七六年に出会って、以後九〇年代にかけてマラルメが情熱を傾けたメリー・ローランに捧げた詩篇の一つ。「〔時の香に染みた　いかなる絹も……〕」以上に、愛する女性への賛辞は、エロスの強度を増している。愛する女性に対してみずからを「英雄」になぞらえ、しかもその英雄が、「太陽神話」を担った壮麗な姿で謳われるからである。

だが、恋の讃歌はひょっとして口実かも知れず、マルシャルが説くように、ソネの英雄・恋愛詩的な言説の展開は、〈太陽神話〉の特権的な三つの瞬間に懸かる。「怯えた英雄の無邪気さ」(日の出の情景)に始まり、「勝利の笑い声」(宙天に達した太陽)、「勝利」(落日の光景)という、太陽の運行を喚起する三つの瞬間がそれである。加えてマルシャルは、晩年の「エロディアード詩群」のうち、比較的早く成立していたと想定される「聖ヨハネ頌歌」を引き、このソネはその逆転であるとも説く。ただし、前半の四行詩二聯には「太陽神話」の影はほとんどなく、後半三行詩一聯に至って、「落日の光景」の神話的読み替えが前面に立ち現れるという字面通りの姿を見る限り、「太陽神話」だけでこのソネを解釈するのは不十分であろう。

またこのソネについて、性的欲望のドラマにのみ注目するのも適切ではない。マラルメが、エロティックな詩を書かなかったわけではなく、それは、本書「拾遺詩篇」に収めた「〔黒人女が一人、悪霊に　衝き動かされ……〕」(一六六頁)等の詩篇などにも明らかである。しかし最初の詩集を編むにあたって、詩人はその類の詩篇は入れず——自筆版『詩集』には収めていた——、メリー・ローランに宛てたり彼女を想定した詩篇も、このミューズがあからさまな形で読みとれる作品は除外されている。詩人の周囲(家族も含めて)で、このミューズの存在が、「公認」されていたにもせよである。なお、メリー・ローランとの関係については柏倉康夫氏、永倉千夏子氏の研究がある。以下、このソネの解釈については、テクストに密着するベニシューの「読み」が大いに参考になった。

第一聯では、「英雄＝詩人」と「君＝恋人」とが明示的に語られる。注釈者の中には、"introduire"(「踏み込む」と訳)は必ずしも比喩的な意味しかない訳ではなく、"ton histoire"(君の物語)も俗っぽい表現では「性的交渉」を意味しうるとなどと説く者もあるが、ベニシューが言うように、これはマラルメの美的感覚ではありえないだろう。「芝生」に踏み込むのは「裸足の踵《かかと》」だという語り手＝詩人の恥じらいは明白で、「裸足の踵」は、マラルメにおいては「無垢＝清浄潔白」を表すために動員されることの多いイメージである。即物的比喩の系列において、「芝生の草＝陰毛」が、詩人と愛人の性的交渉を暗示すると取るのは、マラルメが詩の言葉に設定する品位にそぐわない。詩句の言語が指し示すのは、エロティックな倍音を承知の上で、より典雅で遊び心ある〈詩人＝英雄〉の行動である。

第二聯で語られる「愛人が禁じるであろうこと」は、「英雄が自らの勝利を高々と笑う」こと、その笑いの動機＝実態は、第二聯の冒頭での異常な行動、「氷河への侵犯」である。ベニシューは、「氷河への侵犯」は、読む者を驚かす常ならざることであるが、しかし“A des glaciers attentatoire”とは、奇妙なほど美しい詩句であり、それが同格として修飾するのが、六行目の「罪」なのか、その行を開く「わたし」なのかは決め難いが、いずれに懸かっても意味には違いがないと解く。

後半の三行詩二聯は、調子も主題もがらりと変わる。ベニシューはこの点に注目しつつ、「これでもわたしが　嬉しくはないと」という問いかけは、「嬉しくなる（権利がない）と言うのか」ということ、冷たい愛人への抵抗の叫びであるとする。詩人が見ているものは、恋人が拒否するものの代りとなり、炎の光景が氷河を忘れさせてくれ、第二聯で笑うことができなかった詩人は、第三聯の「火」に至って、歓喜を取り返すのだ。この「火」については、「花火」と取る注釈者と「落日の光景」と取る注釈者があるが、ベニシュー同様、訳者も「落日の光景」説がよいと考える。

第四聯二行目の“Comme mourir pourpre la roue”（潮紫《しおむらさき》の紅《くれない》に　息絶える　かの車輪こそは）においては、“comme”が“mourir”（死ぬ）の比喩的・神話的意味合いを強めつつ、「車輪（la roue）」を修飾する“pourpre”が、今まさに死なんとするこの「車輪」の、色彩的に荒々しい強度を高める。「潮紫の紅」の最も強烈な凶暴さは、まさに燃え尽きて消えなんとする瞬間であり、一言で言えば性的オルガスムのイメージに他ならず、詩人は、落日の耀《かがよ》いに同化することで、愛人が彼に拒絶していたものを見出すのだ（ベニシュー）。

〔圧し懸かる　密雲の下……〕［À la nue accablante . . .］（一五四頁）

初出、『文芸小基金《ロボル・リアレール》』誌、一八九四年五月十五日号。再録、ベルリンの文芸誌『牧神《パン》』創刊号（一八九五年四―五月号）、左側にフェルナン・クノップフの挿絵、その右側に、マラルメの自筆原稿版（バルビエ／ミラン版に複製が掲載）。

一八九二年初頭に『ル・フィガロ』紙に掲載するため、アンドレ・モーレルに送ったが、ポール・ブルジェの詩篇が届かず刊行は流れた。九四年四月、ギュスタヴ・カーン夫人が、メリール伯爵やブルボン大公妃らと計画中の「慈善事業のための雑誌」『文芸小基金』への寄稿を依頼、そこに初めて掲載された。九五年春、ベルリンの『牧神』創刊号に再録。

このソネは、六行目にカンマが二つあるだけで、最後の終止符もない。ドマン版『詩集』が、最後に終止符を付けたのは、ドマンの恣意。ドマン版の冒頭に序のように置かれた「祝盃」（一一〇頁）

と相前後して書かれた八音節ソネであり、主題的には『賽の一振り』にも通じるこのソネは、自筆版『詩集』にならって、ドマン版のフィナーレとなってもよい。だが、恐らく自筆版『詩集』の反省からだと思われるが、八音節ソネで『詩集』を締めくくるのは、いささか座りが悪いと考えたのであろう。最後に置かれるのは、一〇年近く前に制作された、アレクサンドラン詩句のソネ「〔読み継いだ本も　パフォス　の名に閉じて〕」（一五六頁）であった。

　マルシャルの『プレイヤード新版I』の注解が、一ページ余をこの八音節ソネに当てているように、マラルメの詩篇でも最も難解なものの一つ。すでに、一八九七年末に翻訳が刊行された『芸術とは何か』において、トルストイが、『牧神』誌掲載のこのソネを引き、「理解不可能なものの見本」としてこき下ろすという事件もあった。その引用が誤訳だらけであったので、『白色評論』誌は、一八九八年二月十五日・三月一日号で、正確なテクストを発表したほどである。しかし、同年九月にマラルメの死を伝える新聞記事は――高踏的で、一部の芸術家に持て囃されたマラルメに対する悪意に満ちた記事が多かったから――、トルストイの誤訳混じりのテクストを使い回したという（カール・ポール・バルビエ『マラルメ資料』第二巻、一九七〇年、参照）。

　このソネで人々を悩ましてきたのは、表現＝言い方であり、言われていることの異様さではない。上記マルシャルの注記が述べるように、「フィナーレの星座のない『賽の一振り』」であり、全体が疑問文となっており、その内実は、「水泡が遭難の徴なのか、それとも人魚《セイレーン》の溺れた跡か？」という問いである。また、「遭難」が主題だとすると、『詩集』のエピローグの位置に、「挫折の告白」を置いたと取る注釈者もいるが、このソネ全体が具体的な遭難のドラマというよりは、無から生じた人魚《セイレーン》のイメージに他ならない「水泡」の喚起する虚構だと説く。『賽の一振り』の「羽根飾り(plume)」と同じく、「始原の泡に呑まれて消える」のであり、『何物も、場の他には、生起しなかった」のであると。その上で、主な解釈を要約しているが、マルシャルの解の細部が必ずしも納得のいくものではない。ここでは、主としてベニシューの解釈に倣うが、「遭難」についての夢想は一元的であり、隠された象徴的な意味などはないという視座から出発する。ベニシューはそれを、「圧し懸かる　密雲の下で　沈黙した〔……〕力なき　霧笛の声によって〔……〕何たる　墓となる遭難が〔……〕帆布も失せたマストを　廃絶するのか？」と読む。

「木霊《こだま》を返す　力となく」と訳した部分は、直訳すれば、「そこに縛られた木霊に密着して」。霧笛が実際に音を発していないからではなく、「圧し懸かる　密雲」によって押し殺されているからである。ベニシューは、冒頭四行の詩句に書きこまれた六つの「比喩形象(figures)」を見事に分析しているが、原文を引用しつつそれをパラフレイズしなければならないから、ここでは訳文を作る上で貴重なヒントになったとのみ書いておく。

第二聯は、ここで語られているのが現実の再現ではなく、想像力の次元に属することを明示する。「いかようなる　墓　遭難が」と、詩人は問い掛けつつ、この遭難の結末を語ろうとする。ベニシューは、この詩句の両義性を解く鍵が、五行目から六行目にかけての「問い掛け」の相手とされる「水泡《みなわ》」にあり、「水泡』がその答えを知るかのように呼び出されることに注目する。詩人が遭難の光景を思い浮かべたのは、荒れた海を見ながらであったろう、従って、"Abolit"は、「廃絶した」と単純過去に解すべきなのだ、と。

前半二聯で語られたことが、広大な幻想の情景であるなら、詩人は別の情景を想像しなければならない。それが、第三聯の「それともこうか」で始まる、もう一つの破局であり、「人魚《セイレーン》の一人その　幼い腹」であり、詩人は、溺れたと推測される場所に「水泡引く」「白い髪の毛」を凝視する。これは翌年に書かれる「祝盃」のソネの、三―四行目の「セイレーン」の戯れと同じ光景で、「溺れ」たというより、自ら海中に潜ったのであろう。とすれば、この荒海の情景の悲壮感は一層失われる。ちなみに、J＝P・リシャールは、「溺れる人魚」は、「断末魔にある〈幻想獣《キマイラ》〉の妹」と解いた（『マラルメの想像的宇宙』二六一頁）。

以上、文構造についてはベニシューの「読み」に従ったが、詩篇の象徴的意味については、先に引いたマルシャルの説が妥当だと思われる。マルシャルは、このソネを、「『賽の一振り』の劇のミニアチュア版」としつつ――ただしフィナーレの「星座」を欠く――、ドマン版の序曲ともいうべきソネ「祝盃」に対し反響のように応えていると説くが、それは詩人の意図も衝いているだろう。ワン・センテンスのこの詩篇は、二つの仮説の展開から成る。「海の泡」とは「遭難」の徴か、それとも「人魚の溺死」のそれか？　しかし、「この二重のドラマ」は、純粋に仮想的なものであり、『賽の一振り』におけると同じく、「全ては、縮約されて、仮定として起きる」と。

〔読み継いだ本も　パフォス　の名に閉じて……〕［Mes bouquins refermés sur le nom de Paphos . . . ］（一五六頁）

初出、『独立評論』誌、一八八七年一月号。再録、自筆版『詩集9』八七年。『アルバム』八七年、『詩と散文』九三年。手稿、一種。

一八八七年に「三つ折りのソネ」（一四四頁）とともに発表されたこのソネは、自筆版『詩集』を除いて、単行本に再録される場合は、その最後に置かれてきた。"Rien"（無なり）を冒頭に配したドマン版『詩集』が、「〔読み継いだ本も閉じて……〕」というソネで閉じられるのはいかにもふさわしい。マルシャルも説くように、このソネは、「パフォスの名についての夢想が、冬の現実に対して想像の風景の夏の光を対比させ、〔現実の〕女性の乳房に対して古代アマゾン女族の焼き切った乳房を対比させることによって、詩の風景というものを定義し」、「書くこと（エクリチュール）は、語に主導権を譲っている」と一応は言えるだろう。それを支えているのは、四行詩である一聯と二聯の対比、三行詩である三聯と四聯の対比の、それぞれの鮮やかさである。

冒頭の「読み継いだ本」（わたしの書物〔複数〕）が何かについては、多くの説がある。当然思い浮かべられる『悪の華』の「レスボス」や「シテール島への旅立ち」の他、バンヴィルの詩篇「シプリスの呪詛」がパフォスとアマゾン女族を結びつけるといった説（P・S・ハンブリー）や、パフォス島の考古学的調査（一八七七年）に基づき「柘榴《ざくろ》の上に載せた両の乳房」を表す祈願碑とヤマイラの図案の「足置き」を持ち出す者（コレット・ルーボー）まで、さまざまである。ソネの総体的な意味については、注解者の意見はおおよそ一致するが、詩句の字面に密着した読解となると分かれる。ここでも、ベニシューの読みが役に立ったが、解釈という点では必ずしも納得できない。

第一行の「読み継いだ本も閉じて（Mes bouquins refermés）」――"bouquins"は、"livres"（書物）

ほど立派ではなく、日常的に読み散らかすもの——や、第二聯の「寒気」、一二行目の“guivre”「大蛇」や「我らの恋が火を掻き立てている」等が、「冬の夜に、暖炉に当たりながら読書をする」というソネの枠組みを暗示する。その読書の最後に出会った「パフォスの名」が詩想を呼び覚ますのである。

キプロスの都であるパフォス（脚韻からは「パフォ」と読むのだろうが、シトロンは「パフォス」と読ませる）は、古代には、シリア発祥のアシュタルテ女神の信仰で知られ、ギリシア人たちはその女神を「海から生まれたアプロディーテ（Aphrodite anadyomène）」と同一視していた。パフォスは、二重の意味で、海の泡から生まれた想像上の遺跡の記憶である。

詩人は、このパフォスの名を出発点に、「ただ楽しみに　選んでみる、頼りになるのは　精神ばかり（avec le seul génie）」、現実の視覚とは無関係に、ギリシアの風景のイメージを選んでみる、と言う。それはひとつの「廃墟」であり、海辺にあって岸に打ち寄せる波に祝福されており、その廃墟の光景を——

ヒヤキントスは、彼方に遠く、栄光の日々の　空の色

と歌う。マラルメが、パフォスの島にまつわる信仰と伝説のエロティックな様相を知らなかったはずはないが、本を閉じて夢想に耽ろうとする時にその夢想が向かうのは、ただ精神の力によってのみ、現実には根拠のない〈理想の風景〉を作りだすことである。（「ヒヤキントス」と訳した“hyacinthe”は色の名で、シトロンによれば、ギリシアの空の「強烈な紫がかったブルー」だが、それをマラルメが実際に見たことはない。また“élire”（選ぶ）は“lire”（読む）に掛けた駄洒落だとも、シ

トロンは説く。）

パフォスの島についての輝かしい夢想に続き、第二聯は、ソネが書かれたのと同じ、「冬のパリの厳しい寒さ」の情景となる。第二聯冒頭の“Coure”は、“courir”の接続法であり、「寒気は、思うさま走ればよい」である。「走る」のは「風」だが、「鎌の刃をした 沈黙」が、吹きつける寒風を表している。「風」を「鎌の刃」に譬えるのは、その厳しさを強調するためである。一行目が〈挑発〉ならば、二行目は、それに伴う「わたしは歌いはしない」という〈誓約〉である。“nénie”は「古代の葬儀で泣き女たちの歌う歌」として「不吉な歌」であり、“hululer”は、同じく不吉な倍音をもつ「夜鳥《やちょう》の鳴き声」である。詩人は、パリの冬の夜空に向かって「虚ろに不吉な」喪の歌は歌わないと宣言する。七―八行目の、“Si”（もしも）で導かれる一見仮定法的な節も、冬の雪の支配、「この純白の狂い舞いが、地面を削るように働く」ことを語る。「偽りの景勝」とは、ここでは「想像上の」あるいは「非現実的な」を意味するが、それは〈理念的なるもの（l'Idéal）〉を『虚偽』として立てる、「栄光ある虚偽」（六六年四月の書簡）の発想に他ならない。「現実」と「理念」との対立を嘆くことの拒否は、たとえば「窓」（三四頁）におけるボードレール的な嘆きへの拒絶を思い出せば、マラルメの基底的な選択であった。第二聯は、パリの夜の陰鬱で不吉な心的情景を歌わずに、主題はまさにそのようなものであるにもかかわらず、選ばれた語が、「白の変奏」を思わせるように、異常な強度を発揮する。

第三聯以下は、第一聯の明快さに近づくが、問題は、その内実よりも最後の二聯を前半の二聯に繋ぐ仕組みである。九―一〇行目で、「現実の果実」も「不在の果実」も、同じように美味でありうると宣言した後で、現実の女性の乳房から、古代のアマゾン女族の不在の乳房に、より惹かれると宣言する。“en leur docte manque”（高貴にも　現実の　欠けている故にこそ）という言葉について、ベニシューは「詩の危機」の名高い一節、「わたしが花と言う時〔……〕」の「あらゆる花束には不在のそれ（花）」を引く。

第三聯最後の、

Qu'un éclate de chair humain et parfumant!
（裂けんばかりに、人間の　薫り高き　肉の果実は！）

において、“humain”が“parfumant”と同じく、その誘惑性において拒絶されている。ベニシューは、“éclatant de beauté, de vie”（美しさ、生命で輝いている）という表現との隣接性を認めつつも、“éclater de chair”とは言えず、おそらくマラルメは、誇張法的に“éclater”を“se gonfler”（膨張する）の意に用いているのだろうと指摘する。詩人は奇妙な形で「軽蔑されている美しい乳房の持ち主である女性」とともにいることを語り、一二行目の動詞“tisonner”には、リトレ辞典によると「必要もないのに燃えさしを搔き回す」の意があることから、アマゾン女族の「焼いた乳房」を語る決定的な瞬間――「想いを馳せる　わたしは永く　おそらくは　憑《つ》かれた如くに」――を前にして、暖炉の前に、愛人と平穏に暮らす情景を語っておきたかったのだろう（ベニシュー）。

詩句そのものの取り方によって、このソネ全体の解釈が分かれるのが、一二行目の詩句である

Le pied sur quelque guivre où notre amour tisonne,

（足を乗せる、いずれ大蛇に、我らの恋が　火を掻き立てて、）

"guivre"は「大蛇」だが、ここでは、暖炉の薪台のデザインであろう。それを踏んでいることから、マルシャルは、聖書の「楽園追放」の物語、イヴが蛇に誘惑されたことへの否定的暗示と取るが、マラルメの神話素としては、「不可能性の怪獣」である"chimère"（幻想獣《キマイラ》）を思い起こした方がよい。「足を乗せて」いるのだから、一応その〈幻想獣〉を支配しているわけだし、また暖炉の現実としては、そこに燃えている火を、「我らの恋」のそれだとする。モデル探しをすれば、否応なしにメリー・ローランの邸の暖炉ということになるのだが、再び一一行目に戻ると、動詞"éclater"を、"se gonfler"（膨らむ）の「誇張法的」表現と取るとして、"un"は二行前の"fruits"を受けるしかないから、詩人と暖炉の前に座る女性の、現実の乳房が、欲望の対象として、強度のある詩句で歌われていることになる。この解は、詩人のイヴ・ボンヌフォワがマラルメの『折ふしの唄』の序文に付けた論文によるのだが、確かに一四行目の詩句を閉じる「古《いにしえ》　アマゾン女族の焼き切った乳房に」へとソネが一直線に突き進むのでは、この詩篇に鏤《ちりば》められた「幻想の美」が、生きてこないように思う。アマゾン女族が、戦闘に有利なように、「右の乳房を削除していた」というあまりにも名高い神話的与件は、ソネの最終行で——

A l'au/tre, au sein / brûlé / d'une anti/que amazone

（別の胸へと、古《いにしえ》　アマゾン女族の　焼き切った乳房に）

と、前半の半行詩を三分割で読むことも可能なような、堂々たるアレクサンドラン詩句によって終わる。「不在の乳房」は、一一行目の「裂けんばかりの肉」を受けて、詩人の現実の環境——愛人と、暖炉の前に座って、脚で幻想獣模様の薪台（の薪）を掻き立てている詩人——が、まさに幻想する「輝かしい嘘（glorieux mensonge）」として、詩篇に書かれることで、「不在の詩」を、いとも官能的に、かつ残酷な美しさに貫かれたソネとして、書くことに成功している。このソネが、八七年に書かれたにもかかわらず、以後、しばしば詩集や作品集の最後に置かれてきたこと、ドマン版の場合もまさにそうであることの意味を解く鍵は、その辺にあると思うのだが。

なお、先にも述べた脚韻の位置にある“Paphos”の「パフォス」という読みは、脚韻の規則に大きく背くから——Paphos/triomph*aux*——、その埋め合わせのように、このソネでは、詩句の最後が二音節以上にわたって照応するいわゆる「バンヴィル風脚韻」が多い。以下にそれを列挙する。

二／三行目　*génie*/*bénie*
五／八行目　de *faulx*/paysage *faux*
六／七行目　*nénie*/*dénie*
九／一〇行目　*régale*/*égale*
一一／一三行目　parf*umant*/éperd*ûment*

アレクサンドラン詩句の切れ方も、三行目、五行目が「三つ折り」のロマン派アレクサンドランであり、六行目の“Je n'y hululerai pas”の半行詩は、六音節目では切りようがなく、例外的に七音節半行句で、“hululer”という動詞の異形性を強調している。

書　誌 BIBLIOGRAPHIE（一五八頁）

作者自身による書誌。マラルメは、詩集にせよ散文集にせよ、まずは雑誌に発表したものを、切り抜いて、「貼付帖《マケット》」にコラージュしていく。冒頭の「第一の冊子」という表現は、それに続くものがあることを予想させる。事実マラルメは、同じドマンから出した散文集『パージュ』の冒頭にある著作目録でも、『半獣神の午後』（朗読と舞台上演のための決定版、云々）と明示し、『エロディアード』についても「（別に）完全版」と記していた。なお、収録したテクストの初出情報を書誌としてまとめたものは、このドマン版『詩集』だけである。

詩人としては、初期の詩篇から直近のものまで、代表的な詩篇を編集したという思いがあり、初出が半世紀近く前のものも含むのだから、この情報は、同時代人にとっても貴重なものだったろう。後世については言うまでもない。ただし、いくつかの点に留意しなければならない。

たとえば、「〔髪の毛は　炎となって翔び……〕」のように、初出についてことさらなる沈黙を守るというような例外的なケースもある（三二二頁の注参照）。

しかしこの「書誌」で最も重要な「読み間違い」は、扉を飾るフェリシアン・ロップスの図像に関わる。一五九頁七行目の原文は、ドマン版で“Sa rareté se fleurissait, en le format original, déçu du chef-d'œuvre de Rops”となっていて、「ロップスの傑作が、出来損ないの形で、飾っていた」という意味になる。しかし、後に公開されたドマン版「貼付帖」によれば、“déçu”ではなく

“déjà”と読める。「すでに傑作の」の意の“déjà”を、ドマンが“déçu”と読み間違えたのであった。ちなみに、「ドマン版絶対主義者」の鈴木信太郎先生は、“déçu”となっている版しかお認めにならなかったが、鈴木先生の信念の根拠には、例の自筆版『詩集』の御所蔵の版に、ロップスのデッサンの「書き損じ」が、複数枚挟まれていたという事情もあったかと思う。しかしそういう「書き損じ」を見ればいよいよ、ドマン版の「口絵」（本書カバー参照）は、自筆版の正規な組みと同じく、「完成した傑作」に見えよう。

一五九頁一四行目の「二重の観点」は、「詩の危機」の説く「言語の二つの状態」（「通貨としての言語＝散文」とそれに対する「純粋な言語＝詩句」）を想定しているのだろう。

Ⅱ　拾遺詩篇

一九一三年に、マラルメの娘ジュヌヴィエーヴとその夫エドモン・ボニオ博士が、ドマン版『詩集』と、そこに収められなかった詩篇のうち彼らが重要と判断したものとを合わせ、ＮＲＦ《エヌ・エル・エフ》から『マラルメ詩集（完全版）』を刊行。そのなかで、「拾遺詩篇」として収録すべきだと思われた七篇と、一九四五年に初めて公表された「扇」とをここに収録する。その主要なものは、「〔黒人女が一人、悪霊に　衝き動かされ……〕」の露骨にエロティックな詩篇を除けば、「メリー・ローラン物」ともいうべき小品であるが、家族も周知の、詩人の憧れの女性に関する詩篇は、それがあからさまに伝わるものについては、詩人はドマン版収録を避けた。娘と娘婿は、父と義父の内心を慮って、完全版『詩集』にはあえてそれらを収めることにしたのであろう。なお、掲載順序は、マルシャルの『プレイヤード新版Ⅰ』にならった。

〔黒人女が一人、悪霊に　衝き動かされ……〕［Une négresse par le démon secouée . . .］（一六六頁）

初出、『新編十九世紀猟奇高踏詩集』ブリュッセル、一八六六年。自筆版『詩集？』八七年（改稿）。

黒人女と白人の少女とが絡むエロティックなショーを主題としたソネ。一八六四年頃の作で、友人たちの間で回し読みされていたとされる。それを改訂した版は八七年の『詩集』には収められたが、ドマン版『詩集』からは排除される。「ショー＝見世物」へのマラルメの一貫した関心を測るためには、貴重な資料。

〔お目覚めの時には　その跡もなし……〕［Rien, au réveil . . .］（一六八頁）

初出、『ラ・クープ』誌、一八九六年六月号。改稿されてNRF版に再録。

初稿は、八五年一月三十一日にメリー・ローランに贈ったもので、「ロンデル」の題。NRF版では、「〔愛し合おうと　お望みならば……〕」（一七二頁）の詩とともに、「ロンデル　一」「ロンデル二」とされるが、根拠はない。マルシャル版以降は、二篇を切り離して載せる。

〔夫人よ……〕［Dame ...］（一七〇頁）

初出、『ル・フィガロ』紙、一八九六年二月十日。同月二十九日号の『ガゼット・アネクドティック』誌に再録。初稿は、八八年一月一日の日付。

メリー・ローランに贈ったソネ。冒頭も、「メリーよ」となっていた。メリー・ローランは、マネの『秋』のモデルとしても知られ、その金髪は、いかにもマラルメ好みであった。併せて、「薔薇」のテーマの至福の側面も。マラルメの詩の、優美艶麗な局面を窺わせる。

〔愛し合おうと　お望みならば……〕［Si tu veux nous nous aimerons ...］（一七二頁）

初出、『ラ・プリューム』誌、一八九六年三月十五日号。

初稿は、「メリーの作になる詩句についての唄」と題され、二行目から七行目に異本あり。モンテスキウによれば、この初稿は、八九年一月一日の「新年のご祝儀の詩」であったと言う。

〔魂のすべてを　要約して……〕［Toute l'âme résumée ...］（一七四頁）

初出、『ル・フィガロ』紙、「文学特集」一八九五年八月三日。自由詩に関するアンケートのためのインタヴューの最後に載ったソネ。マルシャルの表現を借りるならば、「詩を、現実の燃焼と定義する詩法」の表明である。

ソネ〔人も通わぬ　森の上に……〕SONNET〔Sur les bois oubliés...〕（一七六頁）

初出、NRF版。手稿によれば、浄書時期は、標題の右脇下に書きこまれた一八七七年十一月二日前後（十一月二日は、カトリック教会の「万霊節」で、死者を弔って墓参りをする日）。

友人のエジプト学者ガストン・マスペロの夫人で、一八七三年九月十日に没したエッティー・ヤップが、「あなた」すなわち「夫であるマスペロ」に語りかけるという形を取る。四行目の "du manque seul des lourds bouquets s'encombre" は、マルシャルの注記のように「墓が不在の花で一杯になる」わけではなく、「花の重い現前が明らかにしている不在」とするアントワーヌ・アダンの解に従う。

〔おお　遠くにありても　かく愛おしく……〕〔Ô si chère de loin...〕（一七八頁）

初出、『ラ・ファランジュ』誌、一九〇八年一月十五日号（題名は「ソネ／彼女のために」）。

初稿は、八六年か（バルビエ／ミランの説）。NRF版への再録時には無題となり、二行目の"Méry"も"Mary"と変えられていた。

「不在」と「現前」、「白」と「薔薇色」、「類まれな薫り」と「豪奢な贈与」の間でたゆたう如きこのソネを、アンリ・メショニックは「聴覚的詩法の紋章」と評した。メリー・ローランの場合、金髪の色や触感だけではなく、濃厚に官能的な「薫り」をもっていたことで、そこには、単に用いられている香水の作用以上のものがあったように思われる。

扇　メリー・ローランの　ÉVENTAIL/de Méry Laurent（一八〇頁）

初出、アンリ・モンドール／G・ジャン＝オーブリ校注の〈プレイヤード叢書〉の『マラルメ全集』一九四五年。その注記に、「薔薇の模様をあしらった扇の金地の紙に、白いインクで書かれ、九〇年に詩人からメリー・ローラン夫人に手渡された」とある。

マラルメ晩年の八音節ソネの傑作であり、「風と香り」が「触覚と嗅覚」によって、「扇」を「愛する女体」の換喩《メトニミー》に仕立て上げる。「扇」という東洋的な記憶の濃い「小道具」を、「詩の舞台」とすることによって、「女体」が幸福な詩であり美そのものへと変容する。「メリー・ローラン物」としては、忘れるには惜しい詩篇。

Ⅲ　半獣神変容 エロディアード詩群

半獣神、古代英雄詩風幕間劇――半獣神独白 LE FAUNE, INTERMÈDE HÉROÏQUE ――MONOLOGUE D'UN FAUNE（一八四頁）

半獣神即興 IMPROVISATION D'UN FAUNE（一九五頁）

二篇の書誌については、「半獣神の午後」の注（二九五頁）を参照。

一八七六年に刊行された『半獣神の午後』（八二頁）には、もともとコメディ＝フランセーズでの上演を目指して六五年に書かれ、七五年には第三次『現代高踏詩集』に掲載するために改稿されたが、どちらも実現しなかったという経緯がある。最初の「舞台ヴァージョン」の「半獣神」は「古代英雄詩風幕間劇」と称され、第一場「半獣神独白」一〇六行と、第二場「二人のニンフの対話」の断章四篇、第三場「半獣神のもう一つの独白」断章二篇が知られる。第二場と第三場は、六五年の手稿断章と推定されるものが残るが、第一場「半獣神独白」の手稿は失われ、七三ないし七四年の自筆コピーがジャック・ドゥーセ文学図書館蔵として残っている。他の二場とは違って、数年後のコピーであるとはいえ、他にこれに当たる手稿が見出されていないことから、通常、「幕間劇」

の冒頭に置かれるべきものと見なされている。

この「半獣神独白」が、七五年に、第三次『現代高踏詩集』のために「半獣神即興」として書き改められたのだが、同誌に掲載を拒否された。「半獣神の午後」への決定的な転換点をなすその手稿は、幸いにもジュネーヴのマルタン・ボドメール財団蔵として残っている。（以下、半獣神詩群についてはそれぞれ、「幕間劇」「独白」「即興」「午後」と略記。）

本書には、「半獣神詩群」の中核をなす「独白」と「即興」とを補遺として収録し、七六年の決定稿、つまりマネの挿絵入り豪華本に至る経緯を示す。六五年の「幕間劇」と、七五年の「即興」という二つの挫折を経て完成する「午後」の、詩篇としての変容を、その主要な局面において確認したいと思うからである。一〇年以上の歳月を経て完成する「半獣神の午後」は、多才な詩人の筆すさびのようなものでは全くなかった。こうした「エクリチュールの軌跡」を、誰よりもよく知るはずのマラルメは、ドマン版『詩集』を編むに際して、「エロディアード――舞台」と「半獣神の午後」を、『詩集』の時間軸に於いても空間軸に於いても中央に屹立する〈記念碑的な詩篇〉と位置づけているが、このことはマラルメという詩人の〈作業〉を分析する上で見過ごしにはできない。なお、「古代英雄詩風幕間劇」の現在に伝わる本文と、「即興」「午後」を含む詳しい語釈は、筑摩版『マラルメ全集Ⅰ』註解篇の一〇六―一六三頁を参照されたい。

「劇場ヴァージョン」において読者を驚かすのは、戯曲という「言語態」には手を染めたこともない二十三歳の詩人が、必死になって、「韻文戯曲」を書き下ろしている光景である。ロマン派の大詩人たちによる「韻文劇」の変革の企てはとうに終わり、一八五二年初演の小デュマの『椿姫』

（小説は四九年刊）の歴史的成功以来、「韻文で戯曲を書く」ことが時代錯誤に思われだしていた情況を考えれば、「韻文戯曲」を国立劇場で上演させることのできた――しかも傑作を――数少ない詩人の一人であったバンヴィルが後ろ盾になってくれていたとはいえ、当人には認識できないとしても、後世から考えれば、これは「暴挙」に等しかった。

「幕間劇」のヴァージョンのうち「半獣神独白」を、詩人が七三、七四年の時点で、友人のイギリス人フィリップ・バーティーにコピーして贈っているという逸話は、六九年三月には第二次『現代高踏詩集』に原稿を送っている「エロディアード――舞台」の成立と並べたとき、驚きである。しかも、七五年七月には、「独白」を書き直したと言う「半獣神即興」を、第三次『現代高踏詩集』に送って、掲載拒否に遭うのであり、その理由は審査員の一人アナトール・フランスの「断固反対！　こんなものを載せたら世間の笑い物になる」という御託宣であった。しかも審査委員には、かつてマラルメの「守護天使」役を買って出たバンヴィルも入っていたのである。友人たちの計らいにより、翌七六年四月に、マネの挿絵入り豪華版でようやく日の目を見るわけだが、この間の時間の推移は尋常ではない。コメディ゠フランセーズでのオーディションの失敗から、優に一一年もの間、マラルメが「半獣神」の草稿を抱えて、何もしなかったわけではもちろんない。

この間の出来事といえば、「詩人マラルメ」にのみ関心を寄せるかつての「マラルメ学」からしても、七二年にはポーの詩八篇を翻訳し、七〇年代の「詩人マラルメ」の再生の記念碑とも言うべき「喪の乾盃」（九六頁）を七二年に書き、七六年、つまり『半獣神の午後』初版を刊行した年には、「追悼ソネ」シリーズの第一弾となる「エドガー・ポーの墓」（一三一頁）を書く。同時に、現在のマラルメ学の視座からすればまさに「事件」である作業もこの頃行われていた。七四年の秋口からの三カ月、『最新流行』という流行情報誌を、一人で編集し、執筆し、レイアウトを考え、広告を取り、刊行するという、常人では想像のつかない「離れ業」を見せ、さらにロンドンの雑誌『アシニーアム（*Athenaeum*）』誌に「ゴシップ」欄を書いていたのだ。

詩人の作業が、時間の尺度だけで計量化できないのは当然である。それにしても、七三年か七四年にはバーティーに贈った「幕間劇」であったものが、翌年か翌々年に、第三次『現代高踏詩集』の刊行計画を知って「急いで浄書しただけ」で「即興」になったという詩人の言い訳については、『現代高踏詩集』に送られた「半獣神即興」が、幸いにもジュネーヴのマルタン・ボドメール財団コレクションに残っているから、その「書き直し」のプロセスは、テクスト・レヴェルで検証可能なのである。

「幕間劇」において、だれしもが驚かされるのは、散文戯曲ならともかく韻文戯曲で、ここまで執拗な「ト書き」を書く必要はないのにと思わされる、その「書き方」である。これらの「ト書き」の存在は、主人公であり発語者である半獣神を、あくまでも外側から捉えていることを意味し、そこに語られる「外界」は、文字どおりに「主人公」を取り巻く物質的な世界である。冒頭近くで「装置に呼びかけ」という「ト書き」が雄弁に語るように、主人公の「語る〈外界〉」は、劇場の約束事では、「装置」として外在していなければならない。そもそも主人公の「半獣神」が、古代からの約束事に従った「半獣・半人」の姿・形を取っていなければならないはずである。こうした「劇場＝舞台の約束事」への隷属が、同じく「戯曲体」といっても、「エロディアード――舞台」との決定的な差なのであった。後者が、哲学的小話『イジチュール』に集約されることになる精神と肉体の危機の最中にあっても、それほど多くはなかったろうと思われる「卜書き」を削除し、詩句の手直しをするだけで、第二次『現代高踏詩集』に送られて世に出たという事実は、「半獣神」シリーズの立つ〈言説場〉の基底的誤算を逆証明してもいる。

「幕間劇」から「即興」への「書き直し」は、単に「卜書きの消去」という言説の姿の変更だけではない。言説の成立の仕方そのものを、決定的に変化させたのである。その詳細は筑摩版『全集I』に書いたし、本『詩集』の「ドマン版」の該当部分でも触れているので、ここでは結論だけを記すと、「幕間劇」では、あきらかに「外在する」とされていた「舞台装置」や「舞台上の事件」（たとえば「薔薇の茂み」や「二人のナンフとの絡み」等）が、「即興」では、発語者である半獣神の意識に立ち現れた様態において喚起されるという、夢想の「現象学」とも称すべき〈仕組み〉に、全面的に組み替えられていることである。〈行為者〉もその意識の対象である〈外界〉も、それぞれ鮮明に区分されて語られていた「幕間劇」に対して、「即興」では、これらすべてが「話者」の意識に立ち現れたその姿で取り返されている。「現象学的変容」と考えるのも、そのためである。この「変換」を遂行するために、詩句は、三ヴァージョンのなかで最も重く執拗なものとなっている。

その「即興」から「午後」に至って、「田園詩」のサブタイトルが雄弁に語っているように、夢想する主体と、その外界との区別が殊更に曖昧になるような「特異な詩句と言語態」を編み出すことに成功している。こうした「言葉の姿」の変容を、フランス語以外の言語で再現するのは至難の業である。ごく分かりやすい取っ掛かりとしては、「午後」における「余白」の、異常なまでの肥大と細分化、そしてその音楽的効果に注目するのがよいと思われる。言いかえれば、この三つのヴァージョンを、「音声化」してみる、つまり「声に出して読む」ことで、詩句の〈身体性〉のレヴェルを測る作業である。「午後」の注解で、詩句の「身体性」に拘ったのも、詩句の要請するところであったからだ。ドマン版が、その編集操作によって語っているように、「午後」は、まさに詩人マラルメの詩作の頂点に位置する作品であり、「エロディアード――舞台」にはまだ残されていた「外部」が、この詩篇においては、全て見事に詩句に収斂されている。

エロディアード――古序曲　OUVERTURE ANCIENNE D'HÉRODIADE（二〇四頁）

初出、『新フランス評論』誌、一九二六年十一月一日号、五一三―五一六頁（ボニオ博士による読解）。単行本初出、ガードナー・デイヴィス校注『エロディアードの婚姻――聖史劇』、ガリマール、一九五九年。再録、バルビエ／ミラン校注『マラルメ全集1　詩集』フラマリオン、八三年、オースティン校注『マラルメ詩集』フラマリオン、八九年、マルシャル校注、ポケットブック版『マラルメ詩集』ガリマール、九二年、同校注『プレイヤード新版Ⅰ』九八年、など。全てデイヴィス版に基づくが、読解に異同あり。手稿は個人蔵で、閲覧不可能。デイヴィスが手稿原典から撮った「写真版」が、検討可能な唯一の資料とされる。

一八六五年九月に、「エロディアード――舞台」の上演版が受け入れられなかった後、マラルメは「悲劇ではなく、詩篇として」書き直すと予告すると同時に、「舞台」の「序曲」となるべき詩篇に取りかかり、それが翌六六年にかけての深刻な危機をもたらす。マラルメ論では、必ず引かれる危機であり、一つは虚無であり（「詩句をこの地点まで掘り進んで、二つの虚無に出会い、それが僕を絶望させている。一つは虚無であり〔……〕」カザリス宛同年四月二八日付書簡）、そのさっかけとなったのが「エロディアード」の「序曲」となるべき「乳母の独り語り」、後世が「古序曲」と呼ぶ本詩である。特にその中央にある「一つの動詞を巡って展開される二二行の詩句」が詩人を大いに悩ませたことは、カチュール・マンデス宛六六年四月二三日付と推定される手紙などからも窺える。

この「古序曲」は、マラルメ生前には知られず、一九二六年一一月一日号の『新フランス評論』誌に、ボニオ博士が「エロディアード古序曲」として発表した。前年に、同じく未定稿の哲学的小話『イジチュール』を、同誌に発表したのと同じく、一九年に妻のジュヌヴィエーヴが亡くなり、マラルメの遺稿等を処理する権利を得たためであろう。第二次大戦後に、オーストラリアのガードナー・デイヴィスが、手稿から読み起こして、五九年にガリマール社から刊行した『エロディアードの婚姻――聖史劇』によって、〈エロディアード詩群〉の全容が見え始めた。（『婚姻』のみならず、その先行形態であった「古序曲」も、デイヴィスの読み起こしによって、より複雑なその姿を現した。）冒頭に記したバルビエ／ミラン版も、オースティン版も、マルシャルの二つの版も、デイヴィス蔵の写真版を典拠にしているが、少なくとも三通りの読み起こしが存在する。この写真版は、私もデイヴィス氏のモンパルナスの自宅で見せてもらったが、現物はアメリカの収集家の手にあるそうで、複写技術の発達していない時期の、通常の印画紙に焼き付けた「写真版」からは、鉛筆による加筆・訂正などはよほどじっくり見なければ判読しにくく、さしあたりはデイヴィス氏の読みを信頼することにした。（もっとも、バルビエ／ミラン版は、デイヴィスの写真版に拠っていると明記しているが、マルシャル版も、同じように宣しながら――『プレイヤード新版Ⅰ』（一二二二頁）で、「手稿、個人蔵」と記す――、「読解」の物質的精密度が違うように思われる。実はオリジナルを見ているのではないかと、推測される。）

アレクサンドラン詩句による乳母の独り語りという形を取る「古序曲」は、読解上の問題としては一八六六年の「初稿」――それが詩人の精神的苦悩と重なって、六〇年代の最大の危機を引き起こすきっかけとなった――と、後年の「書き直し」との読み分けの問題がある。「古序曲」の「加筆版」と、『婚姻』の「読み起こし」とを読み比べることは、翻訳という膜を通してではあれ、最晩年のマラルメの「詩句」が、どのような特性を帯びるに至ったのかを取り返す一助とはなろう。特にその異様な「身体性」の現象する「舞台」は、マラルメの〈詩〉を貫く「欲望」の在りかを探るには、不可欠の作業と思われる。不十分に終わることを覚悟の上で、「古序曲」と『婚姻』とを訳出するのはそのために他ならない。（以下、〈エロディアード詩群〉については「舞台」「古序曲」『婚姻』と略記する。）

九六行のアレクサンドラン詩句で書かれた「古序曲」――最後の、次への繋ぎを保証するための“Et…”（そして……）を勘定せずに――は、「乳母の独り語り」と設定され、大きく五つの段落に分かれる。第一段（一―一六行目）は、古びた城館の不吉な朝焼けの情景、白鳥の不在の一六行。第二段（一七―一九行目）は、古代叙事詩による悲劇的な記憶を朝焼けの空に見る、繋ぎの三行。第三段

（二〇―三七行目）は、主人公不在の寝室の〈衣裳・装置〉を、そこを徘徊する乳母によって描写する一八行。第四段（三八―五七行目）は、そこに喚起される〈聖具・典礼具〉と、それらを通して〈立ち昇る声〉を喚起する二〇行。第五段（五八―九六行目）は、主人公である〈少女〉の喚起とともに、情景は外に移り、姫君の散策、父王の不在、再び冒頭の〈白鳥〉の喚起となって終わる。この五段落分けは、後年の加筆・訂正でも守られている。このうち四段目が、詩人の言う「一つの動詞を巡って展開する二二行の詩句」に当たるのだが、初稿以来、残された資料では「二〇行」であり、中央にくる動詞は“s'élève”（立ち昇る）である。

語　釈

一―一六行目　「古城の塔に訪れる不吉な朝焼け」が、「黒い怪鳥《けちょう》」の紋章的現前で始まり、対比的に「白鳥」の不在が、水面に映る「秋」の木々とともに喚起され、「重く塞《ふさ》がる墓」と言われる装置を構成する特性が、印象的に列挙される。初稿でもすでに主要なイメージ＝テーマは見出されているが、改訂稿に比べて詩句の密度が低く、より描写的。第三・四段で一層鮮明になるそれは、一八六八年の「彼自身の寓意であるソネ」（三八一頁）と八七年のいわゆる「“-yx”のソネ」（一三〇頁）との隔たりを思わせる。

一七―一九行目　初稿以来の、「外界の悲劇的ヴィジョン」の喚起。「罪」とあるから、“bûcher”は単に火葬の台ではなく「火刑の台」。イメージとしては、ウェルギリウスの『アエネーイス』で、カルタゴの王妃ディードーが自殺する「火葬壇」を思い浮かべるべきであろう。「朝焼け」の「潮《しお》紫《むらさき》の紅《くれない》」は、一八八〇年代以降の「〔勝ち誇って　遁れたり……〕」（一二八頁）等では、「夕焼け」

の特権的イメージとして歌われるが、ここでは「朝焼け」によって、詩篇に叙事詩的な拡がりを与える。

二〇―三七行目　不在の主人公の「部屋＝寝室」の喚起。「戦《いくさ》に暮れた／時代の武器」、「はや艶も失せた　金銀細工」。そして「綴れ織りの　壁掛け」には、預言の巫女《みこ》が、「老いたる爪を　東方の博士に」差し出す絵柄が認められ、その内の一人（と同化した乳母）が、「象牙の櫃《ひつ》に　仕舞いこまれた　白ずんだ　衣裳」――その模様は「黒い　銀地を散らして　飛びちがう　鳥たち」――を取り出し、身にまといつつ徘徊する。「きつい香《こう》の薫り」と「薔薇たち」の薫りが入り混じり、「ギヤマン」の器に活けられた薔薇の花びらの散る姿が、翼を引きずる「暁　鳥《あかつきどり》」の悲嘆の姿と重ねられる。「冷えきった骨たちの　薫り」（三二行目）といった、「死」と隣接する官能性が呼び出される。

三八―五七行目　初稿で詩人が注意を引いた「一つの動詞を巡って展開される二二行の詩句」に相当する部分。「一つの動詞」とは、四八行目の冒頭の“S'élève”（今　立ち昇る）であり、この二〇行の詩句のまさに中央に位置して、詩句の前半と後半を支配するという統辞法上のアクロバットを演じる。ここでは、カトリック教会の典礼用の聖具が、すでにその呪力を失った遺物のように引かれるが、「神殺し」に続く時期であったためか、初稿では、四三行目の「冷えきった香炉の　雑然と山をなす」が、「冷えきった聖体顕示台の　雑然と山をなす」となっていた。四六行目でも、典礼に結びついた表象やオブジェを「祭壇を飾る、美しく細密な　浮き彫りを通して」と呼び出されていたが、改訂稿ではそれを「レース編みの経帷子《きょうかたびら》」というイメージで統一する。「今、立ち昇る　詩のは」に続く後半の一〇行には大きな変更はない。主題が「あの声」と呼ばれる「問いかける　詩

句を連ねた　答誦《とうしょう》」であり、「断末魔の時、不吉なる　闘いの時に、またも聞こえる」ものとされているからであろう。この「声」の「立ち昇り」を、全九六行の正確に中央に当たる四八行目に配するのも初稿から変わらず。

五八—九六行目　「古序曲」の手稿には副題として「乳母／降霊術」が後から加えられたが、その発想自体は、当初から主導動機のように詩人を捉えていたと想像できる。「古序曲」の困難さは、この段に集約して現れる。五八行目から五九行目の前半で、突如この部屋の「主人公」たる「かの女《ひと》」が呼び出され、「かの女《ひと》は歌った、時として　辻褄もあわず、徴《しるし》は／嘆かわしいということ！」と歌われるからである。五九行目の後半では——

　犢皮紙《とくひし》の　白いページの　臥所《ふしど》、

とあり、またさらに

　夢の襞なる　懐かしい　呪文の文字は　もはやなく、

と、女主人公の不在が前面に呼び出されると同時に、六三行目で

　眠りに落ちた髪の毛の　匂い立つ　薫り。それを彼は　手にいれたのか？

という「物語素」が、詩句の表層に浮上する。

六五—七三行目　「朝まだきに、独りする〔少女の〕そぞろ歩き」は、想定される「ヒロイン」を指し示し、そこに歌われる「水時計」の装置もうまくできてはいるが、それに続く父王の不在にまつわる七三—八〇行目は、「古序曲」の一貫性のある読解を妨げる。仮に、ヒロインをエロディアード＝サロメとすると（二七六頁の「舞台」の注参照）、彼女の父ヘロデ・アンティパスが「アル

プス手前の」戦場へ赴いたという〈本説《ほんぜつ》〉は、どこを探しても出てこないからである。ヨセフスによれば、彼は妃のヘロディアスを伴って、領地問題の仲介を頼みにローマへ赴くが、頼りにしていたガイウス（カリグラ）が皇帝になってしまい、二人はスペインへ流刑に処せられる（ヨセフス『ユダヤ古代誌六』ちくま学芸文庫、八九頁。同『ユダヤ戦記二』同文庫、二九三頁。いずれも秦剛平訳）。従って、「父王のご不在」に、物語素を構成する動機はなくはないが、マラルメによる「エロディアード神話」の筋立てとして必然性に欠けるだけではなく、混乱を起こす。

八一行目半ばから最後までは、悲劇的事件の予感。それを告げるかのように「悲しい夕暮れ」と言いかけて「朝焼けの」と言い直す「地平」と、冒頭から見え隠れしていた「白鳥」とが、「己が翼に　我と我が眼《まなこ》を隠す」仕草と、それを言い換えた、「己が眼を、年老いた白鳥が　己が翼に隠す、径《みち》は／悲嘆の羽根の内、己が希望の　永劫に続く／径」と続く。そして、

〔……〕まさに見るために　選ばれし　ダイヤモンドを、
死に絶えんとして、はや　光を発することもなき　一つの星の！

という、比喩としては「詩作の不毛性」を指し示すであろうイメージに収斂して、終わる。

全体としては、「彼自身の寓意であるソネ」を、「エロディアード神話」と一応は呼んでおく〈物語素〉に接続したような詩篇。なお、本詩の加筆訂正の時期を、マルシャルはマラルメの亡くなった一八九八年、詩人が『エロディアードの婚姻』に全力を傾注していたはずの時期まで延ばすが、少なくとも詩篇の内在的なヴェクトルからは納得しがたい。二つの版は、「彼自身の寓意であるソネ」と「“-yx”のソネ」との関係に類比した関係にあり、「“-yx”のソネ」の超絶技法からも、書き

直しが最晩年まで行われたとは考えにくい。

『エロディアードの婚姻――聖史劇』LES NOCES D'HÉRODIADE—MYSTÈRE（二一二頁）

書誌については、「古序曲」の注（四七二頁）を参照。

ドマン版『詩集』掲載の「エロディアード――舞台」（六五頁）は、その「書誌」によれば、「断章であり、対話体の部分だけであるが、聖ヨハネ頌歌と最後の独白による結びの他に、「序曲」と「終曲」をもち、これらは追って刊行される予定であり、全体で一つの詩篇を構成する」（一八〇頁）と予告されていた。ドマン版校正のための「貼付帖《マケット》」をドマンに送るのは一八九四年十一月十二日、この「書誌」も同時期とすれば、九四年末には『エロディアードの婚姻』の基本構想はできていたと考えられる。マルシャルの説くように「エロディアード――古序曲」の書きこみに最晩年のものがあったとしても、すでに除外されていたであろう「古序曲」と『婚姻』とは切り離して考えるべきである。九八年九月九日に亡くなる直前まで、この詩篇に没頭していたことは確かだが、この時期、九一年の豪華本散文集『パージュ』、九三年刊行の普及版『詩と散文』、九七年の散文集『ディヴァガシオン』、植字法的詩篇『賽の一振り』など、詩人としても著述家としても多忙を極めたマラルメに、『婚姻』に集中できる時間はそれほど多くはなかっただろう。

『婚姻』最大の問題は、「書誌」に記された構成であり、デイヴィスによる読み起こしは、「序曲三部」「舞台」「繋ぎの場」「終曲」の基本形を示していた。手稿には「序曲」の行数が「23/12/11」と記されていたが、デイヴィスが「聖ヨハネ頌歌」を「一種の“prémonition”（予兆）」と解して「序曲」の中央に置いて以来、この構造は全ての研究者に受け入れられている。以後、バルビエ／ミラン版、マルシャルのポケットブック版も含め、

序曲　Ⅰ　三〇行（発語者　乳母）
　　　Ⅱ　二八行（発語者　聖ヨハネの首）
　　　Ⅲ　三六行（発語者　乳母）
舞台　　　一三四行（発語者　エロディアード、乳母）
繋ぎの場　一四行（発語者　エロディアード）
終曲　　　四六行（発語者　エロディアード）

の構成を取る。本書もそれに倣う。（『プレイヤード新版Ⅰ』は、最後に「終曲Ⅱ」を起こすが、あまりに断片的なので、ここでは取らない。）

「舞台」の注に記した「エロディアード」の典拠の問題は、「古序曲」の段階では、「サロメ神話からの遠ざかり」という形で、同時期の「彼自身の寓意であるソネ」（三八一頁）などに窺われる「詩人の不在の部屋」を主題とした詩想を、「サロメの乳母」の存在を借りて肥大させたものだった、と一応は言えよう。マラルメが、七〇年代になっても「古序曲」に拘っていたのは、「後期のソネ」を予告するものがあったからに違いない。しかし「舞台」が、その言説的仕組み＝仕掛けとして必要とした「エロディアード＝サロメ神話」は、「古序曲」では「舞台」以上に後景に退き、詩

篇の長さが要求する「物語素」は進展を見ない。

「サロメ神話」につきものの、「聖人の生首を載せた黄金の大皿」や「聖人の生首そのもの」を全く捨象して、「筋」の展開は可能であろうか——それは、「サロメの踊り」にも言えることである。マラルメが、「サロメ神話」を、なんとかして取り込もうとした際に、「聖ヨハネの首に語らせる」という〈物語素〉を発見したのは、決定的であったろう。「詩人の分身」として、聖ヨハネに語らせる仕掛けである。

「序曲Ⅱ」の「聖ヨハネ頌歌」は、六音節三節＋四音節一節という短い詩形を七聯繰り返すという、ドマン版にはない特殊な詩形である。この詩形は、〈エロディアード問題〉で「守護天使」の役を果たすはずであった詩人バンヴィルが得意とした詩形でもあって、多くは飛翔・跳躍等の情景を歌うのに用いられている。ギリシア悲劇では、悲劇の大詰めで、神が機械仕掛けで降りて来て大団円をもたらすことを「機械仕掛けの神（*Deus ex machina*）」と呼ぶが、マラルメの〈エロディアード物〉においては、この「聖ヨハネ頌歌」が、時間軸は転倒するが、創作上の「機械仕掛けの神」の役割を果たしているように思える。

とはいえ、「斬られた首」が舞い上がり、短いとはいえ、こんな「頌歌」を謳えるものだろうか。最低限の「本当らしさ」や『適切さ』は、守られなくてよいものだろうか。そこで助けを求めるのが先行の図像だが、注意すべきは、名高いギュスタヴ・モローの『出現』のように、「踊るサロメ」の前に、「斬られた聖ヨハネの首が、光背に包まれて出現する」という「演出」ではない。斬られた首は跳ぶのである。日本では、大江山の酒呑童子の首が源頼光に斬られて舞い上がり襲おうとする「絵柄」はお馴染みであるが、西洋世界のイコノグラフィー、とりわけ「サロメ物」の図像にはそのような「絵柄」はないだろうし、思い出されるのはむしろ文学者の妄想のほうである（名高いものでは、ヴィクトル・ユゴーのインク・デッサン「ギロチンに掛けられた首が跳ぶ」だが、マラルメがこれを見ていたかどうかは定かではない）。

それと併せて「聖ヨハネ頌歌」は、「斬られた首に意識が残る」という、脳神経学的な問題も突きつけている。これも同時代の流行りだったのか、直ちに思い浮かぶのは、マラルメの尊敬おくあたわざる友人ヴィリエ・ド・リラダンの短篇「断頭台の秘密」である（『ル・フィガロ』紙、一八八三年十月二十三日、辰野隆訳『リイルアダン短篇集』岩波文庫所収。この短篇の翻訳は渡辺一夫先生）。死刑執行をされる医師ラ・ポムレーに対し、学士院会員でパリ医科大学外科病院付主任教授ヴェルポーが、医師同士の実験として、ギロチンで斬られた直後に、人間の首（つまり脳）に意識が残っているかどうかの実験を行った、という小話である。これを「典拠」の一つに挙げた研究はないように思うが、ともあれ八三年という年は、ワーグナーとマネが没し、ヴェルレーヌの「呪われた詩人たち」がマラルメに一種のアウラを保証しだした年であり、この頃から「劇形式」の詩篇がマラルメの関心を占め始めてもいた。何者かの幻想にせよ、「斬首された首が躍りあがって頌歌を歌う」という、「異形」で「異常」な光景を「戯曲体の詩篇」に組み込むには、なにか動機がなくてはなるまいが、「聖ヨハネ頌歌」が『婚姻』の牽引力になったことは、疑いえない。

この妄想が、登場人物の誰の妄想か——エロディアードか乳母か聖人自身か——は確定しがたいが、「乳母の語る序曲」のなかに挿入されている以上、「乳母の幻聴＝幻視」と取るべきだろう。だが、そうしたリアリズム的な仕掛けを全く超えた次元でこの「頌歌」は鳴り響き、主題論的に詩人マラルメの問題の系に直結する。書物としては同じページの連続の上に組まれていても、その内包する意味の場は、全く異なるのではないか。劇詩の後半で「姫君」は、金の大皿に載せた聖人の首を持って、「象形文字」の如き踊り(「芝居鉛筆書き」)を歌うのだから、「ヨハネ斬首」という事件はどこかで起きなければならないし、それはこの詩篇の時間軸でもっとも重要な「瞬間」に他ならない。だがまさにその瞬間が、詩的言説としては「虚構化」されているという、「女房殺しのピエロ」(『ディヴァガシオン』の「芝居鉛筆書き」の「黙劇《ミミック》」で、「女房殺しのピエロ」というパントマイムを論じたもの。筑摩版『マラルメ全集Ⅱ』一七九頁)ですでに主題となっていた「非現実の現在時」の典型として、この「劇的な詩篇」の空間を「異空間」へと接続する作用を果たしているのではないか。

ところで、「エロディアード――舞台」としてドマン版の頂点を構成する「舞台」は、その「書誌」のメモの表現を借りれば、『婚姻』の中央に嵌め込まれることが、「書いた当時、自分に対して充分に進んでいたから、今日、自分としてはそれほど後退しないでもすむ」という詩人自身の弁で予告されていた(『プレイヤード新版Ⅰ』一〇八〇頁)。特段の『異本』もないことから、どの校注本も、『婚姻』を組むに際しては「舞台」の載るべきページ数を記載して済まし、『婚姻』という作品全体の内部における「舞台」についての議論は、ほとんどない。「舞台」のあり方は、「古序曲」との関係においても問題があったが、その言語態は、一八六九年以前に書かれ、「半獣神」のように一〇年近くをかけ、詩人としての大きな危機を通過して根底的な変更を加えられたものではないことから、『婚姻』の新しい構成の内部に嵌め込もうとしたときにも、「序曲」の次に通常の時間軸で収まるとは思えない。一言で言ってしまえば「舞台」は、一種の「劇中劇＝入れ子構造（mise en abyme）」とでも言うべき、言説空間の異なる〈情景〉なのである。

「聖ヨハネ頌歌」が、「序曲」の言説空間の内部において、「序曲Ⅰ・Ⅲ」とは全く異なる根拠とステータスを持って「飛翔」したように――これは「未来」の先取りであった――、「舞台」は血腥い『婚姻』の中に嵌め込まれた「過去」であり、通常の劇の時間軸では、すでにありえない「劇中劇」とでも呼ぶべきものに思えてならない。舞台の上を水平に流れる時間に対して、それと垂直に交わる「過去」と「未来」というこの仕掛けは、世阿弥型「複式夢幻能」の言説にも似た特異な時間構造である。これはおそらく、たんに研究者としてではなく、翻訳者としてテクストに向き合ったことから初めて切実に招来した体験であって、従来の研究では出会われなかった事態か、気付いても放置されてきた問題であった。

語　釈

副題「聖史劇」　原文の“Mystère”は、通念的には「神秘劇」でもよさそうなものだが、フランス文学史・演劇史の上でこの言葉の指すものは、中世末期に隆盛を見た聖人受難劇等の「聖史劇」である。「物語素」をできる限り削除しようとしたマラルメの作業を考えると、「聖史劇」はそぐわないが、さりとて「神秘劇」も、マラルメが“Mystère”という単語を好んで用いはしたが、いささか安っぽく悩ましい。

序曲Ⅰ

一行目　発語者の指定は特にないが、人物表から、「序曲」のⅠとⅢは「乳母」、Ⅱは「聖ヨハネの首」。『婚姻』の言説的異形性は、サンタックス（統辞法・文章構造）にあるが、冒頭の「もしも（Si）」は、“…”と中断されて、さらに一行分の余白を置き、一字空白の後に、「膝折って礼拝す（Génuflexion）」が来るが、これは「もしも」にそのまま繋がるわけではない。「もしも」に繋がるのは、一四行目の最後に繰り返される「もしも」であり、一四行目の二つの副詞を「もしも」の中に組み込むとして、一行分の余白を含むここまでの一四行は、意味が宙吊りにされている。一四行と言えばソネ一篇の長さであり、いかにアクロバティックな統辞法であるかが分かる。晩年の主要な詩形となったソネの冒頭や節目に出現する“-ment”で終わる長い副詞の劇的効果――冒頭の半行詩《エミスティシュ》を占める“Victorieusement fui”（勝ち誇って遁《のが》れたり）（一二八頁）など――が連想されるが、統辞法上の「交響楽的アクロバット」がソネで用いられる場合には、異常に長い名詞（しかも身体行動を現すもの）が詩篇冒頭の音楽的アタックになることはなかった。こうした統辞法上の交響楽的アクロバットがソネで用いられた場合は、むしろ凝縮した「劇的効果」を発揮したが、この技法＝言語態は、詩人が「批評詩」と呼んだ、主として八五年以降の散文のサンタックスをも特徴づけている。『エロディアードの婚姻』は、詩人の〈言説操作〉の上でも、まさに一つの極限をなすべきものだった。また、マルシャルの指摘にもあるように、冒頭の“Si”は、“SI”として、“Sancte Ioannes=Saint Jean”（聖ヨハネ）を予告してもいる。

二―三行目　「遥か彼方」の「光背」は、「円形の光輪」を指し、そこには欠けている「聖人の首」を喚起しつつ、「舌強張《こわば》らせた」によって、「斬られた首」を載せるべき「大皿」のイメージとなる。聖人の運命を、この「序曲」によって予告する。

五―一三行目　構文的には節目になりつつ、地平線に沈まんとする太陽と、物語素として核になるはずの聖人の生首を載せるべき大皿が、マラルメの「エロディアード神話」に不可欠の金属製の皿や調度とともに喚起される。ついで、その「重い金物の器《うつわ》」に載せられるべき「誰とも知れぬ仮面」が呼び出される。

一五行目　お馴染みの「幻想獣《キマイラ》(chimère)」が呼び出され、「落日の光景」が、その断末魔の光景に譬えられる。

一九行目　「あるいは(Ni que)」は、二四行目の「互いにむさぼり喰らう　至高の　料理とはこれ。(Le mets supérieur qu'on goûte l'un à l'autre:)」で段切れになる。

二〇―三〇行目　問題の皿に、未だ何も載せられていないことを、「落日」の光景に重ねつつ、謎として問う。二六行目の主語“il”は、最後の行(三〇行目)の末尾「皿(un plat)」である。

この「序曲Ⅰ」は、最も推敲され、ほぼ詩篇の孕む意味とイメージの方向性を明示している。ドマン版の後半に多く見られるアレクサンドラン詩句によるソネを、『ディヴァガシオン』の「批詩」の、統辞法的アクロバットによってオーケストレーションしたような「序曲Ⅰ」は、完成していれば、『半獣神の午後』に匹敵する長篇詩の傑作となったであろう。マラルメがバレエを譬えた「象形文字」のような一行目の“Si.. / .. Génuflexion”で始まる詩句は、まさに詩句が音響を発しつつ踊っていいるかのような強度に貫かれている。

序曲Ⅱ　聖ヨハネ頌歌

標題　聖ヨハネ（洗礼者ヨハネ）の、「聖会暦」における生誕の日取りは六月二十四日であり、「夏至」に当たる。「キリスト生誕祭」の六カ月前であり、それがほぼ「冬至」に当たり、前者が一年中で太陽の昇っている時間が最も長く、後者が最も短い日であることは、この二つの祭りの土着的な根を思わせる。ちなみに、ワーグナーの楽劇『ニュルンベルクのマイスタージンガー』はまさに「夏至祭り」であり、シェイクスピアの『真夏の夜の夢』も夏至前夜の狂騒である。ヨーロッパでは、六月下旬から七月にかけての時期が最も日照時間が長く、暑い。「真夏」である。

この「頌歌」は、「古序曲」で乳母が語る「またもあの声だ、問いかける　詩句を連ねた　答誦《とうしょう》にして」（五二行目）に相当する。「斬られた首」が太陽の運行を模倣することから、太陽に託された象徴性は明らか。毬、跳躍、ダンスの表現に適したこの特異な詩形は、バンヴィルの得意とするところであった。『婚姻』の手稿中、一八九七―九八年に浄書されたと考えられる、完成稿を備えた唯一の詩篇（バルビエ／ミラン版）。

一―二行目　「超自然な／停止」は、聖ヨハネ祭＝夏至の太陽の喚起。手稿には、夕陽を喚起するものもある。

五行目　以下の六聯は、一文を構成する。

一七行目　マルシャルの読みに倣う。「首は（原文は“elle”）」は、一四行目の「押し拡げ　切り捨てる」の主語とする。散文訳にすれば、「そして我が頭は、踏み下し、切り捨てる〔……〕執拗に追い求めようとする代わりに」。

二一―二二行目　「永遠の／冷気」は、エロディアードの執拗な願望であった。ここでは、マルシャルが指摘するように、「理想的、かつ精神的な氷河」と「現実の存在である氷河」との対比があり、聖人の視線は、後者を超越して前者に達しようとするが、「斬られた首」は、そこには達しない。

二八行目　原文は“Penche un salut”だが、マルシャルは、動詞“pencher”を他動詞とし、「聖人の首は再び地に落下して、もう一つの洗礼、血の洗礼をうけるのだ」の意とする。

序　曲Ⅲ

第Ⅲ部の手稿は、ほとんど完成稿に近い。幾つかの「空白」は残されているが、マルシャルが指摘するように、「差し当たり」の形が小さい文字で書きこまれている。発語者は、Ⅰを引き継いで、乳母。Ⅱの「聖ヨハネ頌歌」の「ヨハネ斬首の予兆」のおかげで、Ⅰの「大皿」の使われる目的の「曖昧さ」は消えた。

一行目　ヨハネの繋がれている地下牢から発して、開かれた窓を通って、寝室まで聞こえて来る「聖ヨハネの唱える頌歌」。詩篇の劇的動因を担うべき聖ヨハネの声が、劇的な倍音を伴って組みこまれることで、「古序曲」では動機が曖昧にされていたかのように見えた「乳母」の行動＝独白は、今や「聖史劇」の内部で、劇的な意味を担う。

七行目　「頌歌の増幅された反響」は、「古序曲」の「一つの動詞を巡って展開する」二〇行の詩句（三八—五七行目）の前半と同じく、頌歌は一個の亡霊と変じ、それを覆うヴェールは、窓の帳《とばり》と入り混じる（マルシャル）。

九行目　「ヴェールと化した頌歌」は、文字どおりに「預言」であり、「宿命」の表象である（マルシャル）。

一六行目　「三つ折りのソネ」Ⅲの「〔レース編みの　カーテンの……〕」（一四八頁）が連想される。カーテンの揺らめきが、婚姻の床の不在を暴きだすという意味で。但しここでは詩句は、八音節詩句のソネの瀟洒とは比較にならない悲劇的な言語態の調子を取る。

一九―二一行目　〈事件＝物語〉に不可欠の小道具である〈黄金の大皿〉が、ヴェールの動きによって磨かれたかのように、その曖昧さを消し去るので、この「亡霊」を「家事にはなおも　心奪われた」影（二五行目）と形容させる。

二七行目　「己が死相とも言おう　輪郭の」の原文は“de son contour livide”で、“livide”（死相の）が脚韻に来ているが、次の行と韻を踏まない。マルシャルは、脚韻からは“subtil”であるべきだとするが、疑問は残る。

二九行目　「家事にけなおも　心奪われた」影が、「乳母」の出現を呼び出す。『マクベス』の魔女の出現などを引き合いに出す（マルシャル）必要もない。「古序曲」の副題「乳母／降霊術」は、後年の書きこみだが、発語者としての乳母は、最初から前提とされていたと考えられるから、降霊の呪法によって呼び出されるべきは、そこに不在の「姫君」であった。『婚姻』の「序曲Ⅰ・Ⅲ」では、発語者の正体は必ずしも明らかではなく、特にⅠでは、一種の「コロス」のような形で台詞を語っていた。「膝折って礼拝す　目も眩まん〔……〕」という、きわめて印象的な「身体行動」と「発語」によって、この「聖史劇」でもあり「神秘劇」でもある詩篇が始まるのだから。この「発語者」と想定される「乳母」は、劇＝詩篇の冒頭から出現してはいるが、その役割は主として「落日の語り」にあって、彼女自身の正体は明らかにされてこなかった。この辺りが、「古序曲」から『婚姻』を引き離す一つの徴《しるし》でもあるように思われる。

三〇行目「死の恐怖（Affres）」で始まる「乳母」の、「生理的なまでの身体描写」によって喚起される存在は、「舞台」におけるように、「天国」や「無限に対する渇き」に結ばれた「乳」によってではなく、あるいは「詩の贈り物」（六三頁）の「蒼穹の渇えを癒してくれる乳」によってでもなく、「不吉なる　乳」のために呼び出される。マルシャルは「母性的、宗教的退行の、不吉なる乳」と書く。

舞　台

『エロディアードの婚姻』の手稿群には、「舞台」の「切り抜き」も「手稿」も含まれてはいない。この「聖史劇」全体の中に置かれた「舞台」の「読み方」は、二七三頁以下参照。

繋ぎの場

この短い場面には手稿が三篇あるが、いずれも未定稿。マルシャルは第三の、最も完成度の高いものを起こす。同じ方向を取るバルビエ／ミラン版は、マルシャルよりこの「繋ぎの場」に重要さを与え、冒頭に、「舞台」におけるエロディアードの最後の台詞“［…］les froides pierreries”（煌めき凍る　宝石（冒頭は定冠詞のまま））が書きこまれていることも強調する（マルシャルも、手稿の「起こし」では“mes froides pierreries”）。この場の発語者がエロディアードであり、「舞台」に登場していた姫君が、ここで「舞台」で起きていたことを取り返すという配慮と思われる。両者には、四行目と九行目の読みにも異同がある。

一行目　冒頭の"Qui"(何者か)の先行詞は、二行目の"secret"(秘密)であり、消え去らずにそこに残っている「乳母」を指す。「舞台」一二〇行目の"J'attends une chose inconnue"の「わたしは待つ、何か、未知なること」が、この段落ではっきりその名で呼ばれる。

四行目　バルビエ／ミラン版は、冒頭に"Dans le siècle"(この世俗の世に)を生かす。

九—一〇行目　「婚約者の顔立ちに関わる報せ」(Le message [...] de traits/Du fiancé [...])は、訳文ではフランス語の語順に合わせた。バルビエ／ミラン版は、"Le message"の後に、"apporté et baiser"を起こす。だが"Le message apporté"は、半行句を形成するが、"et baiser de traits"は"baiser"の次に一音節加えないと十二音節句にならないから、マルシャルのように起こさないでおく方が賢明。

一二行目　「喪の乾盃」の"magique espoir du corridor"(生死をつなぐ回廊の　魔法の希望)(九六頁)を思い出させる。

一三行目　聖ヨハネ斬首の宣告である。

終　曲

デイヴィス蔵の写真版によれば、手稿段階では「終曲」に、ここに訳出する詩群と、もう一つのほとんど詩篇の形態をなしていない群とがあり、発語者は、前者はエロディアード、後者は乳母と想定される。バルビエ／ミラン版は、後者が極端に未完成であることと、前者の最後の詩句であるエロディアードの発する台詞で終わらせるべきだとして——

Pour que je m'entrouvrisse et reine triomphasse.

の、二つの接続法半過去の強烈な効果で閉じる（二つの半過去が、フローベールの小話『エロディアス』を閉じる長い副詞“alternativement”の作用を思わせるからだとしているが、それを持ち出さなくとも、詩句の強度は高い）。マルシャルもポケットブック版では、同じ解決を取っていた。『プレイヤード新版Ⅰ』には「終曲Ⅱ」を加えるが、あまりにも断片的。

「書誌」（二二六頁）が述べるように、エロディアードが聖ヨハネの首を前にしてする独白――四、一八、二四行目で語りかける――が、「この詩篇によって示されている危機の理由」を語る。

一―二行目　『婚姻』の太陽神話において、「落日」は「太陽による未来の夜の凌辱」であり、「聖ヨハネ＝太陽」に「エロディアード＝夜」が対決する（マルシャルは、「舞台」の一〇五―一一一行目の「エロディアード＝蛇体」のくだり参照とする）。

四―九行目　「聖ヨハネ頌歌」の再現。「終曲」六行目の理想「己が内なる雷《いかずち》」が、現実の肉体の死に遭遇して、その現実をついに超越しえなかったこと。

一一―一二行目　「夥《おびただ》しい果実の実る〔……〕」以下の官能的な「庭園」が喚起するのは、「舞台」（八六―八七行目）の「紫水晶の　庭」が呼びだすエロディアードの分身たる「宝石の庭」の変容。

一五行目　冒頭の原文は“Un”で、マルシャルは四行前の“fruits”（果実）を受けるとする。同じ行の“jardins”（庭園）と取る方が「天地壊滅の誘惑」に応えるにはふさわしくも思えるが。五―六行目の脚韻“dissoudre/foudre”（熔解する／雷）に呼応するように、奇跡のように花が咲いた情景に続いて、マラルメ好みの脚韻“désastre/et l'astre”（天地壊滅／と星）が、劇の宇宙的な拡がりを強調する。

一八行目　金の大皿に載せたヨハネの首に向かって問いかける。

一九行目　「新たなる乳房」は、直接的には聖者の首を載せた「黄金の大皿」であるが、それを自らの胸の上に抱えたエロディアードの発語は、「自らの胸＝乳房」を含意するだろう。「そなたの盲目は　目覚める（où ta cécité poind）」は、「太陽が東の空に一条の光を発する」ことを“poindre”と言い、マラルメ好みの動詞。

二一行目　「冷たき婚礼」は、この「虚構の婚礼」を指す。

二九行目　「そなたのもの」は、二行前の“baiser”（接吻《くちづけ》）を受ける。「遥かの高みの眩暈《げんうん》」は、「斬られた聖者の首の覚える眩暈」。

三六行目　エロディアードが聖者の首を載せた黄金の大皿をさし出して、持つ。

四一行目　落日の光景を「殺戮」に譬える。

四三―四四行目　この行の脚韻に配された“le *ballet*”/“il *fallait*”（バレエ／必要であった）は、エロディアードの「踊り」についての唯一の言及だが、「バレエが必要であった」ことを預言している。新訳聖書の伝える説話では、サロメのダンスが見事だったので、母へロディアスが娘を唆して、その褒美に「ヨハネの首」を要求させる。マラルメは、「序文」でサロメのダンスを「時代がかった三面記事的な事件とともに掘り起こされたもの――ダンスとか」（三一一頁）と書き、当節流行りのサロメと距離を置く姿勢を強調しているが、一八八六年の「劇場ノート」（後の『ディヴァガシオン』収録の「芝居鉛筆書き」の元となった劇評）をはじめ、バレエやバレリーナに強い関心を抱いていたことは知られている。特に『詩と散文』の名高い「ディヴァガシオン（二）――祭式」の説く「未来の群衆的祝祭演劇」では、バレエは、「韻文の朗読会」や「ワーグナー楽劇」「カトリックの祭儀（オルガン演奏を含む）」とともに、パラダイムの重要なコアを占めていた。「サロメ」を歌ってバレエやダンスを排除することはできなかったはずだ。「バレエ」がその名で呼ばれるのは、「終曲」の最後から四行目に至ってではあるが、すでに冒頭九行を、斬られた聖者の首が舞い上がることへの回想というか記憶を絶した再現が占め、続く「庭園の開花」の神秘的情景においても、「天地壊滅の誘惑」が語られ、その上で――

〔……〕肉と星との境にあって　躊躇《ためら》う者よ
新たなる乳房の上に、まさにそなたの盲目は　目覚める

と歌う（一八―一九行目）。「舞台」の「冷感症の姫君」とは打って変わり、「聖者の生首」を〈不可能な処女喪失〉の道具として、詩篇の後半は〈エロディアードの婚礼〉を謳い上げる。二七行目の「浅ましき接吻《くちづけ》」の後は詩篇に空白が多いから、確実な文を構成することはできないが、三〇行目で、天空から落下して彼女の大皿に受け止められている「ヨハネの血まみれの首」を、エロディアード自身が「わたしの茎に沿い　流れ降って」と歌い、その後で「解き難い血の　飛沫」が、「百合の花弁《はなびら》を　穢《けが》しつつ／永劫に　仰《の》け反らされて　両の脚の　代わる代わるに」姫君に〈血の洗礼〉を授けるのだと歌われる。その「血まみれの生首」を落とそうとする情景が、「落日の光景」と重ねられて、「舞踏（le ballet）」が「必要であった所作として」その名で呼ばれる。「生首の血」に自らの身体を浸らせる異形な身体行動としての「舞踏」なのである。「もはや見ることのできぬ

――つまり視線によっては犯すことのできない死者の眼球」と、「死者の身体から流れ出す、すでに死んでいる血」によって、「処女膜」を喪失することなく「婚姻」を果たすという「聖史劇」。それが、歌われると同時に、身振りによって生きられてしまうという、恐るべき〈残酷劇〉である。そこでは、「序曲Ⅰ」の冒頭が、すでに雄弁に語っていたように、詩句そのものが身体を代行すると同時に、身体が詩句を代行もしつつ、全てが異形な「詩篇」へと収斂していく。まさにバレエが喩えられていた「象形文字」を、語り手は生きることによって、前代未聞の「聖史劇」が演じられるはずであった。いかにもバレエは必要だったのである。

年　譜

＊年齢は満年齢で示し、太字は本書所収の詩篇等を指す。（　）内は、同年の関連事項。マルシャル校注『プレイヤード新版Ｉ』、ならびに筑摩版『マラルメ全集Ｉ』所収の川瀬武夫氏作成の「年譜」を基準に、必要な事項を加えて作成した。

一八四二年（〇歳）

三月十八日　パリ、ラフェリエール街一二番地にて、エティエンヌ（通称ステファヌ）・マラルメ誕生。父はニューマ・フロラン・ジョゼフ・マラルメ（一八〇五―六三）、登記・国有財産行政庁次長、母はエリザベト・フェリシー・デモラン（一八一九―四七）。

一八四四年（二歳）

三月二十五日　妹マリー（通称マリア）生まれる。

一八四七年（五歳）

八月二日　母、イタリア旅行から帰国後、急死（二十八歳）。（バルザック『従兄ポンス』）

一八四八年（六歳）

父ニューマ再婚。

（二月革命勃発。国王ルイ＝フィリップ退位。共和制宣言。ラマルティーヌ臨時政府。四月、普通選挙（ブルジョワ共和派勝利）。六月暴動。十二月、ルイ・ナポレオン、フランス初代大統領に選出。小デュマ『椿姫』（小説）。シャトーブリアン『墓の彼方からの回想』。マルクス／エンゲルス『共産党宣言』）

一八五〇年（八歳）

パッシーに隣接するオートゥイユの寄宿舎に

入学。
（前年四月、アンヌ・ローズ・シュザンヌ・ルーヴィオ（メリー・ローラン）生まれる）
（バルザック没。ワーグナー『ローエングリン』初演。クールベ『オルナンの埋葬』）

一八五二年（十歳）
パッシー、キリスト教同信者寄宿舎の第四級に転校。
（前年十二月、ルイ・ナポレオンのクーデタ。ユゴーの自発的国外亡命）
（十二月、ナポレオン三世即位。第二帝政始まる。ゴーティエ『七宝螺鈿集』。ルコント・ド・リール『古代詩集』）

一八五三年（十一歳）
父ニューマ、サンスの抵当権登記管理官に着任。
（オスマン、セーヌ県知事。パリ大改造に着手）

一八五四年（十二歳）
初聖体拝領。現存する最初の課題作文「黄金の盃」「守護天使」。

一八五六年（十四歳）
サンスの帝立高等中学校、第三学級に寄宿生として転入。
（前年一月、ネルヴァルの自死。五—十一月、パリ万国博覧会）
（ボードレール訳、ポー『異常な物語集』）

一八五七年（十五歳）
最初の詩「神様、お聞きください」。
八月三十一日　妹マリア、持病のリューマチで死去（十三歳）。
（二月、フローベール『ボヴァリー夫人』、裁判で無罪。八月、ボードレール『悪の華』、裁判で有罪。罰金刑の他、六篇の詩の削除。バンヴィル『綱渡り芸人頌歌集』）

一八五八年（十六歳）
七月　「初聖体拝領のためのカンタータ」。
十月　修辞学級に進級。

（オッフェンバック『地獄のオルフェウス（天国と地獄）』）

一八五九年（十七歳）

自筆詩集『四方を壁に囲まれて』の大部分が書かれる。

四月　「エミリーと一夜を過ごす」（英語のメモ）。

十月　論理学級（最終年）に進学。

十二月　テオフィル・ゴーティエの『全詩集』入手。

（ダーウィン『種の起源』）

一八六〇年（十八歳）

中世から現代まで、詩人五〇人からなる八〇〇〇行の詩句の詞華集《アンソロジー》『落穂集』を編む。ボードレール『悪の華』初版から二九篇、エドガー・ポー九篇（うち八篇はマラルメ自身が英語から訳）。

八月　大学入学資格試験（バカロレア）不合格。

十一月　再受験して合格。

十二月　サンスの登記収税官のもとで臨時職員（「痴呆化の第一歩」）。

（ボードレール『人工楽園』）

一八六一年（十九歳）

二月　『悪の華』第二版刊行。マラルメは購入した版に、一八五七年の「発禁詩篇」を自筆コピーしたものを綴じ込む。

四月　マラルメ一家揃ってサンスに移る。

十月　エマニュエル・デ・ゼサールがサンスの高等中学に着任。

十二月　サンスに巡業のブゾンブ一座について、地元紙『セノネ』への匿名批評、初めて活字となったもの。

（三月、ワーグナー『タンホイザー』パリ初演の失敗。ボードレール「リヒャルト・ワーグナーとパリの『タンホイザー』」）

一八六二年（二十歳）

一―二月　デ・ゼサールの『パリ詩篇』の評を、

初めて署名入りで書く。ソネ「願い」（決定稿で「**あだな願い**」）を『蝶《ル・パピヨン》』誌に発表（初めて活字となった詩）。
三月十五日　『芸術家』誌に「**不遇の魔**」（冒頭五聯）、「**鐘つき男**」。
四―五月　ウージェーヌ・ルフェヴュール、アンリ・カザリスと文通始まる。
六月　カザリスにソネ「立チカエル春ニ」（決定稿は「**再び春に**」）。サンスで住み込みの家庭教師兼家政婦をしていた、七歳年上のドイツ人女性クリスティーナ・マリア（通称マリー）・ゲルハルトと恋におちる。
十一月　抵当権登記官の職に就くことを嫌い、英語教師の道を選ぼうとし、マリア・ゲルハルトとロンドンへ駆け落ち。
（八―九月、ボードレール『小散文詩』を『プレス』紙に分載。オスマンによるパリ大改造計画。サン＝ミッシェル大通り開通、タンプル大通り取り壊し。ユゴー『レ・ミゼラブル』。フローベール『サランボー』。マネ『チュイルリー公園の音楽会』。クロード・ドビュッシー誕生）

一八六三年（二十一歳）

一月　父ニューマ退職。
三月後半　成年に達し、徴兵検査で一時帰国。体格貧弱の理由で、相続財産から一〇〇〇フラン納入し、兵役免除。
四月十二日　父ニューマの死（満五十七歳）。
六月三日　詩「**窓**」と「**攻撃**」（後に「**希望の城**」）をカザリスに送る。
八月十日　紆余曲折の末、七歳年上のマリア・ゲルハルトとロンドンで結婚。
九月　英語教員適性資格証書取得。
十一月　ローヌ河右岸、アルデシュ県トゥルノンの高等中学校臨時代用教員に任命。年俸二〇〇〇フラン。この地特有の激しい季節風ミストラルとリューマチに苦しめられる。

（「落選者展」開催。マネの『草の上の昼食』大スキャンダル。ゴーティエ『キャピテーヌ・フラカス』。ルナン『イエスの生涯』。リトレ『フランス語辞典』（―七三）。マネ『オランピア』）

一八六四年（二十二歳）

一月七日　詩「**蒼穹**」を自注付きでカザリスに送る。

二月十三日　詩「さる娼婦に」（後に「**不安**」）と「（**苦い休息にも　飽きて……**）」をカザリスに送る。下旬、アヴィニョン高等中学校に転任してきたデ・ゼサールに、これまでの詩篇を浄書した小型の手帖を贈る。

三月二十三日　詩「**花々**」をカザリスに送る。

七月　デ・ゼサールに誘われてアヴィニコンを訪れ、オーバネル、ルーマニーユ、ミストラルら、南仏方言詩派のメンバーと会う。

九月　ヴァカンスの残りを利用し、自作詩一四篇を浄書・製本した、いわゆる「一八六四年の手帖」を携えて、パリに。マンデス、ヴィリエ・ド・リフダンら、首都にいる詩人たちと交遊。

十月　「**エロディアード**」に着手。

十一月十九日　長女ジュヌヴィエーヴ誕生。

（ロンドンで、マルクスの指導のもと第一回インターナショナル結成。オッフェンバック『麗しのエレーヌ』初演）

一八六五年（二十三歳）

一月　ジュヌヴィエーヴ誕生で中断した「エロディアード」再開。

三月　カザリス宛に散文詩「未来の現象」を書き、「日の光」（「**詩の贈り物**」）を完成。

六月　「エロディアード」を中断し、「**主人公が半獣神である古代英雄詩風幕間劇**」に取りかかる（コメディ＝フランセーズでの上演を期待して）。

九月　パリで、バンヴィルとコクランに「半獣神」を読むが、採用されない。上演の見込みがなくなったので、「エロディアード」は「悲劇ではなく、詩篇として」書き直すと告げる。

十二月十四日　母方の祖父アンドレ・デモラン、ヴェルサイユで死去。葬儀に出席後もトゥルノンには帰らず、クリスマスは、ルコント・ド・リール邸での夜宴《レヴェイヨン》。フランソワ・コペ、エレディアも同席。

（ボードレール訳、ポー『怪奇かつ真面目な物語集』。ヴェルヌ『月世界旅行』。ヴィリエ・ド・リラダン『エレン』。キャロル『不思議の国のアリス』。クロード・ベルナール『実験医学研究序説』。ワーグナー『トリスタンとイゾルデ』ミュンヘン初演）

一八六六年（二十四歳）

「ピンクの唇」（「〈**黒人女が一人、悪霊に　衝き動かされ……**〉」）『新編十九世紀猟奇高踏詩集』。

一―三月　「エロディアード」の「序曲」に集中。マンデスの依頼で、第一次『現代高踏詩集』のために、一三篇の詩を送る。五月十二日の第一一分冊に一〇篇、六月三十日の第一八（最終）分冊に一篇が入る。

四月　ルフェビュールの招きで、カンヌに滞在。その間に、「虚無」の発見に始まる一連の深刻な形而上学的体験。以後二年間にわたる〈絶対の書物〉の思考。

七月　第一次『現代高踏詩集』掲載の詩篇が父兄の間でスキャンダルとなり、トゥルノンを去らねばならなくなる。オーバネルには、「二〇年の歳月を要する」「絶対の作品」の構想を語る。

八月　アヴィニョンの「類似治療法」専門医を訪ねる。

十月　ブザンソン高等中学への転任。東北フランスの寒冷の地。神経の酷使もたたって、心身ともに最悪の状態に。

十一月　ヴェルレーヌから最初の来信。

（ボードレール、梅毒性失語症となる。ヴェルレーヌ『サチュルニアン詩集』。ラルース『十九世紀大百科事典』（—七七）。クールベ『女と鸚鵡』。マネ『笛吹き少年』。オッフェンバック『パリ生活』初演）

一八六七年（二十五歳）

五月十四日　カザリス宛書簡で、〈神〉殺し、自我の非人称化、〈宇宙〉のイメージとなる〈絶対の作品〉等に費やした、一年間の精神的闘いを詳しく語る。「僕は完全に死んだ〔……〕今や非人称的な存在で、君の知っていたステファヌではない——精神の宇宙が、かつて僕であったものを通して、己を見、己を展開させるための、仕掛けにすぎない。」

八月三十一日　ボードレール死去。

九月二十四日　ヴィリエ・ド・リラダンへの返信として、「〈詩〉と〈宇宙〉の内密な相関関係」について語る。

十月　アヴィニョン高等中学校へ転任が認められる。『文芸・芸術評論』誌に、「忘れられたページ」の総題で、「冬の戦《おのの》き」他、散文詩を発表。

十二月　風邪をこじらせて肺炎になる。

（四—十一月、パリ万国博。ゾラ『テレーズ・ラカン』。マルクス『資本論』。オッフェンバック『ジェロルスタン大公妃』初演）

一八六八年（二十六歳）

四月初旬　ウィリアム・ボナパルト＝ワイズ夫人のアルバムに、「エロディアードの化粧」を写す。

四月二十日　コペ宛「夢を観念の裸形の姿で見るという罪」。

五月三日　ルフェビュール宛「〈絶対〉から降りる」と宣言。「この二年間の〔絶対との〕付き合いは、僕に刻印を残したが、その〈聖別式〉をしてやりたい。」

七月十八日　「彼自身の寓意であるソネ」(後の**「"-yx"のソネ」**の原形)をカザリスに送る。

(ドストエフスキー『白痴』。マネ『エミール・ゾラの肖像』。ワーグナー『ニュルンベルクのマイスタージンガー』初演。ポール・クローデル誕生)

一八六九年(二十七歳)

デカルトを読む。

二月　ペンも持てなくなり、マリーに口述筆記。「書くという単純な行為が、頭のなかにヒステリーを棲みつかせる。」

三月　「**エロディアード詩篇の古き舞台的習作の断章**」を第二次『現代高踏詩集』に送る。

十一月十四日　『イジチュール』についての最初の言及。カザリス宛、「昔からの〈不能力〉の怪物を打ち倒すため」に、「*similia similibus*(毒ヲ以テ毒ヲ制ス)」と。

十二月　健康上の理由で、一年間の休職願いを文部大臣に。カザリス宛の手紙では、中断されている「小話」(『イジチュール』)の代わりに、言語学を。学士号と博士号取得の計画も。

(スエズ運河開通。ヴェルレーヌ『妙《たえ》なる宴《うたげ》』。ロートレアモン『マルドロールの歌』。フローベール『感情教育』。ヴェルヌ『海底二万里』。マネ『バルコニー』。アンドレ・ジッド誕生)

一八七〇年(二十八歳)

八月　ルツェルンのワーグナーを訪問していたマンデス夫妻とヴィリエが、普仏戦争勃発のため、南仏経由で帰国。帰路、アヴィニョンのマラルメ宅に寄る。三人の前で『イジチュール』朗読。三人三様の否定的な反応に、以後この「哲学的小話」は抽斗の底に。

十一月　一年間の休職延期願いが認められる。

(七月十九日、普仏戦争勃発。九月二日、皇帝

ナポレオン三世、スダンで降伏。第二帝政崩壊。九月四日、パリで民衆蜂起。共和制宣言。九月十九日、国防政府のパリ攻囲戦始まる。ワーグナー『ワルキューレ』ミュンヘン初演)

一八七一年(二十九歳)

一月　教壇に戻る気は全くなく、パリでの就職口を見つけるための運動を開始。

三月三日　カザリス宛の手紙で、「純粋に一介の文士」になると宣言。パリの図書館に職が欲しいとも。

四月二十三日　カザリス宛の手紙で、「一篇の正劇《ドラム》と一篇の軽喜劇《ヴォードヴィル》の準備」をしている。

五月二十九日　家族とともにアヴィニョンを引き払い、サンスに。

六月　第二次『現代高踏詩集』が、戦争のため二年遅れて刊行。「**エロディアード詩篇の古き舞台的習作の断章**」(「**エロディアード——舞台**」)が載る。

七月十六日　サンスにて長男アナトール誕生。

八月九日　国際博覧会取材にロンドンへ。滞在中に、ジョージ・ウィリアム・コックス著『問答形式による神話学要覧』の翻訳権獲得(翻案して『古代の神々』と改題)。

八月末　ウィリアム・ボナパルト＝ワイズを訪問。

九月　パリに帰り、中旬には教職に戻る決意。

十月　パリ九区のコンドルセ高等中学校の嘱託講師(一区のサン＝ルイ高等中学校も兼務)。年俸一七〇〇フランに減俸。『ル・ナシオナル』紙に、L・J・プライスの筆名で、「ロンドン国際博覧会についての手紙」。

十一月　パリ八区モスクワ街二九番地に転居。

(三月十八日、パリ市民蜂起。二十八日、パリ・コミューン宣言。五月、ランボー「見者の手紙」。二十一―二十八日、「血の一週間」。八月三十一日、ティエール、第三共和国大統領。

ポール・ヴァレリー、マルセル・プルースト誕生)

一八七二年(三十歳)

パリ定住に伴って、交際範囲も飛躍的に拡大。文芸サロンに出入りするだけでなく、自宅にも毎木曜日に常連客を招くようになる。
二月一日　ブリュッセルの『自由芸術』誌に散文詩「バルバリーの風琴」等五篇を再録。
二月十九日　オデオン座、ユゴーの『リュイ・ブラス』再演を観る。
六月一日　高踏派若手詩人の集まり「醜いが気のいい男たちの晩餐会」で、シャルルヴィルから出て来て間もないアルチュール・ランボーに会う。
六—十月　ポーの八詩篇の翻訳を『文学・芸術復興』誌に。
十月二十三日　テオフィル・ゴーティエ没す。
(七月、ヴェルレーヌとランボー、パリを離れてベルギーのブリュッセルへ。バンヴィル『フランス詩小論』。ニーチェ『悲劇の誕生』)

一八七三年(三十一歳)

四月　マネと知り合う。
十月　ゴーティエ追悼の「**喪の乾盃**」『テオフィル・ゴーティエの墓』。
(七月十日、ヴェルレーヌ、ブリュッセルでランボーに発砲。ランボーは入院、ヴェルレーヌは逮捕。八月、ランボー、ロッシュの実家で『地獄の一季節』脱稿。コルビエール『黄色い恋』。ヴェルヌ『八十日間世界一周』。マネ『鉄道』。モネ『印象　日の出』)

一八七四年(三十二歳)

四月　「一八七四年の絵画審査委員会とマネ氏」(『文学・芸術復興』誌)で、官展から二作が落選したマネを擁護。
八月　セーヌ河を隔ててフォンテーヌブローの森に面したヴァルヴァンに、最初の滞在。

九月　半月誌『最新流行』(八号まで)。さまざまな女性の名前での記事のほか、服飾イラストや食事のメニューを集め、最新の文化情報を一人で書き、すべての記事のレイアウトをしてイラストを入れ、広告まで取るという離れ業をした。

(四―五月、カピュシーヌ大通りの写真家フェリックス・ナダールのスタジオで、第一回印象派展(八二年までほぼ毎年開催)。マネ『婦人と団扇』『聖アントニウスの誘惑』。フローベール『オペラ座の仮面舞踏会』)

一八七五年(三十三歳)

三月　ローマ街八七番地に転居(後に地番改正で八九番地)

六月　ポーの訳詩『大鴉』を、マネの石版挿絵入り大型豪華本として刊行。

七月二日　第三次『現代高踏詩集』に「**半獣神即興**」を送るが、同下旬に掲載拒否の通知が来る(審査委員はコペ、バンヴィル、アナトール・フランス)。この間に『英単語』執筆開始。

八月半ばまでにほぼ完成。

十月　ロンドンの『アシニーアム』誌に「ゴシップ」連載開始(翌七六年四月まで)。

(一月一日、ガルニエのパリ・オペラ座開場。ビゼー『カルメン』オペラ＝コミック座初演。モーリス・フヴェル誕生)

一八七六年(三十四歳)

おそらくこの年、マネのアトリエで、メリー・ローランと出会う(アメリカ人歯科医トマス・エヴァンズ博士の愛人)。

一月　オショネシー宛書簡で「大がかりな演劇」についての計画を語る。二月にも「大がかりな民衆的メロドラマのシナリオ執筆」。

四月　『**半獣神の午後**』マネの挿絵入り豪華版、ドレンヌ刊。

五月　ベックフォード『ヴァテック』序文。

九月　「印象派の画家たちとエドゥアール・マネ」『アート・マンスリー・レヴュー』。

十二月　「**エドガー・ポーの墓**」、米国ボルティモアでの記念文集に掲載。

（モロー『ヘロデ王の前で踊るサロメ』『出現』。マネ『洗濯』。ルノワール『ムーラン・ド・ラ・ギャレットの舞踏会』。八月、バイロイト祝祭劇場開場、『ニーベルングの指輪』初演）

一八七七年（三十五歳）

一月　S・H・ホイットマン夫人に「劇作」の計画。五月の手紙では、「魔術的・民衆的・音楽的」であり、「ネロのように、パリの三方に同時に火を放ってやりたい」と。

二月　ゾラの『居酒屋』を絶賛。ホイットマン夫人の求めに応じ、ナダールに肖像写真を撮らせる。

三月　『文学共和国』誌にポーの詩「夢の国」の翻訳。

十二月　〈火曜会〉に関する最初の言及。

（十月、総選挙で共和派勝利。ゾラ『居酒屋』。モネ『サン＝ラザール駅』）

一八七八年（三十六歳）

一月　『英単語』トリュシー＝ルロワ兄弟社。同社から英語関連の教育的書物刊行の計画。

五月　パリ万国博覧会。精力的に見る。

十月　年俸四二〇〇フランに増額。

十一月　『大鴉』豪華版を購入したロベール・ド・モンテスキウと親密になる。

一八七九年（三十七歳）

十月八日　長男アナトール、三月末に発症したリューマチ性疾患のため、六カ月の闘病の末、死す（八歳）。

十二月　『古代の神々』（奥付は八〇年）ロチルド社（G・W・コックスの書物の翻案・仏訳本）。

（ルドン『夢のなかで』。ドストエフスキー『カラマーゾフの兄弟』（―八〇））

一八八〇年（三十八歳）

『アナトールの墓』のためのノート。

十二月　C・W・エルフィンストン・ホープ夫人『妖精の星』翻訳、シャルパンチエ書店。

（二月二十六日、ユゴー、八十歳の誕生日。祝賀行事数々。五月、フローベール没。七月十四日を革命記念日とし、三色旗を国旗に制定。ヴェルレーヌ『叡智』。ゾラ『ナナ』『実験小説論』）

一八八一年（三十九歳）

九月　ヴァルヴァンで、農家の納屋を改造して行ったポールとヴィクトルのマルグリット兄弟による「ヴァルヴァンの劇場」に協力。

（マネ、メリー・ローランをモデルにした『秋』）

一八八二年（四十歳）

九月　「ヴァルヴァンの劇場」で、ポール自作自演の『女房殺しのピエロ』初演。

十月　『さかしまに』を準備しているユイスマンスに、ロベール・ド・モンテスキウの性格を語る。

（三月二十九日、教育の世俗化・義務化に関する「ジュール・フェリー法」。コメディ＝フランセーズ初演。ベック『鴉の群れ』。ワーグナー『パルジファル』バイロイト祝祭劇場初演）

一八八三年（四十一歳）

二月十三日　ワーグナー、ヴェネツィアに死す。

四月三十日　マネ、壊疽《えそ》に冒された左脚の切断手術後、死す。

七月二十日　一月に開場したエデン劇場で、マンツォッティのイタリア・バレエ団公演『エクセルシオール』を観る。

十一—十二月　『リュテース』誌で、ヴェルレーヌ「呪われた詩人たち」が三回にわたってマラルメを紹介。韻文詩七篇を引用、うち三篇の未発表詩篇は「**あらわれ**」「**聖女**」「この夜」（決定稿では「〈闇が　宿命の掟によって……〉」）。「**不遇の魔**」も全文掲載。翌年、ヴァニエ社から同名の単行本として刊行。

（モーパッサン『女の一生』。ゴンス『日本美術』。スーラ『アニエールの水浴』。ニーチェ『ツァラトゥストラはこう語った』（―八五））

一八八四年（四十二歳）

一月　メリー・ローランに触れた最初の書簡。マネを共通の友人とする縁も。挨拶代わりの「折りふしの唄」、宛名と地番を押韻四行詩に読みこむ超絶技法。

四月六日　「**もう一面の扇　マラルメ嬢の**」、『ラ・ルヴュ・クリティック』誌。

五月　ユイスマンス『さかしまに』刊行。第一四章で、主人公デ・ゼサントの愛好する詩人としてマラルメが絶賛され、単行本『呪われた詩人たち』とともに、マラルメを知らしめるために予想外の効果を持つ。

五月八日　トロカデロ宮でコロンヌ指揮によるオルガンと管弦楽の演奏会を聴く。「未来の群衆的祝祭」の具体例の予感（ドーファン宛書簡）。

九月　年俸五〇〇〇フランへの昇給の申請が認められるが、同時にジャンソン・ド・サイイ高等中学校に転勤通告。

（三月、ラムルー指揮のワーグナー『トリスタンとイゾルデ』第一幕、演奏会形式で初演。五月、第一回独立芸術家展）

一八八五年（四十三歳）

一月一日　「**続誦（デ・ゼサントのために）**」『独立評論』誌（前年五月にフェリックス・フェネオンが創刊）。

二月八日　デュジャルダン、『ワーグナー評論』誌創刊。デュジャルダンに誘われて、ラムルーやコロンヌの管弦楽演奏会に足しげく通う。

三月　「〈**処女にして、生気あふれ……**〉」「〈**時の香に染みた　いかなる絹も……**〉」『独立評論』誌。
五月二十二日　ヴィクトル・ユゴーの死（八十三歳）。
六月一日　ユゴーの壮大な共和国葬。
八月八日　「リヒャルト・ワーグナー――一フランス詩人の夢想」『ワーグナー評論』誌七号。
九月十日　エドゥアール・デュジャルダンとモーリス・バレスに宛てて、『〈人間〉と〈観念〉の〈ドラム〉』を夢想していると書く。
十月　ロラン学院に再任命。
十一月十六日　ヴェルレーヌ宛「自叙伝」と呼ばれる書簡。「絶対の書物」と、「詩人の唯一の使命」として「優れて文学的賭＝遊戯たるべき、〈地上世界〉のオルペウス神秘主義的解明」を語る。
（三月、ラムルー指揮のワーグナー『トリスタンとイゾルデ』第二幕、演奏会形式で初演。ゾラ『ジェルミナール』。モーパッサン『ベラミ』）

一八八六年（四十四歳）

一月八日　ワーグナーの「頌」『ワーグナー評論』誌。
四月十一日　レオ・ドルフェの文芸週刊誌『ラ・ヴォーグ』誌一号、マラルメの散文詩三篇を載せる。
六月十三日　句読点なしの最初のソネ「〔**君の物語に　踏み込むとは……**〕」『ラ・ヴォーグ』誌八号。
九月十八日　ジャン・モレアス「象徴派宣言」『ル・フィガロ』紙に。
九月二十二日　ルネ・ギル『語論』、マラルメの「緒言」付き。
十一月一日　『独立評論』誌に「劇場ノート」の連載を開始。第一回は、ムーネ＝シュリー主演の『ハムレット』（コメディ＝フランセーズ）と、ポール・マルグリットのパントマイム台本

『女房殺しのピエロ』。翌年七月号まで九本の原稿。

十二月一日　『独立評論』誌の連載で、エデン劇場のイタリア・バレエ団『ヴィヴィアーヌ』とオペラ座の『二羽の鳩』を取り上げて、重要なバレエ論。

（一月、第三次フレシネ内閣。ブーランジェ将軍、陸軍大臣。四月、ラムルー指揮のワーグナー『ワルキューレ』第一幕、演奏会形式で初演。ランボー『イリュミナシオン』、『ラ・ヴォーグ』誌六―八号に分載。ヴィリエ・ド・リラダン『未来のイヴ』）

一八八七年（四十五歳）

一月一日　『独立評論』誌の「劇場ノート」を続けながら、「**三つ折りのソネ**」と「〈**読み継いだ本も　パフォス　の名に閉じて……**〉」を発表。
二月下旬　『今日の人物』二九六号としてヴェルレーヌによる「ステファヌ・マラルメ」刊行。未発表の散文詩「栄光」と無題のソネ「〈**勝ち誇って　遁れたり……**〉」掲載。
三月　ヴァニエ書店から刊行予定だった『**半獣神の午後**』の決定版、ヴァニエの態度を不満として、独立評論社から刊行。
三月七日　ルネ・ギルが創刊した『芸術論集』誌第三号がマラルメ特集。ソネ「この夜」（後に「〈**闇が　宿命の掟によって……**〉」）再掲。
五月三日　ラムルー指揮のワーグナー『ローエングリン』パリ初演（エデン劇場）。右翼の妨害を怖れてこの日に延期。マラルメは行きそびれる。
五月下旬―九月末　**自筆写真石版刷り版**『**ステファヌ・マラルメ詩集**』、フェリシアン・ロップスの口絵付き（四七部限定、定価一〇〇フラン、九分冊）、独立評論社（この版での初出は、「**道化懲戒**」（改訂稿）、「**“-yx”のソネ**」のみ）。

六月一日　「劇場ノート」に、『ローエングリン』のスキャンダルへの激しい批判。バンヴィルの『鍛冶屋』による「朗読オラトリオ」の代案。
七月一日　「劇場ノート」最終回。重要なバレエ論とワーグナー楽劇の代案としての「メロドラム」。
八月十二日　「小屋掛け芝居口上」（「**髪の毛は炎となって翔び……**」のソネ入り）『芸術とモード』誌。
十一月　『漆塗りの抽斗』の標題の散文集企画。
十二月　『詩と散文のアルバム』ブリュッセル、新書館／パリ、ユニヴェルセル書店（二書店で発行）。クローデル自身の回想によれば、この年から〈火曜会〉に出るようになったという。
（一月、エッフェル塔着工。四月二十日、仏独国境でシュネーブレ事件。仏独関係の緊張。五月、対独強硬派のブーランジェ将軍が内閣から追われたのを機に、愛国主義的「ブーランジスム」台頭。軍部独裁の危機（—八九）。五月二十五日、オペラ＝コミック座の火事。これを機に、劇場の電気照明の義務化。ロティ『お菊さん』）

一八八八年（四十六歳）

一月　ヴェルレーヌ宛の手紙で、「十月ごろ、大衆の前に姿を現し〔……〕、書物の中身とサーカスを演じる」と語る。また「自分の過去の決算」としての散文集『漆塗りの抽斗』のこと。
下旬、ホイスラーと初めて会う。
二月　『エドガー・ポー詩集』と『漆塗りの抽斗』、ベルギーの書肆ドマンが引き受け、マラルメの送った原稿に対し、ドマンから印税の前払い。
四月　エドモン・ドマン、マラルメ宅を訪問。
七月　ルメール書店から『十九世紀フランス詩人詞華集』第三巻。コペによる前書きと、韻文詩六篇。

七月三十日　マネの想い出に捧げられたマラルメ訳『エドガー・ポー詩集』、ブリュッセルのドマン書店より刊行。マネの挿絵入り。八五〇部限定。

八月十五―二十五日　メリー・ローランとパトロンのエヴァンズ博士の招きで、オーヴェルニュの湯治地ロワイヤに滞在。

十一月二十一日　ドマン宛に、韻文詩の普及版『詩集《ヴェール》』の計画、『漆塗りの抽斗』は『パージュ（頁）』と変更する提案。「わが不可思議なる〈講演会＝朗読会〉の大計画の実現は捗っている」とも。

（五月、サミュエル・ビング『芸術の日本』誌創刊（―九一年一月）。ヴィリエ・ド・リラダン『奇談集』『続残酷物語』。ゴッホ『タンギー爺さん』『アルルの跳ね橋』）

一八八九年（四十七歳）

三月十五日　ラファエリの詩画集『パリ、人さまざま』の第七集。「街の人々」の題で、マラルメのソネ「**靴直し**」「**香草売り**」（後に「**下世話の唄Ⅰ、Ⅱ**」）他、四行詩五篇。

三月　ロマン・ロランの『日記』が伝える、〈火曜会〉でクローデルの眼に映ったマラルメの特異な詩句の〈操作〉と「世界書物」の構想。

五月二十三日　万国博覧会を見物。「エッフェル塔はわたしのいかなる期待をも上回っている」とカザリスに書く。

八月十九日　ヴィリエの死。マラルメとユイスマンスが遺言執行人となる。

十月十九日　ドマンに、『パージュ』の校正刷り催促。

（一月二十七日、ブーランジェ、セーヌ県補欠選挙で圧勝。二月、パナマ運河会社倒産。三月三十一日、エッフェル塔竣工。四月一日、ブーランジェ将軍、クーデタ未遂、ブリュッセルに亡命。レオン・デシャン、『ラ・プリューム』

誌創刊。五―十一月、フランス大革命百周年記念、パリ万国博覧会。七月十四日、パリで国際社会主義労働者大会、第二インターナショナル結成。十二月、『白色評論』誌、リエージュで創刊。メーテルランク『王女マレーヌ』。シュレ『偉大なる秘儀受戒者たち』。ベルクソン『意識に直接与えられたものについての試論（時間と自由）』。ゴッホ『糸杉』。ゴーギャン『黄色いキリスト』）

一八九〇年（四十八歳）

一月　ソネ「扇　メリー・ローランの」を贈る。

二月　ヴィリエについての講演会をベルギー各地で。十一日、「ブリュッセル芸術・文化サークル」での最初の講演。二時間半の長さと内容の難解さから主宰者反発。十二日、アントワープで第二回の講演。一時間半に短縮して好評。メーテルランクと会う。十三日、ガン（ゲント）で。連続公演三回分の謝金を家族に送る。十四日、リエージュで四回目の講演。メリー・ローラン宛の手紙と家族宛の手紙（妻も「マリー」）を取り違えて投函する、後世に名高いミス。十五日、ブリュッセルで「二十人会」のために五回目の講演。十七日、ブリュージュの『エクセルシオール・クラブ』で六回目の講演。

五月十五日　「ヴィリエ・ド・リラダン」の全文を『今日評論』誌に。誤植訂正した抜き刷りを、独立芸術書房から五〇部限定で出版。

六月十九日　ピエール・ルイス、初めてマラルメと会う。十月には、自作の詩とヴァレリーのソネ「夜のために」を持参して、再訪。

十月二十日　ポール・ヴァレリーからの最初の書簡。自作詩二篇同封。

十一月十五日　ホイスラー宛「短信」『つむじ風』誌。

十一月下旬　芸術座ポール・フォールに請われ、『半獣神の午後』の舞台上演の計画。

（一月、『メルキュール・ド・フランス』誌創刊。二月、マネの『オランピア』、モネの集めた募金で国家に寄贈、リュクサンブール美術館に展示。七月、ゴッホ没。八月二十四日、ミルボー、『ル・フィガロ』紙で、メーテルランクの『王女マレーヌ』を絶賛。シェイクスピアに比肩するとした。フランス『タイス』。ルナン『科学の未来』。ニーチェ『この人を見よ』。クローデル『黄金の頭』（第一稿）。ゴッホ『鴉のいる麦畑』）

一八九一年（四十九歳）

一月一日　妻マリーのため扇面にソネ（「**扇　マラルメ夫人の**」）。

一月五日　クローデル宛、『黄金の頭』（第一稿）の礼状。「たしかに、〈演劇〉はあなたのなかにある」と絶賛。

一月十八日　ラムルー指揮のワーグナー『神々の黄昏』の葬送行進曲を聴き、圧倒される。

二月二日　モレアスの詩集『情熱の巡礼』出版記念会。マラルメが乾盃の辞。象徴派の隆盛を告げるイヴェント。この席でバレスからジッドを紹介される。

二月十一日　モーリス・ド・フルーリの『ル・フィガロ』紙の記事、広くマラルメの名を知らしめる。

二月十四日　ドマン宛に、『詩集《ヴェール》』刊行の検討を依頼。

三月十三日　バンヴィルの死。

三月十四日　ジュール・ユレの「文学的進歩についてのアンケート」（『レコー・ド・パリ』紙）四回目に、マラルメのインタヴュー記事。

三月十九日　フォールの芸術座で、当初予定されていた『**半獣神の午後**』の代わりに、「**不遇の魔**」朗読。

三月二十五日　文部大臣宛、リューマチと神経痛の悪化（医師の診断書付）を理由に、四月より三カ月の休職願い。友人の仲介で、減俸なしで許可。

三月二十九日　ドマンに、再度『詩集』の刊行を打診。『エロディアード』完成の意欲も。

五月　『パージュ』、ブリュッセルのエドモン・ドマン書店刊、三二五部限定。散文詩「未来の現象」のために描かれたルノワールのエッチングが扉を飾る。

五月二十日　ヴェルレーヌとゴーギャンのための慈善公演と銘打った芸術座第六回の舞台稽古に、ヴァルヴァンから出てきて立ち合うが、ポー「大鴉」の朗読の拙劣さに激怒して、初日を待たずに帰る。

六月一日　『ほら貝《ラ・コンク》』誌に、「**扇　マラルメ夫人の**」が載る。

六月十二日　パリ大学区副学区長宛、医師の診断書付きで、年度末までの休職延期を申請し認められる。

八月十四日　ドマンから『詩集』(ホイスラーの口絵付)了承の手紙。

九月十日　ドマン宛の手紙で、『詩集』の印税六〇〇フランを確認。前渡し金四〇〇フランは今月の二十日か二十五日に、残りの二〇〇フランは十二月迄に、と書く。口絵はロップスのものを再利用する提案。

十月十日　パリ大学区副学区長宛、授業負担軽減の申請。年俸七五〇フランの削減を条件に許可。同日、ポール・ヴァレリー、ピエール・ルイスに伴われて、初めて〈火曜会〉に出席。

十月十四日　ドマンより、『詩集』の印税前渡し金四〇〇フランを受け取る。

十一月三日　オスカー・ワイルド、〈火曜会〉に出席。

十一月二十六日　文部省美術局長になったアンリ・ルージョンのおかげで、ホイスラーの『母の肖像』を国に買い上げさせる。

十二月十四日　ドマンより『詩集』の印税の残金二〇〇フランを受け取る。

（三月、スーラ没。十月十五日、『白色評論』誌、本拠をパリに移す。十一月、ランボー、マルセイユにて客死。ゴンクール『歌麿——十八世紀の日本の美術』。ワイルド『ドリアン・グレイの肖像』。スーラ『サーカス』）

一八九二年（五十歳）

一月上旬　ホイスラーの推薦で、ロンドンの高級紙『ナショナル・オブザーヴァー』が、マラルメに寄稿を依頼。

三月二十六日　『ナショナル・オブザーヴァー』紙（以下「N・O紙」と略記）に、フランス語で文化情報を不定期連載。九三年七月まで一一篇の原稿。第一回「フランスにおける詩句と音楽」で、フランス詩壇の新傾向である〈自由詩〉の問題。

五月七日　N・O紙の連載第二回「祝祭」（『ディヴァガシオン』で「同題」）。

六月十一日　N・O紙の連載第三回「陳列」。同時代の出版状況をにらんだ独特の書物論。

六月十七日　デュジャルダン『アントニア伝説』三部作の第二部『過去の騎士』初演を観る。

七月十六日　パリの出版社のポール・ペランと会い、普及版の『詩と散文』刊行の相談。

七月二十六日　『ラ・プリューム』誌の編集長レオン・デシャンに、ボードレールの記念碑建立委員会の委員長を依頼されるが、年長のルコント・ド・リールを推して辞退。翌日、ペランに『詩と散文』の原稿を渡す。

十月　ホイスラー、『詩と散文』の扉を飾るリトグラフィー「ステファヌ・マラルメの肖像」制作。

十月二十九日　N・O紙の連載第四回「テニソン——対岸より見たる」。

十一月十五日　『詩と散文』（奥付は九三年）、扉絵にホイスラーによるマラルメの肖像、ペフン書店、一三〇〇部（ホイスラーのリトグラフィーについて、「一つの奇跡」とマラルメは絶賛）。
十一月二十七日　リュクサンブール公園でのバンヴィル記念碑除幕式で祝辞。
十二月一日　『白色評論』誌に「テニソン――対岸より見たる」再掲。
十二月六日　『ラ・プリューム』誌主催第六回月例晩餐会に、主賓のルコント・ド・リール欠席のため、代わりに乾盃の辞。
十二月十七日　N・O紙連載第五回「テオドール・ド・バンヴィル」。
（三―四月、パリでアナーキストの爆弾テロ続発。六月、パナマ運河汚職発覚。政財界を巻きこんだ一大汚職事件に。七月、爆弾テロの犯人の一人ラヴァショル、死刑。十一月五日、アメリカから来たダンサー、ロイ・フラー、フォリー＝ベルジェール座にデビュー。パリの観客の熱狂を巻き起こす。十一月八日、爆弾テロ再発）

一八九三年（五十一歳）

一月二十八日　N・O紙連載第六回「魔術」（ユイスマンスが『彼方』執筆の際、情報提供を受けた「悪魔崇拝」のブーラン神父がリコンで急死した事件）。
二月九日　『ラ・プリューム』誌主催の第七回月例晩餐会で、主賓として「乾盃」のソネを読む（同誌二月十五日号に掲載後、ドマン版『詩集』の巻頭に「祝盃」の題で）。
二月二十五日　N・O紙連載第七回「三面記事」（二月九日にパリ控訴院で有罪になった、レセップス父子らのスキャンダル）。
五月中旬　ワーグナー『ワルキューレ』フランス初演をオペラ座で聴く。マラルメがワーグナー楽劇の全曲上演に立ち会うのは初めて。
五月十三日　N・O紙連載第八回「バレエ芸術

とロイ・フラー嬢についての考察」。
五月十七日　リュニェ＝ポーの作品座、メーテルランクの『ペレアスとメリザンド』初演（ブッフ・パリジアン劇場）。
六月十日　N・O紙連載第九回「演劇」。『ワルキューレ』フランス初演と『ペレアスとメリザンド』論。
六月十四日　デュジャルダンの『アントニアの伝説』三部作の第三部『アントニアの終焉』のガラをヴォードヴィル座で観る。
七月一日　N・O紙連載第一〇回「演劇（承前）」。上記劇作と、自由詩の問題。
七月十五日　誤植を訂正した『詩と散文』第二版。
七月二十二日　N・O紙連載第一一（最終）回「弔い」（七月六日死去のモーパッサン追悼）。
七月三十一日「ソネ　エクセルシオールの人々に」を、ブリュージュの文学サークル「エクセルシオール」の創設十周年記念アルバムに（ドマン版では「**ベルギーの友たちの想い出**」）。
八月八日　十一月三日までの休職許可。
九月一日『メルキュール・ド・フランス』誌に「弔い」再録。
十一月四日　退職を認められる。退職年金二五〇〇フラン。同八日には、文部大臣レーモン・ポワンカレより、文芸奨励補助金として、年額一二〇〇フランを翌年一月から支給する旨の通知。
十二月五日「聖なる楽しみ」を『ル・ジュルナル』紙の無料付録に。代替宗教としての管弦楽演奏会のこと。
（十二月九日、オーギュスト・ヴァイヤンによる下院爆破事件。エレディア『戦勝牌《はい》』。クローデル『都市』（第一稿）。ワイルド『サロメ』。トゥールーズ＝ロートレック『ディヴァン・ジャポネ』）

一八九四年（五十二歳）

二月十九—二十四日　『音楽と文芸』の講演原稿執筆。

二—三月　講演「音楽と文芸」を持って、オックスフォード、ケンブリッジに赴く。三月一日、オックスフォードでの講演（聴衆六〇人ほど）。三月二日、ケンブリッジでの講演（聴衆二〇人ほど）。

四月一日　上記講演を『白色評論』誌に。単行本刊行は十月、ペラン社。

四月二十七日　アナーキスト爆弾テロに関与したとして逮捕されたフェリックス・フェネオンを弁護のインタヴュー（『ル・ソワール』紙）。

五月十五日　ソネ「**圧し懸かる　密雲の下**……」」『文芸小基金《ロボル・リテレール》』誌。

七月二日　ドマンより来信。『詩集』への意欲を伝えられる。口絵には自筆版『詩集』で用いたロップスの銅版画を利用する提案。

七月十七日　ルコント・ド・リール没。

八月　ヴェルレーヌ、ルコント・ド・リールの後をついで「詩王」に。

八月八日　フェリックス・フェネオンのために、パリ重罪裁判所に出頭、証言に立つ（アナーキスト「三十人裁判」の折）。

八月十七日「文学基金」についての記事。『ル・フィガロ』紙。

九月八日　ボードレールの記念碑のための準備委員会の委員長を引き受ける。

十月一日　イギリス旅行の印象『有益な遠出」を『白色評論』誌に、ついで『文学基金」を序文にして、ペラン社から単行本『音楽と文芸』。

十一月十二日　ドマンに、『詩集《ポエジー》』の目次、書誌、割り付けまで含めた完全な「貼付帖《マケット》」を送る。

十二月二十二日　ドビュッシー『牧神の午後への前奏曲』初演（国民音楽協会、ダルクール・

ホール）。
（二月五日、下院爆破事件の犯人ヴァイヤン処刑。二月十一日、エミール・アンリ、ヴァイヤン処刑の報復としてサン゠ラザール駅前のカフェ・テルミニュスに爆弾。二月二十六日、ヴィリエの『アクセル』ゲーテ座初演。六月二十四日、大統領カルノー、イタリア人アナーキストにより刺殺。十月、ドレフュス大尉、スパイ容疑で逮捕。十二月、軍法会議で終身刑に。ルイス『ビリチスの歌』。モネ『ルーアン大聖堂』連作。ビアズリー『サロメ』（英語版）の挿絵）

一八九五年（五十三歳）

一月一日「**シャルル・ボードレールの墓**」『ラ・プリューム』誌。

一月十五日　ソネ「頌（ピュヴィ・ド・シャヴァンヌの）」を『ラ・プリューム』誌特集号に。

二月一日　フェネオンを編集長に迎えた『白色評論』誌に、「一主題による変奏」全一一回の連載を開始。一回目「行動」（後に「限定された行動」）。

二月十三日　アントワーヌ『自由劇場』におけるヴィリエの『エレン』総稽古に立ち会う。

三月一日「一主題による変奏」連載二回目「宮廷」『白色評論』誌。

三月下旬　外交官として中国へ出発するクローデルに、『音楽と文芸』と送別の手紙。

四月　ベルリンの『牧神《パン》』誌創刊号に、クノップフのデッサンとともに、無題のソネ「（**圧し懸かる　密雲の下……**）」自筆ファクシミリで。

四月一日「一主題による変奏」連載三回目「カトリシスム」『白色評論』誌。

五月　アンドレ・ポニャトフスキー大公創刊の豪華な『フランス゠アメリカ評論』誌創刊号に、「バレエにおける背景／最近の実例に基づいて――ロイ・フラー嬢について」。

五月一日「一主題による変奏」連載四回目

「擁護救済」『白色評論』誌。
六月一日　同連載五回目「牧歌」『白色評論』誌。
七月一日　同連載六回目「書物、精神の楽器」『白色評論』誌。
八月一日　同連載七回目「葛藤」『白色評論』誌。
八月三日　「〈魂のすべてを　要約して……〉」(「自由詩に関するアンケートへの回答」『ル・フィガロ』紙)。
九月一日　「一主題による変奏」連載八回目「驟雨と批評」『白色評論』誌。
九月六日　ヴァレリーの「レオナルド・ダ・ヴィンチの方法序説」(『新評論』誌、八月十五日号)を絶賛。
十月一日　「一主題による変奏」連載九回目「良心のケース」(後に「対決」)、『白色評論』誌。
十月二十六日　文部大臣ポワンカレの決定で、文芸奨励補助金が十月一日付で年額一八〇〇フランに増額。
十一月一日　「一主題による変奏」連載一〇回目「個別性いろいろ」(後に「孤独」)、『白色評論』誌。
(十二月、リュミエール兄弟、パリで初めて一般観客のために映画(シネマトグラフ)を上映。フロイト、ブロイアー『ヒステリー研究』)

一八九六年(五十四歳)

一月八日　ヴェルレーヌの死(五十一歳)。十日、バティニョルの墓地で弔辞を読む(後に『ディヴァガシオン』に収録)。
一月二十七日　〈詩王〉に選ばれたことが、『ラ・プリューム』誌の編集長レオン・デシャンから知らされる。翌日、「詩王選出晩餐会」への出席を拒否する。
三月二日　追悼文集『ヴェルレーヌの墓』のためにソネ「墓」を送る。

四月二十一日　ドマンに、『**エロディアード**』の「長い序曲と終曲」を「この夏から秋に」書き終える予定と告げる。

五月初旬から十一月まで、ヴァルヴァンに滞在を続け、一階の二部屋も使えるようになって、本格的改修。この滞在中に、『ディヴァガシオン』の編集・校正。

五月十五日　「アルチュール・ランボー」、ハリソン・ローズへの書簡としてシカゴの『チャップ・ブック』に掲載。

五月二十二日　ヴェルレーヌ追悼記念碑建立委員会の委員長。

七月十五日　「ハムレットとフォーティンブラス」『白色評論』誌に。

七月二十一日　ドマンから送られてきた『**詩集**』のイタリック体で組まれた見本組に難色。ヴァカンス明けには「序曲」と「終曲」を書き足して『**エロディアード**』を完成させると、改めて決意を示す。

九月一日　「文芸の中の神秘」を「一主題による変奏」連載最終回として『白色評論』誌に。同誌掲載のプルーストの「難解さに抗して」への反論。

十一月　『**シャルル・ボードレールの墓**』刊行。マラルメのソネは、「詩篇」の部の冒頭に。

十一月二十日　ドマンに、『詩集』の版型と活字についての不満。

十二月上旬　マラルメとドマンのあいだで、『詩集』をめぐる食い違いが表面化。刊行の見通しも遠ざかる。

（七月、エドモン・ド・ゴンクール死す。十二月、ヴァレリー「テスト氏との一夜」を『ル・サントール』誌に発表。同月、ジャリ『ユビュ王』リュニェ＝ポーの「作品座」で初演。ゴンクール『北斎——十八世紀の日本美術』。ベルクソン『物質と記憶』。プルースト『楽しみと日々』)

一八九七年(五十五歳)

一月一日　「(ヴェルレーヌの)墓」『白色評論』誌。

一月十五日　『ディヴァガシオン』刊行、ファスケル書店。

二月下旬(?)　『賽の一振り』脱稿。

三月四日　リクタンベルジェ、マラルメに「原稿をロンドンに送った」旨伝える(『賽の一振り』のこと)。

三月上旬　『賽の一振り』の校正刷り、ロンドンから届く。

三月二十三日　モッケルが手配し、〈火曜会〉の若手メンバー二一名が自筆で書いた自作の詩を綴じ合わせたアルバム、マラルメに捧げられる。

三月二十九日　『コスモポリス』誌に発表予定の『賽の一振り』の校正刷りをヴァレリーに送り、意見を求める。

四月下旬　『賽の一振り』、『コスモポリス』誌(五月号)。

十一月十五日　メリー・ローランの庇護者エヴァンズ博士、死去。

十二月四日　オペラ座でワーグナーの『ニュルンベルクのマイスタージンガー』を聴く。

(ドレフュス大尉の兄マチュー、事件の真犯人としてエステラジーを告発。モーリス　バレス『根こそぎにされた人々』。ジッド『地の糧』。ロスタン『シラノ・ド・ベルジュラック』ポルト゠サン゠マルタン座初演、歴史的な大当たり)

一八九八年(五十六歳)

一月十三日　ゾラ、『ローロール』紙に、大統領フェリックス・フォール宛の公開状「私は弾劾する!」を発表。

二月七日　誹謗罪に問われたゾラの裁判、開始。

二月二十三日　ゾラ宛、有罪判決の後、勇気づけの電報。
四月十六日　ソネ「〔**ひたすらに　船を進める**……〕」を収めたヴァスコ・ダ・ガマのインド航路発見四百周年『記念アルバム』（自筆ファクシミリ版と活版）。
四月二十日　ルドンより『賽の一振り』のためのリトグラフィー制作中との来信。
五月十日　『**エロディアードの婚姻**』再開。死の直前まで続く作業。
六月一日　前々日ヴァルヴァンからパリへ戻ったマラルメは、スキャンダルとなったロダンの『バルザック像』を見た後、メリー・ローランを訪ねる（最後の訪問）。
六月二日　家族を伴ってヴァルヴァンへ。
六月下旬　レオポルド・ドーファン宛の手紙で、「私の『エロディアード』の詩篇に、頭と尻尾をつけたしている」と書く。
七月十四日　ヴァレリーをヴァルヴァンに迎える。
八月二十九日　『ル・フィガロ』紙に、「二十歳の頃の理想について」のアンケートに回答。生前に発表された最後のテクスト。
九月八日　激しい喉頭痙攣の発作に襲われるが、なんとか持ち直す。その夜、「わたしの紙片類について奨めておきたいこと」と題する遺書を、マリーとジュヌヴィエーヴ宛に書く。
九月九日　午前十一時過ぎに、診察に訪れた医師の前で、再び喉頭痙攣の発作が起き、そのまま絶命。
九月十一日　ヴァルヴァンの隣村のサモロー教会で葬儀。遺骸は、長男アナトールの眠る、セーヌ河に面した墓地に埋葬。
（四月、モロー没。五月十一日、ロダン『バルザック像』のスキャンダル）

付　記

一八九九年　二月二十日、**ドマン版**『**ステファヌ・マラルメ詩集**』刊行、一五〇部限定。
一九〇〇年　十一月二十六日、メリー・ローラン死去。五十一歳。
一九〇一年　六月二十日、娘ジュヌヴィエーヴ、エドモン・ボニオと結婚。
一九一〇年　一月六日、妻マリー・マラルメ死去。七十四歳。
一九一三年　ボニオ夫妻、『**ステファヌ・マラルメ詩集**（完全版）』をＮＲＦ《エヌ・エル・エフ》より刊行。
一九一九年　五月二十五日、ジュヌヴィエーヴ・ボニオ死去。五十四歳。

【解題】
書物を演出する――ドマン版『マラルメ詩集』の成立

わたしが言う、一輪の花！と。すると、声が消えればその輪郭も消える忘却の外で、具体的な花々とは違う何かが、音楽として立ち昇る、観念そのものにして甘美な、あらゆる花束には不在の花が。

――「詩の危機」『ディヴァガシオン』

はじめに――詩人マラルメの情況

ステファヌ・マラルメ（一八四二―九八年）は、フランスの政治体制上、ナポレオンの失脚と王政復古に続く時代、「二月革命」（一八四八年）による第二共和制の発足から初代大統領となったルイ・ナポレオンのクーデタによる「第二帝政」の成立（五二年）にかけての、十九世紀中葉の大きな歴史的節目に生まれた。第二帝政の経済的繁栄は、フランスを再びヨーロッパの政治的・経済的・文化的中心に仕立てた時代でもあった。しかし文学の創造的な局面について言えば、大革命以来の「革新」の担い手であった「ロマン派」の芸術家たちがその使命を終えて、「写実主義」を根拠に、新聞ジャーナリズムに代表される「文学の大衆化」と、「高踏派」に代表される「エリート主義」に二極分化する時代でもあった。サルトルがその『マラルメ論』で指摘したように、十九世紀後半にデビューする詩人たちは、ユゴーやラマルティーヌのような上流階級の出自ではなく、マラルメがそうであったように、地方回りの官僚を基盤とする中流階級の出であり、マラルメやヴェルレーヌがそうであったように、たとえば高等中学校の教師として糊口を凌ぎつつ、半世紀後ならば「前衛芸術家」と呼ぶでもあろう、革新的な芸術では食べていけない状況を受け入れることになっていく。ステファヌ・マラルメという詩人の社会的ステータスを要約すれば、こうした「近代性」の詩人の先駆者であり典型でもあった。

と同時に、思想的には、「王殺し」は「神殺し」の地上的表象でもあったのだから、芸術家たちの多くは、この状況をいかにして引き受けるかに苦しんだ。マラルメの場合も、二十代の選択、高等中学校の英語教師をしながら「文学を続ける」という選択は、そこで問題になる「文学」あるいは「詩」が、ボードレールとエドガー・アラン・ポーを規範にする〈詩の言語と思考〉の根底を問い直す選択であったから、通過しなければならない試練は、たんなる文学的技法の問題ではなかった。「詩」の、つまり「文学創造」の根拠に関わる、深く「哲学的」であると同時に、鋭く「実践的」な試練であった。六〇年代の若き詩人が体験しなければならなかった「思考」と「詩作」の二重の危機は、

「神殺し」と「人格解体」の深淵を体験させると同時に、その対部として、〈絶対の書物〉への思考となって、二十代の、地方の高等中学校の英語教師として糊口を凌ぐ〈詩人〉にとっての異常な試練となる。その痕跡は、一八六九年から書き始められて、ついに未完に終わる哲学的小話『イジチュール』に読むことができる。

たんに「詩が書けない」という情況ではない。「詩作」の根拠そのものへの「問い」を、その最も根源的な局面において生きてしまった詩人。彼より二歳下のヴェルレーヌの才気溢れる詩句の音楽と比べた時、そのヴェルレーヌが後に同世代の破滅型の詩人を「呪われた詩人」と呼ぶのだが、ステファヌ・マラルメは、ヴェルレーヌの言う意味での「呪われた詩人」ではなかった。マラルメが好んで引く比喩を用いるならば、「キマイラ」つまり「頭が獅子、胴が山羊、尾が竜の、〈ありえぬ＝不可能性の怪獣〉」との、詩作の根底における「闘い」が、その「詩作」そのものを「不可能性の怪獣」の〈模倣所作〉ではないかと疑わせるような、難解な詩句を書かせることになる。

一　『詩集』の不在——活字ジャーナリズム隆盛のなかで

ステファヌ・マラルメは、決して詩を書かない詩人ではない。パリへ移り住んだ一八七一年、私生活の上でも高等中学校の英語教師としても大きな節目となるこの年以前においても、マラルメ自身の内心の葛藤や劇はともかく、詩人としてそれほど不遇なデビューをしたのではなかった。二十代のマラルメの核となった詩作は、コメディ゠フランセーズでの上演を前提にした「主人公が半獣神である古代英雄詩風幕間劇」であり、「エロディアード――舞台」であり、いずれも必死の努力による「戯曲体」で書かれたにもかかわらず劇場には受け入れられなかったが、少なくとも後者は、「エロディアード詩篇の古き舞台的習作の断章」の標題で、当時の詩壇の先駆的存在たる第二次『現代高踏詩集』に掲載された。遡れば、第一次『現代高踏詩集』には、すでに一一篇の「若書き」の詩篇が載っている（六六年）。「エロディアード」詩篇の「古序曲」と呼ばれる部分を書くことが、詩人の精神と肉体に異常な苦痛を強い、「神殺し」「虚無の発見」「自己の非人称化」といった、六九年には『イジチュール』と題する哲学的小話によって「毒ヲ以テ毒ヲ制ス」冒険にまで、追い込まれるにもせよである。

ナポレオン三世の第二帝政崩壊から、パリ・コミューンの闘いという血腥い体験を経て、〈共和派の第三共和国〉として成立するフランスという国が、神経痛とリューマチに苦しめられつつ英語教師として生計を立てていたこの三十歳の詩人に、パリという新しい生活と詩作の場を提供した。最初の記念碑的な詩篇は、集合詩集『テオフィル・ゴーティエの墓』（七三年）のために書かれた「喪の乾盃」であり、アレクサンドラン定型

エドゥアール・マネ『ステファヌ・マラルメの肖像』1876年

十二音節詩句五六行からなる堂々たる作品であった。それに先立つポーの詩篇の翻訳は、『文学・芸術復興』誌に載り、さらには、七四年の官展に落選したマネを擁護して論陣を張る。九月から十二月にかけては、『最新流行』という流行通信誌を出して、さまざまな女名前で同時代の生活文化と芸術の双方にわたる〈流行〉の最新情報を書き、雑誌のレイアウトをし、挿絵を入れ、広告を取る作業までも独りでやる。翌七五年には——一月一日にガルニエのオペラ座の開場した年だ——、ポーの『大鴉』の翻訳を、マネの挿絵入りの大型豪華版として出版したのはよいが、第三次『現代高踏詩集』に送った「半獣神即興」と題する「半獣神独白」の改訂版が、審査員の一人アナトール・フランスの否定的意見で没になる。それに抗議して、友人たちの協力で『半獣神の午後』と題する豪華版が、七六年四月、マネの挿絵入りでドレンヌ社から刊行される。これで決定版になる訳ではないものの、〈半獣神詩群〉にはひとまずの決着が付けられる。同年末には、ボルティモアにおけるポーの記念碑除幕式のために、「エドガー・ポーの墓」を書き、後期ソネの口火を切る……。

以上からも推測できるように、マラルメのテクスト刊行の〈場〉は、韻文であれ散文であれ、同時代の先駆的な雑誌か、部数の少ない限定出版かに限られ、一定の部数を出した単行本は、『英単語』や『古代の神々』といった啓蒙書のみだった。そこに、八五年の「続誦（デ・ゼサントのために）」が一種の〈回転扉〉となって、〈後期のソネ群〉と、マラルメが「批評詩」と呼ぶ異常なサンタックスで書かれた批評・評論とが、手を携えて出現する。後者は、『ワーグナー評論』誌（八五年創刊）、『独立評論』誌（八六年復刊）、『白色評論』誌（八九年創刊）と引き継がれ、九二年以降はロンドンの『ナショナル・オブザーヴァー』紙に記事をフランス語で連載する機会にも恵まれ、九〇年代に先駆的詩壇を仕切っていた『ラ・プリューム』誌（主として詩）が九三年からは加わる。二十世紀ならば「前衛ジャーナリズム」とでも呼ぶ〈媒体《メディア》〉が、マラルメの主たる発表の場となったのである。

そのような出版界の動きのなかで、八七年にマラルメは初めてまとまった『詩集』を出す。マラルメの自筆原稿を写真に撮り、石版刷りにし、そのまま書物のページに移す「自筆写真石版刷り版」の試みである。全九輯からなるこの自筆版『詩集』は、第一輯に「初期詩篇」として「不遇の魔」、「あらわれ」、「あだな願い」(ソネ)、「道化懲戒」(ソネ)を収め、第二輯は「猟奇高踏詩篇」として「〔黒人女が一人、悪霊に　衝き動かされ……〕」、第三輯は「第一次現代高踏詩集」として「窓」、「花々」、「再び春に」(ソネ)、「不安」(ソネ)、無題の「〔苦い休息にも　飽きて……〕」、「鐘つき男」(ソネ)、「夏の悲しみ」(ソネ)、「蒼穹」、「海のそよ風」、「ためいき」、「施し物」といった六〇年代の一連の詩篇を、第四輯は「他の詩篇」として「扇」(後の「もう一面の扇　マラルメ嬢の」)、「聖女」「詩の贈り物」、第五輯は「エロディアード(断章)」(後の「エロディアード――舞台」)、第六輯は「半獣神の午後」、第七輯は「喪の乾盃」、第八輯は「デ・ゼサントのための続誦」(後の「続誦(デ・ザセントのために)」)、第九輯は「最近のソネ」として、Ⅰ「〔処女にして、生気あふれ……〕」、Ⅱ「〔闇が　宿命の掟によって……〕」、Ⅲ「〔勝ち誇って　遁れたり……〕」、Ⅳ「〔浄らかなその爪は……〕」、Ⅴ「頌」(後の「エドガー・ポーの墓」)、Ⅵ「頌」(「〔ワーグナー〕頌」)、Ⅶ「〔読み継いだ本も　パフォス　の名に閉じて……〕」、Ⅷ

「〔時の香に染みた　いかなる絹も……〕」、Ⅸ（ソネの続き）1「〔傲慢は挙げて　煙と化す……〕」、Ⅹ2「〔躍り出た、膨らみと……〕」、Ⅺ3「〔レース編みの　カーテンの……〕」、Ⅻ「〔君の物語に　踏み込むとは……〕」であった。

フェリシアン・ロップスの版画が彩りを添えて、部数の少なさからもたちまち売り切れることが期待されたが、一〇〇フランという高額な定価――当初の設定は二〇〇フラン――のために完売とはいかなかった。詩集はいくら高くても三フラン五〇サンチームが相場だった時代である。後に『独立評論』社が破産したときも、残品を二束三文で売らねばならなかったと言う（一九八一年に、ラムゼー社が、この自筆版とドマン版の二種の『詩集』を見開きで復元する豪華な版を作ったが、その編者ジャン・ギシャール＝メリーの解題による。一フラン＝一〇〇〇円という換算に従うと、一部一〇万円となる。故鈴木信太郎先生の蔵書には、この自筆版『詩集』が一部あり、現在は獨協大学図書館に寄贈されている）。マラルメは、当時の文人にしては文字が美しく、読みやすい。にしても、一篇ずつ詩篇を書き写し、写真に撮り、石版刷りにするという作業は、結構大変であったようだが、詩句と詩句の行間など、印刷された版と比べて、より情報が豊かな訳ではない。

なお、この自筆版『詩集』には、ドマン版『詩集』に収められた「墓」シリーズのうち、「(ボードレールの)墓」(九五年一月)と「(ヴェルレーヌの)墓」(九七年一月)がなく、画家のピュヴィ・ド・シャヴァンヌ「頌」(九五年一月)もない。また、「(圧し懸かる　密雲の下……)」(九五年四月)、ヴァスコ・ダ・ガマのインド航路発見四百年記念のソネ(「(ひたすらに　船を進める……)」)(九八年四月)などの詩篇も欠けているが、それは主として刊行の時間的な問題であることが分かる。八〇年代後半からのマラルメの言説生産は、圧倒的に散文によって占められていたことも思い起こしておこう。(詩人自身が「批評詩(poème critique)」と呼んだそれらのテクスト群の研究は、一九七〇年代後半まで、ほとんど進んでいなかった。)

二　ドマン版『散文集』と『詩集』

このアンバランスは、詩人自身が誰よりも気にしていたはずで、ベルギーの書店主エドモン・ドマン(Edmond Deman　一八五七―一九一八年)が、マラルメのテクストを出版したいという意向を伝えてきた時に、『散文集(*Proses*)』だけではなく『詩集(*Vers*)』も出してほしいと申し出ている。この間の事情は、両者の往復書簡にはっきり窺え、ドマン版『散文集』であった『パージュ(*Pages*)』(一八九一年五月刊、限定三二五部の豪華版)の内扉には――

「近刊――『詩集』『半獣神の午後』ならびに『エロディアード』を含む、
　但し『エロディアード』の完全版は別途」

と記載されている。

　ドマンがマラルメ宅を訪ねるのは八八年四月、同年二月に、『エドガー・ポー詩集』と散文集『漆塗りの抽斗』（後の『パージュ』）をドマンが引き受け、マラルメに印税の一部前払いをした後である。十一月には、散文集の標題を『パージュ（頁）』としたいこと、韻文詩の普及版『詩集』も出したい旨の書簡を送る。八九年十月には、『パージュ』の校正刷りを催促するマラルメの焦りも窺えるものの、九一年五月に、『パージュ』を「ルノワールの扉絵付き」で刊行した出版社と詩人との関係は、まあ良好であった。

　ところで、『パージュ』に関しては、まだ『漆塗りの抽斗』の標題の時期にドマンに渡したはずの「貼付帖《マケット》」が、幸いにもモンドール文庫に残されていて、一九七三年以降はパリ大学付属ジャック・ドゥーセ文学図書館で読めるようになった。これは雑誌刊行時の原稿を、書き写すのではなく、そのページを剝がして、「必要な部分を切り抜いて張り付ける」という、文字通りの「コラージュ」なのであった。この作業は、上記「モンドール文庫」公開以前には知られていないか、少なくとも注目されなかった事実である。普及版『詩と散文』についても、九二年七月にポール・ペランと会って話を付け、十一月十五日にはその初版が出ている（奥付は九三年）が、驚くほど短時間に作業ができたのも、「コラージュ」の成果であろう。散文（マラルメに倣って言えば「批評詩」）の集大成『ディヴァガシオン』は、九七年一月十五日にファスケル書店から刊行されているが、これは「貼付帖」が発見されていず、どのくらい手間がかかったかは不明である。ともあれ、ドマン版『詩集』と『詩と散文』の「貼付帖」も含まれていた『モンドール文庫』の公開は、マラルメ研究に文字通りコペルニクス的転回を引き起こしたが、『詩集』に関しては、詩人によるこの雑誌原稿再編成の作業はそう簡単ではなかったように思われる。

　九四年七月には、ドマンから『詩集』への意欲を伝える手紙が届き――そもそも、詩人はとうに前払い金を受け取っていた――同年十一月には、ドマン宛に『詩集《ポエジー》』の「完全な貼付帖」を送る。ところが九六年七月二十一日に、ドマンから送られてきた見本組を見た詩人は、全篇イタリック体の組み方に大いに不満で、この辺りから、ドマンとの関係は悪化する。ドマンが「そういつまでも待てない」と言うたびに、詩人の方は、「『エロディアード』を完成させる」とばかり言うのであった。問題は、ドマンの恣意である――と詩人が思った――全文イタリック体の組みと、『エロディアード』のことばかり口にして仕事をしないかに見える詩人の、不誠実と取られてもやむをえない態度である。しかも、この時期のマラルメは、『エロディアード』にかかりきりであった訳ではなく、『賽の一振り』などというとんでもない代物にも取りかかっていたのだった。

一八九八年九月九日、五十六歳のマラルメは、喉頭痙攣の激しい発作により逝去した。詩人が生前見ることがなかった『詩集』は、翌年二月二十日に当初の予定通りブリュッセルのドマン書店から刊行された。フェリシアン・ロップスのリトグラフィーが口絵を飾っている(本書カバー参照)。

『パージュ』の内扉に書かれていた詩集の予告——「『半獣神の午後』ならびに『エロディアード』を含む、／但し『エロディアード』の完全版は別途」——は、出版社としてのドマンの、直観的な予防線だったのかもしれない。本書でも『エロディアードの婚姻』は、未定稿からの「起こし」をなんとか訳して注解したが、それはこの『婚姻』が、詩人自身がいささか自嘲的に言うように、「エロディアード——舞台」に「頭と尻尾をつける」程度のことでは済まなかった実態を確かめておくためでもある。それどころか、現行の「ドマン版『マラルメ詩集』」の「エロディアード——舞台」を組み込んだ『婚姻』など不可能なことは、後述する。

ここでようやく、「ドマン版『マラルメ詩集』」である限りの『詩集』の、構造と意図を探る時点に到達した。

三　ドマン版『詩集』の構造

すでに何度も触れたように、マラルメは、韻文であれ散文であれ、まずは雑誌(あるいは、それに準ずる定期刊行物)に発表し、その後単行本に組み込むという作業を常としていた。したがって単行本の「構成」は、そこに収められているテクスト群に劣らず重要な意味を持つはずであった。

現在存在するドマン版『詩集』は、マラルメの意に沿わないものではあったが、それでもドマンは、詩句の配列まで恣意的に変えたわけではない。明らかな違反は、冒頭のソネ「祝盃」を、「巻頭の辞のように小ぶりのイタリック体の活字で組むこと」という、詩人の執拗な要請を無視したことである。より深刻な違反は、全篇をイタリック体で組み、ために「半獣神の午後」の、詩人

ドマン版『詩集』の扉

の指定ではイタリック体であるべき部分が、ローマン体に組まれてしまったことである。

この齟齬が、年譜にも記した通り、ドマン版『詩集』の刊行を遅らせる重要な動因となるのだが、目下のところ、ドマン側のイタリック体への固執についての主張もその分析もない。しかし、詩人が拒否したことをあえて押し通すには、ドマンなりの動機があったはずだ。統計的な根拠は示せないが、十九世紀末から二十世紀初頭にかけての文芸出版には、イタリック体の流行のようなものがあって——世紀末の絵画表象にも通じる——、それはたとえば、アドリアン・ミトゥアールが象徴派末流の詩人たちのために一九〇一年から出す詩の雑誌『西洋(*L'Occident*)』の「組み方」であり、その叢書として刊行する単行本のそれでもあった。二十世紀に入ってからのことではあるが、マラルメを師と仰ぐ詩人の一人、ポール・クローデルが、詩篇や戯曲を出す媒体として選んだのが、まさにこの雑誌『西洋』と「〈西洋〉叢書」であり、『五大讃歌』の第一「詩神讃歌」(一九〇五年)も、一五〇部限定の非売品として出した『真昼に分かつ』(初版一九〇六年)も、『五大讃歌』の大成版(一九一〇年)も、全てイタリック体を基本的な組みにしている(その字母が独特で洒落ていた『真昼に分かつ』の初版などは、非売品であることも加わって、後世の稀覯本としては、ドマン版『マラルメ詩集』より遥かに高価だという古書市場の現実に、訳者自身も出会っている)。前払い金ばかり払わされながら、詩人の意向を尊重しなかった怪しからぬ出版者と見做されるエドモン・ドマンであるが、プロとしての主張はあったのであろう。

詩篇の配列順序については、ドマンが勝手に変えたということはなさそうであるから、その〈構成〉は残された形から推測してもよいだろう。真っ先に目につくのは、「エロディアード――舞台」(六五頁)と「半獣神の午後」(八二頁)が、詩集の中心を占めて屹立している様相であり、「頂上」へ登る道には「初期詩篇」が、降り道の裾野には「ソネをまとめて」(原文通りに書けば「幾篇ものソネ」)が、配されていることである。しかし、仮に「富士山構造」と呼んでおくこの構成は、制作年代の〈時間軸〉から言えば、初稿から決定稿までの時間差がそう単純に現れているのではなく、むしろそのようなものと単純に見せる〈構成〉に、マラルメの詩集づくりの演出が窺えるのだ。

演出の最も分かりやすい例を挙げれば、「エロディアード――舞台」と「半獣神の午後」の関係と位置である。それぞれの詩篇の注解でも述べた通り、確かに二篇は、出発点においてはほぼ同時期のものであった。しかし、一八六五年のコメディ＝フランセーズにおけるオーディションに失敗した後の処置は、大いに異なる。

最終的に「エロディアード――舞台」となる詩篇――六九年の第二次『現代高踏詩集』のために書き直したヴァージョン――は、舞台用ではなく詩篇として書き直すと述べながら、「ト書き」をすべて削除した以外は細部の訂正にとどまる。「発語者」を頭文字だけで表すという表記上の大きな変更さえも、ようやく八七年の自筆版『詩集』によって行われた。その限りでは、「エロディアード――舞台」は、まさに初期詩群を七〇年以降の詩群に繋ぐ役割を果たしている。

ところが、「半獣神の午後」は違う。「午後」が完成稿となるには、「独白」の挫折以降の長い時間が必要なのだが、それ以上に、七五年に第三次『現代高踏詩集』に送って掲載を拒否された「半獣神即興」が、六五年の「古代英雄詩風幕間劇」の冒頭に置かれていたであろう「半獣神独白」を、「たんにト書きを外して書き直しただけ」とはとうてい思われない(この点については、そのように説くボンヌフォワの説(「最後の小筐の鍵」)は承服できない)。「独白」の「ト書き」を消しただけでは、「即興」のあの言語態は産まれてこないからである。いかに時間的に迫られていたにせよ、「独白」を「即興」に書き直すには、「発語場」に関わる相当の変形が必要だったはずだ。

「エロディアード――舞台」と「半獣神の午後」とは、発想や執筆の出発点は重なっていても、詩篇としての成立には、一〇年近い時差があった。その間には、ゴーティエのための「喪の乾盃」という傑作が書かれ、「エドガー・ポーの墓」もほぼ同時期であった。にもかかわらず『詩集』の中央に、あたかも二篇が「対になる」かのように組まれているのは、明らかに編集者マラルメの戦略であり、後世はみごとにそれに引っかかったのであった。詩人の側からの「見せ方」あるいは「演出」が見事なのであって、実証的な研究が示すような時間軸とは別の「時間」が、この『詩集』を貫いている。

同じように核心的な問題は、初期の詩篇群にも言える。

ドマン版『詩集』の中心に配されたのは、「エロディアード――舞台」と「半獣神の午後」に始まり、「喪の乾盃」(九六頁)と「続誦(デ・ゼサントのために)」(一〇一頁)までの六篇であったが、それに先立つ、いわば「初期詩篇群」の扱いはどうか。

「巻頭の辞」となるべき「祝盃」(二〇頁)を除くと、「不遇の魔」(二二頁)から「道化懲戒」(三二頁)に至る四篇と、続く「窓」(三四頁)から「詩の贈り物」(六三頁)に至る一二篇には、六〇年代の作品という共通点がある。

だが冒頭の四篇は、いずれも初出は第一次『現代高踏詩集』(六六年)ではない。「不遇の魔」は、冒頭の一五行だけが『芸術家』誌、六二年三月十五日号に掲載されたが、初稿全体の活字化は、「あらわれ」(二八頁)と同様、『リュテース』誌に連載されたヴェルレーヌの評論「呪われた詩人たち」(八三年)であり、改訂稿は八七年の自筆版『詩集』である。「道化懲戒」も、「六四年の手帖」に見られるものの、自筆版『詩集』で改訂稿が示された。「あだな願い」(三〇頁)だけが、『蝶《ル・パピヨン》』誌に六二年に掲載された形をほぼ保つが、他の三篇は、初稿の年代は古いにもかかわらず、刊行時期は新しいという特徴をもつ。おそらく詩人が、ここに載せるのは、作品の発想の起源は古くても「若書き」ではなく、詩人としての成熟の成果として提示しうるものと考えていたからであろう。「不遇の魔」は、三行詩二一聯＋一行という規模の、悲劇性と猥雑さとを併せ持つアレクサンドラン詩句六四行であり、「あらわれ」は一六行詩、「あだな願い」と「道化懲戒」は十四行詩のソネである。

若書きの改訂版四篇を「第一部」――舞台の比喩で「第一幕」――とするならば、「第二部」は、第一次『現代高踏詩集』に掲載された詩一一篇が主体であり、第三部への橋渡しのようにして「詩の贈り物」(制作六五年、初出六六年)が続く。「第一部」が「不遇の魔」を除くと短い詩篇からなっているのに対して、第二部にまとめられた詩篇は、「窓」(三四頁)、「花々」(三八頁)、「〔苦い休息にも　飽きて……〕」(四五頁)、「蒼穹」(五二頁)、「海のそよ風」(五六頁)、「施し物」(六〇頁)と、比較的息の長い詩篇が多く、ソネは、「再び春に」(四一頁)、「不安」(四三頁)、「鐘つき男」(四八頁)、「夏の悲しみ」(五〇頁)の四篇である。詩形は、第一部と同じく、すべてアレクサンドラン定型十二音節詩句で統一されている。「蒼穹」についてマラルメが語るように、ボードレールに対する批判的傾倒と、ポーの詩論を絶対的な方法論的根拠としてその実践を企てている時期であり、自筆版『詩集』の時点でも、異本はかなり限られている。

「第三部」が『詩集』のクライマックスとなることは予想されるところである。事実「エロディアード――舞台」「半獣神の午後」という、それぞれアレクサンドラン詩句一三四行ならびに一一〇行からなる、マラルメ詩篇の頂点を示す作品である。しかしこの二篇は、出発点は同時期で動機も共通していたが、成立には一〇年近い時差があった。またこのグループには、マラルメのアレクサンドランによる比較的長い詩篇の最後となる「喪の乾盃」(七三年)五六行が入るが、これは、たんなる追悼詩ではなく、「詩法の詩」でもあった。そのすぐ後に配されるのが、時間的にはここまでで最も新しく、八音節四行詩句を一聯とする五六行から成る「詩法の詩」たる「続誦」(一〇一頁)であったことからも理解できよう。これら四篇の重い詩篇の間に、「舞台の口上めいた」アレクサンドラン詩句によるソネ「(髪の毛は　炎となって翔び……)」(九二頁)と、カトリック典礼の少年期の記憶にも似た、軽やかな八音節詩句一六行の「聖女」(九四頁)を配するのは、マラルメの幻想する「演劇性」を、「口上」と「典礼」の両極で示している。

「第三部」の詩的強度と主題論的密度と、独特の「演劇性」は、ドマン版『詩集』の、まさに頂点をなすシークエンスだろう。バルビエ／ミラン版『全集』が指摘するように(二六九頁)、ドマン版編集にかかろうとする時点でも、マラルメが『半獣神の午後』の

〈朗読劇〉を計画していたことは、両者の往復書簡だけではなく、『パージュ』の冒頭に読まれる出版予告からも窺える。すなわち、「別に、『半獣神の午後』、朗読と舞台上演のための決定版、注、ト書き等付き」と記されているように、まさに「詩句」が「舞台」を要求していたのである。

続く「第四部」は、「扇面」二面（一〇六頁）に始まり、「ベルギーの友たちの想い出」（一一二頁）や「下世話の唄」（一一四頁）、友人ホイスラーに依頼された雑誌の創刊号のための〈広告文のアクロバット〉である「短信」（一一八頁）と、同時代風俗のなかで生きる詩人の顔を見せつつ、最後は、「小曲」二篇（一二〇頁）によって、詩人の「主題的テーマ」――「落日」の光景や「白鳥」のいる小川――を、同時代風俗の表象に読み込むという芸を見せて閉じる。いわば〈近代性〉への目配せである。

そして第五部。ドマン版は、ここに「中扉」を入れ、"PLUSIEURS SONNETS"（幾篇ものソネ）という標題を付けるが、「中扉」はドマンの恣意であろう。ここからのソネ一七篇は、後世のマラルメ学の特権的な研究対象となるものであり、「エドガー・ポーの墓」（七六年）と「〈闇が　宿命の掟によって……〉」（八三年）を除けば、すべて八五年以降の、「先端的雑誌ジャーナリズム」に「批評詩」と詩人自身が呼ぶ難解な散文を書きまくる時期に重なる。雑誌『ワーグナー評論』『独立評論』『白色評論』、さらにはロンドンの高級紙『ナショナル・オブザーヴァー』にフランス語のまま記事を載せていった時期である。それらの「批評詩」は、しばしば詩人の韻文よりも難解であるが、「詩句について」の考察から「未来の群衆的祝祭演劇」のヴィジョンに至る、きわめて豊饒な問題の系の集合であった。そこに研究者の目が向けられるようになったのは、それらの「批評詩集」の言説形成の作業が、マラルメ固有の「貼付帖」の公開によって分析の対象となってからであった。

　第五部の「ソネをまとめて」に収められた詩篇は、アレクサンドラン詩句によるものが九篇、八音節詩句によるものが八篇であるが、その統辞法上の難解さと詩論的メッセージの提示する謎の故に、おそらくマラルメの詩篇の内でも「最も多くのインクを流させた」ものであろう。だが、これらのソネにおいては、たとえばいわゆる「〝-yx〟のソネ」（一三〇頁）のように、六〇年代の若書き（「彼自身の寓意であるソネ」）の主題論的なフレームは保有しつつも、全く言語的に質の異なる見事な詩的空間に変容する光景に立ち合うことがある。「詩は言葉で作る」という命題が、厭というほど分かってきて、訳者としては戦慄を覚えざるをえない。

　最後に、自筆版『詩集』と比べて、ドマン版が著しく異なるのは、『詩集』の終わらせ方である。前者では、すでに見たように、第九輯に一二篇を集めるが、その順序は、冒頭の七篇がアレクサンドランのソネ、後半は「〈時の香に染みた　いかなる絹も……〉」(一五〇頁)に始まる五篇の八音節ソネで、最後は、「〈君の物語に　踏み込むとは……〉」(一五二頁)のソネの、詩人自らを譬える落日の神話的光景となっていた。ドマン版では、追悼詩や「頌」が増えたこともあり、最後は、「〈読み継いだ本も　パフォスの名に閉じて……〉」(一五六頁)のソネの、神話的倍音と個人的な情感とを併せ持つアレクサンドラン詩篇で閉じられている。

四　拾遺詩篇

ドマン版『詩集』は、詩人が最後までチェックできなかったという意味では、「未完」の書物だと言えなくもない。娘のジュヌヴィエーヴは、父の死後、結婚したエドモン・ボニオ博士の力を借りて、一九一三年に当時、象徴派の中から新しい文学の担い手と考えられる詩人・小説家を糾合した *La Nouvelle Revue Française*(『新フランス評論』)誌の出版元から、ドマン版に一三篇の詩を加えた“édition complète”(完全版)を刊行した。雑誌の頭文字からＮＲＦ《エヌ・エル・エフ》版と呼ばれるものである。一時はこれが「決定版」と考えられたこともあったが、その選択も新詩集の内部での配置も、必ずしも納得のいくものではなかったために、現在ではドマン版を「貼付帖」によって手直しした版が、決定稿と見做されている。とはいえ、ボニオ夫妻が収録した詩篇には、たとえば『新編十九世紀猟奇高踏詩集』に発表され、自筆版『詩集』には再録されたにもかかわらず、ドマン版からは排除された「(黒人女が一人、悪霊に　衝き動かされ……)」(一六六頁)のエロティックな詩篇や、メリー・ローランに宛てた官能的な友情のソネなどが含まれ、ドマン版では窺えない詩人マラルメの「エロス的局面」を偲ぶことができる。本書には、それらの中から代表的なものを、「拾遺詩篇」としてドマン版の後に配した。

五　「半獣神変容」――詩句の作用について

ドマン版『詩集』には、「エロディアード――舞台」「半獣神の午後」が二本の太柱のように並ぶが、本書にはその主要な異本群を第Ⅲ部に収録した。

「半獣神」は、その書き換えの過程で、「古代英雄詩風幕間劇」であった「劇場版」の『半獣神』から、「独白」部分だけを取り出して、「語り手」の意識の現象学的定位の追求ともいうべき「即興」へと変容させ、さらに「詩法の詩」であり、詩句の作用によって〈現実〉と〈虚構〉の区別が混じり合い、ひたすらに詩句の空間だけが支配するに至った(その変容の分析は、筑摩版『全集Ⅰ』註解篇、一〇六頁以下で詳しく行った)。本書には、「古代英雄詩風幕間劇」から、フィリップ・バーティーのために作った「半獣神独白」

のコピー(一八七三—七四年?)と、第三次『現代高踏詩集』に掲載を拒否された「半獣神即興」の残された草稿(七五年)の訳文を載せるが、それは、「ト書き入り幕間劇の独白」から、ト書きを消せば「即興」になるほど、ことは簡単ではないと考えられるからだ。特に「幕間劇」の言語態は、これがマラルメの作業かと思うと、読むのも辛くなるほどに、「戯曲体」、それも近代劇的なそれに従っていて、「台詞」と同じくらいに「ト書き」が肥大化している。同時代に韻文戯曲を上演させることができていたバンヴィルなどと比較しても、歴然たる異常さであり、「エロディアード——舞台」にもおそらく付いていたであろう「ト書き」の比ではない。この「独白」に書き込まれた行動や発語の細部を機械的に消去し、「台詞」だけ残すのでは、戯曲も、戯曲体の言説も成り立たないであろう。要点を注解に記したように、「ト書き」が腐心した「外界の描写」——戯曲体では、登場人物の行動であり、またその行われる「舞台」上の具体的な「物たち」の佇まいである情景——を消去すると、なおもそれらが必要ならば、発語者の「台詞」で表現しなければならない。フランスの戯曲史は、十七世紀古典主義演劇という「ト書き無し」の戯曲体に慣れているから、はじめからそのつもりで書けばさして困難でもなかろうが、この「独白」のように、近代劇の要請に忠実に「ト書き」を書きこんでしまっては、簡単には収拾がつかない。事実、「即興」におけるマラルメの変形作業は、二十世紀ならば「現象学的」と呼んだでもあろうほどに徹底し、一貫していて、研究者が、「戯曲体」のことを軽々しく考えなければ、声を出して読むだけでも感じとられるはずのことである。

「午後」に至って完成を見る——なお数回の手直しはあるが——この詩篇が、マラルメの作品として完璧と言える傑作であることは、言を俟たない。マルシャルは、そのうねうねと続く詩句の音楽の、書物のページに現れてくる姿について、『賽の一振り』のあの植字法的言語態をすでに思わせる、と書いているが、それはこのテクストのアレクサンドラン詩句を、意味と響きに沿って分解すれば明らかである。あるいは、半獣神の語る「ナンフとのアヴァンチュール」が、現実に起きたことなのか、彼の妄想にすぎないのか、妄想としても現実以上に彼の官能を掻き立てるものではないのか、といったこの詩篇の言語が演じる〈時空的虚構性〉の強度。ここでマルシャルが、ジャック・デリダの「二重のセアンス（“La double séance”）」を引くのも正鵠を射ている。すなわちマラルメの批評詩「黙劇《ミミック》」——ポール・マルグリット自作自演の『女房殺しのピエロ』のパントマイム台本についての批評詩——を論じたデリダの「虚構と現実の時間」の交差する“entre-deux de l'hymen”（〈二つの間〉である処女膜）（“La double séance”, *La Dissémination*, Édition du Seuil, 1972, p. 241）を引くのだが、先に引いた『賽の一振り』への目配せとともに、記憶しておいてよい論点であろう。

六　『エロディアードの婚姻』の構造

もうひとつの柱、「エロディアード」についても、「舞台」と「古序曲」と『婚姻』というさしあたり読める三通りのテクスト(テクスト群)を、ある全体構造に組み込むことを前提に、読解する作業が不可欠である。未定稿ゆえに決定的なことは言えないにしろ、活字である限りの詩篇を分析するだけで、詩人が想定したであろう「演出」に思い至ることがないために、問題の本質が見落とされていることが、ここでも多いからである。(なお、「古序曲」は、マラルメの〈詩作の系譜学〉においてはきわめて重要であり、それ自体なかなか魅力的な段落もあるが、詩人が繰り返し宣言するように、「一篇の、筋の通った戯曲体詩篇」を考える際には、『婚姻』とは切り離された詩篇として読む。)

『婚姻』の構成については、詩人の指示によって、「序」三段、「舞台」一段、「繋ぎの場」一段、「終曲」一ないし二段という構成が、広く了解されている。問題は、それがいかなる「演戯」となるのか。「序」三段のうち、第一段と第三段の発語者は「乳母」であり、その「独り語り」である。だが、第二段は驚くべきことに、「予兆として」「聖ヨハネの首」が発する詩句からなるとされ、ここですでに通常の劇作術の時間構造は狂わされている。「聖ヨハネ斬首」という「未来の事件＝時間」が、「舞い上がって」侵入しているのだ。そして再び「乳母の語り」に戻った後で、この三段の「序」に続くのが「舞台」、つまり「冷感症の姫君エロディアード」と「すでに乳も枯れた乳母」との、読む者の身体を鋭く貫いてくるような見事なアレクサンドラン詩句で書かれているとはいえ、主題論的には、必ずしも悲劇的でも悲愴でも陰惨でもない、しかも定型韻文で書かれた戯曲体詩篇としては美しく整った「対話体」の情景である。書かれた時期、一八六五年(から、改訂に数年間)を考えれば、詩人自らが告白するように、「自分としては、先に進んでいたので、手を入れずにここに嵌め込んでもおかしくはない」のだが、いかなるエディションも、『婚姻』のテクストの内部に「舞台」を嵌め込んだ形では、この詩篇を提出してはいない。

その作業は読者に任せられている。読者自らが「モンタージュ」をしてみればよいというのだ。しかしこうした作業をすればたちまちに露呈すること――「舞台」はそこには「うまく収まらない」という「読み手」が抱く違和感――について論じたものは、管見の限りでは見たことがない。しかし、「舞台」は、どうも指定の場所には収まらないと感じられる。

「舞台」のアレクサンドラン詩句は、二十代はじめの詩人の書いた劇的詩篇としては驚くべき完成度を見せてはいるが、「登場人物」が現れて発語しているには違いない。それを『婚姻』の劇作術にそのまま組み込もうとしても、姫君も乳母さえも、前後の場とはうまく繋がらない。「繋ぎの場」を経た「終曲」で、「ヨハネ斬首」「皿に載せて運ばれてくる首」といった「事件」によって、姫君が変容したと考えるのは、理屈の上では可能だが、「舞台」のあの「凍て付いたような冷感症の姫君の美しさ」に接続するにはひじょうな無理がある。そもそも「舞台」は、あの形であまりにも美しく完成してしまっている。血腥い『婚姻』の登場人物になるには、登場人物の側での〈変身〉が必要だろう(ここで訳者は、むしろ演出家として頭を抱えている)。

「聖ヨハネ頌歌」の〈飛ぶ生首〉が、「予兆」であり、声が聞こえた時にはまだ起きていなかったのだとすれば、時間軸で言えば「未来」から現在へと逆行する運動に他ならない。そうだとすれば、「序曲」のあとに嵌め込まれる「舞台」は、「序曲」と同じ時間軸にあるのではない。すでに起きてしまったこと、「舞台」という「過去の事件」が――「ヨハネ頌歌」が未来から垂直に現在時の空間へと突き刺さって来たように――、「過去」から逆行して、垂直に『婚姻』の時間に突き刺さるのではないか。「舞台」を、通常の時間の線構造――とそれに従う空間――として捉えるのでは見えないが、〈通常の時間の流れ〉に垂直に交わる〈未来〉と〈過去〉の力線を想定すれば、「聖史劇」『婚姻』の構造は解けるのではないか。

こういう説を唱えた研究者や批評家は、さし当たりはいない。だが、マラルメは、白塗りパントマイム『女房殺しのピエロ』について、あれだけのことを書いた〈詩人＝演出家〉である。訳者の妄想だとは言い切れないように思うのだが……。

七　「わたしが言う、一輪の花！と。すると……」

この解題の冒頭に、あまりにも有名な「詩の危機」の一節をエピグラフとして引いた。「書物を演出する詩人」という局面にのみ拘っていると誤解されないためである。だが、マラルメの生涯と詩作の上で、あらゆるマラルメ論が言及する一八六〇年代の危機についていて、「神殺し」「虚無の発見」「〈絶対の作品〉の啓示」、「輝かしい虚偽」としての詩作等々に触れずにすますわけにはいくまい。この時期は、書簡が幸い数多く残されていることもあって、極端に言えば、日ごと・夜ごと、詩人マラルメの精神と身体を横切る苦悩と危機を追うことができる。その間に、「エロディアード――舞台」と「古代英雄詩風幕間劇」としての「半獣神」が書かれ、特に「エロディアード」は、詩人の詩句の創造においても、対話体詩篇という詩形とその「効果」においても、神経と想像力と知的計算との恐るべき強度を要求するものであった。コメディ＝フランセーズの不採用という結果を受けて始まるのは、「舞台」の書き直し以上に、その「序曲」となるべき「乳母の独り語り」との格闘であり、それが詩人を「不能力」の深淵へと突き落としていった。その深淵からの脱出の努力の寓意的記録が、「読者の知性に演出を」任せた形而上的小話『イジチュール』、“*similia similibus*”（毒ヲ以テ毒ヲ制ス）の捨て身の実験なのであった。

六〇年代の危機を追体験するかのように、八〇年代の「詩法の詩」である「ソネ群」と、言説生産という観点からはより重要な「批評的散文」が書かれる。詩人はそれらの散文のあるものを「散文詩」と呼ぶだけではなく、「批評詩」という新しい〈言語態〉として作業の中心に据えた。最終的には、散文集『ディヴァガシオン』（一八九七年一月刊）に総合的に編成されるテクスト群は、先立って豪華版散文集『パージュ』（一八九一年）に再編集され、さらにマラルメとしては異例の普及版である『詩と散文』（奥付は一八九三年、実際には前年末刊）の「散文」の項で、きわめて重要な再構成の〈コラージュ〉が行われ、「ディヴァガシオン（一）――詩句に関して」「ディヴァガシオン（二）――祭式」と名付けられた。

「ディヴァガシオン（一）」は、フランスの詩壇が通過しつつある「詩句の危機」、つまりアレクサンドランを代表とする「定型韻文」が「自由詩」に取って代わられようとしている危機的状況を枕に、言語における二分法である「韻文」と「散文」の存在論的な差異を強調する。後者（散文）が、人の手から手へと受け渡すことで機能を果たす〈通貨〉にたとえられる――「群衆が扱うように、容易かつ再現＝代行的な通貨の機能」であるのとは反対に、前者（韻文）は、「純粋の観念」の「放射」とされる。それに続いて発せられるのが、先に掲げた名高い命題である――

「わたしが言う、一輪の花！　と。すると、声が消えればその輪郭も消える忘却の外で、具体的な花々とは違う何かが、音楽として立ち昇る、観念そのものにして甘美な、あらゆる花束には不在の花が。」

（ここで「観念そのものにして甘美な」と訳したのは、“idée même et suave”であり、マラルメが愛用した『リトレ辞典』には、“suave”は英語の“sweet”の縁語という指摘があることから、「甘美な」という訳語を当てた。「観念」という抽象的な語彙に、肉感的な形容詞が付け加えられている。）

この批評詩は、次の命題で終わる――

「詩句という、幾つもの単語から一つの、トータルで新しく、国語に対しては異国のものの如くであり、呪術的な作用を持つかに見える言葉を作り直すものが、この日常語の切り離しを完成させる。すなわち、有無を言わさぬ力で、語彙に残っている偶然を否定し、というのも偶然は意味と響きの双方における焼きの入れ直しの技法によっても残ってしまうものだが、こうすることで、あなた方に、このような言い回しの、ごくありふれた断片にもせよ、ついぞ聞いたことがなかった、という驚きを与えるし、それと同時に、その名で呼ばれた対象の記憶による再現が、新鮮な雰囲気の中に浸っている。」

二十代の「神殺し」という決定的な選択にもかかわらず、「自然の美しさ」にはつねに感動と昂揚を覚えていた詩人マラルメ。『イジチュール』の〈夜〉に、全ての感覚的与件を抹殺して、ひたすら「絶対」と対峙しようとした詩人は、彼の存在論的〈夜〉を、〈インク壺〉の中に閉じ込めることによって、“ptyx”の現象するもう一つの姿である〈白紙〉の上に、「極北の七重奏」を煌めかせることに成功したのである。

参考文献

一、本書巻頭の「底本について」（三頁）に挙げた文献は、ドマン版『詩集』、その「貼付帖《マケット》」、ＮＲＦ《エヌ・エル・エフ》版『詩集』、ラムゼー版自筆原稿再現版を除けば、すべて校訂者の序文と詳しい語釈が付いている。いずれも参考文献として記憶されたい。

二、マラルメ研究は、十九世紀後半以降のフランス文学のなかでは、各詩篇・散文の注解から作品総体の「近代性」の分析まで、最も個別研究が多く多様である。それは今も変わらない。ベルトラン・マルシャル（パリ第四＝ソルボンヌ大学教授）校注『プレイヤード新版Ｉ』（一九九八年）を例に取れば、マルシャル自身の "Introduction"（序文）四一ページに始まり、「詩篇」「散文詩」「未完の作品」（『イジチュール』を含む）、書簡（抜粋）、手稿の「起こし」までの「本文」が一一三三ページ、「注解」「異本」が三一七ページ、それに二七ページの「書誌」が付く。この「書誌」のなかで訳者が参照した文献は夥しいが、訳文と注解の作成に直接役立った重要なものだけを、著者名のアルファベット順に挙げる。雑誌掲載論文は注解で言及するにとどめて、ここに再録はしない。

Bénichou (Paul), *Selon Mallarmé*, Gallimard, 1995

Bonnefoy (Yves), "La poétique de Mallarmé"(Préface d'*Igitur, Divagations, Un coup de dés*), coll. «Poésie», Gallimard, 1976; "La clef de la dernière cassette"(Préface de *Poésies*), coll. «Poésie», Gallimard, 1992; "L'unique et son interlocuteur"(Préface de *Correspondance complète 1862–1871*), coll. «Folio», Gallimard, 1995; "L'or du futile"(Préface de *Vers de circonstance*), coll. «Poésie», Gallimard, 1996

Cellier (Léon), *Mallarmé et la Morte qui parle*, P. U. F., 1959

Chassé (Charles), *Les Clefs de Mallarmé*, Aubier, 1954

Cohn (Robert Greer), *Toward the Poems of Mallarmé*, Berkeley, Los Angeles, University of California Press, 1965

Davies (Gardner), *Les Tombeaux de Mallarmé*, José Corti, 1950

——*Mallarmé et le drame solaire*, José Corti, 1959

——*Mallarmé et le rêve d'Hérodiade*, José Corti, 1978

Huot (Sylviane), *Le "Mythe d'Hérodiade" chez Mallarmé*, Nizet, 1977

Ishida (Hidetaka), *La Formation de la poésie de Mallarmé, des "Œuvres de jeunesse" à "Igitur"*, (Thèse de doctorat, Université de Paris X–Nanterre, 1988)

Marchal (Bertrand), *Lecture de Mallarmé*, José Corti, 1985

——*La Religion de Mallarmé*, José Corti, 1988

Mauron (Charles), *Introduction à la psychanalyse de Mallarmé*, Neuchâtel, La Baconnière, 1950

Noulet (Émilie), *Vingt poèmes de Stéphane Mallarmé*, Paris-Genève, Minard-Droz, 1972

Paxton (Norman), *The Development of Mallarmé's Prose Style*, Genève, Droz, 1958

Rancière (Jacques), *Mallarmé, La Politique de la sirène*, Hachette, 1996

Richard (Jean-Pierre), *L'Univers imaginaire de Mallarmé*, Éditions du Seuil, 1961

Robillard (Monic), *Le Désir de la vierge. Hérodiade chez Mallarmé*, Genève, Droz, 1993

Sartre (Jean-Paul), *Mallarmé, la lucidité et sa face d'ombre*, Gallimard, 1986

Scherer (Jacques), *L'Expression littéraire dans l'œuvre de Mallarmé*, Nizet, 1947

Steinmetz (Jean-Luc), *Stéphane Mallarmé: L'absolu au jour le jour*, Fayard, 1998

Valéry (Paul), *Écrits divers sur Stéphane Mallarmé*, Gallimard, 1951

Walzer (Pierre-Olivier), *Essai sur Stéphane Mallarmé*, Seghers, 1963

上記に加え、エディンバラ大学のカール・ポール・バルビエ(Carl Paul Barbier)によるる『マラルメ資料』は、きわめて貴重な文献学的調査の成果を発表していた(*Documents Stéphane Mallarmé*, t. 1-7, 1968-1980, Nizet)。『全書簡集(*Correspondance*)』は、アンリ・モンドールとジャン=ピエール・リシャールによって始められ、二巻以降はモンドールとイギリスのマラルメ学者ロイド・ジェイムズ・オースティンによって全一一巻で完結(1985, Gallimard)。以後もベルトラン・マルシャルによって改訂版が作られている(*Correspondance complète 1862-1871*, suivi de *Lettres sur la poésie 1872-1898*, Préface d'Yves Bonnefoy, coll. «Folio», Gallimard, 1995)。

以下の著作も、議論の前提として挙げておく。

Blanchot (Maurice), *L'Espace littéraire*, Gallimard, 1955
Derrida (Jacques), *La Dissémination*, Édition du Seuil, 1972
Foucault (Michel), *Les Mots et les Choses*, Gallimard, 1966
Szondi (Peter), *Poésies et poétiques de la modernité*, Presses universitaires de Lille, 1981

前掲書のうち、日本語訳の存在するものを、以下に挙げる。

イヴ・ボヌフォワ『マラルメの詩学』菅野昭正・阿部良雄訳、筑摩書房、二〇〇三年

（「マラルメの詩学」「最後の小筺の鍵」「唯一無二の人とその対信者」「軽少なるものの黄金」（以上四点は仏文書誌に記載）、他に「マラルメと音楽家」を収める）
ジャック・ランシエール『マラルメ　セイレーンの政治学』坂巻康司・森本淳生訳、水声社、二〇一四年
ジャン＝ピエール・リシャール『マラルメの想像的宇宙』田中成和訳、水声社、二〇〇四年
ジャン＝ポール・サルトル『マラルメ論』渡辺守章・平井啓之訳、筑摩書房、一九九九年
ジャン＝リュック・ステンメッツ『マラルメ伝――絶対と日々』柏倉康夫・永倉千夏子・宮嵜克裕訳、筑摩書房、二〇〇四年
モーリス・ブランショ『文学空間』粟津則雄・出口裕弘訳、現代思潮社、一九六二年
ミシェル・フーコー『言葉と物』渡辺一民・佐々木明訳、新潮社、一九七四年
ジャック・デリダ『散種』藤本一勇・立花史・郷原佳以訳、法政大学出版局、二〇一三年

マラルメ研究について日本は、故鈴木信太郎先生以来の、「伝統」を誇ることができる。近年の研究は、一九六〇年代後半以降――鈴木先生の岩波文庫版『詩集』刊行以後――に外国文学研究に起きた大きな地殻変動の影響もあり（「あとがき」参照）、後期の

「批評詩」を対象とする論文が多いが、ここには『詩集』を論じたものに焦点を絞り、日本語で書かれた単行本の幾点かを挙げる。

鈴木信太郎『『ステファヌ・マラルメ詩集』考』、『鈴木信太郎全集Ⅳ』大修館書店、一九七三年
渡辺守章『ポール・クローデル――劇的想像力の世界』中央公論社、一九七五年（第五章「マラルメの夜」）
菅野昭正『ステファヌ・マラルメ』中央公論社、一九八五年
立仙順朗『マラルメ――書物と山高帽』水声社、二〇〇五年
柏倉康夫『生成するマラルメ』青土社、二〇〇五年
永倉千夏子『〈彼女〉という場所――もうひとつのマラルメ伝』水声社、二〇一二年
原大地『マラルメ――不在の懐胎』慶応大学出版会、二〇一四年

全五巻に及ぶ「ステファヌ・マラルメ全集」を、フランス以外で出した国は日本しかない。国際的にも筑摩書房版の『マラルメ全集』は誇るに足る実績である。編集委員として、松室三郎、菅野昭正、清水徹、阿部良雄の諸氏の末席を汚していた者としては、このうちのお二人が、すでに鬼籍に入られていることは感慨に堪えない。「マラルメ読

み」の難しさを痛感させられたことも、幾度繰り返しても足りないだろう。その第一回配本(一九八九年)は、第Ⅱ巻『ディヴァガシオン他』であり、マラルメが「批評詩」と呼んだ後期の散文の、この時点で可能な限り厳密な批評校訂版となっていた。第Ⅲ巻(一九九八年)に、それまでマラルメ研究の表舞台には出てこなかった『最新流行』の主要なテクストや、『英単語』『古代の神々』等の啓蒙書の翻訳・註解を載せ、「絶対の書物」についてのメモの解読を加えたのも画期的であった。第Ⅳ・Ⅴ巻(一九九一・二〇〇一年)の『書簡集(抜粋)』を出した後、二〇一〇年五月に『詩集』『イジチュール』『賽の一振り』等を収めた第Ⅰ巻がようやく出たが、その遅れは、編集委員の二人までが亡くなり、当初の担当を大幅に変更せざるをえなかったことと同時に、一九九八年のマラルメ没後百年を期してマルシャルによって全面的に読み直されたテクスト群、なかでも『イジチュール』の草稿からの新たな読み起こしが、従来の読みをほとんど根底から突き崩したという事情もあった。

あとがき

故鈴木信太郎先生による個人訳『マラルメ詩集』が岩波文庫として刊行されたのは、一九六三年、今から半世紀前のことであった。東京大学仏文人学院の鈴木信太郎ゼミには、ご退官直前の一九五五年度に、私も一年間参加した。最初のフランス留学の前年のことであり、本書を鈴木信太郎先生に捧げる謂れである。

鈴木先生の個人訳が出た一九六三年は、私にとって、東京大学教養学部フランス科の助手に採用された年であると同時に、故観世寿夫が中心となって催した「世阿弥生誕六百年祭」に参加した年でもあった。昨年はその世阿弥の生誕六百五十周年であり、観世宗家清河寿師と幾つかの記念行事を行う機会を得たが、そこにこの個人訳『マラルメ詩集』が重なるという偶然は、筑摩書房の『マラルメ全集』がその第I巻の刊行（二〇一〇年）によって完結した時点では、予想もつかないことであった。

この偶然の最も大きなきっかけは、私が所長を務めていた京都造形芸術人学舞台芸術研究センターの企画として、同僚となった浅田彰氏の発案になる「マラルメ・プロジェクト」であった。筑摩版『全集』の完結を記念し、作曲家の坂本龍一氏とマルチメディア映像作家の高谷史郎氏と組んで、マラルメにふさわしい「舞台実験」をしてみようという企画である。一年目は、詩人の松浦寿輝氏の朗読に加え、「エロディアード――舞台」ならびに「半獣神の午後」の「朗読パフォーマンス」を私の日本語とフランス語により行った。しかし、これだけのメンバーで共同作業をするのだし、並行してデュラス『アガタ』(光文社古典新訳文庫、二〇一〇年)のダンス・ヴァージョンを白井剛君と寺田みさこさんとともにKyoto Experimentのために作りつつあったのだから、バレエにあれだけこだわったマラルメへの「オマージュ」として――ニジンスキーの『牧神の午後』初演百周年には間に合わなかったが――、音楽と映像とダンスの加わる、文字通り「マルチメディアの舞台」を、『イジチュール』(新版)や「エロディアード――古序曲」「“-yx”のソネ」に、「エロディアード――舞台」「半獣神の午後」もあしらって、作ってみることにした。その欲張った企画の受け取られ方がひじょうにポジティヴだったから、さらに「テクスト部分」の選別をし、ダンスと音楽を増やして、三回目の決定版を作り上げた(そのテクストは、かつて一九八八年に、パリでマラルメの詩について博士論文を書いた石田英敬氏の劇評「マラルメ・プロジェクト讃」とともに、京都造形芸術大学舞台芸術研究センターの機関誌『舞台芸術』一七号に掲載してある)。「古序曲」冒頭の

“Abolie”のテーマで踊る寺田さんも、「半獣神独白」で「劇中劇」を踊った白井君も、素敵であった。

マラルメの韻文の翻訳は、漢和辞典でも引かなければ分からないような難解なもので、声に出して読むなど冒瀆に近いと考えられていたこともかつてはあったが、原典は詩篇として充分に声に出して読める。この「ローマ街の巨匠」白身が、自宅で催していた「火曜会」で参加者に読んで聞かせていただろうし、「半獣神の午後」に至っては、晩年に、詩人自らが劇場で朗読しようという企画さえあった。訳者＝台本作者・演出家・朗読者としては、そのような活きた言語態であったことを実証する企ても必要ではないかと考えたのである。「解釈(interprétation)」は、同時に「演奏(interprétation)」でもありたいと。

このことは、研究論文としてならいくらでも強調できるが、現実のパフォーマンスとして行う——聞かせ、見せる——のは、また別の話である。教師として大学院でマラルメを読んでいた時も、私は詩篇のみならずその「批評詩」さえ、声に出して意味を検証する〈実践〉を院生とともにつねにしてきて、東京大学退官の際の最終講義でも「エロディアード——舞台」を日本語とフランス語で朗読するパフォーマンスを、あえて行った。日本のマラルメ学の伝統からすれば暴挙に映るかもしれないが、一九七五年に、クローデルについての博士学位論文を書き終えるのと相前後して、その「芝居鉛筆書き」の注解から本腰を入れてマラルメ研究に携わった者としては、こうした〈詩句のパフォーマンス〉が「ローマ街の師」の意思に反するものとは思えなかったのである。

もっともそれと、ドマン版『詩集』の個人訳を行うのは、全く別のレヴェルである。筑摩版『全集』を共同で編集する機会を得たのに続いた、京都芸術劇場春秋座における経験がなければ、そこまでの覚悟はできなかっただろう。ともあれここでは、一九五〇年代の学生にとって、〈マラルメ〉の名で立ちはだかっていたものがなんであり、それが以後半世紀の間にどのように変わったのか、個人的な「系譜学」を一通り記述しておかねばなるまい。

当時の「マラルメ学」とは、一方で、「正統な弟子」ポール・ヴァレリーの伝えるマラルメ像を規範に、マラルメを信奉しその足跡を追い続けた医師アンリ・モンドールの『マラルメの生涯』(一九四一年)や『マラルメ、図像的資料』(一九四七年)、あるいは『半獣神の物語』(一九四八年)といった、詩人の実人生と詩作とを並行して論じる〈実証的研究〉であり、それを文献学的解釈学に収斂させたエミリー・ヌーレの『ステファヌ・マラルメの詩作品』(一九四〇年)や、ガードナー・デイヴィスの『マラルメの〈墓〉』(一九五〇年)であり、シャルル・シャッセの『マラルメの鍵』(一九五四年)が最新情報であった。

他方で、モーリス・ブランショの『文学空間』(一九五五年)等に執拗に繰り返される、「文学の根拠への問い」の収蔵庫としてのマラルメがあった。そこに引かれる主要なテクストが、難解を極める未完の哲学的小話『イジチュール』だったことから、以後四半世紀ほどの間に、日本の仏文系の若い教師や学生で『イジチュール』の読書会に参加したことがない者はいないのではないかと思われる情景まで現出した。六〇年代の「構造主義革命」の時期に差し掛かると、その「四天王」と呼ばれたロラン・バルトのいささか軽薄なマラルメ引用から、精神分析学のジャック・ラカンによるマラルメ散文の「模倣所作」、文化人類学のレヴィ＝ストロースの秘かな関心、そして哲学者のミシェル・フーコーの引く「近代性の芸術」のモデルとしてのマラルメまで、ソルボンヌ型の「実証主義的研究」がそっぽを向いている間に、マラルメの〈神格化〉は確実に進んだ。それが、歴史主義的実証研究の砦にも及ぶのは、ジャン＝ピエール・リシャールがパリ大学に提出した博士論文“*L'Univers imaginaire de Mallarmé*”(「マラルメの想像的宇宙」)とその副論文“*Pour un Tombeau d'Anatole*”(「アナトールの墓のために」)の草稿研究(一九六一年)であり、現在から見ればこの論文は、方法論的視座よりも、制度的な起爆剤としての意味のほうが大きかったようにも思える。六〇年代末には、フィリップ・ソレルスとジュリア・クリステヴァが、「グラマトロジー」の哲学者ジャック・デリダを担いで、彼らの雑誌『テル・ケル』を〈マラルメ信仰〉の一角とすることに成功した。少なくともデリダの『散種』(一九七二年)所収の「二重のセアンス」は、マラルメの後期散文――マラルメが「批評詩」と読んだテクスト群――を配慮の対象とせずに「現代思想」は語れないという風潮を作ることに貢献した。しかし、その時に引用されるのが、校訂に問題のある当時の〈プレイヤード叢書〉の『マラルメ全集』(アンリ・モンドール／G・ジャン＝オーブリ校注、ガリマール、一九四五年)であったから、この落差はいずれ、テクスト校訂の側から乗り越えられねばならないと思う人は少なくなかった。

一九七〇年代半ばからは、すでに何度も触れたように、旧モンドール文庫がパリ大学付属ジャック・ドゥーセ文学図書館に入り、ドマン版『詩集』、『漆塗りの抽斗』(散文集『パージュ』の原題)、『詩と散文』の「貼付帖《マケット》」の存在と役割が明らかになった。併せて多くの未定稿や手稿が閲覧可能になったから――その最後の事件は、個人蔵であった『イジチュール』手稿のドゥーセ入りで、これはかなり遅れた――これらの「未公開」であった資料を駆使して博士論文が出るべき状況になった。個人的な幸運としては、一九七三年五月、パリに短期滞在した折に訪れたジャック・ドゥーセ文学図書館で、旧知の司書のフランソワ・シャポン氏が、「まだ公開はしていないが、整理が終わったから、見ますか」と言って、その「モンドール文庫」に入っていた三冊の「貼付帖」を見せてくれた時の驚きと興奮は、今もって忘れられない。その時はマラルメのテクストを持ち歩いていなかったから、「秋に来る予定があるから、その時にじっくり調査させてください」と言って別れ、十月に数週間パリに滞在した折に、『漆塗りの抽斗』『詩と散文』、そしてドマン版『詩集』の「貼付帖」を調べたのである。一次資料に出会う興奮は、五六年の最初のパリ留学の折に、詩人の長男ピエール・クローデル氏の好意で、当時まだ整理中であった「クローデル・アーカイヴ」を、その中に入って調べることができたあの体験に通じる。マラルメの場合、テクスト校訂が金科玉条のように説かれてはいたが、多くは雑誌掲載時点での異本の調査にとどまり、詩人自身が『書物』を作る際の「コラージュ」としか呼びようのない「操作《オペラシオン》」について語られたものはなかった。その発見は私にとって、文字通りの「コペルニクス的転回」であり、その機会を与えてくれたフランソワ・シャポン氏には、いくら感謝しても感謝しすぎることはない。逆説的ではあるが、この滞在中に、サン＝ペール街の古書専門店として信用のあるマルク・ロリエの店で、たまたま出物《でもの》のあったドマン版『詩集』一五〇部限定の六〇番（エドモン・ドマン署名入り）を買ったのも、この衝撃の効果であった。

これら新たに公開された資料によって、ベルトラン・マルシャルの二論文 *Lecture de Mallarmé*（『マラルメ読解』一九八五年）と *La Religion de Mallarmé*（『マラルメの宗教』一九八八年)は可能になり、カール・ポール・バルビエによる『マラルメ資料』の刊行も、相前後してマラルメ研究の新しい地平を拓いていった。詩人の没後百年に当たる一九九八年には、オルセー美術館で特別展が開催され、当時勤務していた放送大学で、マラルメに詳しい柏倉康夫氏と「特別番組」を作って、展示の一部も番組のために収録させてもらった。しかし「百年祭」の最大の事件は、いうまでもなくガリマール社刊の〈プレイヤード叢書〉『マラルメ全集』が、久しく待たれていたマルシャル校訂版に変わったことであり、以後のマラルメ・テクストは、ほとんど全てがこの新校訂版によることとなったのだ。

ここでいささか蛇足めくが、二つのことを付け加えておく。一つは、七〇年代以降の複写技術の進歩であり、この情報技術の変革のおかげで、従来は図書館にこもらねば読むことのできなかった雑誌類の復刻版が出回ったことである(その口火を切ったのは、『ワーグナー評論』誌のそれであった)。コピー技術も発達し、以前ならば図書館に通って筆写しなければならなかった資料が、当初はかなり粗悪であったとはいえ、コピーとして手に届くようになった。この情報革命からは私自身、大学院でマラルメを読んでいて、たとえば川瀬武夫氏のように、そのような情報を捉えるのが早い参加者に、どれほど恩恵を受けているか分からない。川瀬氏には本書についても、「年譜」のみならず、訳稿・注解の「読み手」として、大変お世話になった。ここに深い感謝の意を示したい。彼に限らず、あの頃、一九七〇年代から八〇年代には、きわめて優秀な学生が、他大学から聴講に来た人々も含めて、東京大学仏文大学院にはいて、その一人一人の名は挙げないが、教師として大いに刺激を受け、今回の仕事でもさまざまな局面で助けてくれた旧知は多い。

第二は、従来のマラルメ研究が、理由はともかく、フランス以外の学者によって担われていたことであり、特にアングロ・サクソン系のマラルメ学者は跡を絶たなかった。最初にパリ大学に留学した一九五六年の時点で、ソルボンヌ（パリ大学文学部）でマラルメについて論文を書いたのは、私を指導してくださったジャック・シェレール教授一人であり、モンドールが〈絶対の書物〉の「メモ」の解読をシェレール教授に依頼したのも、理由のあることだった。マラルメの韻文も散文も――特に「批評詩」と詩人が呼ぶ後期散文は――通常のフランス語読解能力では歯が立たないことは事実だが、いくらマラルメが高等中学校の英語教師であったからといって、またプルーストがどこかで書いたように「文学の言語は母国語に対して外国語のようなもの」だとしても、英語圏の研究者のほうがマラルメが理解できるというのは、同じ外国人研究者として訝しいことであった。本書の作成に当たって、マルシャルのようなマラルメの専門家を除けば、最も多くを負っているのが、マラルメ学者ではないポール・ベニシューの*Selon Mallarmé*(『マラルメに沿って』一九九五年)であったのは、そうした素朴ではあるが実は多くの問題を孕んでいる疑問に基づいている。フランス詩の歴史と技法に詳しいベニシューは、フランス語文法とフランス語韻文に対して詩人によってなされた「侵犯」に意識的であり、それはフランス人ではない研究者=翻訳者に多くを教えてくれるものだった。

初めに、鈴木信太郎先生の個人訳『マラルメ詩集』が岩波文庫に入ったのは、世阿弥生誕六百年祭の年だったと書いた。それから半世紀。私自身がすでに傘寿を越えている。後期の散文、つまり「批評詩」からマラルメに入っていった者としては、「批評詩」に対する関心が近年の若いマラルメ学者に広く共有されてきたことは喜ばしく思う。だが、マラルメの「韻文」を読まずに、あるいは読めずに、散文だけで勝負をしようというのは、いささか短絡している。そうした思いからも、この個人訳に臨んだのである。その結果がいつまで命脈を保つかは分からないが、クローデルが中国から、いみじくも「日本の水墨画」を喩えに、師に書き送った一文をもじるならば、「ページの余白に、奪格独立句(ablatif absolu)と挿入句の、宙に浮かぶ均衡によって、ただ主節の不在によってのみ存在しているが如き、〔……〕物の姿がただ余白によってのみ描かれている」かの如き、「批評詩」の〈言語態〉を捉え返す上でも、韻文読解の訓練が不可欠であることを、今回の作業を通じて改めて痛感させられたのである。

最後になるが、クローデル『繻子の靴』(上下)、ジュネ『女中たち　バルコン』、ラシーヌ『ブリタニキュス　ベレニス』に続いて、さらに厄介な――と言う程度ではとても済まない――この個人訳『マラルメ詩集』を企画・立案し、実現してくださった岩波文庫編集部の清水愛理氏には、お礼の言葉もない。

二〇一四年六月　夏至

マラルメ詩集《ししゅう》

2014年11月14日　第1刷発行
2024年4月15日　第10刷発行

訳　者　渡辺守章《わたなべもりあき》

発行者　坂本政謙

発行所　株式会社　岩波書店
〒101-8002 東京都千代田区一ツ橋 2-5-5

案内 03-5210-4000　営業部 03-5210-4111
文庫編集部 03-5210-4051
https://www.iwanami.co.jp/

印刷・三秀舎　カバー・精興社　製本・牧製本

ISBN 978-4-00-375086-5　Printed in Japan

読書子に寄す

——岩波文庫発刊に際して——

岩波茂雄

真理は万人によって求められることを自ら欲し、芸術は万人によって愛されることを自ら望む。かつては民を愚昧ならしめるために学芸が最も狭き堂宇に閉鎖されたことがあった。今や知識と美とを特権階級の独占より奪い返すことはつねに進取的なる民衆の切実なる要求である。岩波文庫はこの要求に応じそれに励まされて生まれた。それは生命ある不朽の書を少数者の書斎と研究室とより解放して街頭にくまなく立たしめ民衆に伍せしめるであろう。近時大量生産予約出版の流行を見る。その広告宣伝の狂態はしばらくおくも、後代にのこすと誇称する全集がその編集に万全の用意をなしたるか。千古の典籍の翻訳企図に敬虔の態度を欠かざりしか。さらに分売を許さず読者を繋縛して数十冊を強うるがごとき、はたしてその揚言する学芸解放のゆえんなりや。吾人は天下の名士の声に和してこれを推挙するに躊躇するものである。このときにあたって、岩波書店は自己の責務のいよいよ重大なるを思い、従来の方針の徹底を期するため、すでに十数年以前より志して来た計画を慎重審議この際断然実行することにした。吾人は範をかのレクラム文庫にとり、古今東西にわたって文芸・哲学・社会科学・自然科学等種類のいかんを問わず、いやしくも万人の必読すべき真に古典的価値ある書をきわめて簡易なる形式において逐次刊行し、あらゆる人間に須要なる生活向上の資料、生活批判の原理を提供せんと欲する。この文庫は予約出版の方法を排したるがゆえに、読者は自己の欲する時に自己の欲する書物を各個に自由に選択することができる。携帯に便にして価格の低きを最主とするがゆえに、外観を顧みざるも内容に至っては厳選最も力を尽くし、従来の岩波出版物の特色をますます発揮せしめようとする。この計画たるや世間の一時の投機的なるものと異なり、永遠の事業として吾人は微力を傾倒し、あらゆる犠牲を忍んで今後永久に継続発展せしめ、もって文庫の使命を遺憾なく果たさしめることを期する。芸術を愛し知識を求むる士の自ら進んでこの挙に参加し、希望と忠言とを寄せられることは吾人の熱望するところである。その性質上経済的には最も困難多きこの事業にあえて当たらんとする吾人の志を諒として、その達成のため世の読書子とのうるわしき共同を期待する。

昭和二年七月

《ドイツ文学》〔赤〕

ニーベルンゲンの歌 全二冊 相良守峯訳
若きウェルテルの悩み ゲーテ 竹山道雄訳
ヴィルヘルム・マイスターの修業時代 全三冊 ゲーテ 山崎章甫訳
イタリア紀行 全三冊 ゲーテ 相良守峯訳
ファウスト 全二冊 ゲーテ 相良守峯訳
ゲーテとの対話 全三冊 エッカーマン 山下肇訳
スペインの太子 ドン・カルロス シルレル 佐藤通次訳
ヒュペーリオン —希臘の世捨人 ヘルデルリーン 渡辺格司訳
青い花 ノヴァーリス 青山隆夫訳
夜の讃歌・サイスの弟子たち 他一篇 ノヴァーリス 今泉文子訳
完訳 グリム童話集 全五冊 金田鬼一訳
黄金の壺 ホフマン 神品芳夫訳
ホフマン短篇集 池内紀編訳
影をなくした男 シャミッソー 池内紀訳
流刑の神々・精霊物語 ハイネ 小沢俊夫訳
ブリギッタ・森の泉 他一篇 シュティフター 宇多五郎 高安国世訳

みずうみ 他四篇 シュトルム 関泰祐訳
村のロメオとユリア ケラー 草間平作訳
沈鐘 ハウプトマン 阿部六郎訳
地霊・パンドラの箱 ルル二部作 F・ヴェデキント 岩淵達治訳
春のめざめ F・ヴェデキント 酒寄進一訳
花・死人に口なし 他七篇 シュニッツラー 番匠谷英一 山本有三訳
ゲオルゲ詩集 手塚富雄訳
リルケ詩集 高安国世訳
ドゥイノの悲歌 リルケ 手塚富雄訳
ブッデンブローク家の人びと 全三冊 トーマス・マン 望月市恵訳
トオマス・マン短篇集 実吉捷郎訳
魔の山 全二冊 トーマス・マン 関泰祐 望月市恵訳
トニオ・クレエゲル トオマス・マン 実吉捷郎訳
ヴェニスに死す トオマス・マン 実吉捷郎訳
講演集 ドイツとドイツ人 他五篇 トーマス・マン 青木順三訳
講演集 リヒァルト・ヴァーグナーの苦悩と偉大 他一篇 トーマス・マン 青木順三訳
車輪の下 ヘルマン・ヘッセ 実吉捷郎訳

デミアン ヘルマン・ヘッセ 実吉捷郎訳
シッダルタ ヘッセ 手塚富雄訳
ルーマニア日記 カロッサ 高橋健二訳
幼年時代 カロッサ 斎藤栄治訳
ジョゼフ・フーシェ —ある政治的人間の肖像 シュテファン・ツワイク 高橋禎二 秋山英夫訳
変身・断食芸人 カフカ 山下肇 山下萬里訳
審判 カフカ 辻瑆訳
カフカ短篇集 池内紀編訳
カフカ寓話集 池内紀編訳
ドイツ炉辺ばなし集 —カレンダーゲシヒテン ヘーベル 木下康光編訳
ウィーン世紀末文学選 池内紀編訳
チャンドス卿の手紙 他一篇 ホフマンスタール 檜山哲彦訳
ホフマンスタール詩集 川村二郎訳
ドイツ名詩選 生野幸吉 檜山哲彦編
聖なる酔っぱらいの伝説 他四篇 ヨーゼフ・ロート 池内紀訳
暴力批判論 他十篇 —ベンヤミンの仕事1 ベンヤミン 野村修編訳
ボードレール 他五篇 —ベンヤミンの仕事2 ベンヤミン 野村修編訳

パサージュ論 全五冊　ヴァルター・ベンヤミン　今村仁司・三島憲一・大貫敦子・高橋順一・塚原史・細見和之・村岡晋一・山本尤・横張誠・與謝野文子・吉村和明訳
ジャクリーヌと日本人　ヤーコプ　相良守峯訳
ヴォイツェク ダントンの死 レンツ　ビューヒナー　岩淵達治訳
人生処方詩集　エーリヒ・ケストナー　小松太郎訳
終戦日記一九四五　エーリヒ・ケストナー　酒寄進一訳
第七の十字架 全二冊　アンナ・ゼーガース　山下肇・新村浩訳

《フランス文学》〔赤〕

ラブレー第一之書 ガルガンチュワ物語　渡辺一夫訳
ラブレー第二之書 パンタグリュエル物語　渡辺一夫訳
ラブレー第三之書 パンタグリュエル物語　渡辺一夫訳
ラブレー第四之書 パンタグリュエル物語　渡辺一夫訳
ラブレー第五之書 パンタグリュエル物語　渡辺一夫訳
ピエール・パトラン先生　渡辺一夫訳
エセー 全六冊　モンテーニュ　原二郎訳
ラ・ロシュフコー箴言集　二宮フサ訳
ブリタニキュス ベレニス　ラシーヌ　渡辺守章訳
ドン・ジュアン —石像の宴　モリエール　鈴木力衛訳
いやいやながら医者にされ　モリエール　鈴木力衛訳
守銭奴　モリエール　鈴木力衛訳
完訳 ペロー童話集　新倉朗子訳
ラ・フォンテーヌ 寓話 全二冊　ラ・フォンテーヌ　今野一雄訳
カンディード 他五篇　ヴォルテール　植田祐次訳
ルイ十四世の世紀 全四冊　ヴォルテール　丸山熊雄訳

美味礼讃 全二冊　ブリア-サヴァラン　関根秀雄・戸部松実訳
近代人の自由と古代人の自由・征服の精神と簒奪 他一篇　コンスタン　堤林剣・堤林恵訳
恋愛論 全二冊　スタンダール　杉本圭子訳
赤と黒 全二冊　スタンダール　桑原武夫・生島遼一訳
ゴプセック・毬打つ猫の店　バルザック　芳川泰久訳
艶笑滑稽譚 全三冊　バルザック　石井晴一訳
レ・ミゼラブル 全四冊　ユーゴー　豊島与志雄訳
ライン河幻想紀行　ユーゴー　榊原晃三編訳
ノートル＝ダム・ド・パリ 全二冊　ユーゴー　辻昶・松下和則訳
モンテ・クリスト伯 全七冊　アレクサンドル・デュマ　山内義雄訳
三銃士 全二冊　デュマ　生島遼一訳
カルメン　メリメ　杉捷夫訳
愛の妖精（プチット・ファデット）　ジョルジュ・サンド　宮崎嶺雄訳
ボオドレール 悪の華　鈴木信太郎訳
感情教育 全二冊　フローベール　生島遼一訳
紋切型辞典　フローベール　小倉孝誠訳
サラムボー 全二冊　フローベール　中條屋進訳

未来のイヴ 全二冊　ヴィリエ・ド・リラダン　渡辺一夫訳
風車小屋だより　ドーデー　桜田佐訳
サフォ パリ風俗　ドーデー　朝倉季雄訳
プチ・ショーズ —ある少年の物語　ドーデー　原千代海訳
少年少女　アナトール・フランス　三好達治訳
テレーズ・ラカン 全二冊　エミール・ゾラ　小林正訳
ジェルミナール 全三冊　エミール・ゾラ　安士正夫訳
獣人 全二冊　エミール・ゾラ　川口篤訳
氷島の漁夫　ピエール・ロチ　吉氷清訳
マラルメ詩集　渡辺守章訳
脂肪のかたまり　モーパッサン　高山鉄男訳
メゾンテリエ 他三篇　モーパッサン　河盛好蔵訳
モーパッサン短篇選　高山鉄男編訳
わたしたちの心　モーパッサン　笠間直穂子訳
地獄の季節　ランボオ　小林秀雄訳
対訳ランボー詩集 —フランス詩人選(1)　中地義和編
にんじん　ルナアル　岸田国士訳

ジャン・クリストフ 全四冊　ロマン・ローラン　豊島与志雄訳
ベートーヴェンの生涯　ロマン・ロラン　片山敏彦訳
ミレー　ロマン・ロラン　蛯原徳夫訳
フランシス・ジャム詩集　手塚伸一訳
三人の乙女たち　フランシス・ジャム　手塚伸一訳
狭き門　アンドレ・ジイド　川口篤訳
法王庁の抜け穴　アンドレ・ジイド　石川淳訳
モンテーニュ論　アンドレ・ジイド　渡辺一夫訳
ムッシュー・テスト　ポール・ヴァレリー　清水徹訳
精神の危機 他十五篇　ポール・ヴァレリー　恒川邦夫訳
ドガ ダンス デッサン　ポール・ヴァレリー　塚本昌則訳
シラノ・ド・ベルジュラック　ロスタン　辰野隆・鈴木信太郎訳
地底旅行　ジュール・ヴェルヌ　朝比奈弘治訳
八十日間世界一周　ジュール・ヴェルヌ　鈴木啓二訳
海底二万里 全二冊　ジュール・ヴェルヌ　朝比奈美知子訳
死霊の恋・ポンペイ夜話 他三篇　ゴーチエ　田辺貞之助訳
火の娘たち　ネルヴァル　野崎歓訳

パリの夜 —革命下の民衆　レチフ・ド・ラ・ブルトンヌ　植田祐次編訳
シェリ　コレット　工藤庸子訳
シェリの最後　コレット　工藤庸子訳
生きている過去　レニエ　窪田般彌訳
ノディエ幻想短篇集　篠田知和基編訳
フランス短篇傑作選　山田稔編訳
シュルレアリスム宣言・溶ける魚　アンドレ・ブルトン　巖谷國士訳
ナジャ　アンドレ・ブルトン　巖谷國士訳
ジュスチーヌまたは美徳の不幸　サド　植田祐次訳
とどめの一撃　ユルスナール　岩崎力訳
フランス名詩選　安藤元雄・入沢康夫・渋沢孝輔編
繻子の靴 全二冊　ポール・クローデル　渡辺守章訳
A・O・バルナブース全集 全二冊　ヴァレリー・ラルボー　岩崎力訳
心変わり　ミシェル・ビュトール　清水徹訳
悪魔祓い　ル・クレジオ　高山鉄男訳
失われた時を求めて 全十四冊　プルースト　吉川一義訳
シルトの岸辺　ジュリアン・グラック　安藤元雄訳

星の王子さま　サン＝テグジュペリ　内藤濯訳

プレヴェール詩集　小笠原豊樹訳

ペスト　カミュ　三野博司訳

サラゴサ手稿 全三冊　ヤン・ポトツキ　畑浩一郎訳

《別冊》

増補 フランス文学案内　渡辺一夫　鈴木力衛

増補 ドイツ文学案内　手塚富雄　神品芳夫

ことばの花束 —岩波文庫の名句365　岩波文庫編集部編

ことばの贈物 —岩波文庫の名句365　岩波文庫編集部編

愛のことば —岩波文庫から—　岩波文庫編集部編

世界文学のすすめ　大岡信　奥本大三郎　川村二郎　小池滋　沼野充義編

近代日本文学のすすめ　大岡信　加賀乙彦　菅野昭正　曾根博義　十川信介編

近代日本思想案内　鹿野政直

近代日本文学案内　十川信介

ポケットアンソロジー この愛のゆくえ　中村邦生編

スペイン文学案内　佐竹謙一

一日一文 英知のことば　木田元編

声でたのしむ 美しい日本の詩　大岡信　谷川俊太郎編

《哲学・教育・宗教》〔青〕

ソクラテスの弁明・クリトン　プラトン　久保勉訳
ゴルギアス　プラトン　加来彰俊訳
饗宴　プラトン　久保勉訳
テアイテトス　プラトン　田中美知太郎訳
パイドロス　プラトン　藤沢令夫訳
メノン　プラトン　藤沢令夫訳
国家　全二冊　プラトン　藤沢令夫訳
プロタゴラス —ソフィストたち　プラトン　藤沢令夫訳
パイドン —魂の不死について　プラトン　岩田靖夫訳
アナバシス —敵中横断六〇〇〇キロ　クセノポン　松平千秋訳
アリストテレス　ニコマコス倫理学　全二冊　高田三郎訳
アリストテレス　形而上学　全二冊　出隆訳
アリストテレス　弁論術　戸塚七郎訳
アリストテレース　詩学　ホラーティウス　詩論　松本仁助・岡道男訳
物の本質について　ルクレーティウス　樋口勝彦訳
エピクロス —教説と手紙　出隆・岩崎允胤訳

生の短さについて　他二篇　セネカ　大西英文訳
怒りについて　他二篇　セネカ　兼利琢也訳
エピクテトス　人生談義　全二冊　國方栄二訳
人さまざま　テオプラストス　森進一訳
マルクス・アウレーリウス　自省録　神谷美恵子訳
老年について　キケロー　中務哲郎訳
弁論家について　全二冊　キケロー　大西英文訳
キケロー書簡集　高橋宏幸編
平和の訴え　エラスムス　箕輪三郎訳
方法序説　デカルト　谷川多佳子訳
哲学原理　デカルト　桂寿一訳
情念論　デカルト　谷川多佳子訳
パンセ　全三冊　パスカル　塩川徹也訳
スピノザ　神学・政治論　全二冊　畠中尚志訳
知性改善論　スピノザ　畠中尚志訳
スピノザ　エチカ（倫理学）　全二冊　畠中尚志訳
スピノザ　国家論　畠中尚志訳

スピノザ往復書簡集　畠中尚志訳
デカルトの哲学原理 —附 形而上学的思想　スピノザ　畠中尚志訳
スピノザ　神・人間及び人間の幸福に関する短論文　畠中尚志訳
モナドロジー　他二篇　ライプニッツ　谷川多佳子・岡部英男訳
市民の国について　全二冊　ヒューム　小松茂夫訳
自然宗教をめぐる対話　ヒューム　犬塚元訳
エミール　全三冊　ルソー　今野一雄訳
人間不平等起原論　ルソー　本田喜代治・平岡昇訳
ルソー　社会契約論　桑原武夫・前川貞次郎訳
言語起源論 —旋律と音楽的模倣について　ルソー　増田真訳
ディドロ　絵画について　佐々木健一訳
道徳形而上学原論　カント　篠田英雄訳
啓蒙とは何か　他四篇　カント　篠田英雄訳
純粋理性批判　全三冊　カント　篠田英雄訳
カント　実践理性批判　波多野精一・宮本和吉・篠田英雄訳
判断力批判　全二冊　カント　篠田英雄訳
永遠平和のために　カント　宇都宮芳明訳

プロレゴメナ　カント　篠田英雄訳
学者の使命・学者の本質　フィヒテ　宮崎洋三訳
シュライエルマッハー 独白　木場深定訳
ヘーゲル 政治論文集 全二冊　金子武蔵訳
哲学史序論 ―哲学と哲学史　ヘーゲル　武市健人訳
歴史哲学講義 全二冊　ヘーゲル　長谷川宏訳
法の哲学 ―自然法と国家学の要綱　ヘーゲル　上妻精・佐藤康邦・山田忠彰訳
学問論　シェリング　西川富雄監　藤田正勝訳
自殺について 他四篇　ショウペンハウエル　斎藤信治訳
読書について 他二篇　ショウペンハウエル　斎藤忍随訳
知性について 他四篇　ショーペンハウエル　細谷貞雄訳
不安の概念　キェルケゴール　斎藤信治訳
死に至る病　キェルケゴール　斎藤信治訳
体験と創作 全二冊　ディルタイ　柴田治三郎・小牧健夫訳
眠られぬ夜のために 全二冊　ヒルティ　草間平作・大和邦太郎訳
幸福論 全三冊　ヒルティ　草間平作・大和邦太郎訳
悲劇の誕生　ニーチェ　秋山英夫訳

ツァラトゥストラはこう言った 全二冊　ニーチェ　氷上英廣訳
道徳の系譜　ニーチェ　木場深定訳
善悪の彼岸　ニーチェ　木場深定訳
この人を見よ　ニーチェ　手塚富雄訳
プラグマティズム　W・ジェイムズ　桝田啓三郎訳
宗教的経験の諸相 全二冊　W・ジェイムズ　桝田啓三郎訳
日常生活の精神病理　フロイト　高田珠樹訳
純粋現象学及現象学的哲学考案 全二冊　フッセル　池上鎌三訳
デカルト的省察　フッサール　浜渦辰二訳
愛の断想・日々の断想　ジンメル　清水幾太郎訳
ジンメル宗教論集　深澤英隆編訳
笑い　ベルクソン　林達夫訳
道徳と宗教の二源泉　ベルクソン　平山高次訳
時間と自由　ベルクソン　中村文郎訳
ラッセル教育論　安藤貞雄訳
ラッセル幸福論　安藤貞雄訳
存在と時間 全四冊　ハイデガー　熊野純彦訳

学校と社会　デューイ　宮原誠一訳
民主主義と教育 全二冊　デューイ　松野安男訳
我と汝・対話　マルティン・ブーバー　植田重雄訳
アラン 幸福論　神谷幹夫訳
アラン 定義集　神谷幹夫訳
天才の心理学　E・クレッチュマー　内村祐之訳
英語発達小史　H・ブラッドリ　寺澤芳雄訳
日本の弓術　オイゲン・ヘリゲル述　柴田治三郎訳
ことばのロマンス ―英語の語源　ウィークリー　寺澤芳雄・出淵博訳
ヴィーコ 学問の方法　上村忠男・佐々木力訳
国家と神話 全二冊　カッシーラー　熊野純彦訳
天才・悪　ブレンターノ　篠田英雄訳
人間の頭脳活動の本質 他一篇　ディーツゲン　小松摂郎訳
プラトン入門　R・S・ブラック　内山勝利訳
反啓蒙思想 他二篇　バーリン　松本礼二編
マキアヴェッリの独創性 他三篇　バーリン　川出良枝編
ロシア・インテリゲンツィヤの誕生 他五篇　バーリン　桑野隆編

論理哲学論考　ウィトゲンシュタイン　野矢茂樹訳
自由と社会的抑圧　シモーヌ・ヴェイユ　冨原眞弓訳
根をもつこと　全二冊　シモーヌ・ヴェイユ　冨原眞弓訳
重力と恩寵　シモーヌ・ヴェイユ　冨原眞弓訳
全体性と無限　全二冊　レヴィナス　熊野純彦訳
啓蒙の弁証法　—哲学的断想　M・ホルクハイマー　T・W・アドルノ　徳永恂訳
ヘーゲルからニーチェへ　十九世紀思想における革命的断絶　全二冊　レーヴィット　三島憲一訳
統辞構造論　付『言語理論の論理構造』序論　チョムスキー　福井直樹　辻子美保子訳
統辞理論の諸相　方法論序説　チョムスキー　福井直樹　辻子美保子訳
快楽について　ロレンツォ・ヴァッラ　近藤恒一訳
古代懐疑主義入門　判断保留の十の方式　J・アナス　J・バーンズ　金山弥平訳
ニーチェ　みずからの時代と闘う者　ルドルフ・シュタイナー　高橋巖訳
フランス革命期の公教育論　コンドルセ他　阪上孝編訳
フレーベル自伝　長田新訳
旧約聖書　創世記　関根正雄訳
旧約聖書　出エジプト記　関根正雄訳
旧約聖書　ヨブ記　関根正雄訳

旧約聖書　詩篇　関根正雄訳
新約聖書　福音書　塚本虎二訳
文語訳　新約聖書　詩篇付
文語訳　旧約聖書　全四冊
キリストにならいて　トマス・ア・ケンピス　大沢章　呉茂一訳
聖アウグスティヌス　告白　全二冊　服部英次郎訳
アウグスティヌス　神の国　全五冊　服部英次郎　藤本雄三訳
新訳　キリスト者の自由・聖書への序言　マルティン・ルター　石原謙訳
キリスト教と世界宗教　シュヴァイツェル　鈴木俊郎訳
水と原生林のはざまで　シュヴァイツェル　野村実訳
コーラン　全三冊　井筒俊彦訳
エックハルト説教集　田島照久編訳
ムハンマドのことば　ハディース　小杉泰編訳
新約聖書外典　ナグ・ハマディ文書抄　荒井献　大貫隆　小林稔　筒井賢治　編訳
後期資本主義における正統化の問題　ハーバーマス　山田正行・金慧訳
シンボルの哲学　—理性、祭礼、芸術のシンボル試論　S・K・ランガー　塚本明子訳

ジャック・ラカン　精神分析の四基本概念　全二冊　ジャック＝アラン・ミレール編　小出浩之　新宮一成　鈴木國文　小川豊昭訳
精神と自然　生きた世界の認識論　グレゴリー・ベイトソン　佐藤良明訳
人間の知的能力に関する試論　全二冊　トマス・リード　戸田剛文訳
開かれた社会とその敵　全四冊　カール・ポパー　小河原誠訳

《歴史・地理》〔青〕

新訂 魏志倭人伝・後漢書倭伝・宋書倭国伝・隋書倭国伝 —中国正史日本伝1 石原道博編訳
新訂 旧唐書倭国日本伝・宋史日本伝・元史日本伝 —中国正史日本伝2 石原道博編訳
ヘロドトス 歴史 全三冊 松平千秋訳
トゥーキュディデース 戦史 全三冊 久保正彰訳
ガリア戦記 カエサル 近山金次訳
ランケ 世界史概観 —近世史の諸時代 鈴木成高・相原信作訳
ランケ自伝 林健太郎訳
歴史とは何ぞや ベルンハイム 坂口昂・小野鉄二訳
歴史における個人の役割 プレハーノフ 木原正雄訳
古代への情熱 —シュリーマン自伝 シュリーマン 村田数之亮訳
アーネスト・サトウ 一外交官の見た明治維新 全二冊 坂田精一訳
ベルツの日記 全二冊 トク・ベルツ編 菅沼竜太郎訳
武家の女性 山川菊栄
ラス・カサス インディアスの破壊についての簡潔な報告 染田秀藤訳
ラス・カサス インディアス史 全七冊 長南実訳 石原保徳編
コロンブス 全航海の報告 林屋永吉訳

戊辰物語 東京日日新聞社会部編
大森貝塚 —付 関連史料 E・S・モース 近藤義郎・佐原真編訳
ナポレオン言行録 オクターヴ・オブリ編 大塚幸男訳
中世的世界の形成 石母田正
日本の古代国家 石母田正
平家物語 他六篇 石母田正 高橋昌明編
クリオの顔 —歴史随想集 E・H・ノーマン 大窪愿二編訳
日本における近代国家の成立 E・H・ノーマン 大窪愿二訳
旧事諮問録 —江戸幕府役人の証言 全二冊 旧事諮問会編 進士慶幹校注
朝鮮・琉球航海記 —一八一六年アマースト使節団とともに ベイジル・ホール 春名徹訳
アリランの歌 —ある朝鮮人革命家の生涯 ニム・ウェールズ キム・サン 松平いを子訳
さまよえる湖 全二冊 ヘディン 福田宏年訳
老松堂日本行録 —朝鮮使節の見た中世日本 宋希璟 村井章介校注
十八世紀パリ生活誌 —タブロー・ド・パリ 全二冊 メルシエ 原宏編訳
北槎聞略 —大黒屋光太夫ロシア漂流記 桂川甫周 亀井高孝校訂
ヨーロッパ文化と日本文化 ルイス・フロイス 岡田章雄訳注
ギリシア案内記 全二冊 パウサニアス 馬場恵二訳

西遊草 清河八郎 小山松勝一郎校注
オデュッセウスの世界 フィンリー 下田立行訳
東京に暮す —一九二八～一九三六 キャサリン・サンソム 大久保美春訳
ミカド —日本の内なる力 W・E・グリフィス 亀井俊介訳
増補 幕末百話 篠田鉱造
幕末明治 女百話 全二冊 篠田鉱造
トゥバ紀行 メンヒェン＝ヘルフェン 田中克彦訳
徳川時代の宗教 R・N・ベラー 池田昭訳
ある出稼石工の回想 マルタン・ナド 喜安朗訳
植物巡礼 —プラント・ハンターの回想 F・キングドン-ウォード 塚谷裕一訳
モンゴルの歴史と文化 ハイシッヒ 田中克彦訳
ダンピア 最新世界周航記 全二冊 平野敬一訳
ローマ建国史 全三冊（既刊上巻） リーウィウス 鈴木一州訳
元治夢物語 —幕末同時代史 馬場文英 徳田武校注
フランス・プロテスタントの反乱 —カミザール戦争の記録 カヴァリエ 二宮フサ訳
ニコライの日記 —ロシア人宣教師が生きた明治日本 全三冊 中村健之介編訳
徳川制度 全三冊・補遺 加藤貴校注

岩波文庫の最新刊

網野善彦著
日本中世の非農業民と天皇（上）
山野河海という境界領域に生きた中世の「職人」たちの姿を通じて、天皇制の本質と根深さ、そして人間の本源的自由を問う、著者の代表的著作。（全二冊）
〔青N四〇二-二〕　定価一六五〇円

エーリヒ・ケストナー作／酒寄進一訳
独裁者の学校
大統領の替え玉を使い捨てにして権力を握る大臣たち。政変が起きるが、その行方は…。痛烈な皮肉で独裁体制の本質を暴いた、作者渾身の戯曲。
〔赤四七一-三〕　定価七一五円

ラインホールド・ニーバー著／千葉 眞訳
道徳的人間と非道徳的社会
個人がより善くなることで、社会の問題は解決できるのか。二〇世紀アメリカを代表する神学者が人間の本性を見つめ、政治と倫理の相克に迫った代表作。
〔青N六〇九-一〕　定価一四三〇円

トマス・アクィナス著／稲垣良典・山本芳久編／稲垣良典訳
精選 神学大全2 法論
トマス・アクィナス（一二二五頃-一二七四）の集大成『神学大全』から精選。2は人間論から「法論」、「恩寵論」を収録する。解説＝山本芳久、索引＝上遠野翔。（全四冊）
〔青六二一-四〕　定価一七一六円

……今月の重版再開……

高浜虚子著
立子へ抄
―虚子より娘へのことば―
定価一二二一円
〔緑二八-九〕

喜安 朗訳
フランス二月革命の日々
―トクヴィル回想録―
定価一五七三円
〔白九-一〕

岩波文庫の最新刊

ロシアの革命思想
—その歴史的展開—

ゲルツェン著／長縄光男訳

ロシア初の政治的亡命者、ゲルツェン(一八一二―一八七〇)。人間の尊厳と言論の自由を守る革命思想を文化史とともにたどり、農奴制と専制の非人間性を告発する書。

〔青N六一〇―一〕 定価一〇七八円

インディアスの破壊をめぐる賠償義務論
—十二の疑問に答える—

ラス・カサス著／染田秀藤訳

新大陸で略奪行為を働いたすべてのスペイン人を糾弾し、先住民に対する賠償義務を数多の神学・法学理論に拠り説き明かし、その履行をつよく訴える。最晩年の論策。

〔青四二七―九〕 定価一一五五円

嘉村礒多集

岩田文昭編

嘉村礒多(一八九七―一九三三)は山口県仁保生れの作家。小説、随想、書簡から選んだ。己の業苦の生を文学に刻んだ、苦しむ者の光源となる同朋の全貌。

〔緑七四―二〕 定価一〇〇一円

日本中世の非農業民と天皇(下)

網野善彦著

海民、鵜飼、桂女、鋳物師ら、山野河海に生きた中世の「職人」と天皇の結びつきから日本社会の特質を問う、著者の代表的著作。(全二冊、解説＝高橋典幸)

〔青N四〇二―三〕 定価一四三〇円

人類歴史哲学考(三)

ヘルダー著／嶋田洋一郎訳

第二部第十巻―第三部第十三巻を収録。人間史の起源を考察し、風土に基づいてアジア、中東、ギリシアの文化や国家などを論じる。(全五冊)

〔青N六〇八―三〕 定価一二七六円

……今月の重版再開……

今昔物語集 天竺・震旦部

池上洵一編

〔黄一九―一〕 定価一四三〇円

日本中世の村落

清水三男著／大山喬平・馬田綾子校注

〔青四七〇―一〕 定価一三五三円